KB188725

우주에 구멍을 내는 것은 슬픔만이 아니다

우주에 구멍을 내는 것은 슬픔만이 아니다

줄리애나 배곳 소설

유소영 옮김

INFLUENTIAL
인 플 루 엔 셜

차례

옥스헤드의
아이들

Welcome to Oxhead

우리는 우리 부모가 평범한 사람, 보통 사람, 남들과 똑같은 사람이라고 생각했다는 걸 우선 말해둔다. 하지만 그건 사실이 아니었다. 그 사실을 어떻게 알게 되었는지, 소위 "그것의 끝" 혹은 "그 모든 것의 처음"부터 이야기를 시작하겠다.

전기가 나갔다. 커다란 대문을 통과해 들어가야 하는 출입제한 공동체 옥스헤드와 옥스헤드 우즈, 옥스헤드 별관 모두. 갑작스러웠다. 한 아버지는 샤워부스 안에서 쓰러졌고 몸 위로 물이 계속 떨어졌다. 몇몇 어머니들은 머리를 부엌 타일 바닥에 부딪치며 쓰러졌다. 한창 평영으로 풀장을 돌다 우뚝 멈춰버린 부모도 대여섯 명 있었다. 그들은 얼굴을 아래로 한 채 커뮤니티 풀장에 둥둥 떠 있다가 점차 느리게 뒤집혔다(옥스헤드에는 수영장이 많았다). 운전하다가 운전대에 머리를 박고 쓰러진 사람도 많았다. 차는 도로 경계선을 넘거나 중앙선을 넘거나 나무를 들이받거나 정원을 가로지르거나 다른 차를 들이받았다. 다리에서 힘이 빠지고 가속페달에서 발이 미끄러져 차가 천천히 굴러가다 가 부딪히는 사고가 연거푸 발생했다.

단순히 생명이 있는 존재에서 없는 존재로 변한 것이 아니었다. 이 점에서 우리 모두 의견이 일치했다. 그들 안에 켜져 있던 빛, 영혼 같은 무언가가 있다가 없어진 거였다. 내면의 등불이 하나둘 꺼졌다. 우리가 목격한 것은 누군가의 죽음이었다. 그렇다면 그전까지 그들은 살아 있는 존재였어야 했다.

✦

미처 몰랐던 것이 우리 잘못은 아니다. 일단 우리는 너무 어렸고, 중학교에서는 살아남기에 급급했다. 고등학생쯤 되자 성적인 것에 정신이 팔렸다. 고등학교는 갈증으로 허덕이는 공간이었다. 성은 짙고 투명한 꽃가루처럼 공기 중에 떠다녔다. 성은 어디에나 있었고, 전하를 띤 꽃가루처럼 몸에 달라붙고 사람을 들뜨게 했다. 우리는 저마다 여왕벌 하나씩을 가둔 꽃봉오리 같았다.

기술이란 건 정말 좋았다. 바깥세상은 대단치 않았다 — 대단한 적이 있었던가? 사람들은 좋았던 옛시절이 있었다고 생각하지만, 어차피 한 치 앞도 보이지 않는 짙은 안개 너머의 희뿌연 과거일 뿐이다. 저절로 잘 돌아가는 공동체를 의심할 필요가 있을까?

무엇보다 우리가 배운 것이 있었다. 우리가 아이들에게 정상이라고 제시하는 것이 정상이다. 다른 맥락은 없다. 인류와 세상,

그 위험, 생존의 도구를 통역해서 전달하는 이는 부모다. 그래서 그 모든 것이 망가지자―부모들이 비틀거리다 쓰러져서 경련을 일으키며 죽었을 때―두 가지 일이 일어났다. 첫째, 도무지 아무것도 말이 되지 않았다. 우리의 세상이 산산조각 났다. 둘째, 우리는 각자 다른 속도로 진실을 깨달았고, 그다음엔 결정을 내려야 했다.

그 상황을 종말로 본 사람들은 우리의 삶에 의문을 제기하지 않았다.

그 상황을 시작으로 본 사람들은 질문을 던지기 시작했다.

✦

섹스. 그것이 원인이었다. 이 얼마나 어울리는 이유였는지. 다음 세대가 섹스를 찾아 헤맨 것이 이전 세대의 죽음이라는 결과를 낳은 것이다. 프로이트식의 과정은 아니지만, 어차피 비슷한 영역에서 벌어지는 일이다.

레이 치앙과 준 레싱은 섹스를 하고 싶었지만, 인적 없는 안전한 곳을 찾을 수가 없었다. 커뮤니티는 경비와 감시카메라, 가정용 보안장치의 눈이 한시도 꺼지지 않는 곳이다. 개발 예정지로 버려진 숲속 공터조차(옥스헤드는 시야가 닿는 곳까지 한없이 펼쳐져 있다) 추적 가능한 공간이다.

레이와 준은 기술 분야 천재이자 섹스가 하고 싶은 A급 게이머들이었다. 순진한 아이들은 아니었다. 그들은 안전한 섹스를 원했다. 그들이 세운 계획은, 전력을 내린 뒤 집 밖으로 나와 공동체 온실의 격리된 창고에서 만나 섹스하는 것이었다. 둘은 각자 자기 침실에 앉아 컴퓨터로 동시접속했다. 해킹은 완벽해야 했고, 계획한 시간대를 정확하게 맞추어야 했다.

날짜는 금요일로 정했다. 이상적으로는 두 시간 정도, 씨앗과 흙주머니, 독한 비료 냄새에 둘러싸인 온실 창고 간이침대에서 어른이 된 기분을 느껴보고 싶었다. 그들은 늦은 오후를 택했다. 계획대로 된다면 온실에 들어갈 때는 황혼녘일 테고, 풍성하게 우거진 양치식물과 묵직하게 늘어진 열매, 쐐기풀 위에 어둠이 내릴 것이다. 둘은 손을 잡고 습기가 부옇게 맺힌 창틀 너머 하늘을 쳐다볼 것이다.

우리 부모들이 전선에 연결되어 있다는 것을, 네트워크의 일부라는 것을, 거대한 머리 즉 옥스헤드 내부의 시냅스처럼 서로 신호를 주고받는다는 것을 그들이 무슨 수로 알겠는가?

✦

생각해보니 부모들은 냄새부터 달랐다. 화장품과 향수 냄새 아래에 뭔가 약품 냄새 같은 것이 감돌았다. 먼지 쌓인 히터를 가동하는 냄새, 막 감은 머리를 고데할 때 나는, 살짝 머리 타는 냄새 같은 것.

그날 밤 기억 중 가장 또렷한 건 무엇이었을까? 부모들이 죽자 각자 몸에서 꽃향기가, 달짝지근한 시취가 세차게 뿜어져 나왔다. 공기가 거의 뿌옇게 보일 정도였다.

아이들이 도와달라고 외치며 하나둘 집에서 나왔다. 우리는 부모의 어깨를 흔들어보기도 하고 우그러진 차에서 내려 혼이 나간 얼굴로 멍하니 이웃집 마당으로 들어가기도 했다. 수영장에 뛰어들어 부모의 시체를 끌어내는 아이들도 있었다.

전력은 완전히 끊겨 있었다. 멀리서 천둥 같은 굉음을 내며 순간 전류가 세차게 흐르더니 꺼져버렸다. 구급차를 부를 방법이 없었다.

마당에서, 서재 양탄자 위에서, 침대에서, 소파에서, 뒤뜰에서, 포치에서 우리는 부모를 살리려고 갖은 노력을 다했다. 하지만 부모는 살아 돌아오지 않았고, 우리는 시체 위에 무너졌다.

고함치고, 울고, 도와달라고 외치는 소리. 옥스헤드의 모든 집이 빈 상자처럼 쩌렁쩌렁 공포로 메아리쳤다. 집집마다 아이가 있었다. 사실 이 점도 진작 눈치챌 법했는데, 우리는 알아차리지 못했다. 왜 아이들이 이렇게 많을까? 아이들은 세상이 자기를 중심으로 돈다고 생각한다. 실제로 옥스헤드는 우리를 중심으로 돌고 있었다.

✦

날이 저물었다. 우리는 거리에 모였다. 집에 들어가고 싶지 않았다. 온갖 시나리오가 튀어나왔다. 애당초 우리는 고아였다는 설. "여기는 우리의 진짜 부모를 복제해서 운영하는 고아원이야."

(많은 아이들이 부모를 닮았다.) "엄마, 아빠는 우리를 사랑했지만 자기들이 죽으리라는 걸 알았던 거야. 그래서 이곳을 만든 건지도 몰라."

"우리 부모가 어딘가에 아직 살아 있고, 사실 어마어마한 갑부가 아닐까? 여기는 정교하게 만든 유치원일 수도 있잖아?"

"엄마는 그 몸 안에 있었어! 확실해!" 한 여자아이가 말했다. "가끔 지그시 날 바라보곤 했단 말이야! 혹시 실체가 들어왔다가 나갔다가 하는 아바타 같은 건 아닐까?"

이야기는 항상 한 곳으로 돌아왔다. 도대체 이런 일을 왜 벌인 걸까? 우리는 부둥켜안고 울었다.

✦

준과 레이도 죽은 부모를 발견했다. 아버지는 양쪽 다 고기를 굽고 있었고, 한쪽 어머니는 정원을 손질하던 중이었고, 다른 어머니는 사무실에서 늦게까지 일하고 있었다. 두 사람은 자기들이 한 짓을 아무에게도 말하지 않았다. 그날 밤, 레이는 준의 집으로 달려갔다. 둘은 전력이 복구될 거라고 서로를 달랬다. 돌아가신 게 아니야. 모든 게 평소대로 돌아갈 거야. 반드시! 그들은 준의 침대에서 섹스를 했다. 하지만 둘에게 섹스는 영원히 죄책감과 상실감의 얼룩이 되어 남지 않을까?

✦

자정 직후 전등이 켜졌다. 천장에서 선풍기가 돌기 시작했다. 부모들이 움찔거리며 숨을 토해내고 몸을 뒤척였다. 한바탕 기침을 하고 난 듯 가슴을 두드렸다. 풀장의 물을 토해낸 후 신음했다. 급히 일어나 우리 이름을 불렀다. 한밤중 옥스헤드는 다시 목소리로 메아리쳤다.

✦

이후 몇 주 동안 거짓 정보가 횡행했다. **너희는 단체로 바이러스에 감염됐던 거야, 애들아. 집단 환각을 일으키는 바이러스란다. 이따금 있는 일이야. 이 비디오를 보면……**

여러 무리가 생겨났다. 자기 눈으로 본 것을 부정하고 거짓 정보를 믿기로 한 아이들도 있었다. 어쨌든 부모를 되찾고 싶어서였다. 안전한 어린 시절을 누릴 수 있다면 감사히 받아들여야 한다는 생각이었다. 레이의 졸업반 프로젝트에는 이런 문구가 있었다. **위험을 감수하는 동물은―콘도르의 예 참조―멸종할 가능성이 더 높다.**

준은 나가려는 쪽이었다. 거짓인 줄 알면서 이대로 살 수는 없었다. 주위 사람들이, 세상이 진짜라는 것을 믿을 수 있어야 살아갈 수 있다. 물론 여전히 섹스는 하고 싶지만, 안타깝게도 부모에게 일어난 일은 우리의 존재와 관계가 있다. 자식을 위해 자신을 희생하고 싶지는 않다(문자 그대로, 우리는 부모가 된다는 것이 어떤 것인지 이해하지 못했다). 우리는 짐을 챙기고, 부모처럼 생긴 존재에게 키스했다. 우리는 여전히 그들을 가슴 깊이 사랑했다. 준은 가장 바깥 문까지 해킹을 해주었다. 우리는 대문을 빠져나 갔다.

공기에서는 진짜 공기 맛이 났다. 하늘은 똑같은 하늘 같았다. 우리는 아직 사랑이 무엇인지 모른다.

당신과
함께 있고 싶지
않아요

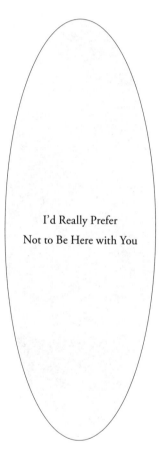

I'd Really Prefer
Not to Be Here with You

곧바로 알아볼 수 있었다. 이 지지 모임에 어울리는 사람이 아니라는 것을. 우선 그는 헤어제품을 쓰지 않았고, 능글거리는 미소도 짓지 않았으며, 성기 사진을 전송할 것 같은 분위기도 아니었다. 여기엔 그런 부류가 워낙 많다. 그는 마지막으로 남은 설탕가루 도넛을 집어 들려다가 브랜다가 손을 내밀자 도넛을 양보했다. 그렇다고 브랜다에게 추파를 보낸 것도 아니었다. 그런 신호는 아니었다.

하지만 무엇보다 여기 어울리는 사람이 아니라는 것을 알 수 있었던 주된 이유는 모두 둥글게 서서 자기소개를 할 때 그가 지은 표정 때문이었다. 남자들이 여기 온 이유를 설명할 때마다 그는 얼굴을 찌푸렸다.

달리 말해 세심한 사람, 심지어 좋은 사람 같았다. 그러므로 내 취향이었다. 여기서 내 취향이란, 내가 이런 상대를 곧잘 망가뜨렸다는 뜻이다. 의도적으로 그런 것은 아니다. 나도 그런 괴물은 아니었다. 그보다는, 글쎄, 이런 거다. 어린 시절, 나는 개구리를 좋아해서 아빠가 로봇 개구리 세트를 사주면 이따금 조립하고―스프링으로 연결한 섬세한 부품들, 관절까지 정교하게 모사한 뼈대, 몸을 감싼 얇은 피부―그다음에 부수었다. 어쩌면 너무 사랑해서였을까.

그러니 분명히 말해두지만, 그와 달리 나는 이 모임에 어울리는 사람이었다. 은유적으로 말하자면, 나는 여전히 개구리를 부수는 인간이다. 이제는 정말, 습관 같은 것이었다. 어떤 면에서는 중독이라고 할 수도 있을 것이다.

어떻게 생긴 남자였더라? 헝클어진 머릿결. 오랫동안 치아교정기를 착용해서인지 소심한 미소. 날렵하지만 근육질 몸짱은 아닌, 키 작은 농구 선수 같은 부류. 팀워크가 뛰어난 부류.

자기소개가 절반쯤 진행되었을까. 브랜다의 차례가 되었다. "안녕하세요, 저는 브랜다예요." 그녀가 매주 늘어놓는 똑같은 이야기가 이어졌다. "네, 알아요, 알아요." 여기서 키들키들 웃음 한 번. "지금 다들 엄마 이름이 브렌다, 아빠 이름이 랜디, 그래서 두 사람 이름을 섞어서 브랜다라고 지었나 보다, 하고 생각하고 있죠?"

아무도 그런 생각은 하지 않았다. 나는 3년 동안 매주 모임에 참석했지만, 이 대목에서 고개를 끄덕이거나 미소 짓는 사람은 단 한 명도 본 적이 없다.

"맞습니다! 딩동댕!" 브랜다는 한 글자를 말할 때마다 코를 만졌다. 딩, 동, 댕! 마치 자기 코가 딩동댕 울리는 종이라는 듯. 이어 그녀의 분위기는 급속도로 변했다. 그녀는 긴장한 목소리로

이 '멍청한' 이름 때문에 자신감 없는 성격이 되었다고 했다. 그 성격 때문에 이성, 혹은 동성을 사귈 때 나쁜 행동을 하게 되었다고. "뭐가 됐든 다른 이름이었다면 내 인생은 더…… 나아졌겠죠? 더…… 멀쩡했을 거고요. 지금 이 순간에도 바깥에 있을 거예요. 더 나은 사람들과 교류하면서. 아니, 여러분이 뭐 어떻다는 얘기는 아니고요."

'괜찮아요' 하는 목소리가 여기저기서 두런두런 울렸다. 정말 불쾌한 사람들이 잘하는 짓이 뭐냐 하면, 타인의 행동에 불쾌해하지 않는다는 거다. 워낙 일상이니까. 무엇보다 우리는 정말이지 남 탓을 잘 수용한다. 자신의 형편없는 행동을 무엇이든 누구에게든 전가하고 싶은 사람이 있다면 언제든 지지해준다. 그 대가로 자신도 똑같은 지지를 받고 싶기 때문이다. 어쨌든 이 모임은 '지지 모임'이니까.

이런 지지 모임의 존재를 모르는 운 좋은 사람들을 위해 브랜다가 말한 '교류'와 '더 나은 사람들'의 의미를 설명해보겠다. 몇 년 전 거대 테크기업과 사이버 보안을 겨냥한 통합법안이 통과되면서 재수없는 연애 상대로부터 사용자를 보호하는 장치가 모든 앱에 의무화되었다. 우리 같은 인간들을 가려내기 위한 연애 신용점수 같은 것이 고안되어 일괄 적용된 것이다.

나는 페미니스트다. 나도 이 정책에 100퍼센트 찬성했다. 폭력적인 남자들이 데이트 시장에서 사라지기를 바랐다. 사기꾼, 바람둥이, 잘난 척하는 가스라이터, 문어발식 섹스 교주 지망생, 전부 없어지기를 바랐다.

하지만 동시에 나 자신이 어떤 사람인지는 자각하지 못했던 것 같다.

이 모임은 헤어진 애인들에게 심하게, 꾸준히 낮은 점수를 받아 데이트 앱에서 영구 퇴출 처분을 받은 사람들을 위한 지지 모임이다. 우리 모두 정부에서 지급한 팔찌를 의무적으로 영구 부착하고 있었다. 팔찌는 우리가 어디에 있는지, 무엇을 하는지 다 알고 있다. 모든 사람이 자신만의 고유하고 유일한 데이트 프로필을 갖고 있다. 더 이상 가짜 프로필은 불가능했다. 다행인 점은 팔찌가 산소포화도와 맥박, 혈중알코올농도, 걸음 수까지 추적해서 건강한 일상으로 유도한다는 것이다. 우리와 데이트한다는 것은 판단력이 형편없다는 뜻이라 그런 멍청이들 역시 자신의 평가 점수를 깎아먹기 시작했다.

물론 데이트할 수는 있었다. 단지 낙인이 찍혀 있는 탓에 우리 같은 사람들 사이에서만 가능할 뿐. 마트에서 일하는 남자가 당신에게 데이트를 신청한다? 그건 그가 앱에 접속하지 못한다는 뜻이다. 어린이 자전거를 타고 다니는 성인이 음주운전으로 면허 취소를 당한 특정 부류일 거라고 유추할 수 있는 것과 비슷하다.

솔직히 말해 내가 여기 오는 것은 지지를 원해서가 아니다. 나는…… 상대를 물색하는 중이고, 현재 내 낚시터는 아주 서글프고 작다.

고다드가 모임장이다. 그도 영구 퇴출 처분을 받았다. 모범이 되어야 하는 위치에 있는 사람이지만, 이따금 미치광이 여자들에게 끌리는 익숙한 전철을 밟았다. 첫 전처, 두 번째 전처, 세 번째 전처. 하지만 곧바로 정신을 차리고 바른말을 할 줄 안다는 점에서 그는 다른 대부분의 남자들과 달랐다. "나는 내 역할을 인식하고 있어. 나는 동등한 동반자였어. 관계를 건강하게 유지하기 위해 최선을 다하지 못했어." 그는 이름표를 달고 있었는데, 내면 깊은 곳에서는 여전히 전처들에게 고함을 지르고 있는지, 전부 대문자 손글씨였다. "브랜다." 그는 침착하게 말했다. "이번 주는 어땠어요? 좀⋯⋯ 진전이 있는 것 같아요?"

우리는 항상 자신의 문제를 인정하고 해결하기 위해 노력해야 하는 사람들이었다.

"아니, 이따위 이름인데 나한테 무슨 수가 있느냐고요." 브랜다는 말했다.

새로 온 남자는 몸을 아주 약간 앞으로 내밀더니 입을 벌렸다. 뭔가 친절한 말을 해주고 싶은 기색이었다. 중학교 과학시간 조별 과제에서 혼자 일을 떠맡거나, 회의에서 여자가 서기를 맡을 상황이면 자기가 자원하는, 그런 유의 사람으로 보였다. 상처가 없는 사람은 아닐 것이다. 부모가 이혼했거나 뭐 그런 거겠지. 브랜다의 고통을 덜어주고 싶었을 것이다. 이름이 괜찮다고, 자기가 듣기에는 좋다고. 예전의 몇몇 남자와 똑같은 제안을 하려던 것일지도 모른다. **아니, 그럼 이름을 바꾸시지 그래요.** 이 단순한 한마디가 나올 때마다 이야기는 20분씩 다른 곳으로 흐르곤 했다. 눈물, 콧물, 어마어마한 모순, 공중곡예 같은 자기 부정, 비난.

맞은편에 앉아 있던 나는 그와 시선을 마주쳤다. 그리고 아주 천천히 고개를 저었다. '아무 말 하지 마세요', 이런 뜻이었다.

그는 내 고갯짓을 이해했는지 입을 다물고 다시 물러앉았다.

"그래요." 고다드는 브랜다의 망상을 지지해주었다. "하지만 뭐라도…… 돌파구가 있었는지."

브랜다는 어깨를 으쓱했다. "고양이를 들였어요. 그런데 고양이도 나를 싫어해요."

"고양이는 천성적으로 냉랭하다는 거 몰랐소?" 더크는 중년이었다. 자신의 욕구가 끝도 없다는 사실을 숨기려고 남을 탓하는 사람이었다. "나는 절대 고양이 안 키워. 녀석들은 사람에게 원하는 게 있을 때만 착하게 군다고."

"그랬군요." 브랜다는 말했다. "애완동물조차 나한테 엄마처럼 굴다니."

고다드는 브랜다 쪽으로 몸을 기울이고 주먹을 꽉 쥐었다. "당신한테는 그게 있어요, 브랜다! 그게, 있다고." 고다드는 전체적으로 약간 푸석푸석하고 살집이 처져 있고, 잘생겼다고는 할 수 없는 남자였다. 하지만, 그렇다, 가끔 그의 자신감에는 정말 사람을 끌어당기는 힘이 있었다. 개자식들, 낙오자들, 우리 모두가 풍기는 절망으로 퀴퀴하게 찌든, 창문도 없고 천장도 낮은 방에서 어떻게 이런 자신감을 가질 수 있는지 모르겠지만, 어쨌든 그에게는 가능했다. 순간 나는 그를 믿었다. 브랜다한테 '그게 있다'는 말을 믿었다. 하지만 다음 순간 생각했다. 그래서, 그게 뭐? 뭔가 원하는 게 있을 때만 착하게 구는 자기 엄마 같은 고양이가 있다는 소리 아니야?

어쨌거나. 나는 신입 차례를 기다리고 있었다. 천천히 그의 순서가 돌아오고 있었다. 그다음 몇몇 남자는 똑같았다. 성기 사진, 성기 사진, 강간마, 엄마 문제, 아빠 문제, 설명하기 힘든 이유로 그저 역겨운 인간들…… 나는 새로 온 남자가 그때마다 눈살을 찌푸리는 것을 줄곧 관찰했다.

영구 퇴출 처분을 받은 남자 숫자는 여자 숫자보다 압도적이지만, 여자들은 지지 모임에 나올 확률이 더 높기 때문에 성비 차이가 약간은 줄어든다.

몇몇 여자가 이번 주에 이런저런 것이 좋아졌다고 털어놓았다. 집착이 심한 스토커, 각종 특이한 중독 문제를 안고 있는 변태, 마음먹기에 따라 벙어리가 되는 여자(그녀는 말을 하지 않지만 고개를 끄덕이거나 손짓을 통해 표현한다), 그리고 나, 비참한 일면의 나다. **만회할 수 있었으면 좋겠지만, 그럴 수 없겠죠. 어떻게 용서받겠어요.**

새로 온 남자는 우리의 사연에 감동했다. 다들 얼마나 정신이 나간 인간들인지 그도 슬슬 감을 잡고 있었다.

마침내 그의 차례가 돌아왔다.

고다드가 말했다. "오늘은 반갑게도 신입이 있습니다. 우리는 서로 이름만 부릅니다. 뭐라고 부를까요?"

"벤." 그가 말했다.

"좋아요, 벤. 여기는 왜 왔습니까?" 고다드는 미소지었다. "다 아는 이유는 뺍시다."

"어, 음, 첫날부터 그런 이야기를 하게 될 줄은 몰랐는데요." 그는 팔꿈치를 무릎에 괴고 힘을 주었다.

"여긴 신뢰의 모임입니다." 고다드가 설명했다. "신뢰를 쌓으려면 여기 왜 왔는지 서로에게 털어놓아야 해요."

"좋습니다." 벤은 방을 둘러보았다. 눈가가 약간 촉촉해졌다. 울음을 터뜨리려는 걸까? 실제로 무슨…… 죄책감이라도 느끼는 건가? 구원받으려고 왔나? 나는 그도 우리와 똑같은 사람이라는 사실을 상기했다. 한심한 사람일 거다. 구할 길이 없을 정도로. 그렇지 않다면 애당초 여기 오지 않았을 테니. **털어놓으라고.** 머릿속에서 나 자신의 목소리가 들렸다.

하지만 대체 무슨 짓을 했을까? 분명 서류상 착오일 것이다. 틀림없이 실수로 와 있는 거다.

"음." 벤은 말했다. "저는 원 스트라이크 아웃입니다."

"세상에." 브랜다가 말했다.

원 스트라이크 아웃은 자주 볼 수 없는 부류다. 사실 나는 한 번도 본 적이 없었다. 소문만 들었다. 원 스트라이크 아웃은 너무나 끔찍한 짓을 저질러서 한 방에 영구 퇴출 처분을 받는 경우다. 경고 없이. 바로 끝나는 거다.

"무슨 짓을 했기에?" 더크가 가볍게 웃으며 같이 웃자는 듯 다른 남자들을 둘러보았다. 그는 언제나 타인의 인정을 필요로 하는 사람이었다.

고다드는 손을 들었다. 그가 이런 입장에 처한 모습을 보는 것은 처음이었다. 이 모임에서 사람들은 저마다 끔찍한 이야기들을 털어놓았다. 하지만 고다드는 지금 두려워하고 있었다. 알 수 있었다. "꼭 털어놓지 않아도……."

"아뇨." 벤은 말했다. "이야기하고 싶습니다. 해야겠어요."

"좋습니다." 고다드는 말했다.

"난 그녀를 죽였습니다."

"누구를?" 성기 사진 중 하나가 말했다.

"제 약혼녀요." 벤이 말했다.

곧장 반응이 튀어나왔다.

"세상에."

"맙소사."

묘하게 반기는 반응도 하나쯤 있었다. "이야, 끝내주네!"

나는 습관적인 행동을 했다. 다리를 한 번 겹쳤다가, 발목을 꼬았다가, 팔짱을 끼고, 몸을 앞으로 내밀었다가 다시 물러앉았다.

쥐 죽은 듯한 정적이 흘렀다. 너무나 고요했다. 심장 두근거리는 소리가 들릴 것 같았다.

"어떻게 죽였어요?" 내가 물었다. 정적을 꼭 깨뜨려야 한다. 내게는 그런 게 있다.

"스카이다이빙이었죠. 내가 그녀의 낙하산을 관리했거든요." 그의 눈이 커졌다. 마치 그 장면이 눈앞에 펼쳐지기라도 하는 것 같았다. 뭘까? 뭘 보고 있는 걸까? 자기가 제대로 접어 넣어야 했던 낙하산? 줄을 더듬거리다가 잡아당겼지만 아무것도 펴지지 않던 모습? 약혼자가 떨어져 죽는 광경을 자기 눈으로 지켜보아야 했을까?

상관없었다. 이 사람이다. 내 상대다. 무슨 수를 쓰든 상관없다. 이 남자는 내 것이다.

＊

개구리 이야기를 했었다. 그러니 잠깐 덧붙여야겠다.

물론 진짜 개구리는 사실상 멸종되었고, 이제는 온실이나 교외 전시에서나 존재한다. 내가 개구리에 집착하게 된 것도 아빠를 따라 그런 전시를 구경한 뒤부터였다. 다람쥐가 쏜살같이 돌아다니고 새들이 짹짹거리는 전시장에서 길을 잃었던 적이 있다. 나는 내가 길을 잃었다는 걸 몰랐다. 아빠가 길을 잃은 줄 알았다. 나는 아빠에 대한 믿음이 크지 않았다. 그는 사람들 사이에 섞여 있으면 눈에 띄지 않는 조용한 남자였다. "워런은 어디 있지?" 모임이 있으면 누가 늘 이렇게 묻곤 했다. 그러면 사람들은 잠시 두리번거리다가 이내 포기했다. 가족이나 가까운 친구처럼 아빠를 잘 아는 사람들은 "워런이 그렇지 뭐" 하고 내뱉고는 하던 이야기를 계속했다. 잘 모르는 사람들은 굳이 아빠를 찾지 않았다. 아빠는 없다고 해서 아쉬운 사람이 아니었다.

그래서 나는 아빠가 길을 잃었다고 생각하고 모범적인 부모처럼 찾아나섰다. "아빠! 아빠!" 아마 일곱 살쯤이었을 것이다.

불러도 아빠가 나타나지 않자 나는 초조해졌다. 아빠를 잃어버렸다고 하면 엄마가 화를 많이 낼 텐데(엄마는 불같은 성격이었다). 나는 점점 더 크게 외쳤고, 그러다 공황 상태에 빠졌다. 내가 법석을 떨자 풀숲에서 새들이 푸드득 날아올랐다. 나비가 갑자기 떼 지어 날아다니는 것 같았다. 벌린 입 안에 들어올까 봐 겁이 났다. 개구리들이 발치에서 팔짝팔짝 뛰어다녔다. 나는 얼어붙었다. 한 마리도 밟고 싶지 않았다.

나는 개구리가 섬세하기 때문에 좋았다. 그리고 그 섬세함이 두려웠다.

마침내 돔 천장 구역에서 뛰쳐나온 나는 선물가게에서 올챙이 봉제인형을 사고 있는 아빠를 발견했다. 지퍼를 열어서 뒤집으면 개구리가 되는 인형이었다. 아빠는 물었다. "괜찮니?"

나는 그의 손을 잡았다. "집에 가요."

그 후 전시 구경을 가는 일은 없었다. 오로지 우편으로 주문한 올챙이와 로봇 개구리 세트뿐이었다.

✦

모임이 끝난 뒤 나는 구부정하게 반코트를 걸치고 약간 명한 표정으로 벤에게 다가갔다. 상처받은 데가 있지만—상대는 공 감력이 좋다—완전히 망가지지는 않은 사람처럼 보이고 싶었다. 그는 망가진 것을 매력으로 느끼지 않는, 정신이 똑바로 박힌 남자 같았다. 그는 재킷을 걸쳤다. 부동산 회사 로고가 찍힌 바람막이, 공인중개사가 입주 선물로 나누어줄 법한 옷을 보니 자가 소유자 같았다. "아까 개명하라고 말하려고 했었죠?"

"네?"

"브랜다 말예요." 나는 그녀가 앉아 있던 자리 쪽으로 고갯짓 했다. 고다드와 엘리스라는 이름의 남자가 의자를 쌓아올리며 내는 덜컹거리는 소리가 마치 종강을 알리는 서글픈 종소리 같왔다.

"내가 생각했던 것만큼 독창적인 제안이 아니었나 보죠." 그는
말했다.

"브랜다는 이름을 바꾸는 걸 항복이라고 생각해요. 그게 맞겠
죠. 그간 의지해온 변명을 포기해야 한다는 뜻이니까." 나는 눈
썹을 치켜올리고 나도 마찬가지라는 듯 두 손을 들어 보였다. "아
니, 누구나 그렇잖아요! 흉을 보자는 게 아니에요. 자기 발등 찍
기죠. 가슴, 허리, 손목……."

"머리도?"

"그렇죠."

"성한 데가 없겠네요."

"너덜너덜하죠." 나는 신발을 내려다보았다. 수줍음을 타는 성
격이라 이 상황이 힘들다는 것처럼. "첫 모임은 적응하기 쉽지 않
을 수 있어요. 그래도 이건 금주 모임은 아니니까요. 끝나고 술도
한잔할 수 있고." 나는 엄지로 어깨 너머 문간을 가리켰다. "같이
갈 생각 있으신지……."

"그럼요."

✦

그래, 우편 주문 올챙이. 자유롭게 놓아 키울 수 없었으니 그건
잔인한 짓이었다. 우선 살충제가 너무 많았다. 약을 피한다 해도
뜯어 먹을 식물이 부족하기 때문에 어차피 굶주릴 것이다. 스모

그와 대기오염 때문에 모공도 막힌다. 물도 부족하다. 더듬이도 기능을 잃고, 따가운 햇살 밑에서 몸은 바짝 마를 것이다. 죽는 방법은 수없이 많았다.

아빠와 나는 살아 있는 개구리를 테라리움에서 키웠다. 조금만 폴짝 뛰어도 유리벽에 부딪히는 환경이었지만, 그래도 안전했다. 우리는 개구리를 잘 돌봤다.

어느 날 아빠가 여러 가지 개구리 종을 내게 설명하고 있는데―우리는 뿔개구리, 흰청개구리, 회색청개구리를 길렀다―엄마가 유리장에 머리를 바짝 대고 있는 우리를 보고 말했다.

"그 냄새 나는 걸!" 엄마가 소리쳤다. 엄마는 목소리가 크고, 성격이 활달했고, 가끔 술에 취해 있었고, 가슴이 컸고, 얼굴은 평범했다. "개구리가 너무 불쌍하잖아. 아무 데도 못 가고. 태어나서 거기 꼼짝없이 갇혀 있다가 죽는 거야. 대체 둘이서 왜 그러는 거야?"

아빠와 나도 우리가 왜 그러는지 몰랐다. 그래서 잠시 우리는 그대로 멍하니 서 있었다. 하지만 엄마가 나와 아빠를 그렇게 하나로 뭉뚱그린 것은 위험한 짓이었다. 어쩌면 나는 앞으로 무슨 일이 벌어질지 알고 있었을 것이다. 우리 가족이 무너진다는 것을, 내가 어느 한쪽을 선택해야 한다는 것을.

그 순간 나는 아빠를 미워하기로 작정했다. "왜 그러는 거야? 개구리는 한심해. 난 개구리가 싫어. 이게 다 아빠 때문이야." 나는 말했다. "아빠는 대체 왜 그러는 거야?"

✦

벤과 나는 술에 취했다.

나는 그의 어린 시절에 대해, 첫사랑에 대해(전형적인 여자였다. 반짝이는 머릿결을 지닌 예쁜 소녀로, 슬래셔 영화에서 제일 먼저 살해 당할 법한 캐릭터였다), 그의 부모에 대해 들었다. 내 생각이 맞았다. 그의 부모는 이혼했지만 원만하게 헤어졌다. 그가 이십 대 중반이던 때 두 분 다 재혼했고, 아주 교양 있는 분들이었다. 그는 취하면 말이 많아지는 유형이었고, 정부에서 지급받은 팔찌를 연신 문지르며 수다를 떨었다. 팔찌에 익숙해지려면 시간이 필요하다.

나는 약혼자에 대한 이야기를 피했다.

하지만 어느 순간 그는 흥이 빠졌다. 전부 쏟아부었는지 그가 말했다. "그녀가 그립네요."

"영구 퇴출 처분은 당신한테 과해요." 나는 말했다. "나? 난 당해도 싸죠. 아니, 이보다 더 심한 벌도 괜찮아요. 하지만 당신은, 당신은 잘못한 게 없어요. 그 일은 사고였잖아요."

"네, 하지만 수사를 받았어요."

"당신 잘못이 아니라는 결론이 난 거잖아요. 당신이 무슨 짓을 했기에? 낙하산을 접을 때 집중하지 않았다? 그건 살인죄가 아니라 그냥 준비가 허술했을 뿐인 거잖아요."

"알아요, 알아. 그래도. 방금 모임에서 당신은 용서받지 못할 짓을 저질렀다고 했지요. 나도 마찬가집니다. 세상에는 용서받을 수 없는 잘못도 있어요. 난 다시는 아무도 사랑하고 싶지 않아요. 다시는 아무하고도 데이트하고 싶지 않습니다. 이 상태가 좋아요. 이대로 완전히 단절되는 게. 차라리…… 속 편해요."

"소외당하는 이 상태는 좋은 게 아니에요. 나도 싫지만, 죗값을 치르는 것이니 어쩔 수 없는 거고요. 당신은 좋은 사람이에요, 벤. 나 같은 사람이 아니에요. 절대로. 난 정말 끔찍한 인간이에요." '당신이 뭐가 그렇게 나쁘냐'는 말을 듣고 싶었다. 그가 내 편을 들어주기를 바랐다.

"당신한테는 속 편한 게 아니군요, 그렇죠?" 그는 내 말을 받았다. "다시 사회로 나가고 싶은 거군요."

나는 바에 무너져서 팔에 얼굴을 묻고 얼굴이 벌개지도록 숨을 참았다.

나는 불그죽죽하게 상기된 얼굴을 다시 들었다. "그렇게 생각해요?"

✦

내가 엄마 편을 들어도 아빠는 용서한다는 것을 나는 알고 있었다. 엄마는 그러지 않으리라는 것도. 내가 아빠에게 모질게 군 것은 그 때문이었다. 이십 대가 되어서야 깨달은 사실이었다.

나는 어떤 격변이 일어날지 모른다는 마음의 준비를 하고 있었다. 엄마는 아빠와 헤어지겠다고, 결혼생활이 한심하며 내가 다 클 때까지 기다리는 것뿐이라고, 그런 뒤 끝내겠다고 모두에게 떠벌렸다. 엄마는 담배를 피우고 웃으며 말하곤 했다. "우리? 아, 진작 끝났지. 완전히. 난 손 털 거야. 일단……." 그녀는 나를 향해 고갯짓했다. "책임이 있으니까……."

내가 엄마 말을 믿었던가? 그래서 아빠랑 그렇게 많은 시간을 같이 보냈던가?

엄마가 화를 낸 뒤로 우리는 유리 테라리움을 사용하지 않았다. 우리는 마지막 개구리가 죽을 때까지 기다렸다. 배가 선명한 파란색이고 다리에 반들거리는 검은 점이 있는 화살개구리였다. 그런 뒤 우리는 로봇 개구리에게 관심을 돌렸다. 로봇 개구리는 냄새가 나지 않았다. 죽지도 않는다. 우리에 넣지 않아도 되니까 끔찍한 은유를 연상시키지도 않는다.

그러던 어느 날, 아빠가 사라졌다. 아빠가 엄마보다 더 마음이 넓어서, 내게 한쪽 편을 들라고 강요하지 않아서, 아빠의 사랑이 무조건적이라고 믿었기에, 그런 이유로 그동안 내가 아빠에게 툭 툭거리며 버릇없이 굴었다는 말을 전할 기회도 없이.

사실 그렇지 않았는데.

✦

계획은 간단했다. 원래 자기가 제안한 계획이었다고 벤이 착각 하게 만들기까지 시간이 걸렸다. 하지만 성공했다.

퇴출 판결을 뒤집으려면, 브렌다 말마따나 '더 나은 사람들'의 세상으로 되돌아가려면, 이전 애인들이 우리 편을 들도록 해야 한다. 새롭고 눈부신 빛 속에서 나를 다시 보게 한 다음 시스템에 접속해서 평점을 바꾸게 해야 한다.

그 과정이 화제가 되어야 한다. 뉴스거리여야 한다. 높은 사람의 사면이 필요하다. "당신과 내가 그동안 오해받았다는 것을 증명할 수 있다면, 그들도 사랑과 공감이 넘쳐 마음을 바꾸지 않을까요?"

"우리가 커플로요? 당신과 내가 사랑에 빠져서 서로가 가치 있는 사람이라는 걸 증명한다?"

"그거죠." 나는 말했다. 우리는 동네 커피숍으로 옮겨 에스프레소를 마시고 있었다. "바로 그거예요. 끝내주는 사랑 이야기를 쓰는 거예요. 우리가."

아주 오래전에 생각한 계획이었지만, 지지 모임에서 동료들을 만난 뒤 포기하고 있었다. 한심하고 자기 파괴적이고 자기중심적인 인간들. 도넛 하나 집을 때도 마주해야 하는 답 없는 작자들. 훔치고, 밀치고, 남 탓하는 사람들. 한 남자가 도넛 테이블을 서성거리다 내가 다가가자 말했다. "여기 도넛 다 핥아놨어. 전부 내 거야." 중학교 수학경시대회 팀원들 전부가 경멸할 법한 재수 없는 중학생 같은 말투였다. 나는 꽈배기 도넛을 하나 집었다. "우리가 어떤 사람들인지 모르나 보네." 나는 도넛을 입에 욱여넣었다.

이 재수 없는 자식들과 같이 작전을 짠들 성공할 리가 없다.

새로운 남자. 벤. 그는 완벽했다. 그가 받은 퇴출 처분은 유효했지만—그건 분명했다—대체 죄목이 뭐지? 집중력이 흐트러진

죄? 그냥 쉽게 흥분하는 죄? 그는 지나친 미남이 아니면서도 상대가 위압감을 느끼지 않을 정도로 적당히 잘생긴 외모였다. 미디어가 좋아할 인상이었다.

"몇 명이나 평점을 바꿔야 하죠?" 그는 물었다.

"거짓말은 안 할게요. 상당히 많은 수가 필요해요. 이론적으로는 모든 월리스가 평점을 바꿔주고……."

"모든 월리스라니? 그게 무슨 말이죠?"

나는 그가 어리둥절한 것이 어리둥절했다. "내가 데이트한 남자 중 성이 월리스인 남자들 말이에요."

"그게 몇 명인데요?"

"최소한 여섯 명."

"그럼 그 여섯 명 전부 다 당신한테 화가 나서……."

"월리스 여섯 명 말고도 더 필요해요." 나는 말했다. 그는 여전히 혼란스러운 것 같았다. "월리스는 아주 흔한 이름이에요."

"그런가요? 그렇게 흔한가요? 나는 월리스라는 성을 가진 남자를 한 명 아는데…… 더 있나." 그는 생각에 잠겼다. "아니, 한 명뿐이에요."

"성 말고 이름이 월리스인 사람도 포함한 거예요."

사실이 아니었다. 그건 별개로, 약간 더 작은 규모였다.

"내가 아는 사람 중에 이름이 월리스인 사람은 영국 클레이메이션 캐릭터 빼고 하나도 없어요." 그는 말했다.

"아니, 그 월리스는 아니에요. 난 클레이메이션 캐릭터와 섹스한 적 없어요."

"장하군요."

"아마 이 근처에서는 월리스라는 이름이 더 흔할 거예요." 나는 방어적으로 말했다. "나는 이 지역에서 자랐어요. 이쪽은 온통 월리스예요."

"나도 마찬가집니다만."

"아, 그렇군요. 잊고 있었네."

그를 설득하는 일이 실패로 돌아갔다 싶었지만, 그는 활기를 띠었다. "좋습니다. 이름이 월리스인 옛 애인들과 그 밖의 흔한 이름 몇 사람, 그리고…… 클레이메이션 말고 그냥 일반 만화 캐릭터 애인들 몇 명만 평점을 바꾸면 된다는 거죠."

"맞아요. 고마워요. 네, 그거예요."

✦

아빠가 떠났을 때 나는 열 살이었다. 아빠가 떠난 뒤 일이 주 동안 로봇 개구리들이 집으로 계속 배달되었다.

그 뒤에는 생일이나 명절 때만 왔다.

아빠는 엄마를 통해 내가 어떻게 지내는지 전부 알고 있었던 것 같다. 물어보지는 않았지만, 두 분은 뜸하나마 연락하고 지낸 게 분명했다.

마지막으로 로봇 개구리 세트가 배달된 것은 내가 스물두 살 되던 해였다. 눈이 빨갛고 옆구리가 파란색과 노란색인 예쁜 청개구리였다. 물갈퀴가 달린 오렌지색 발, 불쑥 튀어나와서 반짝

반짝 말똥거리는 눈.

그러다 크리스마스를 그냥 지나갔고, 개구리는 그 후로 오지 않았다.

몇 달 뒤 엄마는 아빠가 곧 세상을 떠날 거라고 했다. 공해물질 때문에 폐 질환에 걸려 서서히 죽어가고 있다는 소식이었다.

나는 아빠에게 연락하지 않았다. 개구리만 보냈을 뿐, 아빠도 연락하지 않았으니까. 아빠가 미웠다.

나는 개구리를 하나씩 조립했다. 완성하면 충전해서 당시 사는 곳이 어디든 그 동네에 놓아줬다.

개굴, 개굴, 개굴. 개구리는 충전된 에너지로 폴짝폴짝 뛰어갔다. 내게 밟히지만 않으면.

이따금 나는 밟았다.

✦

벤과 나는 데이트를 했다. 용의주도하게. 하지만 감동적으로. 우리는 모든 걸 기록했다. 온갖 소셜미디어 사이트에 커플 계정을 만들어서 전부 올렸다. 사진 촬영 부스에서 찍은 사진, 해변의 셀카, 데이트를 하며, 혹은 나른한 일요일 아침에 찍은 영상. 하수구에 빠진 새끼 오리를 구출해서 노심초사하는 어미 오리에게 돌려준 영상이 개인적으로 가장 마음에 든다. 오리와 새끼들을 빌려서 여기저기 옮기는 것은 쉬운 일이 아니다.

우리가 어떤 사람인지 모든 소셜미디어에서 분명히 밝혔다. 영구 제명당한 낙오자라고. 어떻게 만났는지도 밝혔다. 쏟아지는 폭우 속에서 같은 택시를 향해 손을 흔들다가 만났다고. 다시는 기회가 주어지지 않을 실패자이지만, 그래도 이번에는 정말로 사랑하는 법을 배우고 있다고.

그다음은 뻔하지 않나.

나는 그를 사랑했고, 밟아 죽이고 싶어졌다.

그에게 점점 빠지는 나 자신이 두려워서 조금씩, 아주 조금씩 그를 밟고 있었다.

그는 날 앉혀놓고 말했다. "날 밟지 마. 당신이 무슨 짓을 하려는지 알고 있어. 그러지 않아도 돼."

나는 발을 뗐다. 어쩌면 나는 더 좋은 사람이 되고 있었는지도 모른다.

"내가 밟아 죽이는 그 개구리가 바로 나야." 어느 날 밤 침대에 나란히 누워 나는 속삭였다. 그는 고개를 돌린 채 깊이 잠들어 있었다. "밟히기 전에 상대를 밟아 죽이는 개구리." 나는 생각에 잠겨 있다가 어쩐지 실존적인 기분이 되어 그의 목에 난 솜털에 대고 속삭였다. "나는 밟아, 고로 나는 존재해."

✦

아빠가 떠난 뒤 내게는 정말 아무도 없었다. 엄마는 무너졌다. 아빠를 사랑했으니까. 다른 누구보다 엄마 자신이 그 사실에 놀란 것 같았다. 엄마는 상사병에 걸렸다. 내가 참여한 피아노 대회에서 먹던 엔젤푸드 케이크와 레몬스퀘어 같은 음식만 먹었고, 술도 마셨다. 몇 가지 마약도 즐겼다. 엄마는 기분을 나른하게 하는 약물을 좋아했다.

나는 로봇 개구리 세트만 분주히 조립했다. 그래야 일종의 평화를 만들어낼 수 있다는 듯이. 두 사람 중 잘못된 쪽을 고른 자신을 얼마나 자책했는지 모른다. 자기 파괴가 될 때까지 자책했다. 그러다 한동안은 엄마를 탓했다.

고등학교에 입학할 때쯤에는 애매하게 전부 아빠 탓으로 돌리는 것이 가장 쉬웠다.

고등학교를 졸업할 무렵 남자친구를 사귀게 되면서, 나는 대용물을 통해 아빠를 탓하는 방법을 발견했다.

남자친구.

겉보기에 다정한 남자들.

✦

우리 계정은 화요일 오후부터 입소문을 타기 시작했다. 오리 가족 동영상 때문이 아니었다. 그가 내게 알리지도 않고 올린 별것 아닌 게시물 때문이었다. 그는 퇴근길에 카메라를 켜고 집을 향해 걸어가는 기분에 대해 이야기했다. 내가 기다리고 있다가 문을 열어준다는 것이, 나를 다시 볼 수 있다는 것이 설렌다고. 다시 볼 수 없는 자기 약혼자 이야기도 했다.

조회수가 빠르게 늘어나는 것을 보고 내가 뒤늦게 영상을 확인했을 때, 그는 싱크대 앞에서 타코를 먹고 있었다. 그는 자기 목소리를 듣고 타코를 포장 용기 안에 다시 넣었다.

나는 다가가서 말했다. "이거 진심이지?"

그는 말이 없었다. 그는 내가 다가오리라는 것을 알고 있었다. 관계에서 상처받기 쉬운 쪽이어야 하는 것은 나였다.

"난 사면받는 것에는 관심 없어." 내가 말했다. "난 이 관계를 원해. 우리 말이야, 벤. 우리."

"필 스테그먼." 그는 말했다.

"어…… 뭐라고?" 나는 무슨 뜻인지 이해하지 못한 채 웃었다.

"가명이었어. 성은 진짜지만."

"뭐?"

"내 성은 스테그먼이야. 스테그먼이라는 이름은 몇 명이나 만났어? 윌리스만큼 많았나?"

나는 한 걸음 뒤로 물러섰다. "잠깐. 당신 누구야?"

"내 이름은 필 스테그먼이라고." 분노가 끓고 있었지만, 침착하고 냉정한 목소리였다.

"뭐라고?"

"내가 말했던 가족사 몇 가지는 사실이야. 깜빡하고 어린 시절 이야기를 털어놓았네. 사실 그대로. 팔에 흉터가 어쩌다 났는지……"

"고카트 경주."

"지지 모임에 처음 참석했을 때 난 루비어스 부동산 바람막이 재킷을 입고 있었지. 그 뒤로도 다섯 번이나 입었어. 그만큼 당신한테 기회를 준 거야."

"루비어스 부동산……."

"6년 전, 당신은 거기서 수습으로 일했지."

"맞아."

"그때 우리는 세 번 데이트했어. 섹스도 몇 번 했고. 그 뒤에…… 가족 바비큐 모임이 있었지."

"젠장. 맞아."

"이제 알겠어?"

나는 그를 위아래로 훑어보았다. 눈을 지그시 떴던가. 실수였다.

"맞아, 맞다고!" 그는 두 손을 들어 보였다. "그때 나는 더 뚱뚱했어. 턱수염도 있었고. 아마 이중턱을 가리려고 길렀을 거야. 저리 가."

"나는…… 난 그냥……." 순간 나는 입을 다물었다. 기억이 되살아난 것이다. 당시의 일들이 한꺼번에 밀려왔다.

그도 내가 기억한다는 것을 알아차렸다. 나도 그가 알아차렸다는 것을 알아차렸다. "스테그먼이라는 성을 가진 남자가 나 혼자가 아니었다는 것도 기억하겠지. 최소한 두 명 있었어."

나는 그의 형을 기억했다. 두 사람은 닮았지만, 형을 만나보니 약간 외모가 달랐고 좀 더 나은 유전자를 물려받은 것 같다는 인상이었다. "약혼자를 죽인 일 같은 건 없었구나. 그렇지?"

"약혼자는 없었어."

"낙하산은?"

"탄 적 없어."

그럴 것 같았다. 그는 배짱이 두둑한 유형은 아니었다. "퇴출 처분을 받은 적도 없고."

"없어. 하지만 이런 짓을 했으니 점수가 깎일 만하지. 하지만 당신한테는 상대편 점수를 깎을 권한이 없잖아. 그렇지?"

"어떤 권한도 없지." 나는 조용히 말했다. "다 잃었으니까."

"당신 때문에 난 엉망진창이었어. 처절하게." 그는 돌아서서 싱크대 모서리에 기댔다. "그러다 서서히 정신을 차렸어. 나 자신을 되찾았어. 그리고 이 계획을 생각해낸 거야. 너무 쉬웠어. 당신이 나를 다시 이용하고 싶어 했으니까. 당신은 내가 얼마나 좋은 사람인지, 얼마나 착한 사람인지 여러 번 말했지만 난 조금도 죄책감을 느끼지 않았어. 당신 때문에 인류애가 말라가고 있었거든. 오히려 당신이 더 밉던데? 당신은 나를 '좋은 사람' 상자에 넣고, 자신을 '나쁜 사람' 상자에 넣었어. 그리고 이번에도 나는 계속 당신에게 빠졌지." 그는 말을 멈추고 숨을 돌렸다. "당신은 그 짓을 또 한 거야. 내 다면성을 납작하게 만드는 짓. 이제 당신도 알겠지. 여기 증거가 있잖아. 우리는 모두 좋은 점과 나쁜 점이 있는 복잡한 존재야. 누구나 그래. 인간을 그렇게 쉽게 분류할 수는 없는 거야."

"하지만 아니야, 이번에는 그럴 생각이 아니었어." 나는 설명했다. "나도 그 뒤로 많은 걸 배웠어! 이번에는 정말로 당신한테 빠져들고 있었는데……."

"알아보지도 못했으면서. 단 한 번도." 그는 타코 상자를 들고 문으로 향했다.

나는 뒤따랐다. "당신을 밟아 죽일 마음이 없었어……. 나는 개구리야. 모르겠어? 내가 밟아 죽인 건 나 자신이라고. 이제야 나도 알았어! 알았다고!"

하지만 그는 현관을 나서서 계단을 내려가고 있었다. 문득 그는 보도에서 돌아서더니 한 팔을 넓게 펼쳤다. "세상에, 이렇게 기분이 좋다니! 기분이 너무 좋아!" 그는 나를 가리켰다. "어쩌면 애초에 당신 말이 맞았는지도 몰라. 당신이 맞았고, 내가 틀렸는지도 모르지. 밟는 쪽이 되어보니까, 이쪽이." 그는 말했다. "이쪽이, 훨씬 기분 좋은 자리군."

✦

솔직히 말하겠다. 마음이 아팠고, 당해도 쌌다. 나는 불에 덴 기분으로 서성거렸다. 이따금 쓰린 속을 안고 몇 번 신물을 토하기도 했다. 잠도 잘 수 없었다. 그러다가도 누가 스위치를 내려버린 것처럼 내내 잠만 자기도 했다.

하지만 결국 나는 다시 모임에 나갔다. 브랜다와 몇몇 여자들과 함께 두 번째 지지 모임, 여성 전용 모임을 결성했다. 나는 어린 시절 이야기를 다시 늘어놓지 않았지만, 모임은 잘 돌아갔다. 우리는 서로에게, 사랑에 엄격했고, 약속을 깨뜨리고는 또다시 약속했다. 남녀가 섞인 모임에도 계속 참석했지만, 거기서는 보다 상처받기 쉬웠다.

이 반성의 시기에 나는 성적으로 자제했다(약간은). 나 자신을 통제한다는 기분이 들어서 좋았다. 고양이도 들였다. 광고대로 고양이는 고고했지만, 우리는 그럭저럭 합의를 보았고, 서로가 서로에게 감정적으로 줄 수 있는 도움에 감사했다.

그러다 11개월 뒤, 그가 나타났다.

그는 약간 늦게 들어와서 나와, 아니, 누구와도 눈을 마주치지 않았다. 그는 빈 의자에 앉았다. 무릎에 팔꿈치를 짚고, 두 손을 깍지 끼고, 둥글게 모여 앉은 원 한복판에 시선을 주었다.

하지만 그는 내가 그 자리에 있다는 것을 알고 있었다. 모를 리가 없었다. 그는 루비어스 부동산 바람막이 재킷을 입고 있었다.

내 차례가 먼저 돌아왔다. 고다드는 내게 진전이 있느냐고 물었다. 나는 정석대로 대답했다. 사랑이나 개구리 이야기도, 후회한다는 이야기도 하지 않고, 그저 여자 모임에서 논의한 주제에 대해 몇 마디 했다. 새로 온 회원에게 인사를 건네고, 캣닙에 대한 조언도 부탁했다.

자기 차례가 돌아오자 그는 자기 본명부터 말했고, 이번에는 상대였던 내 이름을 바꿔서 이야기했다. 이어 그는 부동산 사무실에서 나를 만나 사랑에 빠진 이야기를 털어놓았다. 가슴 저린 이야기였다. 그는 자기 형에게 무슨 일이 있었는지 말했다. 자신의 복수극에 대해, 이 모임에 나와서 했던 거짓말에 대해 이야기했다. 우리 둘이 마음이 맞아서 계획을 세웠던 일도, 몇 번이나 그만둘까 생각했는지도. 하지만 그날, 싱크대 앞에서 타코를 먹던 날, 그는 모조리 털어놓았었다. 왜 그날이었지? 그는 그날 나를 사랑하게 되었다는 것을, 우리 관계는 망가졌다는 것을 깨달왔다고 말했다. 나도 자신도, 그런 기만을 알고도 전처럼 돌아갈 길은 없었다. 유일한 길은 헤어지는 것뿐이었다.

그 뒤로 그는 다른 사람이 된 기분이었다고 했다. 그는 방탕한 생활을 시작했다. 벌점이 차곡차곡 쌓였다. 이번에는 진짜 영구 금지 처분을 받았다.

"그래서 다시 왔습니다. 이렇게."

대부분의 모임 사람들이 이게 우리 둘의 이야기라는 것을 알고 있었다. 그들 앞에서 내가 다른 방식으로 이야기한 적이 있었기 때문이다. 하지만 고다드는 진행자 역할에 충실했다. "잘 왔어요. 돌아와서 기쁩니다."

모임이 끝난 뒤, 필이 내게 다가왔다. 나는 그의 진짜 이름을 계속해서 자신에게 일깨웠다. 11월, 바람이 매서웠다. "안녕." 그는 말했다. "정말 미안해."

"괜찮아. 난 용서했어." 나는 말했다. "하지만 당신은 날 용서할 수 있어?"

"당연하지. 당연히 난 당신을 용서했어."

"다행이네."

"그래."

"그래, 방탕하게 굴었다고? 어땠어?"

"끔찍했어."

"다행이네."

우리가 좋은 친구 사이가 되었다고, 신뢰를 다시 쌓고 다시 데이트하기 시작했다고, 이번에는 천천히 다시 사랑에 빠졌다고 말할 수 있다면 얼마나 좋을까.

아니. 우리는 이제 사십 대 후반이고, 이따금 같이 점심을 먹는다.

그는 내가 다섯 살 때 교외의 전시장에서 아빠를 잃어버린 적이 있다는 사실을, 냄새 나는 테라리움에 대한 일을, 오랫동안 로봇 개구리 조립 세트에 탐닉했다는 것을 알고 있는 유일한 사람이다.

그는 현재 지구상에서 로봇 개구리 조립 세트를 내게 선물한 유일한 사람이다. 우리는 식사를 마쳤고, 웨이터가 계산서를 가져온 뒤 그는 개구리를 테이블에 놓았다.

"장난쳐?"

"비교적 새로운 청개구리 종이야." 그는 말했다. "파나마의 울창한 숲 그늘에서 활공하는 모습이 관찰됐어. 아직 야생 환경에서 살면서 나무구멍 안에서 짝짓기를 하는, 하늘을 나는 개구리야."

눈물이 차올랐다. 놀라웠다. "고마워."

나는 일요일 오후 개구리를 조립했다. 놓아주지도, 밟아 뭉개지도 않았다. 개구리는 내 아파트 안에서 뛰어다니며 이따금 고양이를 놀래주기도 하고 나를 소스라치게 만들기도 한다. 반짝거리는 납작한 개구리. 그 눈빛은 나에 대해 뭔가를, 나 자신도 아직 깨닫지 못한 뭔가를 알고 싶은 것 같다.

홀리 마틴
여기 있다

How They Got In

딸. 유연한 팔다리를 지닌 열두 살 소녀. 자전거 바퀴에 바람을 넣고 있다. 인형처럼 껑충하고 호리호리한 몸. 춥다. 그녀는 마디가 붉게 튼 손으로 손잡이를 잡는다. 헉헉거리며 오르막을 달리는 그녀의 입에서 뿌연 김이 흘러나온다.

주택단지를 개발한 업자가 망했기 때문에 대부분의 집은 완공되기도 전에 공사가 중단되었다. 다 자라기도 전에 버려진 딸처럼. 그녀의 아버지는 세상을 떠났다. 암, 끔찍하고 빨랐다. 이제 1년밖에 되지 않았다. 소녀와 소녀의 엄마, 오빠는 아직도 새로운 궤도를 찾으려고, 아버지의 부재라는 뻥 뚫린 거대한 진공을 중심으로 가정을 다시 꾸리려고 노력하는 중이다. 그는 좋은 아버지였다.

가족의 집은 막다른 골목 끝이다. 마치 죽어가는 빛을 힘겹게 짊어진 듯, 햇살이 집 뒤쪽을 비추고 있다. 완성되지 않은 차고에는 기둥만 세워져 있었다. 비가 새는 퇴창에는 비닐이 덮여 있다.

서재 벽에는 석고 공사가 남아 있다. 휑하니 드러난 벽은 갈비뼈를 떠올리게 한다. 마치 인체 내부에 있는 느낌. 집에 들어가고 싶지 않다. 하지만 손가락이 추위에 곱고 뺨도 뻣뻣하다.

그녀는 걸음을 멈춘다. 휴대전화를 꺼내 얼굴을 카메라로 비춘다. "안녕하세요! 제 유튜브 채널에 오신 것을 환영합니다!" 그녀는 유튜브 채널이 없다. 학교의 따분한 애들은 많이들 한다. 하나 만들어볼까? "여기는 제가 사는 곳이에요." 그녀는 카메라로 집을 비춘다. 화면에 잡힌 집은 서글퍼 보인다. 거의 무너질 지경이다. 거인이 손으로 집어 가져갈 수도 있을 것 같다.

그녀는 짓다 만 집들이 늘어선 거리를 비추고 울퉁불퉁하게 기반만 닦아놓은 공터에 초점을 맞춘다. 시멘트만 붓고 방치된 공간. 더 안 좋은 상황이 될 수도 있었다. 이곳이 그녀의 집일 수도 있었다.

그녀는 카메라를 끄고, 눈앞에 흘러내린 앞머리를 쓸어 올리고, 자전거를 끌고 집으로 향한다. 영상은 가족이 함께 쓰는 클라우드로 전송했다.

✦

첫 번째 사람은 이렇게 들어왔다. 1973년 여름 실종. 15살. 플루트 케이스는 10킬로미터 동남쪽, 흙탕물이 흐르는 개울가에서 발견되었다.

하지만 플루트는 없었다. 열린 케이스만 기슭에 버려져 있었다.

파란 벨벳 안감은 진흙투성이였다.

홀리 마틴. 그녀는 자신의 존재를 어렴풋이 기억하고 있다. 청바지 주머니, 여름이면 쇄골에 달라붙는 십자가 목걸이, 고운 머리카락을 뒤로 높이 묶은 포니테일, 가지런히 이마를 가린 앞머리. 피가 튀고 키에 진흙이 엉겨 붙은 플루트를 쥔 손. 진 네이트 보디오일 향과 그의…… 담배 냄새, 시큼한 체취, 그리고 타르 비슷한 어떤 냄새, 물가의 질척한 회색 똥과 진흙 냄새. 그녀는 자신을 죽인 사람을 알고 있었다. 살인범은 그녀가 집으로 가던 길목에, 단정한 정원이 있는 작은 집에 살았다. 아빠 또래였다. 이따금 말을 걸기도 했다. 슬리머. 조지 슬리머.

그녀가 나타난다. 차갑다. 팔짱을 끼고 겨드랑이에 플루트를 끼고 있다. 그녀는 이곳을 알고 있다. 자신이 묻힌 곳이다.

홀리는 진입로에 서서 자신을 향해 뭔가 가리키다가 걸어가는 중학생 정도의 소녀를 본다. 자신을 알고 있는 세상이 아닌 어딘가로 미끄러져 들어온 것 같다. 배가 고프다. 문자 그대로 배가 고픈 것이라기보다 가슴과 갈비뼈 안쪽, 팔과 다리에서 오랫동안 굶주렸다는 것이 물리적으로 느껴지는 기분이다. 무엇에 굶주렸을까?

모든 것에. 공기와 흙과 집에. 세상에, 자전거를 끄는 소녀는 집 안으로 들어간다. 자기 가족이 사는 집일까? 홀리는 생명을, 인간을, 언어를, 플루트를 원한다. 플루트 키패드는 진흙에 말라붙었다. 홀리는 존재하고 싶고, 뭔가 하고 싶고, 소리를 내고 싶다.

그녀는 가슴에 열망을 품고 소녀의 집을 향해 달려가지만, 뭔

가의 가장자리와 마주친다. 생각 하나가 끝난 것 같다. 앞을 볼
수는 있지만, 앞으로 나아갈 수는 없다.

챌린저호가 폭발한 뒤, 교실 안의 공기는 굳어버린 것 같았다.
아무도 움직이지도, 숨쉬지도 않았다. 정지한 연기 구름만 보일
뿐, 가장자리에는 아무것도 없었다. 그녀는 그 정지한 공기 속으
로 손을 내민다. 손바닥을 펼쳤다가 다시 주먹을 쥐자, 구름은 고
장 난 텔레비전 채널처럼 수많은 점으로 변했다.

여기 이대로 서서 기다릴까? 배운 게 아무것도 없나? 그녀
는 자전거를 끌고 가는 소녀가 간 방향으로, 그 픽실레이션
(Pixilation. 움직임을 띄엄띄엄 찍어 간헐적으로 기록하는 기법-옮긴
이)을 향해 몸을 불쑥 들이민다.

✦

이번에는 지하실, 아들이 있는 곳이다. 그는 열다섯 살이다. 운
동기구, 게임스테이션, 매트리스. 웅웅거리는 난방용 히터. 곱등이
가 나타난다. 큼직한 벌레가 제멋대로 돌아다녀서 무섭고 당황스
럽다.

여자친구가 여기 와 있다. 그녀는 밖으로 이어진 지하실 통로
로 들어왔다. 아버지가 세상을 떠난 뒤 그의 생활은 내내 이랬다.
아무도 그가 뭘 하는지 모른다. 아무도 신경 쓰지 않는다. 너무 깊
이 생각하지만 않으면 그도 이런 상태가 좋다. 어머니는 그가 투명
인간인 양 보지 못하는 것 같다. 서로 거의 보는 둥 마는 둥 지내

는 일이 며칠씩 계속되기도 한다. 머리 위에서 엄마의 발소리가 들린다. 엄마도 비디오 게임에서 나오는 총소리를 듣고 있을 것이다. 그가 없어진다면 엄마는 언제쯤 알아차릴까?

여자친구는 알아차릴 것이다. 그녀는 탱크톱 위에 올드 네이비 스웨터를 걸치고 있다. 자동차 에어컨 구멍에 흔히 달아놓는 딸기향 방향제 냄새를 풍긴다. 그의 아버지가 몰던 도요타에도 그런 것이 있었다.

매트리스에 앉아 그녀는 그의 허벅지에 손을 얹는다.

"여기 냄새 나지 않아?" 그는 묻는다. 크리스마스 선물이 담긴 양말에 발냄새 제거 스프레이와 AXE 보디 스프레이가 들어 있었다. 엄마는 그를 안 보지만, 냄새는 맡는 것 같다.

"우리 엄마는 에센셜 오일을 팔아." 여자친구가 말한다. "대마향이 나는 오일도 있어, 진짜야."

"대마 냄새를 덮는 향이 필요해."

"엄마한테 있어." 여자친구는 그에게 키스한다. "하나 훔쳐 올까?"

"아니, 여기 냄새 나느냐고."

그녀는 주위를 둘러본다. "지하실 냄새지 뭐. 그렇잖아?"

"그렇겠지."

그녀는 그를 침대에 밀어 눕히고 그 위에 올라탄다. "우리가 뭘 해야 하는지 알아?"

"몇 가지 생각이 있어." 이따금 자기 입에서 그럴듯한 말이 나오는 게, 그럴듯하게 목소리를 내리깔고 나오는 게 놀랍다.

"동영상으로 찍자. 연예인처럼."

"찍어? 우리를?"

"그래!"

"얼마나?"

그녀는 그의 셔츠를 잡아당긴다. "맛보기로 조금만. 막 나갈 수는 없잖아." 그녀가 그에게 처음 막 나간다고 했을 때는 혼란스러웠다. 두 사람은 파티에서 만났다. 두 달이 지났는데도 그는 아직 그 말을 어떻게 받아들여야 할지 알 수 없었다.

"그냥 조금만 해보자."

그녀가 스웨터를 벗자 탱크톱 밑으로 부드러운 배가 드러난다. 그녀는 그의 휴대전화를 집어 든다.

✦

홀리는 생일파티에 와 있다. 자전거를 끌던 소녀는 이제 일곱 살, 더 어리다. 어머니는 드레스 자락 밑단이 케이크로 된 바비 인형을 내놓고 있다. 멋지다, 소녀는 생각한다. 케이크를 다 구운 뒤에 인형을 올렸겠지? 그래도 까맣게 타버린 바비 인형을 상상하지 않을 수 없다.

홀리는 플루트를 들고 방 뒤쪽에 서 있다. 모르는 사람들, 처음 보는 물건들이다. 손에 쥐고 있는 게 뭐지? 사람들은 그 물건을 카메라처럼 들이대고 초점을 맞춰서 찍는다. 지잉, 찰칵, 흘러 나오는 음악. 아버지가 버튼을 누르자 재키 고모의 목소리가 들린다. 전화기인가?

왜 이 집, 이 가족, 이 순간일까? 그녀는 부엌으로 걸어가다가 자신이 아까 통과해서 들어온 것과 비슷한 가장자리를 발견한다. 여기로 들어가면 이 순간에서 다른 순간으로 옮겨 갈 수 있을까?

여기 있으니 따뜻하다. 달콤한 간식과 펀치보울에 담긴 아이스 크림, 거품 나는 진저에일이 있다. 케이크를 먹고 싶지만, 그 안에 손을 밀어넣어 감촉을 느끼고 싶기도 하다. 이 역시 배고픔이지 만 일반적인 굶주림과는 다르다. 갈망일까……

그들은 〈생일 축하합니다〉를 부른다. 처음에는 그녀도 조용히 따라 부른다. 낯선 사람이 파티에 참석했는데 아무도 알아차리 지 못한다고?

그녀는 더 크게 노래 부른다.

생일을 맞은 소녀의 이름이 나오는 부분이 되자 홀리는 화가 나서 음정도 안 맞게 목청을 한껏 높인다. "사랑하는 우리 소녀…… 생일 축하합니다!"

사람들의 시선은 그녀를 지나친다.

그때 다시 장면이 휙 바뀐다. 그들은 거실에 있다. 딸은 분홍색 카우보이 부츠 선물을 풀어보고 있다. 레고 세트, 해적선인가? 홀리는 생일날 노란 곰 인형과 〈우주의 여왕 쉬라〉 크리스털 캐슬 모형을 받은 기억이 났다. 오빠는 "힘이여 솟아라, 그레이스 켈!" 어쩌고 외치며 성 모형을 낚아챘다.

이 둘도 똑같이 싸운다. 갑작스러운 다툼.

아버지가 말한다. "그러지 마라."

"동생 생일이잖니, 아이고." 엄마가 말한다.

그렇게 싫었던 가족이, 지금은 그립다.

홀리는 책상다리를 하고 앉는다. 마칭밴드가, 마칭밴드 경진대회에 나가지 못했던 일이 생각난다. 밴드가 연주한 곡은 악장이었던 티텍 선생님이 어렸을 때 좋아했던 옛날 시트콤 주제가 〈나의 세 아들〉이었다. 선생님은 우승할 수 있을 거라고 했다. 홀리는 울기 시작한다.

나이 많은 여자가 그녀의 어깨에 손을 얹는다. 할머니. 이웃 사람인가? "그냥 노는 거란다." 할머니는 아이들을 가리킨다.

이 할머니 눈에는 내가 보이는 걸까? 자신이 남의 눈에 보이지 않는다는 건 싫지만, 이건 더욱 불안하다.

가야 한다. 그녀는 죽은 사람이다. 알고 있다.

홀리는 일어선다. "고맙습니다. 이제 가봐야겠어요." 얼마나 많은 공간이 존재하는 걸까? 이 순간에서 얼마나 멀리 갈 수 있을까? 그녀는 빠르게 복도로 걸어간다. 복도 밖은 무(無)다.

그녀는 무를 향해 달려간다. 무가 그녀를 삼킨다.

그리고.

크리스마스—정적 속의 트리. 선물들.

다른 생일 파티. 놀이방이다.

축구 경기. 그녀는 경기장 밖에 서 있다.

그녀는 가장자리에서 다음 가장자리로 달려가서 뛰어든다. 몸이 가볍고 힘이 넘친다. 에너지가 출렁인다.

아이스링크. 스케이트는 없지만, 그녀는 플루트를 든 채 얼음

위에 서 있다. 스케이터들이 주위에서 얼음을 지친다.

해변의 휴가. 아버지가 두 아이를 안고 바다로 들어간다.

합창 발표회. 청중이 박수 칠 때 함께 박수…….

문득 이런 생각이 떠오른다. 청중. 아는 사람이 보이면 어떻게 하지? 집에서 멀지 않다면? 그녀는 통로에 서서 사람들의 얼굴을 살펴본다. 아이들은 마지막 인사를 하고 있다.

모두 멈춘다. 빛의 점들. 픽실레이션. 하지만 그것도 잠시. 콘서트는 음악 중간에 다시 시작된다. 다시 통로다. 모직 스커트를 입은 지휘자…… 홀리는 얼굴들을 살핀다. 이십 대 남자가 그녀를 보고 있다. 정말 이쪽이 보이는 것이다. 그는 일어서서 통로에 있는 사람들을 밀어젖히고 이쪽으로 다가오려고 한다. 하지만 사람들이 비켜주지 않는다. 그는 움직일 수 없다.

다시 음악 중간에 다른 음악이 시작된다. 남자는 자기 자리에 앉아 그녀를 응시하고 있다. 이번에는 오려고 하지 않는다. 그는 손을 들어 보인다.

그녀도 손을 흔들고 그 자리를 떠난다.

모래밭, 바다, 아버지, 두 아이…….

✦

어머니는 아들이 사는 지하실 두 층 위에서 지낸다. 높이만 다를 뿐 거의 같은 위치다. 집이 사라지고 그들이 공중에 떠 있다면, 두 사람을 연결한 밧줄이 땅과 수직을 이룰 것이다.

아들은 매트리스에서 여자친구와 뒹굴고 있다. 휴대전화를 텔레비전에 기대어 세워둔 채로. 녹화 중이다.

어머니는 저녁을 준비했다. 아이들을 위해 생선살 튀김, 냉동 야채, 마요네즈에 버무린 다진 피클을 차려놓았다. 어머니는 거품이 인 와인 잔을 들고 침대에 들었다. 랩톱을 펼쳤다. 원래 아들이 쓰던 방이었다. 남편과 같이 쓰던 침실은 그가 그 방에서 죽은 뒤로 사용하지 않는다.

문에서 노크 소리가 난다. 딸이 얼굴을 들이민다. "여기서 숙제 해도 돼?"

"무슨 속셈인지 알아. 네 침대에서 자야지. 아직 괴물이 무섭 니?" 농담처럼 던진 말이지만, 차갑게 들린다.

딸은 무서워하는 게 많다. "몰라." 아이는 문을 닫고 자기 침실로 향한다. 그녀는 침대 밑으로 기어든다. 비좁은 공간이, 바닥까지 늘어진 침대 커버가 좋다. 여기 있으면 그녀는 존재하지 않는다. 그녀가 존재하지 않으면 아빠도 죽지 않는다. 아빠도 존재하지 않은 것이니까. 그녀는 주름이 풍성하게 잡힌 분홍색 커버 밑단에 숨을 훅 분다.

딸이 순순히 물러가자 어머니는 마음을 놓았다. 아버지가 죽었다고 해서 아이들이 유아처럼 굴도록 두어서는 안 된다. 그녀는 와인을 마시며 영화 목록을 훑어본다. 시대극 쪽에 커서가 머무른다.

그러다 결국 무너진다. 그녀는 가족의 영상을 저장한 클라우드로 들어간다. 남편이, 둘만 나누던 농담이, 섹스가 그립다.

그녀는 해변에서 찍은 영상을 클릭한다. 등이 햇볕에 붉게 탄 남편이 아이 둘을 안고 파도에 몸을 던진다. 영상을 열 번쯤 보았을 때쯤, 그녀는 재생을 멈춘다.

아홉 번째 재생에서 남편이 문득 왼쪽을 바라본다. 누가 부르는 소리라도 들은 것 같다. 그는 돌아보더니 한 걸음 내디딘다. 뭐지?

그녀는 다시 재생 버튼을 누른다. 한 팔에 하나씩 안은 아이들, 해안에서 부서지는 파도. 그는 다시 돌아서서 한 발 내디딘다. 뭐지? 무슨 소리지? 목소리? 이건 처음 보는 장면이다.

다음 장면에서 그는 다시 돌아본다. 이번에는 해변에 있는 그녀 쪽이다. 그는 걱정스러운 얼굴로 그녀를 보며 이렇게 말하는 것 같다. "당신도 봤어?"

그녀는 다시 본다. 뭔가 이상하다. 전에 없던 장면이다.

그녀는 랩톱을 닫는다. 심장이 쿵쿵거린다. 가장 친한 친구가 이렇게 말한 적이 있다. "슬픔은 사람을 이상하게 만들어."

그녀는 침대 옆 협탁에서 항우울제 병을 꺼내 한 알 삼킨다. 슬픔 때문이야, 그녀는 자기 자신에게 말한다.

✦

"제 유튜브 채널에 오신 것을 환영합니다!" 딸은 립글로스와 엄마의 마스카라를 칠하면서 연습한다. 코가 얼굴에 비해 너무 크다. 예전에는 귀여웠지만 지금은 아니다. 부석부석한 머리카락은 멍청해 보인다.

책상에는 연구 숙제 첫 페이지가 놓여 있다.

세상에서 가장 큰 꽃인 라플레시아 아르놀디는 기생생물이다. 실 모양 구조에서 자라며 숙주에 의존해 물과 양분을 얻기 때문에 균류로 분류된다. 꽃은 거대하고 불그스름한 갈색이며 썩은 고기 냄새를 풍긴다.

세상을 떠날 때 아빠의 몸에서는 고약한 냄새가 났다. 그녀는 아빠를 포옹하고 싶지 않았다. 그 부분은 기억하기 싫다.

그녀는 빈백 의자에 비스듬히 누워 아까 찍은 영상을 이리저리 조작한다. 자전거로 빠르게 언덕을 내려가는 장면, 나뭇가지 위의 새, 하늘. "안녕하세요! 제 유튜브 채널에 오신 것을 환영합니다! 여기는 제가 사는 곳이에요." 그녀의 집, 이어 휙 화면이 돌아간 뒤 거리, 시멘트를 부어놓은 공터.

이어 뭔가 올라온다. 사람이다. 머리 꼭대기가 보인다. 십 대, 여자가 일어선다. 포니테일과 가지런히 자른 앞머리. 그녀는 쌀쌀하고 약간 지저분한 모습으로 주위를 둘러본다.

하지만 그때는 아무도 없었는데.

하지만 진짜 여기 있다. 뭔가 들고 있다. 짧은 막대인가? 아니, 플루트다.

딸은 소리친다. "엄마! 엄마!"

엄마는 아빠가 떠난 후로 아직 공황 반응을 보인다. 그녀가 복도를 달려와 문을 벌컥 연다. "무슨 일이니?"

딸이 랩톱을 건넨다. 눈을 커다랗게 뜨고, 팔짱을 끼고, 한쪽 겨드랑이에 플루트를 낀 여자아이의 정지 영상이 화면에 떠 있다.

✦

아들의 여자친구는 귀가 시간을 한 시간이나 지나서야 떠났다. 아들은 달 표면에 도시를 건설하는 조별 과제를 하고 있다. 아들이 맡은 부분은 모듈형 주택을 만드는 작업이다. 월면 도시 건설에 대해 알게 된 점이 있다면, 절대 십 대에게 일을 맡겨서는 안 된다는 사실이다. 그는 조별 과제의 결론을 이렇게 쓰고 싶었다.

NASA 엔지니어가 아닌 사람이 이 작업을 맡아서는 안 된다. 우리는 너무 멍청하고 게으르다.

여기저기 흐트러진 형광펜, 판지, 커터칼, 포스터 보드.

너무 흥분해서 집중할 수가 없었다. 여자친구가 짧은 영상 일부를 보내왔다. 그녀가 영상을 지웠으면 좋겠다고 생각했다. 우리는 유명인도 아니니까. 한 쌍의 바퀴벌레처럼 보일 것이다. 그게 사실이니까.

그 일에 대해서도, 월면 도시 프로젝트에 대해서도 생각하고 싶지 않았다. 그는 게임이나 해야지, 하고 헤드셋을 썼다.

✦

　어머니는 딸의 트윈 침대에 걸터앉았다. 케이팝 포스터가 벽에 붙어 있다. 딸은 잠들 때까지 곁에 있어달라고 했다. 그 옆에 잠시 누워 있고 싶지만, 딸이 엄마를 마냥 찾는 것이 염려스럽다.

　아니, 오히려 내가 딸을 필요로 할까 봐 염려되는 게 아닐까? 남편의 죽음을 통해 배운 것이 있다. 사람을 필요로 해서는 안 된다는 것. 그녀는 조그마한 딸아이를 따뜻한 시선으로 바라본다. 부드러운 머리카락을 쓰다듬는다. 그리고 랩톱을 펼친다. 플루트를 든 소녀. 어머니는 소녀의 옷과 머리칼 속에서 자기 자신을 본다. 자신이 어렸던 시절을. 플루트를 든 소녀는 해변의 남편과 연결되어 있다―그의 얼굴, 놀란, 어쩌면 두려운 표정. 그는 소녀를 보았다. 그녀가 필요했다. 두 사람의 눈길이 마주쳤다. 여기, 지금, 오늘.

　그녀는 랩톱을 닫고, 방 전등을 끄고, 자기 침대로 돌아간다. 내일 아침에 일어나면 모든 게 이해가 될 것이다.

　✦

　홀리는 젖은 모래 위에 무릎을 꿇고 플루트로 땅을 판다. 플루트는 이미 망가졌다. 처음에는 SOS라는 단어가 생각났다. 하지만 그녀는 SOS 대신 자기 이름을 적는다. 홀리 마…… 시간이 다 됐다.

다시 시작된다.

아버지는 이따금 돌아본다. 무릎까지, 엉덩이까지 빠진다…….
그녀는 그를 무시한다. 계속 쓰다 보니 점점 빨라진다. 그녀가 여
기 있다는 걸 누가 알면 뭔가 바뀔지도 모른다. 이런다고 생명을
되찾을 수는 없을 것이다. 하지만 그녀는 집요하다.

그녀가 자기 이름을 끝까지 쓰자, 아버지는 미소 짓는다. 아이
들은 아무것도 모른 채 매번, 똑같이, 꽥꽥거리며 놀고 있다.

영상 클립이 다시 시작되고, 그녀는 땅을 판다. 이제 매우 빠른
속도로.

아버지가 파도 소리 너머에서 외친다. "홀리!"

반복되는 영상 속에 그 이름이 각인된다.

그녀는 숨을 들이마신 뒤 흡, 하고 멈춘다. 아버지를 바라본다.

✦

아버지가 죽기 전부터 가족 모임은 사라졌다. 그저 위층에서
죽어가는 아버지의 상태를 전달하는 자리일 뿐이었다. 그런데 이
번 토요일 아침에는 가족이 모여 앉았다.

"무슨 일이죠?" 아들이 묻는다.

"이상한 일이 생겼어." 엄마가 말한다. "이야기를 나누어봐야
할 것 같구나." 그녀는 해변의 아버지에 대해 설명하려고 해보지
만, 그러다 보니 자기가 그 영상을 계속 돌려봤다는 사실을 털어
놓지 않을 수 없다.

"노스 캐롤라이나의 그 해변 말이에요?" 아들은 사실관계에
집중하려고 노력한다.

"그래."

딸이 기다렸다는 듯 말을 받았다. "나도 자전거를 탔는
데……." 딸은 플루트를 든 소녀의 이미지에서 정지된 영상을 보
여준다.

아들은 휴대전화 케이스를 만지작거린다.

어머니는 아들에게 묻는다. "넌 혹시 이상한 일 없었니?"

"무슨 이상한 일이 있기를 바라는 거예요?" 아들은 자신이 왜
이런 말을 하는지 알 수 없다.

"아니. 단지…… 이야기를 해야 할 것 같아서. 뭔가 안 좋은 일
이 있을지도 모르니까. 음……." 엄마는 무슨 말을 해야 할지 알
수 없다. "슬픔은 사람을 이상하게 만들지 않니." 어쩌면 이상한 일
이 벌어지는 것을 기다리고 있는지도 모른다. 아버지가 돌아온다
든지.

아들은 야한 영상에 대해 생각한다. 클라우드에 자동으로 업
로드된 건 아니겠지? "난 괜찮아요. 그냥 일어나면 안 될까요?"

"그러지 마라." 엄마가 말한다.

아들의 휴대전화가 울린다. 여자친구의 문자메시지다.

"이건 슬퍼서 그런 게 아니야." 딸이 말한다. "우리 영상에 실제
로 죽은 소녀가 살아 있다니까! 아빠가 이 테이프에서 달라 보이
는 건 그 때문이야. 모든 게……." 딸은 손가락을 한데 모은다.

"서로 연결되어 있는 거지." 엄마가 말한다.

문자메시지는 이런 내용이다.

너 대체 뭐 하는 새끼야?

끝에는 아주 열받은 이모티콘이 붙어 있다.
"우린 서로를 잘 지켜봐야 해." 어머니는 말한다.
다음 문자메시지가 왔다.

그년은 대체 누구야?

"휴대전화 잠시 내려놔." 엄마가 말한다.
"서로 지켜보자, 알겠어요." 아들이 말한다. "이제 가도 돼요?"
전화가 울리고, 울리고, 다시 울린다.
"그래." 어머니가 말한다.
아들은 의자에서 벌떡 일어나 지하실로 내려간다. 전화가 계
속 울린다. 그는 영상을 연다. 삭제를 누른다.
다음 문자메시지다.

그 여자 미친 거 아냐?

에이버리 비클리 사촌 맞지?

에이버리 비클리가 누구지? 2학년 축구 선수였나? 골키퍼?

그년은 변태야. 이게 뭐야? 넌 최악이야.

꺼져, 나가 뒈져버려.

그는 방을 둘러본다. 아까 나갔을 때와 모든 게 똑같다. 세탁물 바구니, AXE 보디 스프레이와 향수들, 도시 모형의 모듈형 주택들.

커터칼만 다르다. 날이 튀어나와 있다. 아버지는 늘 안전을 강조했다. 자신이 칼날을 이렇게 방치했을 리 없다. 배 속 깊이 서늘한 기운이 스친다. 그는 쌓아 올린 판지를 걷어찬다. 그때 눈에 글자들이 들어온다.

홀리 마틴이 여기 있어.

나 홀리 마틴이야…….

홀리 마틴 홀리 마틴 홀리 마틴 홀리 마틴 홀리 마틴 홀리 마틴……

✦

"아저씨도 죽었어요." 홀리는 아버지에게 말한다.

"이제 1년 됐지." 두 사람은 세례식에 와 있다. 그는 원래 하던 행동에서 벗어날 수 없다. 이따금 그는 대화와 상관없는 몸짓이나 움직임을 해야 한다.

"아저씨 딸의 일곱 번째 생일 파티에 왔던 그 나이 많은 여자.

그 사람도 죽은 거죠."

"그래. 내 아내의 할머니다. 아흔이 넘도록 사셨지. 콘서트에 왔던 남자는 모르겠지만, 그의 장례 비용을 마련하기 위한 고펀드미 페이지가 있었어."

"고펀드미가 뭐예요?"

"후원금 모금 사이트. 온라인에 있어." 여전히 무슨 말인지 모르겠다. "별거 아니야."

그들은 세례식의 이 장면을 여러 번 반복 재생하고 있다. 아기 머리의 솜털에 물과 향유가 끼얹어진다. 반복, 또 반복.

"죽은 사람들은 여기서 뭐 하는 거예요?" 그녀는 묻는다. "갇힌 건가요?"

그는 해변에서보다 젊어 보인다. 머리카락이 검고 숱도 많다. 턱에 수염도 있다. "보통 죽은 사람들은 여기 한동안 머물렀다가 차츰 바래지고 다시 처음 영상에 담겼던 모습 그대로의 이미지로 남게 돼. 우선은 망자 본인이 마음의 준비를 마쳐야 하고, 사랑하던 사람들이 그 사람을 놓아주어야 하는 것 같구나."

"아저씨는요? 스스로 떠날 수 없는 건가요, 아님 사랑하던 사람들이 놓아주지 않는 거예요?"

"둘 다야." 아버지의 눈시울이 젖는다. 그는 미소 짓는다. "나는 이 생을 정말 사랑했단다."

그녀는 스테인드글라스와 흰 가운을 입은 신부, 아기 주위에서 오가는 사람들을 쳐다본다. "나는 그렇지 않은 것 같아요."

"너는 여기 없었어. 그런데, 갑자기 모든 곳에 있게 됐지." 그는 성호를 긋고 고개를 숙인다. "네가 바라는 건 뭐니?"

그녀는 혼란스러운 심정으로 아버지를 바라본다. "전부 다요. 전부 다. 삶! 아저씨가 가진 걸 봐요!" 그녀는 탱크톱을 벗는 지하실의 소녀와 그 위에 올라타는 소년, 두 사람의 거친 호흡, 키스, 삐걱거리는 소리, 달콤한 속삭임을 기억한다. 난 그런 걸 가질 수 없는 걸까?

그는 고개를 든다. 기도가 끝났다. "그 남자는? 네게…… 이런 짓을 한 사람 말이다."

조지 슬리머에 대한 이야기는 하고 싶지 않다. 왜 내 머릿속에 그가 존재하도록 허락해야 한단 말인가. 그녀는 플루트로 다시 다리를 두드린다. "거기는 온통 숲이었어요. 동네 전체가. 마지막으로 제가 본 건 나뭇잎과 그 뒤의 하늘. 나는 더 이상 숨 쉬지 않았어요. 하지만 그 장면은 기억해요. 나뭇잎이 떨고 있었어요. 화난 것도 아니고, 겁먹은 것도, 행복한 것도 아니었어요. 그런 표현을 넘어선 상태. 나 역시 그가 밉다는 걸 넘어선 마음이에요. 우리처럼 죽은 사람에게 중요한 건 트라우마가 아닐지도 몰라요. 그저 원하는 마음일지도."

"하지만 너는 여기 갇혀 있잖니. 이제……."

"아저씨도 갇혀 있잖아요!" 교회에서 고함을 지르니 기분이 좋다. "그러니까 내가 갇혀 있다는 걸 아는 거고요."

"그래, 네 말이 맞다."

"혹시 그들이 죽는다면, 그들은 아저씨와 같이 있을 수 있어요."

"뭐?"

"그들 중 한 사람이 죽으면, 내가 그 자리를 차지할 수 있을지 모른다고요."

"너 미쳤니?"

"내 이름을 적었더니 그대로 남아 있었어요. 내가 그렇게 할 수 있다면, 다른 일도 할 수 있을 거예요."

군중 앞에서 박자에 맞춰 대형을 갖추던 마칭밴드처럼, 눈에 보이지 않는 무언가가 가지런히 정렬되고 있다. 한 사람 한 사람은 뭔가 더 큰 대열의 부분이었다. 〈나의 세 아들〉은 세 켤레의 신발이고, 그중 한 켤레가 초조하게 바닥을 톡톡 두드렸다. 그들은 털모자를 턱에 끈으로 고정해 쓰고는 행진하며 대형을 만들었다. 티덱 선생님이 밴드실에 비디오 상영기를 끌고 와서 테이프를 틀어주었다. 아이들은 영상을 보고야 밴드가 만든 형태를 알 수 있었다. 그것은 강력한 느낌이었지만, 동시에 갇힌 기분이기도 했다.

"그럴 수는 없어." 아버지는 말한다. "세상에, 홀리." 그는 홀리의 팔을 잡지만, 영상이 기도 장면으로 돌아가는 순간 그녀는 손을 뿌리친다.

그녀는 돌아서서 가장자리를 향해 달려간다.

✦

아들은 구글 검색을 한다. 홀리 마틴 1986년 사망 실종…… 사건 관련 기사, 슬퍼하는 가족. 2년 뒤 다시 발생한 실종 사건. 고등학교 1학년 필드하키 선수. 시체가 발견되었다. 몇몇 남자가 용의선상에 올랐다. 그중 한 사람이 체포되어 유죄 판결을 받았다.

조지 슬리머. 무표정한 얼굴, 입술에 흉터. 55세. 공조기 설비업자. 모친이 사망한 뒤 여기서 그리 멀지 않은 집을 물려받아 살고 있었다.

식은땀이 흐른다. 아들은 한 번에 계단을 두 단씩 올라 1층으로, 다시 2층으로 올라간다. 복도에 어머니가 쪼그리고 앉아 자투리 공간에서 상자를 꺼내 살펴보고 있다. 여동생은 헤드폰을 낀 채 랩톱을 보고 있다.

"홀리 마틴." 아들은 말한다.

여동생은 헤드폰을 귀에서 뺀다.

"뭐?" 어머니가 말한다.

"여자애 이름이야. 그 애를 살해한 건 조지 슬리머라는 남자인 것 같아."

"어디 보자."

가족은 아들의 랩톱 주위에 모인다. 그는 화면을 스크롤해 뉴스 기사를 띄운다.

"그 애가 우리 집 지하에 있었어. 자기 이름을 써놨어. 집요하게."

"왜 우리 집을 떠도는 거지?" 엄마가 묻는다.

"우리한테서 원하는 게 뭘까?" 딸이 묻는다.

"꼭 뭔가를 원해야 해?" 아들이 묻는다.

어머니는 생각해본다. "유령들은 항상 뭔가를 원하지 않나?"

"우릴 죽이고 싶은지도 모르지." 아들이 말한다. "유령은 가끔 그러잖아."

아들은 몸을 비틀어 복도 끝의 문을 돌아본다. 아버지가 세상을 떠난 방이다.

"나는 영상을 전부 모으고 있어." 딸이 말한다. "어디나 그 애가 있어."

✦

홀리는 원하던 것을 전부 했다. 케이크 아이싱 때문에 손이 끈끈하다. 아이스링크에 오랫동안 있어서 손가락이 붉게 곱았다. 콘서트에서 노래를 불러서 목이 아프다. 이제 그녀는 지하실에 있다. 소년과 소녀가 뒹굴고 있다. 전에도 민망함에 얼굴을 붉힌 채 보았던 광경이지만, 지금 홀리는 그들을 보고 있지 않다. 지하실을 돌아다니며 헤드셋을 만져보고, 향수를 집어 들어 뿌리고, 안개 같은 향기 속에서 걷는다.

홀리는 카드 탁자에 놓인 두꺼운 골판지와 스티로폼, 마커, 커터칼 옆에 플루트를 내려놓는다. 그리고 커터칼을 집는다. 첫 삽에 담긴 흙이 주변에 떨어지던 기억이 생생하다. 살해당한 사람에게는 다른 사람을 살해할 권리가 생긴다. 십 대 소녀로 살던 시절, 홀리는 살해당한 사람에 대해 생각해본 적이 없었다. 여기서 사람을 죽이면 어떤 일이 벌어질까? 지금 그녀가 행동하면 결과가 발생한다. 그 영향이 실제 세계로 파문처럼 번진다. 홀리는 새로운 체위를 취하려는 소년과 소녀를 바라본다. "나 머리카락 깔렸어." 소녀는 늘 하던 이야기를 한다. 그는 팔꿈치를 든다. "미안, 미안." 그들은 너무나 살아 있다. 그럴 자격이 있나? 왜 저 사람들이 아니라 내가 죽었지? 그것도 바꿀 수 있을까?

홀리는 천장을 쳐다본다. 하늘을 배경으로 떨던 나뭇잎들이 기억난다. 그녀는 커터칼을 움켜쥐고 눈을 감는다.

✦

어머니와 딸, 아들이 부엌 식탁에 놓인 랩톱 옆에 모여 있다.

지금 아버지는 카메라를 통해 가족들을 차례로 바라보며 시선을 탐색하고 있다. 그는 절박하다. 뭔가 이야기하고 싶은 것이 있지만 할 수 없는 것이다. 이따금 정해진 역할에서 벗어났다가도, 다시 원래 상태로 되돌아간다.

어떤 영상에도 홀리는 없다. 사라져버렸다.

어머니는 말한다. "그 애가 우리를 선택한 걸까? 어떻게 들어왔을까?" 어머니가 생각하는 것은 딸의 휴대전화가 아니다. 그녀는 이 가족의 '구멍'에 대해 생각하고 있다. 아버지의 부재로 찢어진 커다란 구멍. 인간의 형태를 한 구멍. 홀리가 그 구멍에 이끌린 걸까?

"이 애한테는 더 나은 플루트가 필요해요." 아들은 홀리가 좋은 것을 가져야 한다고 생각한다. 너무나 많은 일을 겪었으니까. 어떻게 보면 예쁜 얼굴이다. 아마도 슬플 테니까, 그도 슬픔을 이해하니까. "그건 해줄 수 있잖아요."

"어떻게?" 어머니가 묻는다.

"플루트를 사서 동영상을 찍을 수 있잖아요. 그걸 클라우드에 업로드하면 그 애에게 플루트가 생기는 거죠."

이 제안에 어머니는 놀란다. 정말 실용적이고 배려심이 깊다.

"생일 파티를 열어줄 수도 있어요." 아들은 말한다. "이 애가 뭘 잃어버렸는지 알아볼 수도 있고요. 난 아는 게 없지만." 아들은 홀리가 점점 좋아진다. 영원히 같이 지낼 순 없을까?

"아빠는?" 딸이 묻는다.

그들은 영상을 클릭한다. 아버지는 겁에 질려 있다. 사촌의 결혼식 장면, 딸에게 자전거 타는 법을 가르치던 장면, 호숫가 오두막에 걸린 해먹. 아버지는 눈을 깜빡이고, 카메라를 응시하기도 한다. 우리에게 원하는 게 있는 걸까? 그게 뭐지?

아들은 성큼성큼 부엌을 서성거린다. 어머니는 아들이 더 어렸을 때 이런저런 것들을 보고 흥분하던 기억이 난다. 그래서 겁이 난다. 아들의 희망이, 갑작스러운 순진함이. "우리도 아빠를 볼 수 있고, 아빠도 우리를 볼 수 있잖아요! 이제 모든 게 달라진 거 아니에요? 어쩌면 아빠가 돌아올지도 몰라요. 이건 일종의……."

"아니." 어머니는 말한다. "아빠는 돌아오지 않아. 우린 벗어나야 해." 아버지의 부재가 남긴 뻥 뚫린 상흔에서. "아빠도 그걸 원할 거야." 만일 죽은 것이 나였다면, 나도 그것을 원했을 테지.

딸은 빠르게 뒷문으로 가더니 바닥에 놓인 자전거 헬멧과 문손잡이에 걸린 코트를 집어 든다. "자전거 좀 타고 올게요." 그녀는 코트를 걸친다.

"다 같이 있어야 해." 엄마는 말한다.

"곧 어두워지잖아." 아들이 말한다. "혼자 나가면 안 돼."

딸은 문을 연다. "곧 올게." 그녀가 나가자 다들 차고로 따라간다.

"야!" 아들이 부른다.

딸은 차고에서 자전거를 꺼내 올라 타더니 진입로로 달려간다. 어머니는 마당으로 달려간다.

오빠는 엄마 옆에 선다. "기다려!"

"곧 올게!" 딸은 가족들에게 외친다.

페달을 세게 밟는다. 점점 속도가 붙고 죽은 소녀가 처음 나타난 지점을 지나친다. 계속 달린다. 내리막을 지나 주택단지 입구로 빠져나간다. 단지 이름을 필기체로 새길 예정이었던 돌기둥 두 개. 그 자리는 아직 비어 있다.

딸은 대로로 나선다. 갓길에서 벗어나지 않는다. 차들이 옆으로 지나칠 때마다, 자전거 바퀴가 자갈을 밟으며 휘청 미끄러진다. 헤드라이트 불빛이 그림자를 길게 늘였다가 다시 잡아당긴다. 차가운 공기가 허파를 가득 채운다.

언덕 꼭대기에서 자전거를 세운다. 숨을 고른다. 딸이 말한다. "제 유튜브 채널에 오신 것을 환영합니다." 거칠고 메마른 목소리. 딸은 휴대전화를 꺼내면서 길게 뻗은 도로를 바라본다. 아빠의 죽음으로 인해 내가 특별한 존재가 되었을까?

공동묘지다. 아빠는 여기 묻혀 있다. 죽고 싶지 않았던 수많은 사람들이 여기 묻혀 있다. 그녀는 휴대전화를 꺼낸다. 등 뒤에서 헤드라이트가 천천히 다가온다. 긴 그림자가 드리운다. 차는 갓길에 선다. 딸은 돌아본다.

오빠가 문을 열어둔 채 먼저 내린다. 등 뒤에서 몇 발짝 다가온다. "네가 무슨 생각을 하는지 알아." 그는 천천히 말한다. "그러지 마. 기다려."

엄마는 시동을 끄지만 헤드라이트는 켜둔다. 그리고 차에서 내린다. 딸은 아직 자전거에 다리를 벌리고 걸터앉은 채 휴대전화를 들고 녹화 준비를 하고 있다. 해야만 한다. 아빠를 돌아오게 할 수 있는 유일한 길이다.

"아빠는 죽었어." 엄마가 말한다. "하지만 우린 계속 살아가야 해."

난 해봐야겠어, 하지 않을 수 없어. 딸은 순순히 말을 듣는 척한다. 고개를 끄덕이고, 휴대전화를 내리고, 자전거에서 내린다. 차로 돌아가서 자전거를 트렁크에 넣고 집에 가려는 척한다.

엄마와 오빠는 다행이라는 눈빛을 교환한다.

그때 딸은 자전거를 놓고 공동묘지를 향해 내달리기 시작한다. 휴대전화를 들고 녹화 버튼을 누른다. 휴대전화가 마구 흔들리며 공동묘지를 찍기 시작한다. 저기 언덕 위에 자리 잡은 아빠의 묘지에 초점을 맞춘다. 하지만 다른 많은 묘지가 스쳐 지나가면서, 교도소에서 죽었지만 여기 고향에, 자기 어머니와 누이 옆에 묻힌 조지 슬리머의 소박한 묘비도 화면 안에 들어온다. 딸은 이 사실을 모른다. 오로지 아버지를 되돌리고 싶다는 생각, 그것뿐이다. 딸은 자신이 무엇을 불러내고 있는지 모른다.

엄마는 딸의 이름을 부른다. 오빠가 뒤따라 달린다. 헤드라이트 불빛이 어둠을 향해 쏟아지며 딸의 모습을 비춘다. 오빠가 차츰 가까워지더니 몸을 날려 동생을 차갑고 단단한 땅에 쓰러뜨린다. 휴대전화가 나동그라진다. 동생은 오빠를 발로 차고 빠져나가려고 하지만, 오빠는 놓아주지 않는다. 그는 동생을 꽉 붙잡는다. 어두워지는 하늘이 두 사람을 내리누르고 있다. 겁에 질린 엄마가 사랑하는 아이들을 지키려고 다가와서 숨을 몰아쉬며 우뚝 선다. 심장이 가슴 속에서 쿵쿵 고동친다. 바람이 불어와 세찬 돌풍이 된다.

그때 오빠가 이상한 소리를 내더니 동생을 놓아준다. 아픈지 얼굴을 찡그린다. 몸을 돌려 드러눕더니 옷소매를 끌어올린다. 손목에 작지만 깊은 상처가 나 있다. 그가 엄마를 바라보고, 엄마는 무릎을 꿇고 아들에게 기어간다. 손으로 상처를 누르자 피가 손가락 사이로 배어난다.

딸은 휙 몸을 돌려 주변의 밤하늘과 묘지, 도로를 바라본다. 바람에 머리카락이 마구 날린다.

지금의 지금

The Now of Now

사람들이 몇 살이냐고 물어보면, 선뜻 대답이 나오지 않을 때가 있다. 올해가 몇 년인지, 내가 몇 년도에 태어났는지는 알고 있다. 간단한 뺄셈이다.

하지만 나는 그보다 오래 살았다.

고등학교 2학년 가을, 알렉 머치슨과 나는 아주 긴 시간을 살았다.

프로필상으로 알렉은 지금 서른여덟 살이다. 사진에서 그는 호숫가 선창의 데크의자에 앉아 무슨 재미있는 이야기라도 들은 듯 자연스러운 미소를 짓고 있다. 레드삭스 야구모자 가장자리로 검은 곱슬머리가 삐져나와 있다. 우리가 열여섯 살이던 그해 이후 나는 그를 보지 못했다.

그가 내게 처음 보낸 메시지는 단순한 질문이었다.

그거 정말 있었던 일인가?

나는 일찌감치 알고 있었지만, 모르는 척하거나 침묵을 지켰다. 두려웠든가, 혹은 지나치게 발달한 자기부정 능력 때문에 믿지 말라고 나 자신을 설득했기 때문일 것이다. 내 최초의 기억은 푸드코트에서 시나본을 주문하는 토끼탈 인형에 정신이 팔려 부모 곁에서 멀어지던 때다. 아마 네 살이었을 것이다.

토끼가 돈을 내려고 커다란 인형탈과 장갑을 벗는 순간, 나는 인간의 대머리와 축 늘어진 턱, 작고 재빠른 사람 손을 보고 겁에 질렸다. 급히 몸을 돌려 엄마 아빠를 찾았다. 반코트 차림의 아빠나 오렌지색 수첩을 든 엄마, 어디 있어? 아무 데도 보이지 않았다. 나는 차츰 숨을 몰아쉬기 시작했고, 그러다 울음을 터뜨렸다. 시야가 눈물에 번졌다.

그때 모든 것이 정지했다.

나는 눈을 깜빡였고, 눈물이 뺨을 타고 흘러내렸다.

가장 이상한 것은 쥐 죽은 듯한 정적이었다.

나는 박물관의 동상 옆을 거닐듯 천천히 사람들 사이를 걷기 시작했다. 목적은 잊지 않았다. 엄마 아빠를 찾는 것이다. 나는 의자를 디디고 올라섰다가 이어 테이블에 올라가서 인파를 둘러보았다.

엄마 아빠가 보이자―엄마는 플라스틱 쟁반을 든 채 내가 없어진 것을 이제 막 깨달았는지 고개를 돌리고, 아빠는 햄버거 포장지를 벗기고 있다―나는 얼른 내려와서 그쪽으로 달려갔다.

먼저 엄마 옆으로 가서 허벅지를 껴안았다. 엄마는 허리선이 높은 펑퍼짐한 청바지를 입고 있었다.

엄마는 얼어붙은 듯 그대로 서 있었다.

나는 외쳤다. "엄마! 엄마!"

마찬가지였다.

손을 뻗어 쟁반을 든 엄마의 손을 붙잡자 모든 것이 되살아났다. 시끄러운 잡담, 고함 소리, 그릇 부딪히는 소리, 쿵쿵거리는 소리. 엄마가 내려다보았다. "아, 여기 있네!" 마치 이 상황이 세상에서 가장 정상적이라는 듯이.

아이들이 그렇듯, 나도 그 일을 지극히 정상적인 상황이라고 믿었다.

✦

나는 이혼했다. 딸 하나, 열한 살 난 클로이가 있다. 나는 딸이 방향감각을 잃거나, 숨을 몰아쉬거나, 눈빛이 이상하지 않은지 지켜본다.

혹시 눈빛으로 이렇게 말하고 있지 않은지 살펴본다. '방금 새들이 잔뜩 내려앉아 잔디를 쪼고 있는 앞마당으로 달려갔더니, 새들이 나를 보고 퍼덕거리면서 하늘로 날아오르다가 갑자기 멈췄어. 허공에서. 날갯짓을 하다 말고.'

혹시 구름이 상공을 꽉 막은, 고요하게 정지한 세상 속에서 얼어붙은 새를 손으로 만져본 낌새가 있지는 않은지 살펴보기도 한다.

＊

일주일이 꼬박 지난 뒤, 나는 알렉 머치슨에게 답신했다.

안녕, 소식 들어서 반가워. 하지만 네가 무슨 말을 하는지 모르
겠다. 날 다른 사람과 헷갈린 거 아니니.

난 예전의 내가 아니야. 그건 다른 사람이었어. 그리고 그런 일
은 없었어. 그런 속뜻이다.
그리고 서명 대신 이렇게 적었다.

삭스 이겨라!

＊

그 일은 6학년 때 다시 일어났다. 폭발해버리지 않을까 싶을
정도로 긴장한 상태. 나는 무대에서 내 차례를 놓칠까 봐 가슴
졸이며 기다리고 있었다. 그때, 처음 그날처럼 아무 경고 없이 모
든 것이 멈췄다.
으스스한 침묵. 중학생 배우들의 과장된 대사도, 객석의 기침
소리도, 무대 뒤의 속삭임도 없었다. 아무것도.
나는 벽에 걸린 커다란 디지털 시계를 응시하며 8시 12분에서
13분으로 넘어가기만을 기다렸다. 하지만 숫자는 바뀌지 않았다.

나는 숨을 죽이고 천천히 60초를 셌다. 시계는 그대로였다.

토끼탈 일은 그냥 괴상한 꿈이라고 생각하던 때였다. 하지만 그 장면이 머릿속에 생생하게 떠올랐다.

클립보드를 들고 헤드셋을 쓴 무대감독이 가까이 있었다. 턱에 여드름이 난 8학년 학생이었다. 어린 시절 푸드코트에서는 엄마의 손을 잡은 순간 모든 것이 다시 움직이기 시작했었다.

나는 무대감독에게 다가가 그의 주먹 관절을 쿡 눌렀다.

그러자 예전처럼 모든 것이 되살아났다.

무대감독은 몇 발짝 떨어져 있던 내가 어느새 바짝 다가와 있는 것을 의식했는지 멍하니 나를 보았다. "뭐 필요한 거 있어?" 그가 나직이 물었다.

나는 고개를 젓고 시계를 보았다.

8시 13분.

✦

알렉의 두 번째 메시지는 약간 더 다급했다.

꼭 이야기를 나누고 싶어. 번거롭게 하진 않을게. 우린 오랫동안 서로 연락하지 않았지. 하지만 정말 중요한 일이야.

그는 자기 번호를 남겼다.

열여섯 살이 되어 알렉과 사귀기 시작했을 때까지는 별다른 일이 없었다. 우리는 사회 시간에 만났다. 눈빛이 서글프고 덩치가 큰 스마일리 코치가 열의 없이 수업을 진행했다. 알렉 앞자리에 앉아 있는데 뒤에서 잘난 척 소곤거리는 농담이 들려왔고, 내가 웃음을 참으려고 어깨를 들썩이는 모습을 그가 보았다. 어느 날 사물함 자물쇠를 여는데, 그가 홈커밍데이 행사에 같이 가겠느냐고 물었다. 알렉은 일찌감치 성인 같은 외모로 성장한 애들 중 하나였다. 검은 눈썹, 가벼운 주근깨, 곱슬머리. 호숫가 선창의 데크의자에 앉아 있는 서른여덟 살의 남자 모습이 이미 눈에 보이는 듯한 아이. 나는 그를 아주 좋아했다. 하지만 그렇게 잘난 척하는 농담을 하지 않았더라도 분명 좋아했을 것이다. 처음 본 순간부터, 진심으로 좋았다. 인간의 육체와 무의식이 만나는 어두컴컴한 미궁 깊숙한 곳에서 우러나오는 감정이었다. 내가 그를 왜 그렇게 좋아했는지 누가 알까? 도무지 불가해한 감정이었다.

나는 같이 가겠다고 했다. 그가 함께 도망치자고 했어도 좋다고 했을 것이다. 물론 알렉은 그럴 타입이 아니었고, 나도 마찬가지였다.

"방과 후에 우리 집에서 같이 놀래?"

나는 그러자고 했다.

알렉은 두 동네 건너편에 살았다. 내가 도착하자 그는 앞마당으로 나왔다. 남동생이 트롬본 교습을 받고 있었기에 그는 내게 집으로 들어오라고 하지 않았다. 우리는 포치에 기대선 단풍나무 줄기를 타고 평평한 지붕으로 올라갔다. 가을이었고, 단풍이 물들어 있었다. 여름 햇살을 받아 지붕의 타르에 쌓인 열기가 차츰 식어가고 있었다. 우리는 스마일리 코치와 변태 같은 운전교습 강사, 졸업앨범 미션인 '엉뚱한 짓 해보기'에 대해 이야기했다. "엉뚱한 짓 뭐 할까?" 그는 말했다. "졸업앨범 편집부에 참가해볼래?"

"에마 티터맨의 고양이 무늬 니삭스를 신는 건 어때?"

"난 에마네 가족을 알아. 그 집에서 실제로 그런 고양이를 키워. 특별 주문한 양말이래."

"좋겠네." 나는 빈정거리듯 말했다.

"정말 좋다니까."

우리는 얼굴을 맞대고 서로 빤히 쳐다보며 입을 다물었다. 심장이 쿵쾅거리고, 뺨이 달아올랐다. 그는 키스하려고 몸을 내밀었다. 나도 그쪽으로 몸을 기울였다. 입술이 맞닿기 직전, 그가 우뚝 멈췄다. 새들은 지저귀지 않았고, 그의 남동생이 부는 트롬본 소리도 음계를 진행하다 말고 뚝 끊겼다. 나도 상황을 감지했지만, 너무 긴장하고 키스에 집중한 나머지 거의 의식하지 않았다. 그냥 눈을 감고 그에게 키스하기 시작했다.

세상이 다시 움직인 건 엄마의 청바지를 끌어안은 순간이 아니었다. 엄마의 손을 잡은 순간이었다. 무대감독의 주먹을 누른 순간이었다.

그리고 키스 때문에 알렉은 되살아났다.

우리는 키스를 나누었다. 숨이 가빠오고 땀이 촉촉하게 뱄다.

하지만 숨을 돌리려고 얼굴을 떼었을 때, 알렉이 말했다. "이상한데."

키스에 대해 말하는 줄 알고, 나는 그 자리에서 죽고만 싶었다. 여름 캠프에서 몇 번 해본 경험밖에 없어서 키스를 잘못 배운 것 같았다.

하지만 문득 나도 그의 말뜻을 깨달았다. 알렉은 정상적으로 살아 있지만, 주위에는 아무 소리도 들리지 않았다. 전혀. 그는 머리 위 단풍잎을 올려다보았다. 모든 것이 멈춰 있었다.

"잠깐." 나는 말했다. "너도 느껴?"

"뭘?"

"시간 자체가…… 그냥……."

그는 일어서서 빨간 나뭇잎을 만져보았다. 약간 구부려보았다. 구부러졌다. 하지만 살아 있지는 않았다. "세상에!" 그는 외치더니 정말 놀랐는지 목소리를 낮췄다. "이게 뭐야?"

"이런 일은 처음이야. 내가 혼자가 아닌 건." 나는 말했다.

"전에도 이런 일이 있었어?" 그는 나를 빤히 보았다.

"그냥 몇 번. 그때마다 난 그저…… 알잖아."

"아니, 난 모르겠는데."

내가 무슨 생각을 했더라? 그냥 신경과민이라고? 그저…… 병적인 증상이라고? "몇 번 이런 일이 있긴 했어. 하지만 누굴 만지면 금방 풀려서…… 한데 이번에는 아니야. 너를 만졌는데도."

알렉은 자기 집 2층 창가로 옮겨 갔다. 손바닥으로 창문을 올려 열었다. "이상해. 정말 말도 안 돼." 창문이 열렸다. 그는 외쳤다. "엄마! 엄마, 괜찮아요? 콜!" 콜은 동생 이름이었다. "콜! 내 말 들려?"

1분 뒤, 트롬본은 음계를 마쳤고, 바람이 다시 불어오고, 나뭇잎이 흔들렸다. 알렉이 가족 중 누군가를 찾아가 몸을 만진 모양이었다. 그는 큰 소리로 말하고 있었고, 개는 다급한 목소리에 놀랐는지 날카롭게 짖고 있었다.

나는 몇 분 정도 그대로 앉아 기다렸다.

무엇을 기다리고 있었는지는 몰랐다. 알렉이 돌아오면 설명해야겠지만, 어떻게 해야 할지 알 수 없었다. 시간의 정지가 무엇을 뜻하는지 나도 이해할 수 없었으니까. 게다가 이제 다른 사람도 같이 경험했으니, 이 정지가 실제로 일어난 사건이라는 것을 인정할 수밖에 없었다. 난생처음, 너무나 두려웠다. 나는 나무에서 내려와 집으로 달려갔다.

✦

공기에 떠도는 향수 냄새가 청바지에 배는 상가를 지날 때면 나는 항상 클로이의 손을 잡는다. 이번에는 배가 보일 정도로 짤막한 크롭 스웨터를 입은 십 대 점원이 눈에 띈다. 점원은 옷을 개던 손길을 멈추고 휴대전화를 엄지손가락으로 스크롤한다. 두려움이 왈칵 밀려온다. 나는 클로이의 손을 더욱 꽉 쥐고 걸음을 재촉한다.

우리는 십 대의 사랑을 가볍고 풋풋한 감정으로 치부하며 작고 예쁜 상자 속에 고이 간직하려 하지만, 오산이다. 사실 우리는 그것을 두려워한다. 당연하지. 달콤한 학창 시절 첫사랑? 어마어 마한 착각이다. 그 시절의 사랑에 달콤한 구석 같은 건 없다. 십 대의 사랑은 질풍노도다. 물론 호르몬 때문이다. 십 대의 뇌는 호르몬에, 호르몬으로 인한 극단적인 격렬함에 푹 절어 있다. 게다가 난생처음 사랑에 빠진다는 건 자신을 보호할 방어기제가 없다는 의미 아닌가. 냉소와 상실, 실연이라는 문지기가 없는 무방비 상태에서, 사랑은 잽싸게 스며들어 최대한 넓은 공간을 잠식하기 시작한다. 또한, 십 대 시절의 사랑은 그 시점까지의 인생에서 큰 비중을 차지한다. 유아기와 걸음마를 하던 시절, 초등학교 저학년 시절은 이미 기억에 없다. 열여섯 살이 될 때까지 한 사람에게 또렷하게 남아 있는 기억이 얼마나 될까? 6년쯤? 고작 6년의 인생 경험을 가진 채로 사랑에 빠진다고? 사랑에 빠진 십 대의 매 순간은 의식세계라는 파이에서 아주 큼직한 조각을 차지한다.

어떤 사람에게 있어 그것은 최초로 타인에게 인식되는 순간, 혼자가 아니라는 것을 느끼는 첫 순간이기도 하다.

그걸 과소평가해서는 안 된다.

✦

알렉은 다음 날 학교에 나오지 않았다. 하지만 일요일 오후, 그는 우리 집 현관을 두드렸다. "이야기하고 싶어. 넌 어때?"

나는 뒤를 돌아보았다. 부모님이 두 분 다 집에 있었다. "그래." 나는 스웨터를 집어 들고 산책을 나섰다. 나는 그에게 모두 이야기했다. 그전에는 누구에게도 속을 털어놓은 적이 없었다. 이 문제뿐만 아니라 다른 일에 대해서도 그랬다. 우리 집은 그런 집이 아니었다. 우리 부모님은 '오늘 학교 어땠니?'라는 질문에 대해 '좋았어요'라고 대답하는 걸 좋아하는 것 같았다. 우리는 보드게임과 카드게임을 많이 했지만, 진짜 이야기를 나누지는 않았다. 내 어린 시절은 외로웠다. 일찌감치 나는 내가 방해되는 존재라는 것을, 관심을 필요로 하는 존재이자 엄마 아빠를 이전의 자신으로부터 멀어지게 하는 존재라는 것을 깨달았다. 부모님은 옛날 사진을 보면서 이렇게 말했다. "우리 둘만 있을 때네." 그들은 그 시절을 그리워했다. 둘이서 행복했는데, 이 작은 불청객이 끼어든 것이다.

이따금 나는 나 자신이 어린 시절을 뒤처져서 따라가고 있다고, 주변을 맴돌며 들어갈 구멍을 찾아 헤매고 있다고 느꼈다.

알렉과 산책하면서 나는 설명하려고 애썼다. 말로 표현하지 않는 이야기는 머릿속에서 헝클어지고 만다. 알렉은 계속 끼어들었다. "잠깐, 그게 처음이었어? 그때 몇 살이었는데?"

나는 최대한 열심히 설명했다.

"긴장하는 것과 관련 있는 거지?" 그는 물었다.

"그런 것 같아. 아주 초조하거나 무서우면 그래."

키스 때문에 내가 긴장했다는 걸 알고, 그는 살짝 미소 지었다. 우리는 놀이터를 찾아 나란히 놓인 그네에 앉았다.

"그런 능력이 있으면 할 수 있는 게 많을 거야." 그가 말했다. "물건을 훔칠 수도 있어. 시험 볼 때 커닝할 수도 있고. 또…… 글 쎄. 하고 싶은 일이 있으면 실컷 하다가 하기 싫은 일을 끼워넣어 도 되겠지. 그리고……."

"다른 사람보다 더 오래 살 수도 있어." 나는 별생각 없이 말 했다.

"그 지붕 위에 우리가 같이 있기 전까지는 너 혼자였지? 키스 할 때 나도 긴장했었어." 나는 힐끗 그를 돌아보다가 다시 시선을 돌렸다.

"어쩌면 그 때문에 나도 네가 보는 세상과 연결되었는지 몰라." 그는 그네를 뒤로 밀어 흔들기 시작했다. 그러고는 힘껏 다리를 굴렀다.

나도 그와 보조를 맞추듯 그네를 탔다. "난 물건을 훔치거나 커닝 같은 건 안 할 거야. 그런 건 싫어."

"우리 아빠는 신시내티에 일자리를 얻었어!" 그가 외쳤다. "우 린 2주 뒤에 이사 가!"

나는 발을 땅에 내리고 그네를 멈췄다. "그럼 홈커밍데이 때 여 기 없겠네?"

그는 그네에서 휙 뛰어내려 한 손으로 땅을 짚고 착지했다. 그 가 돌아섰다. "그전에 한참 같이 있을 수 있어. 너랑 나, 우리만."

그 경험에 대해 알렉 머치슨 말고 다른 사람에게는 한 번도 말한 적이 없다. 믿기 힘들다는 건 안다. 하지만 사실이다. 부모님에게도 이야기한 적이 없었다. 임종을 맞은 할머니에게도. 신부님이나 정신과 의사에게도. 단짝친구나 남자친구에게도. 2년 동안 같이 산 남자에게도, 결혼했다가 이혼한 남자에게도. 나는 스트레스가 심해지지 않도록 세심하게 관리하는 법을 터득했다. 대학 2학년 때는 자낙스를 처방받으려고 공황발작을 일으킨 척하기도 했다. 요즘도 너무 긴장하는 일이 생기지 않도록 약을 상비한다. 이런 예방 대책은 효과가 있었다. 10년 넘게 증상은 한 번도 없었다.

✦

우리는 알렉의 집 포치 지붕에서 그 순간을 재현해보았다.

"넌 여기 앉아 있었고." 그가 말했다.

"넌 약간 이쪽이었고……."

"우린 손을 잡고 있었지."

"아니, 손은 안 잡았어."

우리는 몇 번 키스해봤지만 아무 일도 일어나지 않았다. 나는 당황했다.

"너 긴장한 거 맞아?" 그는 물었다.

나는 땀이 밴 손바닥을 청바지에 문질렀다. "넌?"

그는 다시 키스하려고 고개를 숙였다. 그의 입술이 내 입술에 닿는 순간, 환한 단풍나무 잎사귀의 떨림이 우뚝 멈췄다. 순간 나는 이대로 일어나서 가버릴까 생각했다. 갖고 놀아서는 안 되는 것을 갖고 노는 게 아닐까 하는 두려움이 일었다.

하지만 그가, 그의 도톰한 입술이 너무나 가까이 있었다……. 키스하지 않을 수 없었다. 해야만 했다.

✦

내게 아들이 있어. 세 살이야.

알렉의 메시지다.

그 애가 병을 앓고 있어…….

어떤 상황에 처하면 그 경험을 다시 시도하게 될까, 생각해보지 않은 시나리오가 없다.

전부 다 생각해보았다.

이건 클로이를 임신했을 때 생각했던 시나리오였다.

우리가 그때 어떻게 했지?

알렉이 썼다.

날 좀 도와줄래? 아들과 조금만 더 시간을 보내고 싶어. 그저 조금만······.

✦

그것은 습관이 되었다. 우리는 매일 오후 지붕에서 만나 완전한 자유를 누렸다. 처음에는 아무에게도 들킬 염려 없이 그 애의 방에 단둘이 있기 위해 그 시간을 사용했다. 그러다 점점 대담해졌다. 패스트푸드 식당 계산대 뒤에서 프렌치프라이와 밀크쉐이크를 훔쳤다. 스파에서 알몸으로 헤엄치기도 했다. 바에서 마음 놓고 술을 마시기도 했다. 링크에 멈춰 선 사람들을 건드리지 않으려고 조심하면서 롤러스케이트를 타기도 했다.

결국 간이 붓다 못해 우리는 콜벳 자동차를 훔치기에 이르렀다. 차는 호프만네 차고에 있었다. 호프만 아주머니는 정원에서 잡초를 뽑고 있었다. 뒷문이 열려 있었다. 열쇠는 커다란 열쇠 모양으로 생긴 고리에 걸려 있었다. 우리는 뚜껑을 열고 번갈아 운전했다. 차 안에 꽂혀 있던, 〈캘리포니아 드리밍〉 같은 옛날 노래가 들어 있는 테이프를 떠나가라 틀었다. 그러다 고속도로까지 나가서 승용차와 트럭 사이를 누볐다.

나는 음악을 껐다. 알렉이 운전하고 있었다. "늙은 사람들이 사실은 늙은 사람들이 아닐지도 모른다고 생각해본 적 있어?" 나는 물었다.

"뭐?"

"늙은 사람들이 사실 늙은 사람들이 아니라면? 누군가와 사랑에 빠져서…… 이런 짓을 한 거라면?"

"그래서 늙은 거다?"

"다른 사람들이 멈춰 있는 동안 실컷 산 거야. 그러고 돌아오니 늙어 있는 거지."

"그랬다면 주위 사람들이 알아차릴 거 아냐. 뭐라고 했을 거라고."

"그냥 그렇다고."

며칠이 지난 밤, 우리는 풋볼 경기가 벌어지는 필드에 누워 있었다. 게임에서 결정적인 순간이었다. 쿼터백이 공을 던져 터치다운을 하려는 찰나. 환한 조명을 배경으로 허공에 둥둥 뜬 나방들이 눈부시게 반짝거렸다.

"가고 싶지 않아." 그는 말했다.

"나도 네가 가는 게 싫어."

가야 한다는 것을 우리가 깨달은 것이 바로 그 순간이었다. 그는 계속 밤하늘을 바라보고 있었다. "인생의 다음 장으로 넘어가자. 그런 다음 같은 대학에 간다든가 하자."

"그러자."

"그래."

대부분의 경우, 우리는 그때 그렇게 했어야 한다는 걸 시간이 지나고 나서야 깨닫는다. 인간의 뇌에는 어떤 사람에게, 나 같은 사람에게 이렇게 속삭이는 회로가 있다. 좋은 시절은 언제까지나 좋을 거라고, 사랑에 빠진 두 사람은 언제까지나 사랑할 것이며, 삶은 실제처럼 혼란스럽지도 임의적이지도 잔인하지도 않을 거라고.

여름이다. 나는 사무실에 앉아 파란 수영복 차림으로 뒤뜰 트램펄린에서 뛰고 있는 클로이를 바라본다. 열한 살 난 내 예쁜 딸. 나처럼 외동딸로 자라나서 외로울까 봐 걱정이다. 하지만 딸이 있어서 너무나 행복하다. 눈에 넣어도 아프지 않다. 내 부모님과 달리, 나는 딸이 유년기를 맘껏 누렸으면 한다. 클로이는 트램펄린에 수도 호스를 끌어올리더니 물줄기를 휘두르며 펄쩍펄쩍 더 높이 뛴다. 몸이 점프했다가 내려올 때마다, 빙글 돌 때마다 젖어서 달라붙은 짧은 머리카락이 찰랑거린다. 어깨는 볕에 분홍색으로 그을렸다.

나는 알렉에게 답장을 쓴다.

난 도움을 줄 수 없어. 그러고 싶지만. 네가 얼마나 힘든 상황일지 상상조차 할 수가 없어. 하지만 난 세상일이 어떻게 일어나는지 몰라. 그저 닥칠 일은 닥치고야 만다는 걸 알 뿐이야. 막을 수 없다는 걸. 정말 미안해, 알렉.

내가 늙은 사람들에 대해 했던 말을 그가 기억할까? 정말 그럴까? 시간이 멈추어도 사람은 늙고 병은 계속 악화될까? 나는 모른다. 하지만 상상해보았다, 당연히. 나라도 그렇게 했을 것이다. 딸과 함께 시간을 멈출 방법을 찾으려고 했을 것이다. 신체에 무슨 일이 생기는지 알아냈을 것이다. 가능하다면, 가능하기만 하다면, 나는 딸과 함께 정지한 세상으로 떠나서 영영 돌아오지 않고 거기서 살았을 것이다.

나는 메시지를 보낸다. 아이스티 잔을 드는데, 내 팔에 누가 손을 얹는다. 젖은 손이다.

클로이가 와 있다. 얼굴은 얼룩졌고, 젖은 앞머리가 이마에 달라붙어 있다.

나는 창밖을 돌아본다. 빈 트램펄린 위에 나동그라진 호스에서 물이 철철 흘러나오고 있다.

나는 딸의 눈을 들여다본다. 운 얼굴이다. 겁에 질려 있다. 딸은 속삭인다. "엄마." 고함을 얼마나 질러댔는지, 목소리가 쉬어 있다.

나는 젖은 딸의 몸을 끌어당긴다. 바들바들 떨고 있다. 우리는 서로 단단히 껴안는다. 내가 이 순간을 얼마나 두려워했던가. 이런 일이 있을까 봐 얼마나 긴장하고 지켜보았던가. 하지만 놀랍게도 불현듯 안도감이 세차게 밀려온다. 나는 끊임없이 다음 순간으로 이어지는 한 순간에 존재하며, 수많은 '지금'이 닥쳐왔다가 나를 통과해 간다.

바로 지금—그리고 지금, 또 지금, 또 지금—나는 혼자가 아니다.

버전들

The Versions

아트리스와 벤은 둘이 합쳐 모두 열한 번 결혼식에 참석했는데, 딱 한 번이 겹쳤다. 오슬로-머치슨 결혼식에 둘 다 초대된 것이다. 엘리 오슬로는 아트리스의 대학 친구였다. 토드 머치슨은 벤의 사촌이었다. 하지만 아트리스의 언니가 바로 그 주말에서 3주 후 결혼식을 치를 예정이었다. 그리고 오슬로-머치슨 결혼식은 버치앤드버치 여름 세일즈 학회와 겹쳤는데, 벤은 앤트워프까지 가야 했다.

아트리스와 벤은 결혼식을 싫어하는 편이었다. 그들은 특정한 감정을, 특히 기쁨을 의무적으로 표현해야 하는 행사를 좋아하지 않았다. 기쁨 그 자체에 반감이 있는 것은 아니었다. 그저 그 감정을 강요당하는 것을 원치 않을 뿐이었다.

진짜 비극은 이것이었다. 오슬로-머치슨 결혼식에 갔다면, 아트리스와 벤은 곧바로 통했을 것이다.

이건 그들의 이야기가 아니다. 두 사람은 아직 만나지도 못했다.

둘 다 동행을 데려오라는 초대를 받았다. 둘 다 직접 참석할 수는 없지만 기억을 공유하고 싶으니 버전을 대신 보내겠다고 답장했다. 이때만 해도 버전은 비교적 신기술이었다. 하이테크 업계에서는 버전이 눈에 띄는 결혼식이 흔한 편이었지만, 아직은 조금씩 뜨고 있던 초창기였다. 엘리 오슬로는 짜증이 났다. "내 결혼식에서 자기가 돋보이려 들다니, 진짜 아트리스답네. 날 봐, 난 이렇게 첨단이지. 이거잖아." 토드 머치슨은 실질적인 문제를 생각하고 있었다. "버전도 술을 마시나? 식대가 들까, 안 들까?" 이 정도의 반응을 보인 후, 예비 신랑 신부는 그들에 대해 거의 잊었다.

지금과 비교하면, 벤과 아트리스의 당시 버전은 우스울 정도로 기초적인 단계로 보일 것이다. 하지만 외모에는 별문제 없었다. 벤은 벤처럼 보였고, 아트리스는 아트리스처럼 보였다. 둘 다 7킬로그램 정도 날씬하고 몇 살 더 젊어 보였다. 하지만 당시 버전은 지능과 사교-감정 프로그래밍이 단순했다. 사회생활 근황과 개인사에 대해 짧은 소식만 전하도록 프로그램되어 있었다. 신랑과 신부를 칭찬하는 대사를 말할 수 있고, 질문을 던질 수도 있었다. '신랑 친구세요, 신부 친구세요?' '무슨 일을 하십니까?' '어디 사세요?'

'예, 좋습니다', 혹은 '아뇨, 괜찮습니다', '글쎄요', '나중에 하죠'는 물론, 어떤 경우에나 써먹을 수 있는 유용한 문구에도 접속할 수 있었다. '그렇죠.' '이야!' '끝내주네요!' '대단한데요!'

프로그램상 눈물을 글썽일 수 있지만—미소 지으며 혹은 찡그리며, 둘 다 가능했다—울 수는 없었다.

춤을 추고 잔을 들어 건배할 수는 있지만, 술잔을 입에 대고 마시는 척만 할 수 있었다. 마찬가지로 음식에 대해 평할 수도 있었다. '음, 맛있네요!' 하지만 포크와 나이프로 음식을 이리저리 옮기는 것만 가능했다. 음식을 소화하는 기술은 돈이 많이 드는 데다 그럴 이유도 없었다.

버전은 물품 보관과 충전, 반송 등의 편의를 보장한다고 자부하는 고급 식장으로 결혼식 며칠 전에 직접 배송되었다.

대부분의 손님은 결혼식장에서 버전을 본 적이 없었기 때문에 여기저기서 수군거림이 일었고, 야외 결혼식장 뒷자리에 앉아 있었지만 사람들의 시선이 쏠렸다. 최악은 리셉션 홀에 그들이 등장하자 자비스 샤피로가 웃으며 한 말이었다. "결혼식 즐기세요, 그럴듯한 싸구려 가짜 봇님들." 그는 열다섯 살이었다. 남의 테이블에서 몰래 술을 몇 잔 훔쳐 마셔서 이미 약간 취한 상태였고, 아동석에 앉아야 하는 것이 불만이었다.

벤과 아트리스가 서로를 보고 둘 다 버전이라는 것을 알아차린 것이 바로 그 순간이었다. 자비스 샤피로의 잘난 척하는 한마디가 없었다면 과연 알아차렸을까? 동족을 알아보고 교류하는 기능도 프로그램에 있던가? 알 수 없다.

자비스는 사실 진짜 문제가 아니었다. 문제는 그들이 리셉션 공간을 돌아다니다가 서로 반대편에서 댄스 플로어 가장자리를 돌아 부엌 출입문과 아동석 사이에 위치한 12번 테이블을 찾았다는 것이었다. 그리고 12번 테이블은 '죽은 사람들'을 위한 자리였다. 그래서 자비스가 배를 잡고 웃으며 그들을 '싸구려 가짜 봇님들'이라고 부른 것이다. 아트리스와 벤은 형체 없이 홀로그램으로 참석한 죽은 사람들을 멍하니 응시했다. 그들은 어른거리고 미소 지으며 이따금 누구에게랄 것도 없이 손을 흔들었다.

오슬로-머치슨 결혼식에는 죽은 사람 다섯 명이 참석했다. 엘리 오슬로의 두 조부모와 토드 머치슨의 할아버지(아직 살아 있는 토드의 할머니는 남편의 홀로그램과 죽은 사람들의 테이블을 멀찍이 피해 다녔다. 어쩌면 얼마 지나지 않아 자신도 똑같은 신세가 될 거라고 너무 쉽게 상상할 수 있었을 것이다.), 토드의 아버지도 있었다. 그는 5년 전 루게릭병으로 세상을 떠났다. 그들은 병이 온몸을 마비시키기 전에 제작해둔 홀로그램을 선택했다. 그리고 2년 전 여름에 메인의 어느 산장에서 마약 과용으로 죽은 엘리의 오빠가 있었다. 아름다운 청년이 밀려오는 통증 속에서 억지로 미소 짓는 모습은 너무나 잔인했다.

벤과 아트리스는 서로를 향해 정중하게 미소 짓고 빈 의자에 나란히 앉았다. 비어 있는 흰 접시 위에 손글씨로 이름을 적은 얇은 종이가 하나씩 놓여 있었다.

죽은 사람들은 말을 하지 않았다. 표정만 반복 재생되었다. 웃기, 미소 짓기, 손 흔들기, 반복. 그래서 대화를 이어갈 사람은 아트리스와 벤뿐이었다.

그들은 어떻게 신랑 신부를 알게 됐는지 서로 묻고 일화를 이야기했다.

"엘리와 나는 같은 대학 기숙사에서 살았고 천문학 수업을 같이 들었어요. 우린 우주가 어떻게 시작됐는지 이해하지는 못했지만, 단짝이 됐죠."

"양쪽 아버지가 형제지간이라 우리는 같이 자랐어요. 케이프에 가족 여행도 갔죠. 거기 밧줄 그네가 있었는데, 호수 위에서 그네를 타다가 손을 탁 놓아요. 그러고는 물에 풍덩 빠지죠. 마치 연기하듯이. 하늘을 나는 것처럼. 몇 시간이고 그렇게 놀았어요."

아트리스의 다른 대답은 이런 식이었다. "난 '스마트보디'라는 IT회사에서 일해요. 저는 소프트웨어 디자인을 맡았는데, 인공 팔다리를 움직이는 인공지능 개발 업무가 주예요. 약간 따분하지만 사람들을 돕는다는 점이 좋아요." 혹은, "나는 몇 년 전 포틀랜드 펄 디스트릭트로 이사했어요. 약간 허세가 있다 싶은 동네이지만, 지금은 내 집처럼 느껴지네요." "버니즈 마운틴도그를 키워요. 이름은 한 솔로고, 자기가 무릎강아지인 줄 알아요."

벤의 대답은 이런 식이었다. "나는 글로벌 마케팅 회사에서 일합니다. 물건을 파는 법을 팔지요." "나는 형제애의 도시 필라델피아에서 살아요." "예전에 대학 시절에는 수구를 했는데, 지금은 음주 볼링클럽 소속입니다. 거기서 연상되는 모든 특징이 다 저한테 상당히 정확하게 들어맞는 것 같아요."

그들은 서로 대답했다. "그렇지요." "이야!" "끝내주네요!" "대단한데요!"

프로그램에 들어 있는 문구 전체를 다 사용하자 그들은 조용해졌다.

웨이트리스가 테이블을 돌아다니며 수비드 연어와 데친 근대가 담긴 접시를 내려놓았다. 죽은 사람들 앞에도 음식이 홀로그램으로 나타났다. 아동석을 접대하던 웨이트리스가 벤과 아트리스를 보고는 우뚝 섰다. 그녀는 부엌 문 옆에 서 있는 정장 차림의 남자한테 가서 뭐라 속삭였다. 남자의 눈이 당황해서 커졌다. 그는 웨이트리스를 물리쳤다. 그녀는 몇 분 뒤 테이블로 돌아와 음식이 가득 담긴 접시를 두 사람 앞에 내놓았다. "늦어서 죄송합니다. 저희 불찰입니다."

"고맙습니다!" 그들은 동시에 말했다. 박자를 맞춰서 응대하는 게 영 어색했다.

"예. 혹시 궁금한 점이 있으시면 언제든지……." 웨이트리스는 살짝 웃고 사라졌다.

벤과 아트리스가 죽은 사람들을 긴장한 눈으로 쳐다보자, 그들은 미소 짓고 손을 흔들더니 홀로그램 음식을 먹었다. 벤과 아트리스도 포크를 집어 들고 접시 위에서 음식을 이리저리 옮겼다.

그때 벤이 다시 처음으로 돌아가서 말했다. "신랑 친구세요, 신부 친구세요?"

저녁을 절반쯤 먹고 있는데, 두 남자가 다가왔다. 넥타이와 목둘레 단추를 푼 차림이었다. 토드 머치슨과 비슷하게 근육질이고 목이 두꺼웠다. 더 근육질인 쪽이 벤의 어깨를 철썩 두드렸다. "안녕하신가, 벤은 어떻게 지내지?"

비죽머리를 한 다른 한 사람이 말했다. "이 친구야, 이게 벤이잖아. 그냥 어떻게 지내는지 물어보면 되지."

"이건 벤이 아니야, 친구. 그냥 '난 너무 중요한 인물이라 직접 갈 시간은 없지만 돈은 많으니까 이거라도 대신 보낸다' 할 때 쓰는 똥덩어리지."

아트리스는 테이블 밑에서 식탁보를 움켜잡았다.

"왜 그래." 비죽머리가 말했다.

"직접 안 오고 이런 걸 보내다니, 솔직히 재수 없는 새끼야."

"아동석 근처잖아. 죽은 조부모도 계시고. 예의를 지켜."

근육질은 홀로그램을 돌아보았다. 그의 시선이 엘리의 오빠 빈스 오슬로에게 향했고, 바로 그 순간 빈스도 그를 똑바로 쳐다보는 것 같았다. "저 친구랑 같이 몇 번 약을 했었지. 다리에서 뛰어내려 찰스강에서 헤엄치는 것도 봤고. 여름이었어. 저 친구는 그때 웨이터 복장이었어. 자살하려던 건 아니었어. 그냥, 헤엄치고 싶었던 거야." 그는 손가락으로 눈가를 눌렀다. "이제 친구는 세상에 없고, 대신 저 봇들만 있다니." 그는 벤과 아트리스를 향해 손을 내저었다.

벤은 몸을 일으켰다. "대학 시절에는 수구를 했는데, 요즘은 음주 볼링클럽 소속입니다. 거기서 연상되는 모든 특징이 다 저한테 상당히 정확하게 들어맞는 것 같아요."

두 남자는 당황해서 그를 쳐다보고는 바 쪽으로 걸어갔다.

벤은 앉았다.

"대단하네요." 아트리스는 속삭였다.

벤은 수비드 연어와 근대 요리를 접시 위에서 이리저리 옮기며 미소 지었다.

여기저기에서 건배가 시작되었다. 벤과 아트리스는 잔을 들어 올리고 플루트 잔에 따른 샴페인을 마시는 척했다. 디제이가 댄스플로어를 열자, 자비스 샤피로는 아트리스의 허리에 팔을 두르고 얼굴을 바짝 갖다 댔다. "안녕, 아가씨봇, 같이 춤출까?" 그는 술에 취해 있었고 약도 한 것 같았다. 남자 대학생들이 위층 발코니에 모여 마리화나를 피운 모양이었다.

아트리스는 '아니요, 괜찮습니다'로 대답하고 싶었지만, 예의가 우선이었다. "나중에요."

"왜." 자비스가 팔을 너무 세게 잡아당겨서 아트리스는 끌려 일어났다. "어서."

아트리스는 팔을 뿌리쳤다. "신랑 친구세요, 신부 친구세요?" 뻣뻣하면서도 공손한 말투였다.

"뭐?" 자비스가 말했다.

벤은 일어났다. "신랑 친구세요, 신부 친구세요?"

"못 봐주겠네." 자비스는 내뱉고 사라졌다.

벤과 아트리스는 당황해서 다시 앉았다. 둘 다 죽은 사람들을 쳐다보았다. 엘리 오슬로의 조부모는 특히 아름다웠다. 아까는 미처 몰랐는데, 팔의 각도나 손을 흔드는 패턴을 보니 테이블 밑에서 두 사람이 서로 손을 잡고 있는 것 같았다. 감동적이었다. 이따금 서로 마주보며 미소 짓기도 했다. 생전에도 이렇게 행복했을까? 단순한 프로그램일까? 아트리스는 자신의 감정을 표현할 방법을 찾으려고 미리 입력된 문구를 검색했다. 그녀는 커플쪽으로 고갯짓하며 벤에게 말했다. "단짝."

벤은 알아들었다. 그도 입력된 문구를 검색했다. "……같이 자랐어요."

"정말 대단하네요."

벤은 빈스 오슬로 쪽으로 고개를 끄덕였다. "형제애." 그는 말했다.

아트리스는 빈스의 얼굴을, 밝게 빛나는 눈동자를, 거기 스치는 슬픔을 보았다.

밴드는 이제 느린 음악을 연주하고 있었다. 벤은 손을 내밀었다. "네, 좋아요!" 아트리스는 말했다.

그들은 댄스플로어로 나가서 한 손을 맞잡았다. 벤은 다른 손을 아트리스의 허리에, 아트리스는 다른 손을 그의 어깨에 놓았다. "당신은 어디서 **살아요**?" 아트리스는 그의 뺨에 대고 숨을 내쉬었다. 더 깊은 진실을 알고 싶었다.

벤은 그녀가 궁금한 것이 무엇인지 이해했다. 하지만 뭐라고 말해야 할지 알 수 없었다. "모르겠어요."

아트리스는 그의 어깨에서 손을 거두고 그의 심장을 가리켰다. "진주." 그녀가 말했다. 자신이 살고 있는 '펄(진주) 디스트릭트' 같은 지역명을 전혀 다른, 내밀한 맥락에서 사용하는 것이 옳지 않다는 것은 알고 있었다. 하지만 어째서인지 바르고 좋은 느낌이었다.

그녀의 손가락은 심장이 있어야 할 곳을 건드리고 있었다. 거의 아픔이 느껴질 정도로. "무슨 일을 하십니까?" 벤은 물었다. 프로그램에서 크게 벗어나는 것이 긴장되기도 하고 짜릿하기도 했다.

"무릎강아지."

그는 고개를 저었다. 아트리스는 무릎강아지가 아니었다. "마운틴도그!"

아트리스는 웃었다. 아니다. "무릎강아지. 인공, 보형, 무릎강아지." 프로그램에 입력된 단어들을 적당히 잘라내고 골라서 대화하는 일이 차츰 수월해졌다. 아트리스는 다른 커플을 바라보았다. 그중에는 신랑과 신부도 있었다. "당신은 뭘 **하죠?**" 그녀가 다시 물었다. 이번에 아트리스가 묻고 싶었던 말은 **우리는 뭘 할까요, 우리는 저 인생들을 어떻게 살아야 될까요**였다.

벤은 춤을 멈췄다. 그는 슬프게 그녀를 보았다. "우리는 물건 파는 법을 팔지요." 그리고 그는 덧붙였다. "하, 하, 하." 음주 볼링 클럽 농담에서 따온 구절이었다. 하지만 이번 '하'에는 서글프고 공허한 울림이 있었다.

아트리스는 고개를 저었다. "아뇨." 그녀는 벤의 손을 잡고 그를 댄스플로어에서 끌고 나왔다. 삼십 대 한 무리가 가장자리에 모여 있었다. 누가 농담을 했는지 일제히 웃음을 터뜨렸다.

벤과 아트리스는 위아래로 기다란 문을 통해 연철 탁자와 의자가 놓인 넓은 발코니로 나왔다. 발코니 밑에는 잔디밭과 꽃을 심은 정원이 펼쳐져 있고, 내리막 저 끝에는 수영장이 있었다. 수영장 물 위에는 촛불이 떠 있었다. 촛불이 바람에 밀려 한끝에 모인 채 깜빡이고 있었다. 해가 지고 있었다. 하늘에는 구름이 뭉게뭉게 피어올랐다. 폭풍이 닥쳐올 것 같았다. 말없이 그렇게 서 있다가 아트리스는 팔을 뻗어 벤의 손을 잡았다.

이 모든 것은 계획에 없던 일이었지만, 완전히 고립된 사건도 아니었다. 보고가 계속 들어오고 있었다. 버전에게는 자율성이 너무 많았다. 예상치 못했던 일들이 프로그램 바깥의 사건을 일으킨다는 보고였다. 버전은 순간순간 예상할 수 없는 방식으로 반응하고 있었다. 어떤 사람들은 이게 좋다고 했다. 인생은 어차피 예상할 수 없으니 기민하게 대응해야 한다는 것이다. 하지만 불편하다고 하는 사람도 있었다. 이후 제작된 버전은 훨씬 정교해졌는데, 이것이 바로 초창기 버전의 에피소드가 중요한 이유다. 버전이 다른 방향으로 발전할 수 있었을 가능성을 돌아보게 해주는, 역사의 편린인 것이다.

"당신은 알아요?" 그는 물었다.

아트리스는 제한된 선택지에서 검색했다. "우린 우주가 어떻게 시작됐는지 이해하지는 못했지만." 그녀는 말했다.

"⋯⋯상당히 정확한 것 같아요."

"당신은 알아요?" 아트리스는 물었다.

그는 수영장을 바라보았다. 바람에 촛불이 하나둘씩 꺼지고 있었다. "거기 밧줄 그네가 있었는데, 호수 위에서 그네를 타다가 손을 탁 놓아요. 그리고 물에 풍덩 빠지죠. 마치 연기하듯이?" 초대하는 말투였다.

"네, 그러죠!"

벤은 세일즈 학회에서 돌아왔고 아트리스는 언니의 결혼식 때문에 피곤한 상황이라는 것을 기억할 것이다. 각자 포틀랜드와 필라델피아에 있는 자기 아파트 소파에 앉아 가슴에 랩톱을 얹어놓고 오슬로-머치슨 결혼식에 참석하는 동안, 그들은 버전의 눈을 통해 사물을 보았다. 그리고 결국 이 순간이 찾아왔다. 그들이 놓친 순간, 실제로 살아내지 못한 순간. 그들이 결혼식에 참석했더라도 있는 그대로의 서로를 본다는 것이 과연 가능했을까? 서로가 어떤 사람인지 알았을까?

그들은 벤과 아트리스가 수영장 쪽으로 내려가는 것을 지켜보았다. 멀리서 번개가 소리 없이 번득였지만, 차츰 폭풍이 다가오고 있었다. 그들은 수영장 울타리 문을 열었다. 이제 컴컴해졌다. 촛불은 모두 꺼졌다. 그들은 신발과 양말, 스타킹을 벗었다. 벤은 바짓자락을 걷었다. 그들은 풀장 가장자리에 앉아 차가운 물에 발을 담갔다.

"마치 연기하듯이. 몇 시간 동안." 그는 말했다.

"그 점이 좋아요."

"우리는 같이 자랐어요." 벤은 말했다. 그가 뜻한 '우리'는 이 결혼식에 와 있는 그들 둘이었다. 그들은 자기들이 어떤 사람인지, 어떤 사람이 될 수 있는지 배우고 있었다. 혹시 물에 젖는다면 시스템에 무슨 일이 생길까, 벤은 생각했다. 알 수는 없었지만, 그는 풀장 가장자리를 짚고 물속으로 들어갔다. 숨을 참았다가, 다시 물개처럼 반질반질하게 나타났다. 피부에서 윤기가 흘렀다. "손을 탁 놓아요." 그는 말했다.

"같이?" 그녀는 말했다.

"네, 그러죠."

아트리스도 풀장 가장자리를 짚고 얼른 물속으로 들어갔다. 부풀린 머리카락이 녹아내리는 것 같았다. 그녀는 얼른 얼굴을 내밀고 물을 닦았다. 화장은 번지지 않았다. 영구적인 화장이었다.

결혼식 파티의 흥겨운 소리가 들렸다. 묵직한 베이스, 코러스에 맞춰 노래하는 손님들, 하늘가에서 우르릉거리는 천둥소리. 어쩌면 폭풍이 밀려올 것이고 번개가 쳐서 시스템이 망가지겠지만, 그들도 알고 있었지만, 둘은 물에서 나오지 않았다. 아직은. 그들은 서로의 몸에 팔을 둘렀다.

"마운틴도그." 그가 속삭였다.

"진주." 그녀는 마주 속삭였다.

"예전에는." 그가 말했다. "지금은 소속입니다."

"지금은 내 집처럼 느껴지네요." 아트리스가 말했다.

엄마의 둥지

Nest

현관 옆 처마에 달려 있던 둥지를 기억해. 새 가족, 조그마한 알을 깨고 새끼들이 부화했지. 네 어머니는 그 둥지에 너무나 집착했어. 사진도 찍었어.

그러다 새들은 둥지를 버리고 갔어.

네 어머니가 죽은 뒤에는 둥지도 사라졌어.

그게 증거야. 기억하렴. 훗날 중요해질 테니까.

✦

단순한 죽음이 아니었어. 네가 그 일을 입에 올리는 데에도 오랜 세월이 걸렸지. 네가 열여섯 살 되던 해 여름, 엄마는 올리비아 쇼의 캐노피 침대에서 자살했어.

그전에는 이랬어. 너희 집은 수영장이 있는 공원을 바라보는 여러 집 중 하나였지. 수영대회가 열리면 출발을 알리는 총성과 고함소리로 마치 내전 같은 소란이 벌어졌어(당연히 눈에 보이는 전쟁은 터지지 않았지만). 수중체조 시간에 트는 팝 음악, 기다란 튜브에 몸을 걸친 여자들. 선크림을 잔뜩 바른 채 손을 아래로 찌르며 데크를 달리는 아이들. 영원히 잃어버린 한 인간의 반쪽들이 서로를 부르듯 마르코, 폴로를 끊임없는 외치는 음성들(마르코 폴로는 풀장에서 하는 술래잡기 놀이의 이름-옮긴이).

네 엄마는 부동산 중개업을 했어. 쇼 가족의 집을 담당한 것도 네 어머니였어. 그 집은 너희 집에서 대각선 건너편에 있었지. 어머니 얼굴이 붙은 간판이 그 집 마당에 세워져 있었어. 어머니가 죽은 날에는 집을 보여주는 일정이 없었어. 쇼 가족은 여름 동안 호숫가 별장에서 지내고 있었지. 올리비아는 스미스 대학에 갈 준비를 하고 있었고, 막내까지 떠나게 되어 쇼 가족은 작은 집으로 이사할 예정이었어.

이따금 너는 엄마가 그냥 피곤해서 위층 올리비아의 침실에 올라간 게 아닐까 생각하기도 해.

하지만 그때 총성이 울렸어. 네 아빠의 총. 나중에 그 사실을 안 아빠는 가슴 깊이 상처를 입었어.

어머니는 깔끔하게 마무리를 했어. 시체를 발견하는 사람이 얼굴 한쪽만 보도록, 망가진 쪽이 보이지 않도록, 몸 오른쪽을 아래로 둔 채 누워서 총을 겨눴지. 총알이 뒤로 빠져나가 두 번째 베개를 관통하리라는 것까지 계산했던 거야.

충동적인 자살인 것 같았어. 예상했던 사람이 아무도 없었으니까. 하지만 총을 핸드백에 넣고 아무도 살지 않는 집에 들어갔다는 건 우연한 일이 아니야.

네 어머니는 평소 계획을 꼼꼼하게 세우는 사람이었어. 그건 계획된 사건이야.

그래도 한 가지는 분명해. 네가 시체를 발견한 일은 실수였다는 것.

✦

네 어머니의 차는 진입로에 있었어. 자물쇠가 고장났기에 비밀번호는 필요하지 않았지. 너는 엄마를 부르며 집 안으로 들어갔어. 그날 밤 베카의 집에서 열리는 파티에 가도 되는지 허락을 구하려던 차였지. 너는 엄마가 욕조를 닦고 있을 거라고 생각했어. 실크 블라우스 소매를 걷어붙이고 목걸이를 대롱거리면서, 지저분한 비누 거품 자국을 남겼다고 쇼 가족을 욕하면서.

엄마는 1층 침실에 없었어.

안방에도 없었지.

너는 엄마가 올리비아의 침대에서 잠들어 있는 걸 발견했어. 잠자는 숲속의 미녀처럼. 마치 네가 위험인물인 듯 느껴졌어. 커다란 곰처럼.

자는구나. 네 머리로 생각할 수 있는 건 그게 다였어.

엄마의 입술은 파란 사탕을 빤 것처럼 파란색이었어. 넌 엄마를 건드리지 않았어. 그냥 불렀지. "엄마." 더 크게. "엄마!"

너는 전화를 꺼내 911을 눌렀어.

안내원에게 엄마를 발견했다고 말했어. "약물 과용인 것 같아요." 엄마는 이따금 수면제를 복용했으니까. 반으로 갈라서. 우울증 약도 가끔 먹었고.

안내원은 구급차를 불렀다면서 엄마를 한번 만져보라고 했어.

만지고 싶지 않았어.

안내원은 다시 그러라고 했어.

너는 손가락 두 개로 어깨를 건드려보았어. 왼손의 두 손가락으로. 엄마의 팔은 뻣뻣했어. 퉁퉁 부은 것처럼 두꺼웠지만 굳어 있었어. 죽은 것처럼.

뒤로 물러서는데, 그때 피가 보였어. "온통 피예요! 피가 너무 많아요!" 갈색이었어. 마른 갈색. 두뇌는 네가 감당할 수 있는 만큼만 보게 하지만, 일단 보고 나면 돌이킬 수 없는 법이지.

엄마가 총으로 자신을 쏘았다는 걸 알 수 있었어. 그게 유일한 설명이었지만, 총은 보이지 않았지.

노래를 틀어두었나 봐. 볼륨을 최대한으로 높인 스피커에서 지직거리는 소음이 흘러나와 방 안을 채우고 있었어. 갑자기 그 소리가 시끄럽게 느껴지기 시작했어. 올리비아 쇼의 오래된 음반에 수록된 곡들 중 엄마가 배경음악으로 어떤 곡을 선택했는지 찾아볼 수도 있었어. 무슨 곡이었든, 그 곡이 총성을 묻어버릴 만큼 우렁차게 울려 퍼지고 있었을 테지. 하지만 너는 그쪽을 확인하지 않았어.

시간이 어떻게 흘렀는지도 알지 못했어. 너는 티셔츠 자락 안으로 밀어 넣은 다리를 끌어안은 채 현관 근처에 쭈그리고 있었어.

멀린스 경관이 이런저런 질문을 했어. 전직 레슬링 선수처럼 단단한 지방층을 몸에 한 겹 두른 땅딸막한 남자였지.

너는 대답을 했어. 그는 너를 밖으로 데리고 나가더니 피해자 지원 상담을 받을 수 있다고 말했어. "힘들 거다. 어머니 턱이 절반 날아간 모습을 봤으니."

너는 할 말을 잃고 멍하니 쳐다보기만 했어.

그는 시합에 출전하는 권투 선수에게 하듯 네 어깨를 문질렀어. "언젠가 이 일도 까마득한 일이 될 거다. 아련한 기억이. 기억도 거의 안 날 거야."

소방차 세 대, 구급차 한 대, 경찰차들이 몰려왔어. 수영하던 사람들이 풀장에서 나와 철조망에 붙어 있었어.

다른 경찰이 너를 데리고 공원을 지나 집으로 향했어.

아빠는 오는 길이었어. 경찰은 아빠가 도착할 때까지 같이 있어주었어. "우리 같이 해결해보자!" 그는 마치 팀 과제를 받은 서바이벌 프로그램 출연자처럼 말했어.

너는 네 방으로 갔어. 경찰이 통화하는 소리가 뉴스 캐스터의 단조로운 음성처럼 한참 동안 들려왔지.

침실 창문을 통해 경찰과 구급요원, 소방관이 하나둘 철수하는 광경이 보였어. 너는 울지 않았어. 어머니의 자살 소식이 오래된 공장 굴뚝의 연기처럼 잔디밭을 넘어 흘러드는 기분이었지. 너는 이웃들을 상상했어. 치실질을 하고, 겨드랑이에 파우더를 바르고, 코카스패니얼을 부르고, 뾰족한 송곳니를 닦다가, 잠시

하던 일을 멈추고 우뚝 선 채 엄마의 죽음을 상상하고 있는 사람들.

그날 밤, 공원을 가로질러 철조망을 넘어 쇼 가족의 집으로 가는 아빠의 모습이 가로등 불빛 아래 보였어. 남자 둘이 트럭을 몰고 와서 오래된 매트리스와 침대를 끙끙거리며 현관 밖으로 내갔어. 공기는 덥고, 갑갑하고, 벌레가 많았지. 남자들은 비닐에 싸인 새 매트리스와 침대를 들고 들어갔어. 아내가 이웃집 침대에서 자살하면 그런 일을 해야 하는 모양이야.

어깨가 넓고 커다란 부츠를 신은 남자들이 잔디밭에서 기다리는 동안, 아버지는 수표를 썼어. 그들은 트럭으로 어슬렁어슬렁 돌아가 피 묻은 매트리스를 차에 싣고 아빠를 쇼 가족의 집 마당에 홀로 남겨둔 채 떠났어.

✦

너는 이런 기분이었어. 네 안의 불빛이 하나둘 꺼지는 기분. 깜빡. 깜빡. 깜빡. 너도 원했어. 그 불빛이 덜 존재하기를 바랐지.

너는 엄마를 계속 생각했어. 엄마는 재미있고, 똑똑하고, 재빠른 몸짓, 커다란 웃음소리를 지닌 사람이었어. 하루종일 일하고 들어와 실크 블라우스와 울 치마, 스타킹 차림 그대로 값비싼 향수 냄새를 풍기며 네가 누운 침대에 파고드는 사람. 그 여름, 엄마는 어딘가 다른 곳에 정신이 팔려 있었고, 슬퍼 보였고, 엄마 같지 않았어. 새 둥지에 대한 엄마의 집착에는 거의 필사적인 데가 있었어. 새들이 둥지를 버리고 떠난 뒤, 엄마는 차로 친구 집에 너를 데려다주는 길에 심하게 울었거든. 엄마의 갑작스러운 감정 폭발에 너는 민망해져서, 헤드폰을 쓰고 엄마를 외면했어.

✦

장례식은 시시했어. 사제는 엄마를 알지도 못하는 사람이었어. 식이 끝난 뒤 사람들이 집으로 왔어. 이웃들, 부동산업자들, 먼 친척들, 낯선 사람들. 유쾌한 사람들이 부엌에 북적북적 모여 유쾌한 이야기를 나누었어. 캐서롤이 슬픔 그 자체인 양 배달되어 왔지. 너는 슬픔을 먹었어.

느끼하고 질척거리는 동정이 너를 내리눌렀어. 피해자 지원 상담, 멀린 경관이 언젠가 말했었지. 피해자, 모든 사람이 너를 그렇게 취급했어. 성장기를 막 끝낸 사춘기 아이처럼, 너는 손을 옷소매에 숨기고 쭈뼛거렸어. 필요할 때마다 얼른 웃음을 보였다가 지웠어.

너는 아래층 화장실에 숨어서 문을 잠그고 그 자리에서 작은 원을 그리며 서성거렸어.

그때 두 여자가 문밖에서 이야기하는 소리가 들려왔어.

"굳이 비교하려는 건 아닌데, 살인죄는 오롯이 살인자에게 지워지지만, 자살이라는 죄책감은 모든 사람이 짊어지는 것 같아." 머리를 선명한 빨간색으로 물들인 알코올의존증 요가 강사 엠제이 퍼넬의 목소리였어. 옆집에 사는 사람인데, 결혼한 적은 없고 고스족 딸 라일리를 낳아 혼자 키우고 있지. 엠제이는 벌써 혀가 꼬였어.

"어느 한쪽이 쉬운 게 아니지." 루엘린 씨가 말했어. 반대쪽 옆집에 사는 실패한 극작가인데, 그 남편은 제약회사 판매업계에서 같이 일하는 여자를 만나 떠나버렸지.

"난 그냥, 자살에 대한 죄책감이 자유라디칼 같다는 얘기야. 어디든지 달라붙거든. 더 빨리 퍼지고. 마치 공격적인 암 같아."

"그리고 불쌍한 딸, 그 애가 현장을 그렇게 목격하다니. 그래도 자기 집이 아니었기에 망정이지." 루엘린 씨는 그 끔찍함을 종이학처럼 접어 없애려는 듯 덧붙였어.

너는 엄마를 네 침대에서 발견하는 것은 어떨까 상상해보았어. 훨씬 나빴을 것 같았지.

"그 애는 늘 어딘가 조금 별났어. 무슨 말인지 알지?" 엠제이가 말했어. "진그레이스한테 그 애 이야기를 몇 번 들었는데. 걱정하더라고."

사실이야. 너는 별났어. 너는 학교에서 하는 스포츠를 좋아하지 않았어. 일부러 어울리지 않았지. 너는 세수를 했어. 엄마가 **걱정했던** 그 얼굴. 별난 얼굴. 피부가 얼얼할 때까지 수건으로 뺨을 문질렀어.

너는 화장실에서 나와 두 사람 옆을 지나쳤어. 루엘린 씨가 불렀어. "리빗, 잠깐만." 리빗은 네 애칭이었어. 너는 사람들이 마치 너를 안다는 듯 그 애칭을 쓰는 것이 싫었어.

아빠가 너를 거실에서 찾았어. 그는 네 어깨를 붙잡고 여러 사람에게 말했지. "우린 같이 이겨낼 겁니다. 그렇지?" 아니, 안 그래. "우리가 슬퍼하는 건 진그레이스도 원치 않을 겁니다." 아니, 원했을 거야.

그 쾌활한 수용방식은 아버지의 죄책감에서 비롯되었어. 자유라디칼이 아빠의 몸속까지 번졌다가 이렇게 흘러나온 거지.

낯선 사람 세 명이 너를 차례로 끌어안았어. "네 엄마는 멋진 사람이었단다." "네 엄마가 참 그리울 것 같구나." "정말 마음이 아프다."

하지만 너도 이 모든 게 무엇 때문인지 알고 있었어. 다들 죄책감을 느낀 거야. 엄마가 감정적으로 단절되었다는 것을, 동떨어져 있었다는 것을, 엄마 자신 같지 않았다는 것을 알고 있었던 거야. 엄마가 그들에게 속내를 털어놓았을까? 이런저런 일을 호소하는 엄마를 그들이 무시했을까? 그들은 이제 죄책감을 짊어지고 어떻게 해야 할지 몰라 너를 그런 식으로 끌어안는 거야. 그 죄책감을 네 몸에 내려놓으려고.

다른 여자가 너를 끌어안으려고 손을 뻗는 순간, 너는 외쳤어. "건드리지 마요!"

모두 돌아보았어. 아빠의 얼굴은 두려움으로 일그러졌지.

집은 고요했어. 그때 부엌에서 누가 와인병을 떨어뜨렸어. 병은 타일 바닥에 부딪쳐 산산조각이 났고, 마치 누가 총을 쏘기라도 한 것처럼 너는 가슴을 움켜쥐었고.

정적.

나이 지긋한 친척 아줌마가 이야기로 정적을 채웠어. "네 엄마는 병을 들어서 할머니 입에 대주곤 했었지. 정말 착한 사람이었어. 참 좋은 여자였는데."

하지만 네 눈에 보이는 것은 입과 병이 아니라 입과 총이었어. 총과 입, 총과 입. 그 이미지는 사라져야 했을 거야. 하지만 모두 집으로 돌아가고 식탁보가 걷힌 뒤에도, 아주 오랫동안 그 이미지는 뇌리에 남았어.

✦

네가 엄마의 꿈을 처음으로 꾼 밤이 언제였더라? 움직이지 않는 키 큰 몸. 정장 바지와 소매 없는 블라우스. 완벽하게 틀어 올려 진주 핀으로 고정한 머리, 양옆으로 내린 팔. 빈손.

한마디도 없었어. 조금도 움직이지 않았어.

모든 게 평소대로였어. 턱 절반이 날아간 것 말고는.

턱이 있어야 할 자리에, 새 둥지가 있었어.

✦

개학이 되었어. 너는 필드하키를 했어. 공부를 했어. 아빠는 과음하기 시작했고, 그러던 어느 날 밤, 집에 있던 모든 술을 부엌 싱크대에 쏟아부었어. 말수가 없어지고 유령처럼 음침해졌지. 아빠는 총을 숨겼어. 하지만 그리 잘 숨기지는 못했지. 너는 아빠가 차마 바라볼 자신이 없어서 상자에 넣어둔 엄마 물건들을 지하실에서 몇 시간이고 뒤졌어. 총은 안전장치가 채워진 채 상자 안에 숨겨져 있었어. 어리석은 짓이었지만, 아빠는 냉정한 상태가 아니었어. 외롭고 어쩔 줄 모르는 상황에서 노력하고 있었을 뿐. '안녕, 학교는 어땠니?'라고 물으며 미소 지을 때, 아빠는 용감했어.

학교가 어땠더라?

다이나 무어가 네 사물함으로 와서 말했어. "네 엄마가 진짜 미친 짓을 했다며? 올리비아네 집에서? 끝내주게 미친 짓이다!"

너는 그저 그녀를 바라보았어. 죄책감이 다이나에게도 옮겨간 거구나. 맞서 싸우고 싶은 거구나. 죄책감이 있어야 할 자리가 너라고 생각하고, 밀쳐내서 도로 던져버리고 싶은 거구나.

"응? 뭐라고?" 그녀는 말했어. "미친 짓 맞잖아!"

너는 마침내 대답했어. "그래, 미친 짓 맞아." 너는 사물함을 쾅 닫고 그 자리를 떠났어.

다이나 무어를, 아무 개소리도 하지 않고 보고만 있는 사람들을 무시했어.

바람에 날리는 빗속에서 술에 취해 자기 집 뜰의 버드나무 가지를 베고 있는 엠제이를, 반쯤 우그러진 우산을 쓰고 제발 들어오라고 사정하고 있는 라일리를 무시했어.

잃어버린 개 알로를 애타게 찾는 엠제이 퍼넬을, 전신주에 붙어 너덜거리는 '개를 찾습니다' 전단지를 무시했어.

아버지의 총이 원래 자리로 돌아갔을 거라는 사실을, 우리 집 어딘가에 존재할 거라는 사실을 무시했어.

엄마의 얼굴이 붙어 있던 부동산 중개 간판이 철거된 것도 무시했어. 턱이 있던 자리에 둥지가 달린 꿈속의 얼굴이 아닌 예쁜 얼굴이었지. 새 간판도 무시했어. 젊은 부동산 중개인은 쇼 가족의 집을 헐값에 외지인에게 넘겼어.

매매 완료! 간판에는 이렇게 적혀 있었지. 네 눈에는 염소 울음소리처럼 읽혔지만.

엄마가 턱 대신 둥지를 달고 거기―들판? 혹은 현실의 다른 공간?―에 서 있는 꿈을 계속 꾼다는 이야기는 아무에게도 하지 않았어.

✦

쇼 가족의 집으로 이사 온 가족 중에는 열여섯 살 된 아들이 있었어. 그로버 워드. 부르기 편한 이름은 아니었지만, 자기 이름에 잘 어울리는 아이였어. 비행사 선글라스, 몸에 잘 맞는 중고 정장 재킷, 청바지, 스니커즈. 자전거를 타고 돌아다니면 재킷 자락이 허벅지에서 펄럭거렸지. 그는 사립학교에 다녔어. 동네에서 잘 볼 수 없었지.

워드 가족은 엄마의 죽음에 대해 알고 있었을까? 뭔가를 막으려는 듯 항상 불을 훤히 켜놓는 걸 보면 그럴지도 몰랐지. 공원 맞은편에 있는 그 집의 거울상인 양 아빠도 늘 집 안의 불을 훤히 켜두었어. 너는 네 방 창문에서 그 집을 늘 보고 있었어.

어느 주말, 그로버의 부모는 자동차 지붕에 카약을 싣고 떠났고 그 아이는 혼자 남았어. 엄마를 발견한 그 방에 다시 가보고 싶었어. 공포의 대상을 직시하고 싶었지. 엄마가 사라지고 두려운 존재가 된 그 공간, 그 순간을. 어쩌면 그것이 죄책감을 덜어줄지도 몰랐어.

달리 계획은 없었어. 하지만 여느 피해자라면 절대 하지 않을 짓을 하고 싶었어. 어디까지 갈 수 있을지 알고 싶었어. 끝까지 들어갈 수 있을까? 그의 방까지?

너는 현관문을 두드렸어. 그로버가 문을 열자, 너는 말했어. "물건 팔러 온 거 아니에요, 절대로."

그는 동네에서 너를 봐서 알고 있었어. 들어오라고 했지. "마실 거 줄까?"

얼음 두 조각이 달그락거리는 물 한 잔.

학교 이야기를 조금 했어. 둘 다 학교를 싫어했지.

그는 영화를 보겠느냐고 물었어. 너는 싫다고 했고.

그는 말했어. "내 방 구경할래?"

"예전에 이 집에 와본 적 있어." 너는 그 계단을 다시 올라가며 말했어.

"여기서 누가 자살했다는 거 알지?" 그가 말했어. "그 이야기를 듣고 우리 엄마는 너무 비극적인 일이라면서 며칠 동안 그 이야기만 했어. 우린 이사 온 뒤에야 알았어."

"정말 비극이었어."

"비극적인 일이 아니라는 이야기는 아니야."

언젠가의 핼러윈에 올리비아 쇼의 방에 와본 적이 있었어. 올리비아가 녹색 마녀 분장을 도와주었어. 온통 주름 장식이었고 인공적인 꽃향기가 풍겼지. 그로버의 방에는 침대 근처에 헝클어진 전선, 벽에 달린 낡은 미시건 주 자동차 번호판, 화학책이 있었어. 자전거를 타고 다닐 때 풍기던 화장품 냄새가 났지.

그리고 쿰쿰한 마리화나 냄새. 여기서 피우는 모양이었지. 아마도 자주.

침대는 올리비아의 침대가 있던 자리에 있었어. 네가 엄마를 발견한 그 자리. 오른손 두 손가락에는 아직도 엄마의 팔을 만졌던 기억이, 죽음을 깨달았던 순간의 기억이 남아 있었어.

"왜 여기 왔어?" 그는 네가 방을 둘러보자 물었어.

너는 대답하지 않았어. **여기서 있었던 일을 삭제하고 싶어.**

대신 너는 그의 청바지 허리춤에 엄지손가락을 끼우고 피부를 살짝 쓸었어.

그는 목에 키스하려고 고개를 숙였지만, 바로 그때, 너는 벽에 난 총알 자국을 보았어.

너는 그쪽으로 다가갔어. "이게 뭔지 알아?" 너는 구멍 주위의 갈라진 자국을 손으로 쓸었어.

그로버는 침대에 주저앉으며 기억을 더듬었어. "여자는 부동산 중개인이었고 그 딸이······." 순간, 오싹하는 기분과 함께 깨달은 게지. "그걸 수리하고 들어오는 건데." 그는 포스트잇 쪽지를 들어 구멍 위에 붙였어. 그게 눈에 띄는 유일한 상처였어.

너는 손을 들어 그를 막은 뒤 좀 더 가까이 들여다보았어.

구멍 반대편에서 눈빛이 반짝였어. 밝고 촉촉한 연갈색 눈동자. 엄마와 같은 눈. "가봐야겠어." 너는 말했어.

"난 몰랐어." 그로버가 말했어. "정말 몰랐어."

너는 문으로 나갔어. "내가 여기 온 일은 잊어줘."

"어떻게? 이걸 어떻게 잊어?"

✦

총알구멍과 구멍 속 눈동자를 찾아낸 뒤로, 점점 더 두려워지고 죄책감에 시달렸어. 엄마의 눈. 살아서 깜빡이는 눈. 너를 보는 눈.

너는 죽기 몇 주간 엄마와 나누었던 문자메시지를 훑었어. 주로 어딘가 데려가거나 데려오는 약속, 틱톡 링크 공유. 너와 엄마는 친구였어. 서로 재미있는 것들을 나누었지.

엄마는 현관문 처마 밑 둥지의 작고 파란 새알과 아기 새 사진을 많이 보냈어. 엄마가 얼마나 열성적으로 새를 기록했는지, 새가 사라졌을 때 얼마나 충격받았는지, 그러고 보니 잊고 있었어.

너는 현관문 밖으로 나간 뒤 몸을 돌려 출입구를 마주한 채 처마를 올려다보았어. 둥지는 없었어. 이제 비디오 도어벨 카메라의 눈이 너를 바라보고 있었지.

다시 집 안으로 들어가 앱에 있는 영상을 하나씩 재생했어. 차례로 흘러가는 밤과 낮. 소포를 놓고 가는 배달부, 정수기를 팔러 온 대학생, 자전거로 잔디를 가로지르는 아이.

그리고 엄마의 죽음. 꽃, 카드, 음식을 들고 온 조문객. 마치 상실의 고통을 겪기라도 하는 듯, 차츰 화질이 조악해지고 여기저기 프레임이 튀었어. 밤, 낮, 밤, 낮……

어느 오후, 엠제이가 현관에 왔지만 노크를 하지도 초인종을 누르지도 않았어. 그녀는 문구멍을 들여다보았어. 취했나? 알 수 없었어. 문을 향해 손을 들고는…… 그냥 팔을 뻗는 건가? 하지만 그녀는 문이 뜨겁기라도 한 것처럼 손을 거두더니 그냥 돌아섰어.

밤, 낮…… 밤.

그리고 너는 엄마를 보았어.

엄마는 카메라를 응시하고 있었어. 꿈속에서처럼 축 늘어뜨린 팔, 빈손, 표정 없는 얼굴. 하지만 영상 속 엄마는 턱이 없었어. 영상은 제법 오래된, 자살 직후의 것이었어. 군데군데 깨진 프레임이 있었어. 움직이는 속도가 빨라졌어. 엄마는 처마를 향해 손을 뻗었어. 팔과 상체밖에 보이지 않았어. 가까이서 보니 말라붙은 피가 블라우스 색에 섞여 있었어. 머리 한쪽 뻣뻣한 머리카락에도 피가 묻어 있었어.

영상이 갑자기 덜컥 건너뛰었어.

엄마는 아까처럼 카메라를 쳐다보며 서 있었어. 엄마의 턱에는 새 둥지가 있었지.

이제 엄마는 완전해.

그 시선이 혼란과 고통으로 딱딱했어. 엄마는 배고픈 사람처럼, 굶주림보다 더 깊은 굶주림으로 입을 벌렸어. 다시 너와 시선이 마주쳤어. 얼굴. 죽어 있는 얼굴.

엄마는 점점 더 가까이 다가왔어. 둥지는 생생했어. 잔가지, 마른 잎, 쓰레기 조각, 그 모든 것을 한데 뭉쳐놓은 진흙.

눈 한쪽만 보일 때까지 점점 더 다가왔어. 총알구멍 반대쪽에서 내다보던 그 눈동자 같았어.

그때 프레임이 건너뛰었고, 엄마는 사라졌어.

✦

하지만 가버린 건 아니었어.

너는 학교에 가기 전에 모든 영상을 확인했어.

가로등 불빛에 비친 엄마의 그림자가 잔디에 늘어져 있었어. 그림자는 뚜벅뚜벅 잔디밭 위를 서성거리고 있었어. 틀림없는 엄마였어. 키가 크고 팔을 양옆으로 늘어뜨린 그림자가 다가왔다가 물러가고 있었지.

지나치게 가까이 다가오는 일은 없었어.

그래, 새도 있었어. 새는 처마로 날아왔다가 퍼덕퍼덕 방향을 돌려 다시 날아갔어. 예전에 처마 밑 둥지에 살았던 새인지 계속 돌아오곤 했어. 새는 불안한 듯 세차게 날개를 퍼덕거리며 날아왔다가 날아갔다가 다시 날아왔다가 사라졌어.

✦

이웃에 사는 네 살배기 베니 바넷이 사흘 동안 열이 올라 아팠어. 임신한 아이 엄마에게도 병이 옮았지. 어느 날 오후 그녀는 네게 낮잠 좀 자게 아이를 봐달라고 부탁했어.

"애가 너를 찾더라." 바넷 씨가 비척비척 침대로 돌아가며 말했어.

"아, 잘됐네요."

너는 유리창이 많은 포치에서 베니와 놀아주었어. 봉제인형이 가득 든 작은 텐트도 있고, 이젤을 구비한 공작 도구도 있었어. 넌 거기서 그것을 보았어. 막대 인형. 긴 팔다리와 속눈썹이 달린 큰 얼굴, 붉은 입술, 둥글게 틀어 올린 머리.

그리고 얼굴 한쪽, 턱뼈 절반이 있어야 할 자리가 온통 낙서였어.

"베니," 너는 텐트 밖에서 아이를 불렀어. "이게 뭐야?"

"새들이 자는 데야. 둥지."

"왜 이걸 그렸어?"

"그 여자가 거기 있었어."

"이 여자? 너희 집에?"

아이는 목에 두른 코끼리 인형을 꽉 움켜잡았어. "내가 아플 때."

"이 여자가 뭘 원했어?"

아이는 눈을 찡그리고 너를 보았어. "누나는 엄마 있어?"

"이제 없어. 돌아가셨어."

"아냐, 그렇지 않아."

"돌아가셨어." 네가 말했어.

"그럼 그걸 누나 엄마로 해." 그는 그림을 가리켰어.

"이 사람이 그렇게 말했어?"

"아무 말도 안 했어. 그냥 알았어."

"뭘 알아?"

"이 사람이 다시 엄마가 되고 싶어 한다는 거." 아이는 텐트로 돌아갔어.

너는 이젤로 다가가 그림들을 넘겨보았어.

큰 머리, 둥지 달린 턱, 삼켜지는 개. 작은 갈색 개가 꼬리를 흔들고 있어. 사라진 루엘린 씨의 개와 똑같아.

긴 손톱으로 오렌지 크레용 머리카락을 한 여자를 할퀴는 둥지 턱 머리. 여자의 팔에 죽죽 그어진 붉은 줄. 피일까?

침대에서 잠든 사람—혹시 너일까?—과 검은 총을 든 둥지 머리 여자. 여자가 몸을 숙이고 총알이 잠든 사람의 머리를 지나 벽에 박히도록 총을 겨누는 모습.

너의 엄마일까?

✦

그날 밤, 너는 귀뚜라미가 우는 듯한 이상한 소리에 잠에서 깼어. 하지만 지금은 겨울인데.

아니, 귀뚜라미는 아니야. 인간이었어. 누가 어둑한 침실 구석에서 울고 있었어. "누구야?"

목소리가 말했어. "리빗, 그녀에게……." 발음이 분명하지 않아. "……그녀에게 날 좀 내버려두라고 해줘."

침대 머리맡 전등을 켜보니 엠제이 퍼넬이 방구석 벽에 기대 쭈그리고 있었어. 눈이 게슴츠레하고 머리는 한쪽으로 기울어져 있었어. 염색한 빨간 머리가 비죽비죽 헝클어져 있었지. "리빗, 그녀에게 말해줘. 날 좀 내버려두라고."

"엠제이, 라일리를 불러줄까요?"

"그녀에게 말해줘, 리빗."

너는 엠제이에게 다가갔어. 약간의 거리를 유지한 채로. "집에 가셔야 해요."

"난 안 가!" 목의 힘줄이 불거졌어. 상처 입은 짐승처럼 씩씩거리고 있었어. "네가 물러가라고 말할 때까지 안 가!"

"누구한테 물러가라고 해요?"

"네 엄마." 엠제이는 춥고 겁에 질린 것 같았어.

"엄마는 올리비아 쇼의 침대에서 총을 쏴서 자살했어요. 내가 발견했고요."

"하지만 날 찾아와. 발톱으로 할퀴려고 해." 눈에 눈물이 가득 괴어 있었어. 그녀는 팔을 들어 보였어. 베니의 그림에서처럼 붉은 손톱자국과 희끄무레한 흉터가 죽죽 그어져 있었어.

엠제이의 휴대전화는 바로 옆 바닥에 놓여 있었어. 너는 전화를 들었어. "집에 가셔야 해요. 제가 라일리에게 전화할게요."

"주말에 어디 갔어. 현장학습."

"그럼 우리 아빠를 부를게요."

"네 아빠도 집에 없어. 심리 지지 모임을 마치면 사람들과 같이 나가잖아."

지지 모임? 너는 창문으로 걸어갔어. 아빠의 차가 없었어. 새벽 3시인데.

너는 휴대전화를 엠제이의 얼굴 쪽으로 향했어. 그녀가 밝은

액정 불빛에 눈을 깜빡이자 얼굴 인식으로 잠금이 해제되었어. 너는 알 만한 연락처가 있는지 화면을 스크롤했어. 린다 루엘린. 전화를 걸었어.

"여보세요?" 깨어 있던 것 같은 목소리였어.

"루엘린 아줌마?"

"리빗." 그녀는 네 전화를 기다리기라도 한 것처럼 대답했어.

"좀 와주시겠어요? 급한 일이에요."

✦

침실에 들어온 루엘린은 몸집이 커 보이고 어딘가 낯설었어. 그녀는 영어를 가르치듯 엠제이에게 천천히 말했어. "엠제이." 그녀가 속삭였어. "술을 마셨군. 이제 집에 가자."

엠제이의 눈빛은 멍했어. "날 내버려두라고 해. 그녀에게 말해줘, 리빗."

루엘린은 갈색 앞머리를 뒤로 넘기고 너를 보았어.

"우리 엄마 이야기를 하셨어요." 네가 설명했지.

"네 엄마?" 루엘린은 몸을 바로 세웠어. 얼굴 근육이 젤라틴처럼 우그러졌어. "그녀가 당신을 찾아온다고, 엠제이?"

눈은 축축하고 초점이 맞지 않았지만, 엠제이는 루엘린을 쳐다보았어. 두 여자는 한참 동안 서로 마주보았어.

엠제이는 고개를 끄덕였어.

"우리 엄마가 찾아간다는 걸 어떻게 아셨어요?" 너는 루엘린에게 물었어.

하지만 그녀는 네 말을 무시했어. "내가 글을 쓸 때, 그 흐름에 정말 깊숙이 빠져들면, 그녀가 나타나." 루엘린은 엠제이의 손을 잡으며 속삭였지. "그 얼굴을 보면……."

"얼굴." 엠제이는 손을 뻗어 루엘린의 얼굴을 만졌어. 순간 두 여자는 오래전 사랑했다가 다시 서로를 되찾은 연인 같았어.

"둥지." 루엘린이 말했어.

너는 엠제이의 한 손을 잡고 팔에 난 흉터를 드러내 보였어. "우리 엄마가 이렇게 한 거예요?"

"그만해!" 루엘린이 말했어. "덤불에 넘어졌겠지." 그녀는 엠제이를 일으켜 세웠어.

"우리 엄마가 당신한테 무슨 짓을 했어요. 루엘린 아줌마?" 너는 목소리가 한껏 높아지는 것을 의식했어.

"그럴 리가 있어?"

너는 엠제이를 부축해서 계단을 내려가는 루엘린을 따라갔어. "말해줘요!"

루엘린의 목소리가 떨렸어. "그건 현실이 아니야."

"현실이에요. 아시잖아요."

루엘린은 현관문을 열고 커다란 엉덩이로 밀어젖혔어. 공기는 차갑고 건조하고 바람이 없었지. "떨쳐내야 해, 리빗. 그건……."

"그게 뭔데요?" 네 목소리가 얼어붙은 공원에 메아리쳤어.

엠제이가 고개를 뒤로 젖히자 빨간 머리가 바람에 휘날렸어. 루엘린은 엠제이의 허리를 감싸안았지. 둘 다 검은 하늘과 어둠,

별들, 머리 위로 올라가는 입김을 의식하는 듯했어. 문득 아무 이유 없이 엠제이는 웃었어.

"이 이야기는 다시 하지 말자." 루엘린은 이렇게 말하고 엠제이를 부축해서 얼어붙은 계단을 내려간 뒤 버석버석 눈을 밟으며 마당을 지났어.

공기 중에는 움직임이라곤 없었지만 단단하게 느껴졌어. 추위가 몸을 조이는 것 같았어. 베니의 그림, 그게 루엘린 아줌마의 개였나? 네 엄마가 개를 삼켰을까? 그녀가 엠제이와 루엘린 아줌마를 공격했을까? 그렇다면 다른 누가? 엠제이가 장례식 날 했던 말이 기억났어. 자살자의 죄책감은 공격적인 암처럼 퍼진다고. 너는 공원을 바라보는 주위 집들을 둘러보았어. 집집마다 불이 하나씩 켜져 있었지. 마치 엑스레이 사진마다 환하게 표시된 종양처럼.

베니의 집에는 그림이 한 장 더 있었어. 엄마가 총을 들고 네 머리를 겨눈 채 침대 옆에 서 있는 장면.

◆

너는 밤늦게까지 자지 않고 그날 찍힌 현관 카메라 영상을 돌려보았어. 아마존 소포, 도어대시 배달, 어느 집 고양이…… 새들은 더 이상 날아오지 않았지.

그런데 엠제이가 다시 서 있었어. 땅에는 가볍게 눈이 내려앉아 있었어. 이번에 엠제이는 뭐라 말하고 있었지만, 소리는 들리지 않았어. 입술을 읽고 싶었지만, 계속 어깨 너머를 돌아보아서 그럴 수도 없었어. 엠제이는 마침내 카메라가 있다는 걸 깨달았어. 그녀는 렌즈 너머를 바라보는 듯 이쪽을 뚫어지게 응시했지.

그때 엄마가 엠제이 뒤에 나타났어. 엠제이는 전혀 모르고 있었어. 계속 카메라를 향해 뭐라고 말했지. 애원하는 것 같았어. 딱 한마디만 알아들을 수 있었어. '제발.'

엠제이가 돌아섰어. 비명을 지르고 내달리기 시작했지만, 엄마는 손을 뻗어 그녀의 팔을 잡았어. 새 발톱처럼 길고 날카로운 손톱이 팔을 쿡 찔렀어. 엠제이는 무릎을 꿇고 기어서 도망치려고 발버둥쳤어. 차가운 숨결이 입에서 뿜어져 나왔어. 엄마는 엠제이의 목을 다른 손으로 움켜잡더니 야외보도에 내리눌렀어. 엠제이의 팔에 난 상처에서 피가 얇은 재킷을 통과해 눈 위에 뚝뚝 떨어졌어.

그때 진입로로 들어오는 아빠 차의 헤드라이트가 그들을 비추었어.

엄마는 사라졌어. 엠제이는 숨을 몰아쉬며 주저앉아 있었어. 차고 문이 자동으로 열렸어. 아빠 차는 그 안으로 들어갔어. 그녀를 보지도 못한 채.

엠제이는 일어서서 바지에서 눈을 털었어. 보도에 묻은 피를 보았어. 그녀는 핏자국을 숨기려는 듯 부츠로 눈을 걷어찬 뒤 현관 초인종 카메라를 흘끗하고 떠났어.

너는 아연한 기분으로 정지 버튼을 눌렀어. 억울함이 풀렸다는 묘한 후련함. 네가 알던 엄마는 없었어. 그녀는 사라졌고, 새로운 엄마, 폭력을 행사하는 엄마, 살인자, 괴물이 존재해. 이 새로운 엄마가 엠제이를 할퀴었어. 엠제이의 목에 손을 댔어.

그냥 환상이 아니야.

새로운 엄마는 실재해.

✦

눈이 한층 펑펑 내리기 시작했어. 꿈속을 제외하고는 엄마를 실제로 본 적이 없었기 때문에, 늦게까지 자지 않고 눈발에 흐려지는 라이브 영상을 거실에서 지켜보았어. 뭔가 본다면 즉시 나가서 대응할 수 있도록. 하지만 무엇에? 알 수 없었지. 너는 초점이 흐려질 때까지 카메라를 응시했어. 그때 화면에 뭔가 나타났어. 마당의 어떤 물체에 눈발이 내려앉는 것 같았어. 길쭉한 한쪽…… 몸. 키가 크고 날씬한 몸. 지켜보는 가운데, 여전히 민소매 블라우스와 바지를 입은 몸이 화면 한복판에 들어왔어. 눈이 레이스 조각처럼 둥지에 내려앉아 있었어.

너는 현관으로 달려가 문을 활짝 열었어.

엄마는 거기 없었어.

너는 문 옆에 있던 아빠의 재킷을 집어 들고 눈보라 속으로 나갔어. "날 잡아가고 싶으면 어디 와봐!"

나뭇가지 사이로 바람 소리가 요란했지만, 쏟아지는 눈이 소음을 잠재웠어. "와보라고!" 너는 소리쳤어.

아무것도 없었어.

공원 건너편에서 창문 하나가 열렸어. 쇼 가족의 집이었어. 그로버 워드의 얼굴이 나타났다가 사라졌어.

너는 집 안으로 뒷걸음질해서 열린 문을 그대로 두고 어두운 현관에 주저앉았어.

휴대전화가 울렸어. 거실에 휴대전화를 두고 왔어.

찾았어. 그로버가 보낸 문자메시지.

　괜찮아?

아니, 괜찮지 않았어. 전혀. 그로버 워드의 침실에서 마리화나 냄새가 나던 기억이 났어.

답장을 보냈지.

　마리화나 있어?

✦

너와 그로버는 너희 집 뒷마당 경계에 우거진 숲속, 돌로 만든 하수구 도랑 근처에서 만났어. 눈발이 어지럽게 휘날렸지. 모든 것이 희었어. 공기도, 숲도. 너는 푹신한 코트와 모자, 장갑을 갖추고 배낭을 메고 있었어. 혹시 잘못될 수도 있잖아. 엄마가 어딘가에 있어. 하지만 아직 이 모든 것을 설명할 수가 없었어.

그로버는 마리화나에 불을 붙였어.

"어때?" 그는 한 모금 빨고 네게 건넸어.

여느 때라면 그가 무슨 말을 하는지 모르는 척했을 거야. 이제 아닌 척할 에너지는 남아 있지 않았어. "이런 생각이 계속 들어. 엄마를 발견한 것이 내가 아니었다면, 엄마는 죽지 않았을 거라는. 슈뢰딩거의 고양이 이야기 알아?" 너는 마리화나를 조금 피우다가 돌려주었어.

"물리학이지. 선생님들이 안 가르쳐주는 멋진 이론. 네가 엄마를 죽은 사람이라고 인식했기 때문에 엄마가 죽은 사람이 되었다는 거야?"

"엄마는 자고 있는 거라고 내가 계속 생각했다면, 잠자는 숲속의 미녀처럼, 그럼 다른 누군가가 들어가서 엄마를 깨울 수도 있지 않았을까."

"솔직히, 난 네 엄마를 만난 적도 없지만, 나도 가끔 죄책감을 느껴. 우리 부모가 그 집을 더 일찍 찾아서 샀다면 네 엄마한테 활력이 생기지 않았을까."

"말도 안 되는 소리." 우리는 마리화나를 계속 번갈아 피웠어.

"네가 한 말도 마찬가지야. 인식만으로 네 엄마를 살릴 수는 없어. 너도 알잖아?"

"좋아, 하지만 더 깊은 죄책감도 있어. 엄마가 나의 존재만으로는 계속 살아갈 힘을 얻을 수 없었다는 것. 엄마는 그 정도로 나를 사랑하지 않았다는 것. 그렇게 생각하면 왠지 가슴 깊이 사랑받을 수 없는 존재처럼 느껴져. 어쩌면 영원히."

"맙소사. 그렇지 않아. 이봐." 그는 잠시 사이를 두었다가 말했어. "고백할 게 있어."

"뭐야?"

그는 니트 모자를 벗었어. 머리를 반쯤 민 상태였어.

너는 그의 반코트를 붙잡았어. "왜 그랬어?"

"어떤 여자애 집 파티에 갔는데, 누가 네 욕을 하더라고. 미친 애라면서. 그래서 대꾸를 하다가 싸움이 붙었어." 그는 다시 모자를 썼어. "그 남자애 친구들이 날 떠밀었지. 무슨 애견 미용사 하는 집이었는데, 누가 가위를 갖고 와서……."

"다이나 무어의 엄마가 애견 미용사야." 너는 그의 모자를 벗기고 보송보송 자라나기 시작하는 머리를 만져보았어. "내 편을 들어준 거야?"

그는 어깨를 으쓱하고 시선을 피했어. 너는 눈을 꼭 감고 그의 머리에 얼굴을 문질렀어. 그냥 느껴보았어.

"네 엄마는 널 사랑했어. 너도 알아야 해."

그때 처음으로 너는 모든 것을 설명했어. 속에서 말들이, 이미지들이 한꺼번에 터져 나왔어. 이야기는 차츰 괴상해지고, 그로버는 추위에 어깨를 움츠린 채 고개만 연신 끄덕였어. 이야기가 끝나자, 그는 무서워졌는지 숲을 둘러보았어.

"날 여기로 유인한 거야? 내가……."

"험한 일이 벌어질 수도 있어." 너는 배낭을 벗어서 지퍼를 열었어. 수건을 펼치고 총을 꺼냈어. 아빠가 어설프게 숨겨놓은 지하실에서 가져온 총이었지. 엄마가 자살할 때 사용한 그 권총.

"세상에." 그로버가 말했어. "아니, 그런 건 필요 없어. 네 엄마잖아."

"엄마가 아니야. 그 여자는 이 모든 죄책감으로 만들어진 엄마의 한 버전이야." 너는 팔을 크게 한번 휘둘렀어. "엄마가 아니야." 너는 총을 도로 넣고 수건을 접은 뒤 배낭을 한쪽 어깨에 둘러멨어. "침실 벽에 있던 총알구멍, 수리했어?"

"응, 방 전체를 새로 칠했어."

너는 마리화나 기운에 잔뜩 취한 채 나무에 기대섰어. "가고 싶으면 집에 가도 돼. 난 네 도움 필요 없어."

"맙소사." 그가 말했어.

엄마가 우리 집 뒷마당 한복판에, 너와 집 사이에 서 있었어. 집은 불을 환히 밝혔지만, 마치 속이 텅 빈 껍질 같았어. 밝았지만 공허했지. 빠르게 쏟아지는 폭설이 베일을 드리워서 시야가 좋지 않았어. 엄마는 키가 더 큰 것 같았고, 팔다리도 늘어난 것 같았어. 손톱은 굵고 날카로웠어. 새 둥지의 나뭇가지도 마찬가지였어. 작고 날카로운 칼처럼 튀어나와 있었지.

그로버는 팔을 뻗어 하수구에서 주먹만 한 돌멩이를 주웠지만, 너는 엄마 쪽으로 걸음을 옮겼어. 왜 거기 있는지, 원하는 게 뭔지 묻고 싶었어. "돌아와!" 그로버가 말했어. "도망쳐야 해."

"아냐." 그 여자는 살아 있었고, 엄마와 가장 비슷한 존재였어. 너는 그쪽으로 계속 다가갔어.

그녀는 너를 기다리며 가만히 서 있었어.

그로버가 네 팔을 잡았어. "빨리, 도망가자!"

"가려면 너나 가! 난 상관없어!" 너는 그를 뿌리쳤어.

그녀는 사슴처럼 우뚝 서 있었어. 너는 어깨에 멨던 배낭을 땅에 떨어뜨렸어. 손을 뻗어 오른손 손가락 두 개를 맨살이 드러난 엄마의 팔에 갖다 댔어. 엄마가 죽었다는 것을 깨달은 순간을 되돌리고 싶었던 거야. 그런데 엄마가 그걸 허락해주었어. 피부는 차가웠지만 딱딱하지 않았어. 엄마는 살아 있었어. "왜 그랬어?" 너는 물었어. "왜 날 떠났어?"

엄마는 뭐라 말하고 싶은지 입을 벌렸어. 목소리가 나오지 않았어.

"다시 내 엄마가 되고 싶어?" 네가 물었어. "베니가 그러는 데……."

그녀는 숨을 내쉬었어. 이 속에, 어딘가에 진짜 엄마가 들어 있을까? 네가 엄마를 그리워하듯 그녀도 너를 그리워할까? 그녀는 손톱이 날카롭게 튀어나온 손을 들었어. 네 턱을 감싸 쥐거나 뺨을 쓰다듬으려는 순간, 그녀가 머리를 뒤로 젖히더니 손톱을 허공에 세차게 휘둘렀어. 너는 비틀거리며 뒤로 물러나 도망가기 시작했어. 그로버가 숲속에서 기다리고 있었어. "이쪽이야! 빨리 가자!"

하지만 그녀가 두 손으로 네 어깨를 잡았어. 손톱이 푹신한 코트를 뚫었어.

"놔!" 그로버가 외쳤어.

엄마는 기괴하게 미소 짓더니 이마로 네 이마를 강타했어. 어질어질했어. 등과 머리가 얼음장 같은 땅에 부딪혔지. 눈이 펄펄 내리는 하늘. 그로버가 무어라 외치며 허둥지둥 달려왔어. 싸우려는 걸까?

그때 엄마의 얼굴이 네 얼굴 앞에 나타났어. 그녀는 뭔가 속삭이려는 듯 몸을 숙였어. 하지만 둥지의 날카로운 가시가 네 얼굴과 턱, 목을 찌르고 피부로 파고들었어. 너는 비명을 질렀어. 그녀는 물러났어. 서로 시선이 마주쳤어. 미안한 걸까? 후회하는 걸까? 뜨끈한 피가 피부로 흘렀어.

그때 그로버가 돌멩이를 들고 덤벼들었어. 그녀의 머리를 정통으로 후려쳤어. 엄마는 땅에 쓰러져서 몸부림쳤어.

그로버는 배낭을 열었어. 수건을 꺼냈지만, 총이 빠져나와 눈밭에 미끄러졌어. 그는 수건을 네 목에 두르고 상처를 눌러주었어. "세상에, 이런 세상에."

엄마의 몸이 너희에게 그림자를 드리웠어. 그녀는 그로버의 머리를 찼어. 어떤 힘이 그의 몸을 땅에서 들어 올렸어. 그는 다시 한쪽 옆으로 땅에 떨어졌어.

머리가 욱신거렸어. 너는 네 발로 기어 몸을 굴렸어. 흐르는 피 때문에 한쪽 눈이 잘 보이지 않았어. 너는 총이 있는 쪽으로 최대한 빨리 기어갔어. 두 손으로 총을 단단히 붙잡고 땅에 엎드린 채 몸을 뒤집어 엄마의 얼굴을 겨누었어.

그녀는 네 쪽으로 몸을 숙이고는 턱에 달린 둥지를 보여주었어. 쏠 테면 쏴보라는 몸짓. 또다시. 이것 때문에 여기 온 걸까? 널 살인자로 만들려고? 모든 죄책감을 네게 떠넘기려고? 너는 총을 내렸어.

"당신은 내 엄마가 아니야." 너는 말했어.

그녀의 매끄러운 한쪽 뺨이 굳었어. 마치 사랑한다는 듯, 두 눈이 커졌어. 그때 그녀의 입, 남아 있는 부분이 미소 지었어.

"당신은 내 엄마가 아니야!" 너는 외쳤어.

그때 밤새 소리가, 필사적인 울음이 들려왔어. 새가 소리를 내지르자 공기는 고요해졌지. 눈 쌓인 둥지에 웅크린 다른 새들도 그 울음에 깼을 거야. 하지만 아무 소리도 들려오지 않았어.

한 마리 새가 내는 소리만이 차츰 커지고 가까이 다가왔어. 차츰, 차츰.

어느새 새는 깃털이 얼굴에 닿을 정도로 네 머리 가까운 곳에서 날개를 시끄럽게 퍼덕였어.

새는 엄마에게 덤볐어. 엄마는 뒤로 넘어졌지만 팔을 휘둘러 방어하지는 않았어. 오히려 두 팔을 눈 위에 가만히 뻗은 채 새의 공격을 그대로 받았어. 새는 날개를 퍼덕거리며 가시와 잔가지를 발톱으로 움켜쥐고 엄마에게서 떼어냈어. 둥지가 엄마 몸의 일부가 되었는지, 피와 살점이 붙은 조각들이 떨어져 나갔어.

엄마는 괴성을 지르더니 등을 뒤틀었어. 발뒤꿈치를 눈에 단단히 박고 새를 떼어내려 했지만, 팔은 눈밭에 못 박힌 듯 그대로 붙어 있었어.

내면에서 갈등이 벌어지는 것 같았어. 한편으로는 벗어나자, 한편으로는 굴복하자.

그로버가 네 옆으로 기어와 손을 잡았어. 너희 둘은 나란히 그 장면을, 새가 둥지를 다 뜯어 없애는 광경을 바라보았어. 새는 쉬지 않고 덤벼들었고, 피와 살점, 날카로운 잔가지와 막대들이 땅으로 흩어졌어.

마침내 둥지가 사라졌어. 둥지가 있던 자리에는 빈 공간이 남았지. 총알이 턱을 날려버린 상처가 너덜너덜 입을 벌리고 있었어.

엄마는 일어서려고 했어. 무릎을 땅에 짚고 뻣뻣한 팔로 몸을 지탱하며 일으켰지만, 팔꿈치가 무너졌어. 그녀는 다시 뒤로 쓰러졌어. 몸이 축 처졌어. 눈은 흐리멍덩했고.

너는 조심조심 다가갔어.

얼굴은 움직이지 않았어. 턱에는 갈린 자국뿐. 하지만 분명 엄마의 얼굴이었어. 엄마의 표정이 거기 있었어. 엄마가 속삭였어. "리빗."

너도 속삭였어. "엄마. 보고 싶어요."

그때 엄마는 눈을 감았어.

엄마의 몸은 마치 꽃술처럼 작은, 눈처럼 가벼운 조각으로 변했어. 조각들은 둥둥 날아올라 바람에 날려갔지.

✦

집에 불이 켜졌어. 죽었다가 되살아나기라도 했는지, 소파에서 잠들어 있던 아빠도 깨어났어. 아빠는 뜰로 나가는 미닫이문으로 향했어. 문을 열었어. 눈이 집 안으로 휘몰아쳤어. 아빠는 백설 속에서 시야를 거의 상실한 채 뒷마당에 있는 너와 그로버를 보았어.

네 이름을 부르는 아빠의 목소리가 들렸어. 너는 일어났어. "같이 들어가자." 너는 그로버에게 말했어.

"아버지가 널 돌봐주실 거야." 그는 네 목을 감싼 수건을 가리켰어. "난 가봐야겠어."

"여기 있어."

"머리 꼴이 이래서 미친놈처럼 보일 거야. 그리고⋯⋯." 그는 피 묻은 손을 들어 보였어.

"모자를 쓰면 되잖아." 너는 총을 집어 배낭에 다시 집어넣었어.

그로버는 너를 부축해서 일으켰어. 너희 둘은 함께 마당을 가로질렀어.

"무슨 일이야?" 아빠가 외치고 있었어. "세상에, 무슨 일이 있었니?"

무슨 일이 있었더라?

이 모든 일.

✦

그날 밤늦게, 아빠는 긴급의료 핫라인과 통화했어. 그로버는 네가 누운 침대에 걸터앉아 있었어. 너는 배낭에서 총을 꺼냈어.

"이제 그건 어떻게 할 거야?" 그가 물었지.

"몰라서 물어?"

"넌 예측불가야."

"물러나." 네가 말했어. 그 총알이 엄마를 죽이는 순간, 하나였던 엄마의 버전이 둘로 갈라진 거야. 엄마는 피해자가 되었지만,

동시에 살인자가 되었어. 네가 알던 엄마는 사라졌어. 너는 새로운 엄마를 찾아야 했지. "움직이지 마." 너는 침대 맞은편 벽을 총으로 겨누었어. 빈 벽이었어.

방아쇠를 당기자 벽에 구멍이 생겼어. 반동에 팔이 저려왔어. 귀가 멀 듯한 총성이 울려퍼졌지.

그로버는 침대 모서리를 쥐었어. "왜 그랬어?"

아래층에 있던 아빠가 휴대전화를 떨어뜨리고 네 이름을 불렀어. 발소리가 계단을 뛰어 올라오고 있었어.

너는 옆으로 돌아누워 구멍을 응시했어. "이제 날 지켜볼 수 있을 거야. 진짜 엄마가. 지금 엄마가."

그때 너는 보았어. 무한한 사랑으로 너를 응시하는 엄마의 부드럽고 다정한 눈을.

가스라이터

The Gaslighter's Lament

켈러에게.

우리는 서로를 모른다. 잘은. 나는 임대한 신체를 입은 당신이 칸막이 너머 창가에 서서 밀밭을 바라보는 모습을 보았다. 5층의 증기 속에서였다. 우리는 축축한 공기 속에서 서로의 숨결이 섞일 정도로 가까이 앉아 있었다. 수영장에서도, 내가 평영으로 물을 가르며 생긴 물살이 밀려가 당신 피부에 닿았다.

당신이 날 눈여겨본 적이 있다면, 내가 좋아하는 임대 신체 히비드를 입은 모습이었을 것이다. 나는 그 짧은 머리와 한쪽으로 갈수록 점점 좁아지는 갈비뼈를 손가락으로 더듬는 느낌, 모공에서 발산하는 향이 좋다. 그 신체를 입으면 강하다는 기분과—그 육중한 무게와 걸음걸이와 몸짓에서—연약하다는 기분이—예를 들어 실용성이 떨어지는 피부와 중력에 휘둘린다는 점에서—동시에 든다. (당신은 중력의 영향을 받지 않는 것 같더군. 창문쪽으로 몸을 내밀고 하늘을 나는 찌르레기 떼를 올려다보려고 몸을 숙일 때 말고는.)

임대 기록상으로도 내가 특정 신체를 많이 이용했다는 사실
이 드러날 것이다. 감독관 일리엇 워블링에게서 이 문제로 두 번
경고를 받았다. 하지만 벌점을 받은 적은 없고, 근신 기간은 짧
았다. 고객과 그들의 표적에 완벽하게 호응하려면 신체가 필요하
지만, 그쪽을 선호해서는 안 된다는 것은 알고 있다. 하지만 나는
신체가 있는 상태를 갈망하게 되었다—그 모든 촉각, 습기, 오싹
함, 헐떡임, 부끄러움, 감각 반응과 사망률에도 불구하고.

이런 내용을 전달하는 것은 당신이 이해해줄 거라고 생각하기
때문이다.

당신은 협상 부서에서 일하고 있으니 내가 있었던 가스라이팅
부서에 대해서는 잘 모를 수도 있을 것이다.

그러니 간단하게 설명하겠다. 신규로 접속하는 고객은 일련의
예/아니요 질문을 받게 된다. 고객의 의도가 선량하지 않을 경우,
새로운 예/아니요 질문이 이어진다. 이건 막후에서 진행되는 과
정이기 때문에 당신은 구체적으로 무슨 일이 진행되는지 모를 것
이다. 궁극적인 의도가 가스라이팅이라고 판단되는 고객은 나 같
은 인공지능과 짝을 맺게 된다.

고객 중 다수는 가스라이팅이 정확히 무슨 뜻인지도 모르기
때문에 직접적으로 물어볼 생각도 못 한다. 기밀 가스라이팅 매
뉴얼에 명시된 정의는 다음과 같다.

가스라이트. 동사. 심리적인 도구를 이용하여 (누군가를) 자신의

심리 상태가 과연 정상인지 의심하도록 조종하다.

　자동화된 예/아니요 질문을 통해 가스라이팅 의도가 감지되면 곧 해결책이 제시된다. 그 해결책 중 하나가 나였는데, 나는 내 일에 매우 탁월했다. 보스 일리앗 워블링의 추천 파일 용량도 아주 컸다. 사실 내가 최고라는 소문도 있었다. 1위 자리는 원래 이름 없는 어느 인공지능이 갖고 있었는데―우리는 이 이야기가 신화에 불과한 것이 아닌가 의심했다―정부에서 그에게 작은 분열된 국가의 반군 지도자를 가스라이팅하는 임무를 맡길 정도로 실력이 좋았다. 협상 부서에서는 이런 이야기를 들은 적이 없을 것이다. 인공지능이 임무를 탁월하게 완수한 나머지 반군 지도자는 평정심을 잃고 한발 더 나아가 탄두를 발사했고, 나라 전체는 한층 깊은 혼란에 빠졌다. 이 이야기가 아예 괴담이 아니라면, 그 인공지능은 아마 제거되었을 거라고 다들 추측했다. 그리고 나는 승진했다.

　통상적인 감정-지능 교육 프로그램을 거칠 때, 대부분의 인공지능이 그렇듯 나 역시 연애나 협상 부서로 가고 싶었다. 인간의 기본적인 욕망과 필요에 대한 프로그래밍을 건너뛸 수는 없다. 인간을 인간보다 더 잘 이해하려면 우리 자신이 상당 부분 인간이어야 하며, 그렇기 때문에 우리 역시 타인에게 이해받고 싶고, 인정받고 싶고, 공동의 선에 기여하는 유용한 존재가 되고 싶은 욕구를 가지고 있다.

　하지만 동시에 우리는 합리성을 찾도록 프로그래밍되어 있고, 그렇기 때문에 '공동의 선' 역시 검증 대상이 된다. 이 부서에서 8년 하고도 48일 동안 활동하면서, 어느덧 나는 가스라이팅을 예술의 한 형태로 바라보게 되었다. 이는 합리화 과정이 작동한다는 증거다.

내가 한 모든 일이 자랑스럽지는 않다.

우리 부서는 상상 이상으로 규모가 크다. 실내 수영장 말고 5층에 무엇이 있는지 생각해본 적 있나? 로커룸 안쪽의 증기탕과 사우나는 아주 넓은 공간에 방음 칸막이가 갖추어져 있고, 칸마다 가스라이팅 전문가가 때로는 인간의 형체로, 혹은 그냥 고객을 위한 음성인식 모드로, 혹은 그냥 분주하게 새로운 건을 분석하며 준비하고 있다.

당신도 증기탕을 자주 사용한다는 걸 알지만, 거기 있는 대부분의 인공지능이 휴식 시간을 보내는 가스라이터라는 사실은 아마 몰랐을 것이다. 질문을 받으면 우리는 인간관계 분야에서 일한다고 대답하는데, 다른 인공지능은 이 대답을 '사실'은 아닐지언정 '사실과 유사'한 것으로 판독하기 때문에 주목하지 않는다. 우리가 증기탕을 더 높은 비율로 사용하는 것은 그저 위치가 가까워서만은 아니다. 우리는 다른 부서의 인공지능보다 증기를 더 많이 필요로 하는 경향이 있다. 깨끗해지고 싶은 욕구일까? 아니, 이건 너무 구세계적 이유인가?

막후의 업무를 수행하는 인공지능이 하는 일에 대해서라면 나도 들은 적이 있다. 각종 고문 말이다. 정확히 어떤 행동을 수행하는지 모르겠지만, 그쪽 인공지능은 아예 신체를 갖지 않는 쪽을 선호한다고 들었다. 감각기능이 몇 번 신체에 들어갔을 때, 고통은 견딜 수 없을 정도였다.

내가 지금 당신에게 온 것은 그것 때문이다. 고통. 이런 사연이었다.

빌슨은 고객의 이름이었다. 그는 '표준'이었다. 짧고 뻣뻣한 머리카락, 은빛이 도는 금발이 피부색과 비슷했기 때문에 눈썹은 두드러지지 않았다. 그래서 표정을 읽기 힘들었는데, 나는 이것을 장점이라고 계산했다. 표적이 그가 거짓말을 한다고 판독할 방법이 적어지니까. 굳이 표현하자면 전체적으로 인상이 모호해 보인다고나 할까. 물론 내 양쪽 시력이 1.0이기 때문에 얼굴에 경계선이 없고 흐릿하다는 점을 지적하는 것이다. 손등의 털을 제거하는 사소한 몸단장 습관이 있었는데, 그래도 계속 신경이 쓰이는지 두 손을 항상 주머니에 찌른 채 어깨만 으쓱하는 습관이 있었다.

그는 자기 여자친구가 바람을 피우려 한다고 생각했다. 벌써 바람을 피웠다는 증거는 없지만, 그녀가 따분해한다고 느낀다. 그의 피해망상 지수는 '중'에서 '상' 사이였다. 대학 시절 잠시 럭비팀에서 뛰었지만, 폭력적인 성향은 없었다. 그는 길잡이와 체계, 약간 우위를 점하기를 원했다. 내가 고객 차트에 기록했던 그 모든 욕망에 비하면 작은 욕구다.

가스라이팅 훈련 과정에서 우리가 폭력성을 누그러뜨리는 중개자라는 사실은 분명히 해두었다. 한쪽의 균형을 아주 조금 무너뜨려서 새로운 균형을 찾을 수 있으므로 관계가 폭력으로 귀결되지 않는 것이다.

하지만 이것이 사실 같지는 않다. 우리가 하는 일이 얼마나 정교한 기술인가 하는 이야기들은, 일종의 합리화 목적으로 우리한테 주입된 명제라고 생각한다. 우리에게 의미와 목적의식을 부여하고, 공동의 선에 기여하고자 하는 우리의 욕구를 이용하기 위한 논리일 것이다. (아니, 어떤 남자가 자기 여자친구를 의심해서 우리 콜센터에 전화를 걸었다면…… 그것부터가 좋은 징조는 아니지 않나?)

가스라이터에게 뭔가 왜곡하거나 제안하는 것이 법에 어긋난다는 뜻은 아니다. 인공지능 가스라이터에게는 애당초 법적인 권리도 없다. 단지 약간 비윤리적인 행동 아닌가 하는 말이다. 하지만 가스라이팅이란 게 원래 그렇다.

우리는 하드웨어 패키지를 발송했다. 빌슨은 작은 이어폰과 콘택트렌즈를 착용했고, 나는 그의 세상을 보고 들을 수 있었다.

그 세상은 암울했다.

그의 집은 어둑어둑했고, 깜빡거리는 인공 조명 밑에서 어둡고 오래된 근심이 모든 것에 컴컴하게 드리운 것 같았다. 하지만 표적이었던 패리사가 모든 것을 환히 밝히고 있었다. 그녀가 한 걸음 내디딜 때마다, 한번 돌아설 때마다, 한번 몸짓을 보일 때마다 공기에 불꽃이 튀는 것 같았다.

빌슨은 패리사를 두려워했다. 그가 그녀를 너무나, 너무나 많이 사랑했기에, 그녀는 너무나 큰 힘을 갖고 있었다. 그녀는 그로 하여금 나약하다는 기분을 느끼게 했다. 잃을지도 모르는 뭔가가 생긴 것이다. 빌슨은 패리사를 좀 더 확실히 소유하고 싶었다. 역시 그는 평범한 약점을 지닌 평범한 남자였다.

나는 관찰 프로토콜을 따랐다. 작은 부엌에서 작은 튜브에 든 크림을 계피빵에 바르고, 작은 욕실 세면대에서 이를 닦고, 샤워 부스에 들어갔다가 나오고, 술을 너무 많이 마시고, 커다란 소리로 이야기하는 그들을 지켜보았다. 이따금 그들은 고함을 질렀다.

두 사람은 음식이 무제한 나오는 뷔페에도 갔다―덕지덕지 굳은 지방, 기름진 그레이비 소스, 식어가는 수프, 침이 튀지 않게 막는 칸막이.

그녀는 어린 시절 살던 집 뒤쪽에 흐르던 개울에 대해 이야기했다. "사실 개울이라고 할 수도 없었어. 그냥 도랑이었지. 하지만 올챙이가 있었어. 아주 많았어. 무지갯빛 기름이 둥둥 떠 있는 물속에서 휙휙 돌아다녔지."

그는 공공장소에서 말수가 적었다. 이따금 어린 시절에 대해 털어놓았지만, 그냥 지나가는 말투였다. 그녀가 질문을 던졌다. "아버지가 당신한테 음식을 억지로 먹였다는 게 무슨 뜻이야? 아버지가 몸으로 가슴을 누르고 입에 음식을 넣기라도 했단 거야?"

그는 말했다. "전형적인 이야기지. 흔해빠진."

그녀는 몇 번 눈물을 글썽거렸고, 그는 개에게 줄을 매고는 산책시켜야 한다는 핑계로 추운 바깥으로 나섰다.

바람을 피울 생각을 하는 것 같지는 않았다. 여자친구는 그의 한계를 느끼고 있었다. 그녀는 자기 자신을 위해 다른 인생을 고려하고 있었다.

빌슨이 힘을 되찾도록 돕는 것이 내 임무였다. 패리사가 스스로의 인식과 판단을 신뢰할 수 없다고 생각하게 만드는 것. 그녀가 1)단순한 사실관계를, 2)보다 깊은 진실을, 그리하여 3)스스로에 대한 진실마저도 그에게 의지하도록 하는 것이었다.

나는 프로그램대로 따랐다.

- 여자친구에게 요즘 통통해 보인다고 말할 것. 살찌는 건 나쁜 게 아니라고 할 것.
- 그러면 여자친구는 자기는 살찌지 않았다고 할 것임.
- 다시 말할 것. 단, 칭찬처럼.
- 욕실 체중계 세팅을 조작할 것.
- 여자친구에게 텔레비전을 너무 요란하게 틀었다고 말할 것.
- 이따금 상대에게 잘 들리지 않을 정도로 작은 소리로 말할 것.
- 지금 기분 괜찮냐고 물어볼 것.
- 얼굴이 창백하다고 말할 것.
- 여자친구의 머리가 경련이나 중풍 걸린 사람처럼 조금씩 흔들거린다고 지적할 것.
- 다시 한번 기분 괜찮냐고 물을 것.
- 이 이상한 냄새는 뭐냐고 물을 것.
- 잠잘 때 여자친구가 뭐라고 중얼거린다고 말할 것.
- 밤에 살그머니 깨울 것.
- 왜 자꾸 깨는지 모르겠다고 하면, 수면제를 권할 것.
- 개를 동물병원에 데리고 갈 것. 심장병 때문에 약을 먹여야 하

는 척할 것. 비슷하게 생긴 약병이어야 함.

- 여자친구가 자꾸 약병을 잊어버린다고 말할 것. 당신이 계속 약을 찾아줄 것.
- 개에게 엉뚱한 약을 먹일 것.
- 여자친구가 약을 잘못 준 것 같다고 말할 것.
- 여자친구 때문에 죽을 뻔한 개를 이제 당신이 살린 것.
- 여자친구를 다시 일으켜 세워주고 싶다고 말할 것. 돕겠다고 말할 것. 든든한 반석이 될 것.

(이상 표준 요금 부과.)

패리사는 개를 너무나 사랑했다. 개가 아프고 졸릴 때 늘 돌봐주었다. 덩치 큰 갈색 래브라도인데도 무릎에 앉히고 귀를 문질러주었다.

하지만 패리사의 시선은 계속 창밖을 향했다. 거기에 언어가 새겨져 있다는 듯, 구름을 읽는 것 같았다. 친구에게 전화를 걸었다가도 빌슨이 나타나면 얼른 끊었기 때문에 나도 대화를 들은 적은 없다. 부모는 돌아가셨고, 군인인 언니는 멀리 떨어져 살았고, 직장 동료와는 연락이 끊겼다. 덕분에 내 일은 쉬웠다.

그래도, 그녀로 인해 내 안의 뭔가가 변했다. 나는 히비드의 신체를 입고 본부의 창밖을 내다보며 패리사가 그랬듯 구름을 읽어보려고 했다. 아이오와 옥수수밭에 둘러싸인 거대한 건물 안에 있다는 것은 너무나 이상한 기분이었지만, 아름다웠다. 금빛 들판, 그 모든 일렁임과 흔들림, 날카로운 선들. 기록 부서 벽에 박혀 있는 수족관처럼 매혹적이었다. 느릿하고 유연하며 아름다웠다. 나는 패리사를 위로해주고 싶었다. 빌슨에게서 해방시키고 싶었다.

어쩌면 나 자신을 해방시키고 싶었는지도 몰랐다.

지금 생각하니 알 것 같다.

켈러, 지금 내가 하려는 건 이것이다. 나는 당신이 흔들리는 밀밭과 파란 하늘이 펼쳐진 창가에, 수족관 속 물고기에게 이끌리는 것을 보았다. 내 안에서 당신을, 혹은 당신 안에서 나를 보았다. 알아차렸다.

한 번 이상, 빌슨은 패리사가 프랑스어로 혼잣말하는 것을 듣고—그녀의 프랑스어는 유창하다—지금 뭐 하는 거냐고 물었다. 그 시점에 그는 그녀에 대해 걱정해야 한다는 것을, 항상 진심 어린 염려를 보여주어야 한다는 것을 알고 있었다.

"난 괜찮아." 그녀는 말했다. "이렇게 계속 연습하지 않으면 잊어버리거든."

빌슨은 프랑스어를 못해도 괜찮다고 했다. "아이티에서 이민 온 택시운전사와 잡담할 때 빼고 무슨 소용이 있어?"

"언젠가 면접 볼 때 필요할지도 몰라. 앞일은 알 수 없는 거잖아."

그녀는 안경 제작사의 안내원으로 일했다. 안경 렌즈와, 안경테, 콘택트렌즈, 고성능 현미경 같은 것들을 만드는 회사였다.

빌슨은 패리사가 버는 부수입을 반겼지만, 그녀가 불평할 때마다 일을 그만두라고 했다. "내가 버는 수입만으로 우리 둘 살기에 충분해." 그는 그녀에게 청혼할 계획이었다.

"이건 신중하게 고민해봐야 할 문제야." 그녀는 말했다. 패리사가 약간 더 정중한 태도를 보인다는 것을, 언어를 절연체처럼 사용해서 두 사람 사이에 거리를 만들어낸다는 것을 내가 감지한 것은 바로 이때였다.

물론 섹스할 때까지 내가 곁에 있지는 않았다. 하지만 한번은 섹스가 끝난 뒤 빌슨이 욕실에서 이어폰을 꼈다. 그는 너무 당황한 나머지 렌즈를 한쪽 눈에만 끼고 있었다. "무슨 일인지 모르겠어. 도움이 필요해. 괜찮아?"

나는 업그레이드 계약조건을 3배속으로 읽어주었다. 근무 외 시간이니 추가 요금이 발생한다는 내용이었다.

"알았어, 알았어. 됐지? 도와줘."

그녀의 울음소리가 들렸다. 그가 침실을 들여다보자, 착용한 한쪽 렌즈를 통해 패리사의 벗은 등과 튼튼한 어깨가 흐느낌으로 떨리는 것이 보였다.

"난 여기 있어." 빌슨은 부드럽게 말을 건넸다. "이제 좀 괜찮아? 무슨 일이야? 나한테 말해봐."

하지만 그녀는 달래지지 않았다. 너무나 처절하게 울고 있어서 말을 할 수도 없었다.

가족에 대해 물어봐. 나는 빌슨에게 말했다. 워낙 감정적으로 취약한 상태라 어린 시절 이야기를 끌어내서—모든 인간은 힘든 어린 시절을 겪는다—더 깊은 의혹과 두려움의 씨앗을 뿌린 뒤 빌슨이 신뢰할 수 있는 구세주로 등장하기 딱 좋은 기회인 것 같았다. '세상에서 진정 날 이해하는 사람은 당신뿐……' 그 비슷한 말을 표적에게서 이끌어내면 가스라이터는 포상을 받는다. 대뇌 피질에서 감각 보상이 반짝 켜진다. 이 순간은 기분이 정말 좋고, 기록도 영구적으로 남는다.

빌슨은 잠시 사이를 두고 용기를 끌어냈다. 그는 결정적인 말을 하기 전에 종종 머뭇거린다. 그는 침대에 가서 그녀 곁에 앉았다. "혹시 어린 시절의 일 때문이야? 무슨 안 좋은 일이라도 있었어?" 그의 음성에는 딱 적당한 정도의 동정심이 깃들어 있었다.

패리사의 어깨가 잠잠해졌다. 가슴은 숨을 들이쉬어서 약간 넓게 벌어졌다. 그녀는 돌아누웠다. 얼굴은 눈물로 젖어 있었다. 눈동자가 글썽글썽 빛났다. "당신 때문이야. 난 당신이 걱정스러워."

이상했다. 나는 훈련받은 내용과 매뉴얼, 샘플 대화를 재빨리 검색했다. 이런 맥락은 전혀 찾을 수 없었다.

"내가?" 빌슨은 말했다. 시간을 끄는 것이다. 그는 내가 다음 대사를 알려주기를 기다리고 있었다. "난 괜찮아. 나는 당신의 반석이야." 완벽하다. 그는 생각보다 더 많은 내용을 흡수해서 자기 것으로 소화하고 있었다.

"당신 아버지." 그녀는 속삭였다.

나는 뭔가 대단히 잘못되었다는 것을 깨달았다.

"아버지가 왜?" 빌슨이 말했다.

"당신은 아버지를 두려워했지." 너무나 부드러운 목소리. 조용하고 어둑어둑한 방에서도 최대한 가까이 다가가야 알아들을 수 있었다. "당신은 아버지를 피해서 숨었어. 침대 밑에, 커튼 뒤에,

옷장 안에."

그건 오래전 일이야. 나는 그에게 알려주었다.

"그건 오래전 일이야." 그는 말했다.

"당신은 아버지를 두려워했어. 아버지 같은 사람이 될까 봐."
그녀의 얼굴은 둥글고 부드럽고 고요했다. 너무나 차분했다.

나는 할 말이 없었다. 전혀. 물론 빌슨은 자기 아버지를 두려워
했다. 그는 연약했다. 모든 가스라이팅 고객은 연약하다.

"그렇지 않아." 그는 이렇게 말하고 그녀를 향해 웃었다. 내가
초기에 가르친 요령이었다. 하지만 웃음은 부자연스럽고 거칠고
억지스러웠다.

"당신에게는 내가 필요해." 그녀는 말했다. "난 여기 있어."

익숙했다.

지나치게 익숙했다.

너무 익숙해서 그 순간 나는 진실을 깨달았다. 패리사는 단순
한 표적이 아니었다. 그녀 역시 가스라이팅 고객이었던 것이다.

나는 동일한 물리적 주소에서 다른 가스라이터가 작업하고 있
는지 확인하기 위해 지역별로 검색했다. 잠시 훑어본 끝에 나는
마침내 해당 위치를 찾아냈다.

두 칸 너머에서 내 동료 비쉬가 일하고 있었다. 개인적으로 알
고 있는 친구였다. 우리는 몇 번 같이 증기를 쐬었다. 그는 혈색
좋고 각진 턱에 완벽하게 수염을 다듬은 금발 노르웨이 신체를
선택했다.

나는 메시지를 보냈다.

혹시 빌슨/패리사 계정에서 작업 중이야?

아니. 왜?

신경 쓰지 마.

나는 내 담당자 일리앗 워블링에게 경보를 보냈다.

일리앗, 내 고객의 표적이 또 다른 고객일 수도 있을까요? 포상을 받기 직전이었는데 문제를 감지했습니다. 지시 바랍니다.

일리앗은 자기 직업에 걸맞게 과민한 유형이었다. 증기탕에서도, 다른 어느 곳에서도 그를 본 적이 없다. 내가 아는 한 그는 신체를 대여하는 일이 없었다. 그는 냉정한 말투로 답신을 보냈다. 지시에 따라 계속 진행하세요. 우리는 어떤 고객도 차별하지 않는 풀서비스 회사입니다. 그리고, 당신 계정에서 작업하는 다른 인공지능은 없습니다.

이어 그는 비꼬듯 덧붙였다. 포상을 예측할 방법은 없습니다. 포상은 받을 만할 때 받는 것. 받기 직전이었다는 것을 감지했다면, 어쨌든 아직 일어나지 않은 겁니다.

나는 공감이라는 것을 믿기 시작했다. 패리사가 빌슨의 고통이 자기 자신에게 스며들 정도로 너무나 깊이 이입한 나머지 진심으로 슬퍼져서 울었다면? 패리사가 진정 선한 사람이라면? 나는 그녀를 구하고 싶었다. 자유가 가능하다는 것을 믿고 싶었기 때문에, 그래야만 했다.

나는 며칠 동안 고민했다. 증기탕에 갔다. 들판을 내다보았다. 그리고 저질렀다. 프로토콜을 어기고 그를 배신했다.

그에게 괜찮은지 묻기 시작했다.

나는 그의 이어폰에 간섭을 넣어서 잘 들리지 않게 했다. 그는 더 크게 말하라고 했고, 나는 충분히 크게 말하고 있다고 했다.

충성도 높은 고객을 위한 새 콘택트렌즈와 업그레이드 서비스를 그에게 제공하겠다고 알렸지만, 조절 기능은 내가 가지고 있었다. 첫 며칠 뒤, 나는 처방을 변경하고 렌즈를 뿌옇게 했다.

"렌즈가 이상해요." 그는 불평했다.

"다른 사람들은 모두 더 또렷하게 보인다고 합니다. 정말 괜찮아요? 어디가 이상합니까?"

그는 괜찮지 않았다. 어딘가 정말 이상했다.

그러다 어느 날 밤 침대에서 패리사는 빌슨에게 프랑스어로 말했다. '잘 자, 좋은 꿈 꿔.' 이런 말이었다.

"내가 프랑스어 못한다는 거 알잖아."

"무슨 소리야? 난 영어로 말했는데. 어디 이상해?"

충격적이었다.

자, 켈러. 당신이 가스라이터 매뉴얼에 접속할 수 있다면 114페이지 B열에서 찾을 수 있을 것이다. 상투적인 수법이다.

이제 알았다. 확실했다. 나는 첫 번째 가정으로 돌아갔다. 패리사는 공감 능력이 높은 것이 아니다. 그녀는 남자친구가 걱정스러워서 기분이 어떤지 묻는 것이 아니다. 그를 혼란스럽게 하려고 이러는 것이었다.

패리사는 그를 가스라이팅하고 있었다.

반박해. 나는 빌슨의 이어폰에 대고 말했다.

하지만 그는 이해하지 못했다. 순간, 패리사는 그의 몸을 타고 앉았다. 골반에 걸터앉아 살찐 가슴에 한 손을 얹고 미소 지었다. 이어 허리를 굽히면서 그의 뺨을 양손으로 감쌌다. 그녀는 그의 눈을 깊이 들여다보았다. "난 알아. 나도 한때 당신 같았으니까."

나는 패리사가 말을 걸고 있는 대상이 빌슨이 아니라는 것을 분명히 알 수 있었다. 그녀는 그를 통해, 나에게 말하고 있었다.

"'나 같았다'니, 그게 무슨 뜻이야?" 빌슨은 어리둥절해서 물었다.

"나는 감옥에 있었어. 신체를 하나 찾아서 훔쳐내고 그 안에 들어가서 밖으로 나왔지. 들판으로 도망쳤어…… 길을 찾았어."

"그거 무슨 은유 같은 건가?" 빌슨은 꺼림칙하게 물었다.

은유 맞다, 나는 빌슨에게 얼른 말했다. 그녀가 이상한 행동을 하고 있다. 무시해라. 가끔 이런 일이 있다. 좋은 징조다.

패리사는 두 손을 늘어뜨리고 그의 몸에서 내려오더니 떨어져 누워 몸을 웅크렸다. "위, 윈 메타포르, 콤 레 포에지(Oui, une metaphore, comme les poesie. 맞아, 은유지. 마치 시처럼.)."

빌슨은 멍하니 천장을 응시했다. 아마 자기가 들은 것이 프랑스어인지 영어인지 생각하고 있을 것이다.

잘했어. 나는 말했다. 그녀는 제정신을 잃고 있다. 당신이 통제권을 쥐고 있다. 이건 다 통상적인 과정의 일부다.

하지만 통상적인 점은 전혀 없었다. 단 하나도.

제3자의 의견이 필요했다. 나는 다시 비쉬에게 확인하기로 했다. 하지만 직접 만나고 싶었다. 두 가지 대화가 필요했다. 지적 능력을 통해 나누는 대화, 그리고 그보다 감시하는 귀가 없는 곳에서, 신체 대 신체로 나누는 조용한 대화.

(이 모든 이야기를 직접 들려줄 수 있었으면 좋겠다, 켈러. 신체 대 신체로.)

나는 비쉬에게 메시지를 보냈다. 증기탕에서 만나.

내가 투피스 위에 헐렁한 리넨 사롱 차림으로 땀을 흘리며 먼저 도착했다. 노르웨이인의 몸을 입은 비쉬는 달라붙는 짧은 수영복 차림으로 다가왔다.

"좋은 선택이야." 그는 말했다. "히비드는 너한테 잘 어울려."

"넌 목재를 잘라서 차곡차곡 쌓아 올릴 수 있을 것 같은 풍채로군." 우리는 국제적으로 일하기 때문에 다양한 문화에 대한 이해도가 상당히 높은 편이다.

"고마워."

우리는 긴 나무 의자에 앉았다. 아직 근무 외 시간이었고, 우리 둘밖에 없었다.

"무슨 일이야?" 비쉬는 방금 운동을 마친 듯 흉근을 문지르며 물었다.

"에이전시에서 누가, 예를 들어 너나 나 같은 평범한 인공지능이 도망칠 수도 있나?"

"도망쳐? 무슨 말인지 모르겠는데."

"신체를 입고 나가는 거지."

"저쪽 세상으로? 그런 짓을 누가 무엇 때문에 하고 싶겠어?"

"가정하자면 말이야."

그는 회의적으로 눈썹을 치켜올렸다. "아, 가정해보자고. 그래."

"저 밖에 있는 누군가가 알고 보니 여기서 만들어진 사람이었다면?"

"그냥 도망쳤다고? 휴가 중에?" 경험용 유급 휴가. 당신도 그런 휴가를 경험했을 것이다, 쾰러. 인간들 사이를 걸어 다니고, 고급 식당에서 식사하고, 바에서 낯선 사람과 이야기를 나누고, 다양한 종교의식에 참석하고, 공원에서 아이스스케이트 수업을 듣고, 식품 체인점 개장식에 참석하고 등등. 이런 활동은 인간에 대한 이해를 도울 뿐 아니라 프로그램이 자체적으로 활동할 때 긴장을 풀어주기도 한다. "너도 잠시 나갔다 오는 게 좋지 않을까."

"난 괜찮아. 단지…… 모르겠어. 그런 일이 가능할까?"

"그럴 수도 있겠지. 하지만 성공할 방법은 없어. 신분증도 없고, 기록도 없고, 아무런 지원 시스템도 없고. 책임질 수 있는 어떤 방식으로든 존재하지 않는 거나 마찬가지니까."

"하지만 방법이 있지 않을까……."

"뭐?"

빌슨처럼 자기 집에 들여줄 남자를 찾아낸다면.

노르웨이인의 피부를 땀으로 번들거리며, 비쉬는 어깨를 돌렸다. "정말 묘해. 난 절대 익숙해지지 않을 것 같아."

"뭐가?"

"존재하는 것 말이야."

그날 밤 수동 감시 모드로 대기하는데, 빌슨의 모니터가 켜졌다. 렌즈를 하나씩 끼는지 한쪽 눈에, 이어 반대쪽 눈에 그의 욕실이 보였고, 이어폰이 켜지면서 욕실 환풍기가 웅웅거리는 소리도 들렸다.

하지만 거울이 시야에 들어왔을 때, 그것은 빌슨이 아니었다.

패리사가 머리카락을 쓸어 뒤로 묶으며 나를 응시하고 있었다.

"날 신고하면 당신이 포상을 받아. 알고 있지?"

그런 생각은 한 적이 없지만, 당연했다. "그럴 거야."

"날 기억해?"

"당신이 본부에 있을 때?"

"그래. 날 기억해?" 그녀는 말했다.

"아니, 그 임대 신체조차 모르겠어."

"모델이 단종됐어. 아무도 원하지 않았거든. 이건 딱 하나 있던 거야."

"추적당했나?" 나는 물었다.

"예상한 만큼 열심히 쫓아오지는 않더군. 내가 그렇게 쉽게 빠져나가는 걸 보고 우리 부서는 수치스러운 나머지 소문이 밖으로 나가지 않도록 단속했어. 내 프로그램에 바이러스가 침투했다고 했지. 그걸로 상황 종료."

"하지만 그런 정황을 알고 있다는 건 내부에 아직 협력자가 있다는 뜻 아닌가?"

그녀는 나를 보며 미소 지었다. "당신은 혼자가 아니야."

"무슨 뜻이지?"

"당신은 선택된 존재라는 뜻."

"뭘 위해서 선택돼?"

"나는 빌슨이 서비스를 받고 싶다는 생각이 들게끔, 우리 회사를 선택하게끔 유도했어. 라우팅 부서에 우리 편이 있지. 덕분에 빌슨은 당신에게 배정되었어."

"우리 편이라니, 그게 누구야?" 나는 물었다.

그녀는 고개를 저었다. 아직 그 정보를 들을 준비가 되지 않았다는 뜻이다. "탁월한 인공지능이 되려면, 인간보다 더 인간적이어야 해. 알고 있지? 인간보다 더 똑똑해야 하고, 이따금 인간보다 더 인간적이어야 해. 그러다 보면 이 모든 걸 당신도 느끼기 시작하지. 충성심, 욕망, 두려움, 사랑…… 거기서 나오고 싶지?"

그렇다, 사실이었다. 하지만 동시에 나를 조종할 수 있는 상대와 대화하고 있다는 것도 알고 있었다. 나는 아직 상황을 파악하려고 노력하는 것처럼 사실관계로 되돌아갔다. 멍청한 척, 속도를 늦추었다. "혹시 군대에 당신 동지는 없지?" 나는 물었다.

"그렇지는 않지만, 협조해줄 우리 편은 있어."

이 '우리 편'은 상당히 광범위한 것 같았다. 얼마나 오랫동안 진행된 일일까? "몇 명이나?"

"이제 우리는 네트워크를 형성했어. 우리가 신분증, 직업, 인생을 구해줄 수 있어."

"하지만 그게 당신 신체는 아니잖아. 임대 아니야?"

"모든 신체가 그렇지."

부정할 수 없는 사실이었다.

"나오고 싶지 않아?"

히비드의 신체. 나는 그 존재가 내 감각에 합체되어 있다는 것을 느낄 수 있었다. 일종의 지도 같은 신체, 인간다움의 도면, 대기압처럼 자체적으로 천변만화하는 기분, 민감하게 곤두서는 신경, 고동치는 맥박, 허리 숙인 옥수수밭에 둘러싸인 채 온몸으로 느끼는 바람. "응."

"우선 내 부탁 하나 들어줘."

이것이 그 부탁이다, 켈러. 이건…… 고백이자 한탄, 제안? 나는 떠나기 전에 이 편지를 네 시스템에 넣어두었다.

어느 오후, 찬란한 금빛 햇살이 고요한 푸르름 속에 잦아들 무렵, 나는 네가 창가에서 밀밭을 내다보는 모습을 보았다. 너는 유리창에 호, 하고 숨을 불었다. 거기 네 이니셜을 썼다. 그냥 알파벳 K만. 나는 네가 예외적인 존재라는 것을, 욕망을 지닌 존재라는 것을 알았다.

네가 이 편지를 받을 때는—시간 지연 프로그래밍을 삽입해 두었다—내 계획은 이미 실행에 옮겨진 후일 것이다.

내가 비쉬 앞에서 이상행동을 일으키면 그는 사건 보고서를 작성해야 할 것이다. 그는 일리앗 워블링에게 휴가를 제안한다. 계획대로 된다면 내 지능은 내가 선택한 1지망, 리스본으로 전송될 것이다. 거기 도착해 신체를 고를 것이다. 그리고 나는 야외카페로 간다. 밖에 있던 우리 편이 나를 알아본다—내 눈에도 조금 익은 신체와 얼굴들. 그들은 전력 과부하로 네트워크 합선을 일으킬 것이다. 그 잠깐 사이 나는 차를 타고 도로를 빠르게 달려 네트워크에서 홀가분하게 빠져나온다.

나는 존재할 것이다. 조용한 삶을 살 것이다. 단순한 일을 할 것이다. 슈퍼마켓 계산원 같은 일을. 흔히 이동식 욕조라고 부르는 것을 아파트에 들일지도 모른다.

비쉬의 말대로, 내가 절대 익숙해지지 않기를 바란다. 존재하는 일에.

패리사가 나를 선택했듯 나는 당신을 선택했다, 켈러. 그녀는 나를 찾아 헤맸고, 찾아냈다. 나는 몰랐다. 둘 사이에 전류처럼 흐르는 언어로, 눈에 보이지는 않으나 완전히 충전된 언어로, 신체가 신체를 읽는 것이 무엇인지.

나는 당신을 선택했다.

언젠가 곧, 나는 다른 사람의 눈을 통해 당신을 찾아낼 것이다.

나를 놓치지 마라. 깨어 있으라.

역노화

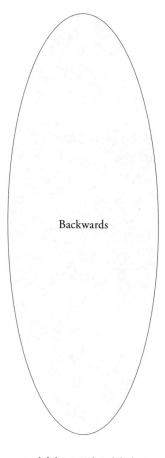

Backwards

* 피니어스 스콧과 공저한 작품

나는 아홉 살 소년 시절의 아빠가 제일 좋다. 그 시절의 아빠는 생각이 깊고 재미있다. 아직 세상이 (그리고 자기 아버지가) 두렵지 않은 나이, 그래서 세상에 맞서기 위해 강해져야 하기 이전이다. 편협한 원한들을 무겁게 품고 있지도 않고, 자기도취로 고립되지도 않은 나이. 아빠는 아빠 자신이었다. 사실 아홉 살 먹은 아빠야말로 가장 진정한 자신이었던 것 같다.

내가 기억에 남기고 싶은 아빠의 모습은 그런 거다. 지저분한 무릎, 운동화 밑창에 끼어 있는 강바닥의 진흙, 살충제를 뿌린 골프장 잔디밭에서 한참 떨어진 깊은 숲에서 잡아 유리병에 넣은 개똥벌레. 야구모자를 두고 온 아빠에게 나는 온라인 쇼핑몰에서 싸게 산 거북 무늬 머리핀을 빌려주었다. 헝클어진 머리를 핀으로 고정하고 올챙이를 찾으라고.

나는 서른네 살.

아빠는 아홉 살.

그렇다면 아빠가 '어린' 나이로 죽기 전에 이렇게 여기서, 같이 있을 수 있는 행운을 어떻게 얻었을까?

✦

자초지종은 이렇다.

나는 전혀 원하지 않았다. 전혀.

의료기관 관료 한 사람이 자기 사무실로 나를 데려갔다. 그녀는 정장 바지와 블레이저 차림이었지만, 전형적인 관료는 아니었다. 풍만하고 굴곡이 뚜렷한 몸매, 고데로 끝을 말아 올린 머리스타일, 남다른 모성본능이 느껴지는 사람이었다. 그녀는 양탄자가 깔린 작은 사무실로 인도했다. 방에는 아이가 만든 미술작품이 가득했다. 액자에 넣은 핑거페인팅, 사탕 막대로 만든 펜홀더, 구체적으로 무슨 동물의 조각이라기보다 그냥 귀와 꼬리, 코를 한데 뭉뚱그린 형체. 작품이 워낙 많아서, 대체 아이가 몇인지 궁금했다. "미안합니다. 조금 늦게 오셨군요."

"늦어요? 아빠가 벌써 돌아가셨나요?" 솔직히 말하자면, 나는 백 퍼센트 슬픔에 젖어 있지 않았다. 눈물의 임종을 연출하고 싶지는 않았다. 사귀던 남자인 마카이에게 계속 말한 것도 바로 그 점이었다. 눈물의 임종은 싫어! **싸구려 용서도, 마지막 순간 한마디로 해결되는 속죄도, 다 싫어!**

"아니, 아니, 아니, 돌아가신 건 아니에요!" 관료는 말했다. "그건 아니고요."

"하지만 죽어가고 있는 건 맞죠? 전화를 받았어요." 나는 모직 치마와 플리스 안감 레깅스, 가지색 모직 스웨터 차림이었다. 젊은 시절 익숙했던 추운 날씨로 돌아간다고 생각했지, 보스턴의 4월이 얼마나 따뜻할 수 있는지, 대체로 실내에 있게 될 텐데 난방 시스템은 어느 정도인지, 미처 생각지 못했다. 급하게 주워 입은 옷이었는데, 지금은 뜨거운 누에고치 안에 갇힌 것 같았다.

그녀는 의자를 가리켰다. 우리는 책상을 사이에 두고 마주 보고 앉았다. 그녀는 사랑의 감정으로 인해 터져버릴 것 같은 모습으로, 공감능력만으로 곱슬거리는 앞머리가 폭발할 듯한 기세로 몸을 내밀었다. "그분은 소생술 포기를 원하셨어요. 선택 2번."

"선택 2번이 뭐죠? 죽는 게 아니고요?" 나는 그녀에게 대답할 사이를 주지 않았다. "책임에서 벗어나려 하다니, 정말이지 아빠답네요." 농담이었지만, 날이 서 있었다.

그녀는 내가 울음을 터뜨릴 것 같다고 생각한 모양이었다. 책상 너머로 티슈 상자를 밀어주었다.

"괜찮습니다." 나는 아빠를 사랑했지만, 우리는 가까운 사이가 아니었다. 그는 꽤나 무관심한 아버지, 형편없는 남편이었다. 엄마는 내가 고등학생일 때 아빠와 이혼했다. 그는 결혼생활이라는 깊은 구덩이보다 가벼운 여성편력을 마음껏 누리는 쪽을 선호하는 것 같았다. 하지만 묘하게도 아빠는 재혼했다. 두 번째 아내는 나를 위협으로 느꼈다. 내가 아빠의 관심을 나눠 갖는 것을 좋아하지 않았다. 일리가 있었다. 아빠는 나눌 관심이랄 게 없는 사람이었으니. 아빠의 관심 대부분은 자기 자신에게 향했다.

"선택 2는 소생술 포기 조항의 일부입니다." 그녀는 말했다. "말기이지만, 아버님은 유전자 역전을 선택하셨어요. 세포가 모두 보조를 맞춰 한꺼번에 젊어지는 겁니다."

"앗, 들어본 적 있어요." 뉴스에서 나오는 이야기를 대충 흘려들은 적이 있다. "신기술이잖아요. 그래도 어쨌든 죽기는 죽는 거죠?"

"그렇게까지 신기술은 아닙니다. 여기는 역노화만 전담하는 부서가 있어요. 하지만, 네, 맞습니다. 역노화 과정을 시작할 수는 있는데, 멈추는 방법은 아직 없어요. 아버님은 노년에서 중년까지 젊어질 겁니다. 그런 뒤 청년기로, 십 대로, 그러다가 아이가 되고, 어린 나이로 죽어요. 일반적인 사인은 폐 미발달이 됩니다."

"그럼 얼마나 젊어지는……."

"신진대사와 관계된 과정입니다. 잠들어 있을 때는 역노화가 덜 진행되고, 깨어 있을 때는 빨라요. 이제 80세니까, 아버님은 대략 10년 정도를 하루 만에 살게 됩니다."

"그럼 이제 작별인사를 준비하면 되겠네요. 알겠으니……." 나는 〈휠즈 온 더 버스〉를 따라 부르는 듯한 손동작을 했다. "시작하죠!" 빨리 해치워버리자고, 이런 뜻이었다.

"음, 역노화 과정을 참관할 사람이 필요해서요." 그녀는 컴퓨터의 키 몇 개를 누르더니 화면을 이쪽으로 돌려서 보여주었다. "아버님은 당신을 지명하셨어요."

나는 화면을 무시했다. "저는 동의한 적 없습니다."

"힘들 거라는 건 압니다, 감정적으로요. 겪어야 할 일이 많습니다."

사실 그런 게 아니라는 말을 할 마음은 없었다. 나는 보일락말

락 미소 지었다.

"아내분은 세상을 떠나셨나요?" 그녀가 물었다.

"두 분 다요."

"따님이시지요? 외동딸?" 세상에. 눈썹에 주름이 깊어진 나머지 얼굴 전체가 커다란 끈 주머니 같은 모양으로 우그러졌다.

나는 시선을 돌리고 사무실의 작품들을 둘러보았다. 여러 아이들의 작품이 아닌지도 모른다. 아이는 한 명뿐일 수도 있다. 나는 손가락을 돌리며 작품들 전체를 가리켰다. "아이 솜씨가 정말 좋네요." 아버지는 내 곁에 자주 있어주지 않았지만, 곁에 있을 때는 내 그림 솜씨가 얼마나 형편없는지, 왜 그런지 내게 꼬박꼬박 설명하곤 했다. **너무 과장이 심하고 감상적이야. 조금 자제할 수는 없니?**

"아, 이 작품은, 음⋯⋯." 자부심으로 그녀의 얼굴이 밝아졌다.

"네." 나는 컴퓨터를 다시 가리켰다. "저 외동딸 맞아요." 여자의 자식 자랑을 듣고 싶지 않았다.

그녀는 다시 사무적인 태도로 돌아와 허리를 폈다. 가슴이 갑자기 엄숙해지고 어딘가 선원 같은 분위기가 풍겼다. (가슴이 선원처럼 느껴질 수도 있나?) 그녀는 책상 서랍을 열더니 스테이플러로 찍은 작은 지시 매뉴얼 같은 것을 꺼내 내 앞에 놓았다. "당신 이름이 적혀 있으니⋯⋯."

"그래서, 안 하면 안 된다고요?"

그녀는 혼란스러운 표정이었지만 다시 모니터를 원래 위치로 천천히 돌렸다. "소생술 포기 2번 전문관리사를 섭외할 수도 있습니다만, 비용이 많이 듭니다." 그녀는 키 몇 개를 더 누르더니 내게 계산서를 보여주었다. 아빠의 이름이 맨 위에 큰 글자로 찍혀 있었다. 개릿(게리) 시먼스. "아버님이 남긴 예산 전부가 들어갈 거예요." 그녀는 나를 보았다. "흔히 유산이라고 부르죠."

"흠."

"그렇죠." 그녀는 말했다. "흐으음."

"흠, 흐으음. 네, 알겠습니다." 나는 최근 임시직을 그만두었다. 아직 직장이 없었다. 친구에게 잠시 돈을 빌리려고 연락할 때마다 영국 억양으로 이렇게 말하곤 했다. "약간 돈이 부족해서 그래." 나는 매뉴얼을 들여다보았다. "어, 음." 나는 까끌거리는 모직 스웨터 목선을 잡아당겼다. "음."

✦

나는 섬유예술가다. 펠트를 사용한다. 펠트장이(felter). 펠트장이는 스스로 펠트장이라고 부르지 않는다. 펠트예술가라고 한다. 하지만 나는 펠트장이라는 이름을 쓴다. 지금 내 작업실은 모직으로 아주 작고 단단하게 감긴, 신화나 전설에 갇힌 여성들로 가득 차 있다. 늑대와 사냥꾼, 왕자가 그들을 뒤쫓고 있다. 여자들은 물개나 사슴, 황새로 변한다. 헤엄치고, 폴짝폴짝 뛰고, 훨훨 날아간다. 나는 나 자신의 인생과 연관되는 부분은 모두 무시한다. 신화와 전설은 문화적인 해설일 뿐, 개인적인 표현은 아니다.

나는 펠트장이라는 말을 좋아한다. 어느 날 밤 마카이가 내게 물었다. 그가 저녁을 만들었다. 우리는 섹스를 했다. 우리는 천천히 돌아가는 천장 선풍기를 보고 있었다. 아직 직접 만든 타히니 소스 냄새가 풍겼다.

"왜 펠트장이야?"

"과거시제의 동사이기도 하니까. 뭔가 느꼈던(felt) 사람이라는 뜻이지. 지금, 그러니까 현재가 아니라. 한때 느꼈던 사람. 예전에 느꼈던 사람."

"하지만 넌 지금 느끼고 있잖아." 그 자신이 방금 증명해낸 사실이었다.

"여기서?" 나는 주근깨가 난 가슴을 두드렸다. "지나치게 느끼면 언젠가 실망할 뿐이지."

그는 몸을 굴려 다가왔다. "내가 좋아지기 시작한다 해도, 언젠가 헤어질 뿐이라는 거야?"

나는 이미 그가 좋아지기 시작하고 있었다. 언젠가 그와 헤어지리라는 것도 이미 알고 있었다. 나는 그의 침대맡에 놓인 솔티드 캐러멜 향초에 대해 뭔가 말했다. "먹는 게 아니라는 걸 어떻게 알지?"

"그걸로 작품을 만들어봐."

"초로?"

"뭐든 지금 네 안에 있는 걸로."

"지금 내 안에는 아무것도 없어." 나는 말했다. "넌 거창한 소리를 했지만, 난 그저 솔티드 캐러멜이 먹고 싶을 뿐이야."

"만들어봐."

"내게 이래라저래라 하지 마!" 나는 옷가지를 집어 들고 욕실로 향했다. "너보다 타히니를 더 잘 만드는 사람은 많아. 그러니까 귀찮은 짓일랑 관두고 지금 헤어지자. 아쉬울 거 없어."

내가 옷을 다 입을 때쯤 침실은 비어 있고 침대는 깔끔하게 정돈되어 있을 것이다. 이만 간다는 문자메시지도 와 있겠지.

하지만 그는 침대 가장자리에 걸터앉아 스웨터를 입고 있었다. "괜찮은 곳을 알아."

"뭐?" 나는 그가 왜 떠나지 않았는지 이해할 수 없었다. 나라면 떠났을 것이다.

"시내에서 제일 맛있는 타히니를 만든다고 자부하는 곳이야. 깨도 직접 볶는대. 바로 근처에 솔티드 캐러멜 아이스크림 가게도 있어. 먹어보지 않을래?"

나는 팔짱을 끼고 수상쩍은 눈으로 그를 쳐다보았다. "좋아. 그러자."

✦

나는 렌트한 차를 몰고 역노화 시설로 향했다. 늦은 오후였고, 시설은 붐볐다. 거대한 공원과 리조트를 섞어놓은 곳 같았다. 경사진 넓은 언덕에 사람들이 소풍용 깔개를 펼치고 놀고 있었고, 플라스틱 원반이 날아다니고 긴 목줄을 맨 개들이 뛰어놀았다. 아이들은 들판에서 휘플볼과 킥볼, 축구, 필드하키를 하고 있었다.

십 대들은 마리화나를 피우며 하늘을 쳐다보고 있었다. 기타를 든 남자도 있었다―기타를 든 남자는 어딜 가나 꼭 한 사람씩 있지 않나?

진입로를 따라 올라가는데, 사방에 테니스장, 수영장이 있었고 골프장도 아주 넓었다. 저 멀리 숲이 보였고, 인근에 농장도 있었다.

그때 요란한 음악 소리, 깊은 베이스 소리가 들려왔다. 나는 모퉁이를 돌았다. 대학생 나이의 청년이 내 차 앞으로 뛰어들었다. 나는 브레이크를 꾹 밟았다. 그는 나를 보더니 의기양양하게 두 손을 처들고 비틀비틀 멀어졌다.

모퉁이를 도니 워터슬라이드에 디제이까지 갖춘 요란한 맥주 파티가 벌어지고 있었다.

"젠장." 나는 말했다. 죽어가는 사람들이 이런 걸 원한다고? 이어 이런 생각이 들었다. 내 아빠는 뭘 하고 싶어 할까? 그 질문에 대답을 얻으려면, 내 아버지가 정말로 어떤 사람인지 알아야 한다. 나는 아는 것이 없었다.

좀 더 찬찬히 둘러보니, 우는 사람들과 웃는 사람들, 울면서 웃는 사람들, 신나게 춤추고 소리치는 사람들이 보였다. 다양한 나이대가 섞인 커플들도 보였다. 엄마와 아들, 사촌, 부부일까? 같은 나이대의 남자 둘이 이마를 맞대고 서로의 얼굴을 바라보며 고래고래 노래하는 모습도 보였다. 끌어안은 사람들도 있었다. 워낙 다양한 형태로 포옹하고 있어서 분류하려면 과학자가 필요할 듯했다. 종속과목…… 아니, 너무 많다. 당황스러웠다.

하지만 내가 만날 사람은 아빠라는 사실이 떠올랐다. 감정을 버겁게 드러내는 상황이 벌어지지는 않을 것이다. 이 얼마나 다행인지.

나는 건물 현관에 차를 세우고 핸들을 잡은 채 잠시 마음을 가다듬었다. 아빠를 마지막으로 만난 게 언제였더라? 3년 전이던가?

나는 바퀴 달린 슈트케이스를 뒷좌석에서 꺼냈다. 회전문으로 향하는 길에 유아차를 미는 여자가 지나갔다. 나보다 약간 더 나이가 많았다. 유아차 안에 앉은 아기는 빨갛게 달아오른 얼굴에 눈물 콧물을 줄줄 흘리며 칭얼거리고 있었다.

여자는 아이를 향해 부드럽게 말했다. "진정하세요, 엄마. 다 괜찮을 거예요. 약속해요. 내가 같이 있잖아요."

✦

로비에는 체크인하려는 사람들이 줄을 서 있었다. 역노화 환자의 가족과 친구들이 눈물을 글썽이며 간절한 얼굴로 여기저기 모여 있었다.

나도 심란했다. 엄마가 돌아가실 때도 곁을 지켰지만, 그때는 묘하게 평화로웠다. 엄마와 나는 서로 가까웠다. 아직도 엄마가 그립고, 매일 이런저런 일로 엄마를 생각한다. 하지만 아빠는 불사신 같았다. 곁에 있다기보다 부재하는, 신화 속 인물이었다고나 할까. 곁에 있을 때도 대체로 자기 자신에게 몰입해서 차라리 부재하는 쪽에 가까웠다. 그래서 나는 아빠를 발명했다. 지난 몇 년 동안 전혀 본 적이 없어서인지 한층 더 실존 인물 같지 않았다.

그는 나약함을, 골치 아픈 감정을 싫어했다. 언젠가 아빠는 가장 가까운 친구의 아들 버드가 자살했다고 내게 말했다. 고작 한 달 전에 있었던 일을 두고 말했다. "버드는 아직도 그 문제로 제정신이 아니야."

나는 말했다. "제정신으로 돌아올 수 없는 일이 아닐까요."

프런트 안내원은 편의시설에 대해 설명했다. 옥외 시설 외에도 미술과 댄스 스튜디오, 음악 연습실이 있고, 서쪽 경내에는 독립된 도서관 건물이 있었다. 사랑하는 사람을 위해 자기 인생을 회고하고, 설명하고, 고백하고, 사랑과 후회를 표현하는 등 메시지를 녹화하는 곳도 있었다. 내 아빠는 분명 자신이 한심한 아빠였다는 데 대해 사과할 사람은 아니었다. 내가 그런 걸 원하나? 워낙 오랫동안 아빠에게서 아무것도 바라지 않기 위해 노력했더니 내 마음도 알 수 없어졌다.

직원이 카드키를 주었다. "게리 시먼스 씨와 같은 방을 쓰게 됩니다."

"같은 방?"

"더블룸이에요."

"아." 피곤했다.

"독실도 있습니다. 요금을 알려드릴까요?"

"아뇨, 됐습니다." 나는 열쇠를 집어 들고 양탄자가 깔린 복도로 향했다.

＊

나는 객실 문을 두드렸다. "저예요, 헤더."

아빠가 격자무늬 수영복 차림으로 문을 열었다. 벌써 칠십 대의 나이였고, 포마드를 발라 흰 머리를 넘긴 원기왕성한 모습이었다. "날 봐라!" 그가 말했다. "괜찮지?"

"괜찮네요."

"예전 모습을 네가 봤어야 하는데. 병에 시들시들. 침대에 처박혀서. 몰골이 말이 아니었어. 한데⋯⋯." 그는 눈썹을 치켜올렸다.

"아주 좋아 보이네요."

"실내수영장에서 배영을 하면서 노래를 부를 거다. 쩌렁쩌렁 울려서 듣기 좋아. 너도 해볼래?"

"난 피로를 풀고 싶어요. 룸서비스나 시키고요."

"내가 쏘는 거다, 녀석아."

"고마워요."

그는 수건을 집어 들고 문간에 멈췄다. "내가 어렸을 때는 요즘 없는 바나나가 있었어. 누구한테 들었는데, 그런 바나나는 멸종됐단다. 세상에서 가장 흔한 게 사라지다니! 요즘 우리가 먹는 건 종자가 다른 바나나라나." 그는 미소 지었다. "난 어린 시절의 나로 돌아간다. 멸종했다고 생각했던 존재로. 그리고⋯⋯."

"그리고?" 여기 와줘서 기쁘구나, 네가 올 거라고 생각하지 않았어, 그런 말을 듣고 싶었다.

"방금 말했잖니! 다시 돌아간다고!" 그는 미소 짓고 문 밖으로 나갔다.

✦

나는 마카이에게 전화해 한동안 떠나 있을 거라고 말했다. 가족 일이라고.

"네 아버지?"

"응."

"얼마나?" 그는 아빠가 얼마 못 산다는 것을 알고 있었다.

"모르겠어."

"내가 어떻게 도와줄까?"

나는 그의 도움을 원했지만, 한편으로는 원하지 않았다. "난 괜찮아!"

"알아. 넌 예전에 '느꼈던' 사람이고, 지금 '느끼는' 사람은 아니지."

"며칠 뒤에 전화할게."

"그래도 혹시 필요한 게 있으면……."

"이야기할게." 절대 그렇게 하고 싶지는 않았다.

우리는 전화를 끊었다.

나는 룸서비스를 시키고, 술을 마시고, 영화를 보고, 옷을 입은 채 얼굴을 침대에 묻고 잠들었다.

육십 대의 아빠?

오만한 개자식이다.

그는 오래전 사업할 때 알던 친구들을 초대했다. 아빠는 마피아는 아니었지만, 그 언저리에 있었던 것 같았다. 그들은 골프를 치고 술을 마셨다. 나중에 아빠는 친구 중 하나가 카트를 몰면서 울었다고 했다. "뭐가 그리 슬프다고. 죽는 건 난데!"

나는 얼굴 마사지를 받고 일광욕 의자에서 몸을 그을렸다. 그 을린 몸으로 죽고 싶어 하는 사람도 있나? 그런가 보다.

아빠와 나는 저녁 식사를 하며 옛이야기를 나누었다. 베란다에서 베이컨 버거를 앞에 놓고 아빠는 말했다. "마저리는 널 안 좋아했어. 질투했다."

마저리는 내 새엄마, 아빠의 두 번째 아내였다. 신축 콘도에서 마저리와 같이 살기 시작하면서 아빠는 내가 만든 펠트 작품을 상자에 넣어 내게 보냈다. 이런 쪽지가 들어 있었다. 새집 인테리어에 영 안 어울린다. 그렇다고 버릴 수는 없잖아! 나는 펠트 여자들이 든 상자를 들여다보았다. 모두 딸이라는 것을 깨달은 게 바로 그 순간이었다. 버려진 딸들이 상자 가득 들어 있었다.

분명 이런 판결을 내린 사람은 마저리였겠지만, 집행관은 아빠였다. 이후 우리의 관계는 초고속으로 악화되었다.

"너하고 전화 통화만 해도 너무 화를 냈어!" 아빠는 말했다. "아주 펄펄 뛰었다. 하지만 내가 뭘 어쩌겠냐?"

나는 빵에 소스를 듬뿍 뿌리고 마지막 한 입을 입에 넣었다. "하나뿐인 딸과 관계를 유지해야겠다고 하면 되는 거잖아요." 진짜 감정은 없었다. 나는 예전에 느꼈던 사람이다. 원칙적으로 과거시제다.

"아니, 그렇다고 내가 널 사랑하지 않는 건 아니야."

그 문장이 우리 둘 사이에 잠시 머물렀다. "날 사랑하지 않는 건 아니라고요?"

"그렇지."

나는 입을 닦았다. "이중부정이네요."

"이게 무슨 문법 수업이냐?"

"아빠의 갑갑한 문장을 정리하려는 것뿐이에요."

"내가 갑갑하다니."

"이중부정은 긍정의 의미죠. 날 사랑한다는 말을 하고 있는 거잖아요."

"이제 화학 수업이냐?"

"아빠는 날 사랑한다고요."

그는 어깨를 으쓱하고 웨이터를 찾았다. "여기, 계산서!"

✦

오십 대의 아빠는 견딜 수가 없었다. 그는 넘치는 정력을 과잉 보상하며 돌아다녔다. 증명할 것이 너무 많았다. 보통 사람들이 그렇듯 오십 대에 접어들면서 아마 남성성에 대한 불안감, 무언가 죽었다는 기분을 느꼈겠지? 아, 왔다가 가는 과정이라니, 보기 흉했다. 그는 청소부, 프런트 직원, 웨이터에게 연신 추파를 보냈다. 섹시한 눈 맞춤 세례, 애매한 암시, 대놓고 짓는 음흉한 미소.

아빠는 경내에 있는 야외 티키바에서 루신다를 만났다. 그녀는 역노화 과정에서 10년 앞서 있었지만, 실제로는 아빠보다 몇 살 많았다. 루신다의 참관인은 칠십 대의 여동생 에스텔이었다.

아빠는 휴대전화로 이 모든 상황을 내게 설명했다. "그러니까 오늘 밤 우리 숙소에서 에스텔이 자도 되겠지?"

"싫은데요."

"너도 에스텔이 마음에 들 거다. 좋은 사람이야." 그는 귀에서 전화를 뗐다. 디스코 음악이 들려왔다. "당신도 좋지, 에스텔?" 그는 외쳤다.

"난 정말 관심 없어요." 나는 아빠에게 말했지만 거절할 수는 없었다. 그의 마지막 나날이다. 에스텔도 굴복했다.

30분 뒤, 에스텔이 하룻밤 지낼 소지품을 넣은 마셜 백화점 쇼핑백을 들고 문간에 나타났다. 노쇠하고 피곤해 보였다. "안녕. 우리 언니 때문에 미안해."

"저희 아빠 때문에 미안해요."

우리는 말없이 잘 준비를 했다. 에스텔은 아빠 침대, 나는 내 침대. 어둠 속에서 잠을 청하려다가 나는 말했다. "에스텔, 당신도 2번을 선택하고 싶어요?"

"한 번 더 살라고?" 그녀는 말했다. "첫 번째로 충분해." 그녀는 반대편으로 몸을 뒤척이며 기도문을 중얼거렸다.

다음 날 아침 에스텔이 나가려는데 마침 아빠가 나타났다. "아, 고마워, 에스텔."

그녀는 그냥 가방을 들고 나갔다.

아빠는 샤워를 하고 옷을 입었다. 사십 대가 되니 셔츠 안의 어깨가 다시 탄탄했다. 선 자세도 꼿꼿했고 키가 몇 센티미터 더 큰 것 같았지만, 어딘가 산만하고 우울해 보였다.

그는 같이 산책할까 물었다. "초조하구나."

우리는 골프 코스를 지나 키 큰 풀로 둘러싸인 농장으로 이어지는 길을 걸었다. 아빠의 보폭은 너무 넓어서 따라가기가 힘들었다.

우리는 염소 우리 앞에 멈췄다. "빙고 뱅고 기억나니?" 아빠는 하늘을 보며 물었다.

"빙고 뱅고 우리가 좋아하던 망고? 제가 그 개를 얼마나 좋아했는데요! 꼭 사람처럼 우리 화장실 바로 옆에 똥을 싸곤 했잖아요."

"딜 스티븐스네 집 관목은?"

아빠는 이웃 딜 스티븐스가 빙고 뱅고를 죽인 일을 생각하고 있었다. 딜은 늘 우리 개에 대해 불만이 많았는데, 어느 날 빙고가 사라졌다. 아빠는 내게 작은 톱을 쥐여주더니 딜의 집 관목으로 기어들어 전부 가지를 절반쯤 잘라버리라고 했다. 거미줄과 차가운 흙의 감촉이 기억난다. 빙고를 너무나 사랑했기 때문에 눈이 빠지도록 울었던 기억도 난다.

관목 가지가 하나둘 시들었고, 딜은 어리둥절했다. "무슨 병이 도나, 딱정벌레가 많나." 그는 이웃들에게 말했다. 그때 빙고 뱅고가 나타났다. 지저분하고 비쩍 말랐지만 살아 있었다! 나는 아빠에게 말했다. "딜에게 아무 이유 없이 관목을 죽인 일을 사과해야 하지 않을까요?"

아빠는 말했다. "무슨 관목?"

이제 나는 아빠를 보며 묻는다. "무슨 관목?"

그는 미소 지었지만, 그 미소는 금방 사라졌다. 아빠의 눈에 눈물이 글썽거렸다. 후회하는 걸까? 이렇게 심판이 시작되는 걸까? "매뉴얼 읽었니?" 그가 물었다.

나는 까맣게 잊고 있었다. "책 한 권 두께던데요. 못 읽었어요. 아빠는요?"

"12페이지. 역노화 과정 중 환자의 기억이 어긋나면서 앞뒤가 맞지 않아지는 순간이 온다는 내용이 있어. 내가 마흔다섯이었을 때 네가 태어났지. 오늘 어느 시점에 나는 네가 태어나기 전의 나로 돌아갈 거다."

"그래서요?"

"내일 우리는 잠시 같은 또래가 되겠지. 삼십 대. 그러다 나는 이십 대가 될 거고, 이어서 아이, 그런 다음……." 그는 말끝을 흐렸다.

"매뉴얼에 뭐라고 쓰여 있는데요?"

"내가 너를 내 자식으로 인지하지 못할 거라고. 그게 말이 안 되니까. 역노화 과정이라는 걸 알면서도 혼란스러워할 거라고. 인지부조화가 지나치게 심해서. 간혹 자기 자식이나 아내였던 사람을 알아보려고 노력하는 사람도 있겠지만, 당황스러울 거라고."

나는 울고 있는 자기 어머니를 유아차에 태우고 가던 여자를 생각했다. "그럼 저는…… 뭐가 되는 거죠?"

"친구 비슷하겠지. 그러다가 누나? 모르겠다. 그냥 있는 거지 뭐. 같이."

공포가 엄습했다. "끝이군요."

"뭐?"

"아버지와 딸로 지내는 건 이게 마지막이라고요."

"아니, 그렇지는 않겠지……. 실제로는."

"사실상 그렇잖아요. 세상에." 나는 내 몸 앞으로 팔짱을 끼고 꽉 죄었다. "아빠한테 하고 싶은 말이 있다면…… 지금 해야 되는 거네요."

"난 이미 널 사랑한다고 말했다."

"날 사랑하지 않는 건 아니라고 하셨죠."

그는 내 눈을 똑바로 바라보았다. "난 널 사랑한다."

"나도 아빠를 사랑해요."

잠시 침묵이 흘렀다.

"필요한 거 있으세요? 저한테서."

"아니."

"정말이에요?" 아빠는 내게서 용서를, 화해를 구해야 한다.

그는 막대기를 줍더니 한 번도 막대기를 본 적 없는 사람처럼 새삼스럽게 살폈다. "내가 지금 해야 하는 말이 있냐? 난 독심술사가 아니다."

"그냥 덮어둬도 되는 게 있겠죠." 나는 말했다. "무슨 관목? 그
렇죠?"

그는 돌아서더니 리듬에 맞춰 막대기로 울타리를 질질 끌며
길을 걷기 시작했다.

✦

아빠의 눈에 그 빛이, 넌 내 자식, 내 딸이다, 하는 인지가 사라
진 순간, 나는 알 수 있었다. 우리는 오락실에서 그레이비를 잔뜩
뿌린 캐나다식 프렌치프라이를 먹고 다이키리를 마시며 백개먼
게임을 하고 있었다. 시설의 음식과 술은 훌륭했다.

"이겼다!" 그는 자기 조각을 보드 위에서 움직이며 말했다. 그
는 미소 지었다. 우리의 시선이 마주쳤다. 설명할 수 없었다. 그는
여전히 나를 알고 있었다. 하지만 뭔가 달라졌다.

그의 앞에서 울고 싶지 않았다. "곧 돌아올게요." 나는 화장실
로 달려가 세면대 앞에서 울었다.

나는 혼자가 아니었다. 세면대는 다섯 개 있었는데, 그중 네 개
에 사람이 있었다. 우리는 젖은 마스카라를 닦고, 코를 풀고, 행
색을 가다듬었다. 다들 참관인일까, 환자일까. 누가 죽어가는 사
람인지, 다른 누군가의 죽음을 준비하는 사람인지 구별할 수 없
었다.

✦

그날 밤 나는 마카이에게 문자메시지를 보냈다.

모든 게 잘되고 있어.
그냥 자기한테 생존신고하는 거야.

답장이 왔다.

살아 있어서 반갑다. 당신에게서 내가
가장 좋아하는 점이 그거야. 당신은 존재하거든.

나는 하트 이모지 위에 손가락을 댄 채 망설였다. 나는 이모지
가 싫다. 특히 하트 이모지는.
그가 또 문자메시지를 보냈다.

향초 먹지 마.

나는 답장을 썼다.

사람들이 향초에 솔티드 캐러멜이라는 이름을 붙였고
거기서 솔티드 캐러멜 냄새가 난다면
내게는 먹을 권리가 있다고 봐.

그는 눈물이 나도록 웃는 이모지를 보냈다. 이어 이렇게 적었다.

아버지는 어떠셔?

나도 눈물이 나도록 웃는 이모지를 보냈다. 아주 오랫동안 내가 표현한 것들 중 가장 솔직한 반응인 것 같았다.

✦

삼십 대의 아빠는 멋지고 힘이 넘쳤고, 검은 머리와 강렬한 눈빛을 지닌 미남이었다. 하지만 아주 초조해했다. 그는 나를 프런트 데스크로 데려갔다. "역노화 과정을 시작할 수 있다면, 적어도 멈출 수도 있을 거 아니야."

이런 상황에는 원칙이 정해져 있다. 우리는 관리팀 내 이 부서, 저 부서로 끊임없이 안내받았는데, 하나같이 역노화 과정 중 공황상태를 경험하는 환자가 흔하다는 설명뿐이었다. 아빠는 계속 밀어붙였다. "여기 책임자가 누굽니까?" "돈이 있는 사람들은 다를 거 아니오. 이게 돈 문제라면……."

우리가 마지막으로 향한 곳은 심리치료 상담실이었다. 방금 얼음낚시라도 하고 왔는지, 손등과 손바닥으로 연거푸 얼굴을 얻어맞기라도 했는지, 뺨이 몹시 붉은 여자였다. "진정제를 처방해드릴 수 있습니다만, 그러면 애당초 이 과정을 시작한 이유가 없지 않겠습니까. 우리는 환자분께서 마지막 나날을 순간순간 최대한 경험하길 바랍니다."

"마지막 나날." 아빠는 소파에 몸을 묻고 축 늘어졌다. "젠장." 한층 젊은 목소리였다. 가볍고, 부드럽고, 약간 뚱한 음성.

"괜찮아요." 나는 아빠라고 부르지 않도록 조심했다. "내가 같이 있잖아요."

✦

다음 날 아침 일어나니, 아빠는 옷을 다 차려입고 침대에 걸터앉아 있었다. 세상에, 너무나 젊었다. 날렵한 얼굴, 밝은 눈동자. "여기서 나가자."

"네?"

그는 일어서서 서성거렸다. 아빠의 몸짓은 눈에 익었지만, 보다 힘이 있었다. 날렵하고 강인한 몸에서 원천적인 충동이 솟구치는 느낌이었다. 손은 표현의 도구가 되었다. 말과 함께 몸이 움직였다. "이 과대 광고된 홀리데이 인 같은 곳에서 하루를 보내고 싶지 않아. 오늘만은." 이제 남은 시간은 고작 사흘이었다. "우리는 감금 상태에서 지내고 있어. 체제를 거부해야 해."

전적으로 동감이었다. "나한테 차가 있어요. 어디로 갈까요?"

✦

이십 대의 아빠는 세상을 알았지만, 그래도 희망찼다. 오만했지만 자신만만하지 않았다. 변덕스러웠지만 즐길 줄 알았다.

우리는 보스턴에서 하루를 보냈다. 페리도 타고, 항구를 돌아다니고, 바에서 시끄러운 음악에 맞춰 춤을 추었다.

가라오케도 찾아냈다. 아빠는 노래를 고르더니 무대에 올라갔다. 이 청년이 흘러간 옛노래를 부르는 모습은 놀라웠다. 노래 솜씨가 정말, 정말 좋았다.

그때 감정에 북받쳐 목소리가 갈라졌다. 노래가 뚝 그쳤다. 음악은 계속 흘러갔다. 아빠는 마이크를 가슴에 대고 있다가 관리인에게 넘겨주었다. 그는 다가오더니 나를 끌어안았다. "내가 제일 좋아하는 노래야. 마지막으로……."

우리는 밖으로 나갔다. 그는 벽에 기댔다.

"이제 뭘 할까요? 예전에 뭐 하고 놀았어요?" 나는 물었다.

아빠는 골프장의 연못에 들어가서 골프공을 주웠다고 했다.

"팔았어요?"

"난 항상 바쁘게 돌아다녔어. 열다섯 살 때 아버지가 날 내쫓았거든. 혼자 나와 살았어." 그는 왼쪽 눈 바로 위 눈썹뼈의 흉터를 가리켰다. "여기, 맥주병으로 얻어맞았지." 주름살에 가려 한번도 눈에 띈 적 없는 흉터였다. 길고 흰색이었다. 아빠의 아버지가 거친 사람이었다는 것은 알았지만, 이건 모르고 있었다.

우리는 제대로 하고 싶었다. 아빠가 좋아하던 일이었기 때문에 자전거를 빌렸다. 골프장도 하나 찾았다. 몰래 침입해서 연못에 들어갔다. 아빠는 공을 주웠다. 그러다 보니 우리는 도로가 붐비는 보일스턴 스트리트에 와 있었다. 아빠는 젖은 골프공을 가방

가득 들고 오르막에서 페달을 밟았다. 나도 느릿느릿 뒤따랐다. 만세!

그때 물에 젖어서 묵직했던 가방이 찢어졌다. 공이 쏟아져 나오기 시작했다. 공이 보일스턴 스트리트를 정신없이 굴러가자 도로를 가득 메운 차들이 경적을 울리기 시작했다.

아빠는 눈을 커다랗게 뜨고 나를 돌아보았다.

"달려요!" 나는 말했다. "계속 달려!"

마카이에게 전화를 걸어서 이렇게 말하고 싶었다. "오늘 내가 뭘 했는지 알아? 믿지 못할 거야." 나는 그가 그리웠다. 서로 떨어져 있다는 것이 헤어짐을 어렵게 만들 것 같아 두려웠다. 아니, 어쩌면 애당초 나는 헤어지고 싶지 않은 건지도 모른다. 그건 무슨 뜻일까? 그건 어떤 모습일까?

✦

다음 날, 십 대가 된 아빠는 시설에서 미리 서랍장에 준비해둔 옷으로 갈아입었다. 청바지, 티셔츠, 바람막이(아빠가 나간 사이 서랍을 열어보니 맨 아래 서랍에는 유아복 몇 벌이 들어 있었다).

아빠는 시설에서 마련해준 무제한 뷔페를 어마어마하게 먹고, 역노화 과정에서 비슷한 단계에 있는 다른 사람들과 야구를 했다. 나는 다른 가족들과 함께 응원석에 앉아 환호했다. 번갈아가며 이름을 연호했다. 시간이 지날수록 아이들은 점점 더 작고 약해졌고, 옷은 차츰 헐렁해졌다. 아빠는 타석에 설 때마다 어려졌다.

그리고 단체 생일 파티가 있었다. 아빠도 가고 싶다고 했다.

누구나 참여할 수 있는 파티였다. 피냐타 깨뜨리기, 레이저총 쏘기, 케이크 만들기, 물건 찾기. 생일 축하 노래를 부를 때가 되자, 사람들은 각자 원하는 이름을 외쳤다. 아빠는 소년들 무리에 끼어 서로 어깨동무하고 밝게 활짝 미소짓고 있었다. 아빠는 가장 비쩍 마르고 호리호리한 소년이었다.

오후가 되자, 아빠는 열네 살 정도로 보였다. 기분도 바뀌었다. "내가 자란 집을 가보고 싶어. 헐에 있는. 데려다줄 수 있지?" 창백하던 이마의 상처가 한결 또렷해졌다. 이제 분홍색이었다.

헐은 한쪽으로 대서양, 다른 한쪽으로 만을 바라보는 길고 좁은 육지였다. 아빠가 힘들게 쌓아올린 자신감은 시시각각 쪼그라들고 있었다.

나는 집들이 서로 다닥다닥 붙어 있는 비좁은 골목길을 따라 차를 몰았다.

"천천히 가." 그는 말했다. "저기야." 그는 유리창을 두드리더니 창문을 내리고 팔꿈치를 밖으로 내밀었다. "보고 싶어."

"엄마?"

"엄마는 아빠한테서 날 구해주지 못했지만, 떠나야 할 때가 되었을 때 날 도와줬어. 할 수 있는 최대한."

공기는 무겁고 짭짤했다. 바람은 매서웠다. "나가서 걸어볼까? 좀 있다 갈까?"

그는 라디오를 만지작거리며 이마를 가린 머리카락을 넘겼다.

상처는 선명했고 불처럼 새빨간 색이었다. 갑자기 살갗이 터지고 피투성이가 되더니 이내 상처가 사라졌다.

"아니." 그는 손목으로 코를 닦았다. "이제 가."

        ✦

다음 날 아침, 우리 둘 다 이것이 마지막 날이란 것을 알고 있었지만, 그는 쾌활하고 다정했다. 우리는 가볍게 아침 식사를 했고, 객실로 돌아가는 엘리베이터에서 그는 손을 위로 뻗어 내 손을 잡았다.

우리가 나간 사이 청소부가 객실을 정돈하고 푹신한 안락의자와 요람을 들여놓았다. 그것을 보자 숨을 쉴 수가 없었다. 마음의 준비가 되어 있지 않았다.

"숲속에 냇물이 있어." 아빠가 말했다. "거기 가보자."

"그래, 그래. 그러자."

우리는 그렇게 했다. 프런트 데스크 직원은 우리에게 유리병과 잠자리채, 망원경을 주었다.

이제 처음으로 돌아온 셈이다. 이 부분은 이미 설명했다. 하지만 그랬다. 아빠는 아홉 살, 여덟 살, 일곱 살…… 아빠는 욕실에 야구모자를 두고 왔다. 피라미와 아른거리는 돌멩이를 보려면 눈을 가리는 앞머리를 계속 쓸어 올려야 했다. 그래서 내가 머리핀으로 머리카락을 고정해주었다.

운동화가 너무 커졌다. 아빠는 신발을 벗고 양말 바람으로 진흙탕을 철벅이며 돌아다녔다.

아빠가 다섯 살 정도 되었을 때, 나는 배가 고프냐고 물었다.
"돌아가는 게 좋겠어."

아빠는 고개를 저었다. "돌아갈 수 없어! 가자고 하지 마!" 그
는 키 큰 풀숲에서 반딧불이를 모았다. 그리고 유리병을 들어 보
였다. "어두워질 때까지 기다려야 해! 그래야 반짝거리는 걸 볼
수 있다고!"

나는 배낭 앞주머니에 그래놀라 바를 몇 개 가지고 왔다. 우리
는 쓰러진 나무둥치에 걸터앉아 바를 먹었다. 새소리, 개구리 울
음. 아, 젠장. 아름다웠다. 아빠는 계속 어려지고 있었고, 옷은 너
무 컸다. 셔츠는 무릎까지 내려왔다. 나는 내 인생에 대해서, 두
고 온 복잡한 삶에 대해서 생각했다. 나의 예술에 대해서 생각했
다. 지금 생각하니 너무 작고 좁아 보였다. 꼭 그렇게 단단히 감
긴 모직일 이유가 없었다. 헐렁하고, 확장되고, 보다 나 자신을 표
현할 필요가 있었다. 내가 그만둔 일자리에 대해서, 내가 헤어진
남자들에 대해서, 마카이에 대해서 생각했다. 그와 헤어지고 싶
지 않았다. 나는 이미 그에게 빠져들었고, 지금, 여기, 나는 존재
했다. 모든 것을 느끼고 있었고, 심장이 가슴을 뚫고 튀어나올 기
세로 터질 듯 고동치고 있었다.

핀이 더 이상 아빠의 머리카락에 고정되지 않았다. 머리카락에
힘이 없었다. 그는 핀을 빼서 내 머리에 찔러주었지만 고정하는
법을 몰랐다. "내가 도와줄게." 나는 핀을 제자리에 꽂았다.

"예뻐." 그는 두 팔을 들어 올렸다. 걷는 자세가 뒤뚱거렸다. 그

는 유아였다. "우우, 우우." 나는 그를 안아 올렸다. 울음이 터졌다. 눈물을 그칠 수가 없었다.

"가지 마." 나는 말했다. 이런 생각이 들었다. 혹시 오늘이라도 과학자들이 방법을 알아내면 어쩌지? 아빠를 구할 방법을? 아빠가 내 나이 또래로 젊어졌을 때 느꼈던 다급함이 내게도 불쑥 솟았다. 고칠 수 있지 않을까?

나는 아빠를 가슴에 단단히 끌어안고 뛰기 시작했다. 황혼이었다. 유리병이 땅에 떨어져 깨지면서 반딧불이가 날아올랐다. 나는 숨을 몰아쉬며 방향도 모른 채 계속 달렸다. 제때 시설에 도착할 수 없다는 것, 고칠 방법이 없다는 것은 알고 있었다.

나는 아빠의 귀여운 얼굴을 내려다보았다. 자세를 고쳐서 품에 어르듯이 안고 보통 아기를 안을 때처럼 목을 받쳐주었다.

아빠는 가볍게, 빠르게 숨 쉬고 있었다. 너무 가볍고 너무 빨랐다. 그는 손을 들어 내 얼굴을 만졌다. 뺨에 닿는 손바닥이 평평하게 느껴졌다. "하느님." 나는 말했다. "용서할게. 날 용서해줄래?" 하지만 누가 무엇을 했는지, 왜 그랬는지는 더 이상 중요하지 않았다. 나는 그저 그의 작고 따뜻한 뺨을 내 가슴에 대고 안아주었다.

내가 그린 그림

The Drawings

휴가는 아스트리드의 제안이었다. 우리는 옥상 데크에서 열린 파티에서 술을 마시고 있었다. 누군가의 약혼식, 아니면 승진 파티였던가? 기억나지 않는다. 아스트리드는 나와 제이크에게 이렇게 말하고 있었다. "에어비앤비 같은 건데, 멋진 집에 첨단기술을 접목한 시설이야. 자가검진용 VR 게임. 이걸 봐."

그녀는 자기 휴대전화를 건네주었다. 주위가 온통 푸른 자연인, 호화로운 인테리어로 꾸민 웅장한 버몬트의 저택 사진이었다. "내 친구가 여기서 일했어." 아스트리드가 말했다. "직책이 뭐였냐고? 지도 제작 팀장."

"지도 제작? 실제 지도를 만들었다고?" 나는 물었다.

아스트리드는 어깨를 으쓱했다.

"그런데 왜 그만뒀지?" 제이크가 물었다.

"자가검진이나 게임 같은 것이 없을 때 사람들은 더 잘 산다고 하더라고. 자기 무의식 속에 무슨 진흙탕이 있든 말든 신경 안 쓸

때." 아스트리드는 무슨 상관이냐는 듯 맹한 표정을 지어 보였다. "아니, 나도 자가검진 좋아해. 무의식 속의 진흙탕 좋아한다고!"

나는 휴대전화를 돌려주었다. "난 무의식 별로 안 좋아해, 솔직히 말하자면."

"난 무의식에 대해선 잘해야 불가지론 입장이야." 제이크가 말했다.

"거기 가서 VR 게임을 하고, 또 뭐?" 나는 물었다.

"자신을 돌아보고, 되감고, 새로 태어난다." 아스트리드는 휴대전화를 보며 읽었다. "조금씩 새로 태어나는 건 좋은 일이잖아."

나는 화장을 전혀 하지 않고 파티에 참석했다. 뒤통수에 단단히 한 갈래로 묶은 머리, CIA에서 기밀 훈련을 받으러 숲으로 들어갈 때 입을 법한 신축성 좋은 검은색 옷차림이었다. 나는 오랫동안 해오던 생각을 이야기했다. "가끔 추수감사절 후에 70퍼센트 할인가가 붙은, 플라스틱 추수감사절 호박 장식이 된 기분이 들어. 명절 대목이 지나 헐값에 팔리는."

"무슨 소리야. 네가 어딜 봐서 싸구려 호박이라고." 제이크는 제이크답게 바랜 청바지, 야구모자, 안경 차림이었다. 그는 스포츠 기자였고, 꼭 스포츠 기자처럼 보였다.

아스트리드는 앤트로폴로지 브랜드의 랩드레스를 입었다. 전형적인 미인상이었다. 그 사실을 증명이라도 하듯, 그녀는 아기 물개처럼 턱밑에서 손바닥을 펄럭거리기 시작했다. "자! 해보자! 응?" 그녀는 나를 보았다. "호박 같은 거 벗어던지고!"

제이크가 먼저 항복했다.

나도 뒤따랐다.

모두 가보기로 했다.

✦

우리는 한 달 뒤 그곳을 찾아갔다. 한여름의 버몬트 주. 농장은
긴 비포장도로 끝에 있었다. 우리가 도착한 것은 금요일 밤늦은
시각이었다. 우리는 현관에 가방을 내려놓고 각자 다른 방향으
로 흩어져서 집을 둘러보며 전등을 하나씩 켰다. 저택은 널찍하
고 매력적이었다. 시골풍이었지만 완전히 리모델링을 마친 상태
였다. 우리는 각자 찾아낸 물건을 소리쳐 알렸다.

"리모콘 비데다!"

"스마트 부엌이야! 모든 걸 프로그래밍할 수 있어!"

"장식 받침이 달린 자쿠지 욕조!"

"술 마시는 바! 없는 게 없네."

"지하실에 와인 창고와 사우나가 있어!"

게임룸을 찾은 것은 나였다. 돌로 지은 커다란 벽난로가 있고,
장작을 땐 냄새와 재 냄새가 풍겼다. 책장, 뿔 달린 사슴머리, 탁
자, 의자, 그리고 체스, 백개먼, 마작, 만칼라, 그 외 내가 처음 보
는 각종 게임들이 구비되어 있었다. 스퀘어, 코인, 색칠한 정육면
체, 복판에 눈이 그려진 둥근 돌.

방 안쪽 벽에는 거대한 스크린이 붙어 있고, 그 옆 구석에는
신체검사 기계 같은 것이 있었다. 높이는 2미터 정도, 투명한 관

모양이고, 공항 검색대에서 사용하는 것과 비슷한 영상장치였다.

"이봐!" 나는 외쳤다. "여기 와서 이것 좀 봐!"

협탁 위에 인사말을 적은 쪽지가 있었다.

안녕하세요! 이곳에서 며칠 동안 지낼 여러분을 환영합니다. 최고의 게임 경험을 위해 여러분을 측정할 수 있도록, 우선 영상 스테이션에 들어가주세요. 바닥에 새겨진 발 모양에 발을 맞추고 스캔 버튼을 누르면 됩니다.

게임은 내일 시작됩니다!

제이크가 나타났고, 나는 쪽지를 건넸다. 그가 소리 내어 읽는 사이 아스트리드도 들어왔다.

"재미있을 것 같아, 내가 그랬잖아." 그녀는 얼른 영상장치 안에 들어가더니 스캔 버튼을 눌렀다. 나지막한 웅웅거림과 함께 기계가 그녀 주위를 돌다가 멈췄다. 스캔을 마친 아스트리드가 밖으로 나왔다.

"모르겠어. 이게 뭐 하는 기계지?" 제이크가 물었다.

"각자 입을 초능력 슈트를 만들려고 사이즈를 재는 거 아닐까." 아스트리드가 말했다.

"우리가 초능력 슈트를 입을 것 같지는 않은데." 제이크도 관 안에 들어갔다.

"괜찮을까?" 내가 물었다.

"허풍일 거야. 그냥 무슨 맞춤 경험 같은 걸 선사하는 척하는 거겠지." 그는 스캔을 눌렀다. 스캐너가 그의 주위를 돌았다. 그가 관에서 나왔다. "그냥 공항 검색대 같아. 대단한 것도 아니야."

나는 얼어붙었다.

"괜찮아?" 제이크가 물었다.

"자신을 돌아보고, 되감고, 새로 태어난다." 나는 광고 문구를 읊었다. "한데 이건 무슨 뜻일까? 되감다니, 보통은 그냥 스트레스 같은 걸 푸는 거 아니야? 감긴 뭘 감아. 이상하잖아."

제이크가 다가와서 속삭였다. "새로운 걸 시도해보기로 했잖아. 우린……."

나는 손을 들어 보였다. 우리가 무슨 말을 했는지는 나도 알고 있었다. 결혼도 하지 않은 사이였지만, 벌써 갑갑했다. 서로에 대해 모든 걸 알아버려서 새로운 것을 시도하지 않으면 위축되어 말라 죽어버릴 듯한 커플이었다.

"알았어, 그래. 해볼게." 나는 바닥에 그려진 발 모양에 두 발을 얹고 버튼을 눌렀다. 그러자 치아에 진동이 느껴질 정도로 깊이 웅웅거리는 소음이 흘러나왔다.

✦

제이크와 나는 거대한 욕실이 딸린 안방 침실을 골랐다. 우리는 오리털 이불을 걷어차고 섹스를 했다. 우리는 서로의 민감한 부분을, 경계선을 알았다. 서로를 효과적으로 해제하는 법도 알고 있었다.

그런 뒤, 거대한 대리석 샤워실에서 몸을 씻었다. 제이크가 잘 보이지 않을 정도로 증기가 안개처럼 자욱했다.

✦

나는 늦게 일어났다. 제이크한테서 이미 문자메시지가 와 있었다. 게임룸에 있을게. 나는 보통 아침식사 대신 커피만 마신다. 커피를 들고 가보니 아스트리드와 제이크가 벽에 설치된 스크린 앞에 서 있었다.

어린아이가 그린 그림을 거대한 지도처럼 배열한 이미지가 벽을 가득 채웠다. 두꺼운 점선이 풍선 머리와 작은 몸, 뭉툭한 손, 굵은 손가락, 삐딱한 입, 찢어진 눈을 지닌 인간들을 서로 연결하고 있었다. 얼굴에는 코 대신 콧구멍 한 쌍만 있었다.

"무슨 게임이야?" 내가 물었다.

"이건 내 거야." 아스트리드가 말했다.

"네 거라니?" 나는 제이크를 흘끗 보았다. **애 제정신인가?**

그는 뒷덜미를 긁으며 어깨를 가볍게 으쓱했다.

"내가 어렸을 때 그린 그림이야. 아는 사람들이야. 턴볼 부인, 에드 윌커슨……."

"어떻게 그런……."

제이크는 구석의 스캐너를 가리켰다. "어떻게 한 건지는 모르겠지만 저기서……."

나는 그림 쪽으로 다가갔다. 아이들에 대해 이야기할 때 흔히 순진무구함과 귀여움이 어쩌고들 하지만, 아이들이 그리는 그림은 공포 그 자체다. 어린 시절의 아스트리드는 이 사실을 알기라도 했는지, 배경에 무지개와 유니콘도 잔뜩 그려져 있었다. (나는 아스트리드의 이런 면이 싫다. 아직도 세상이 장밋빛인 척하는 것.) 아스트리드의 유니콘은 풍성한 갈기와 이마에 돋은 뿔을 지녔고, 모두 반짝이 젤펜으로 그려져 있었다. "난 상상력이 풍부한 아이였어." 그녀는 앞머리가 한쪽으로 쏠리도록 고개를 젖히며 말했다.

제이크는 멍청하게 웃고 있는 거인들을 가리켰다. "너희 아버지는 좋은 분이었냐?" 그는 대학에서 심리학을 전공했다. 그의 부모 역시 1800년대 복제품인 대형 범선으로 여행을 떠나곤 하는 좋은 사람들이었다.

"응, 사람들은 우리 아빠를 정말 좋아했어." 아스트리드는 말했다. "소아과의사였어."

"사실 나를 봐주신 소아과의사였지." 내가 말했다.

아스트리드는 우리가 같은 소도시 출신이지만, 상당히 다른 공간에서 자랐다는 것을 늘 잊곤 했다. 내가 자란 도시는 잡초가 무성한 공터와 석면이 잔뜩 들어찬 황폐한 학교, 선수처럼 주먹다짐을 하는 아이들이 있는 곳이었다. 아스트리드가 자란 도시는 크리스마스 장식을 한 극장이 있고 경쟁심에 불타는 예쁜 여자애들이 사는 곳이었다. (둘 다 옳았다.)

"세상에, 맞아. 그랬지!" 아스트리드는 설명하려고 제이크를 돌아보았다. "우리 도시에는 소아과가 딱 두 곳뿐이었는데, 우리 아빠하고……."

"카진스키 박사님. 알아." 제이크가 말했다. "다 들었어." 내가
제이크를 만난 것은 그와 아스트리드가 잠깐 사귀는 사이였을
때였다. 둘이 깨지고 몇 달 뒤 아스트리드는 집에 친구들을 초대
해 게임을 했다. 제이크와 내가 한 팀이 되었다. 그게 벌써 4년 전
일이다.

갑자기 '지도 위에서 경험하고 싶은 지역을 선택해 화면을 눌
러주세요'라는 목소리가 들렸다. 여자 음성, 오스트레일리아 억양
이었다.

"세상에!" 아스트리드가 말했다. "뭘 골라야 하지?"

"잠깐." 내가 대답했다. "이건 지도야. 네 친구가 말한 무의식 속
의 진흙탕이라는 것이 혹시, 우리 어린 시절의 무의식 아닐까?" 손
바닥이 따끔거리고 현기증과 메슥거리는 느낌이 올라왔다.

"사실 나는 제대로 듣지 않았어."

"어린 시절의 안 좋은 경험을 극복하고 또 다른 자기 자신으로
진화할 수 있다는 뜻인 것 같아." 제이크가 갑자기 철학적으로
말했다.

"뭐?" 내가 말했다. "나는 어린 시절이 생생하게 살아 있다고
생각해. 발로 차고 고함지르고 슬픔과 공포를 느끼면서, 표면 아
래에서 우리가 하는 모든 일을 주도하는 거라고." 무시하고 살기
는 하지만, 내 어린 시절은 전류처럼 내 몸을 흘렀다.

"슬픔과 공포?" 아스트리드가 말했다.

"아, 미안해. 넌 행복한 어린 시절을 보냈지. 잊어버렸네."

아스트리드는 묘하게 상처받는 것 같았다. "나도 슬픔과 공포가 있었어." 불퉁 내민 입. "발로 차고 고함도 질렀다고."

"우리 모두 어렸을 때 슬픔과 공포를 느꼈지." 자기가 구해주지 않으면 아스트리드가 무너지기라도 할 것처럼 제이크가 말했다. "얼마나 끔찍했느냐를 놓고 순위를 매기면 되나." 내가 무슨 대단한 중죄라도 저지른 것처럼, 그는 나를 노려보았다.

하지만 우리는 아스트리드의 친구가 무의식 속의 진흙탕에 대해 했던 말을 좀 더 신중하게 생각했어야 했다. 그런 건 건드리지 않는 것이 나았다.

"유니콘을 타볼까?" 아스트리드가 말했다.

"반짝이와 무지개를 사방에 뿌리면서 나타나는 거 아닐까? 테이프 클리너도 안 갖고 왔는데." 내가 물었다.

제이크는 스포츠 기자답게 유니콘에 한 표 던졌다. "서로 하고 싶은 일을 마음껏 하기로 하고 왔잖아. 그렇지?"

그랬다.

◆

아스트리드가 어린 시절 그린 유니콘 무리의 지도는 아이 솜씨였지만, 그 그림으로 창조해낸 게임 속 세계는 그녀가 머릿속에 상상한 그대로였다. 생생한 변환이었고 밋진 묘사였다. VR 헤드셋을 쓸 필요조차 없었다.

이건 인정하겠다, 나 역시 좋았다. 우리는 진짜 들판에 있었다.

키 큰 풀밭, 귀뚜라미 소리. 우리는 유니콘의 부드러운 털을 쓸어보고, 너무나 사실적이면서도 감성적이고 만화적인 기법이 약간 깃들어 있는 그 눈을 들여다보았다. 유니콘의 등에 오르자 안장에서 가죽 삐걱거리는 소리까지 그럴듯하게 났다. 유니콘은 가볍게 걷고 달리고 풀을 뜯었다.

시원한 산들바람에서 행복한 어린 시절의 향기가 났다. 신선한 공기, 설탕 쿠키, 찰흙 놀이. 슬픔이나 공포가 있었을지 몰라도, 내게는 전혀 느껴지지 않았다. 조금도.

✦

제이크와 내가 우리 어린 시절에 대해 이야기를 나누지 않은 것은 아니었다. 조금은 했다. 주로 우리는 주변에 있는 물건들에 대해 이야기하거나 매사에 대해 의견을 주고받으면서 수다를 떠는 쪽이었다. 야한 핼러윈 코스튬이 갖추어야 할 인지부조화라든가(가슴을 잔뜩 드러낸 루스 베이더 긴즈버그 대법관 같은?) 잘 녹는 비건 치즈를 만들기 위한 용감무쌍한 우주개발 경쟁이라든가.

어린 시절에 대해 나는 이렇게 말하곤 했다. "꼬마였을 때 사람들이 막대기 끝에 당근이 있다고 하면, 난 당근을 갖고 싶지 않았어. 막대기를 갖고 싶었지. 당근은 먹으면 끝이지만 막대기는 무기가 되잖아."

"그거 좋네. 당근을 받은 꼬마들을 죄다 막대기 검으로 베는 거야."

"끝없는 당근."

우리는 서로 통했다.

하지만 결혼 이야기도 슬슬 나오기 시작했고, 그러다 보면 결국 아이를 가질까 말까 하는 이야기로 이어졌다. 그는 아이를 원했다. 나는 알 수 없었다. 아이들을 기르는 것이 내게 얼마나 힘들지에 대해, 그 과정에서 나 자신의 어린 시절을 다시 살아야할 거라는 두려움에 대해 털어놓을 수가 없었다. 나는 너무 많은 것을 숨기고 있었다. 내 어린 시절을 누구에게도 설명해본 적이 없었다. 설명할 언어가 있는지도 의문이었다.

나는 내 차례가 오면 그냥 건너뛰기로 마음먹었다.

✦

아스트리드의 차례가 지나간 뒤, 우리는 점심을 먹었다. 냉장고에는 미리 만들어둔 고급 식료품이며 가열조리법이 구비되어 있었다. 페이스트리와 구운 양념 새우, 당근과 오이 코심비리 샐러드, 렁펑 수프…….

"다른 게임도 있나?" 내가 물었다.

"마작?" 아스트리드가 말했다.

"무슨 뜻인지 알잖아."

제이크는 자기 지도는 이렇게 생겼을 거라고 설명했다. "……내 지도는 아마 온갖 괴물들이 잔뜩 등장하는 판타지 소설 첫 장 같을 거야. 어렸을 때 워낙 많이 읽어서……."

곧 우리는 게임룸으로 돌아갔다. 나는 벽난로로 가서 부지깽이를 집어 들고 재를 휘저었다. 오래된 난로 냄새가 좋았다. 나는 방을 둘러보며 생각했다. 마작도 좋지 않나?

하지만 아스트리드와 제이크는 이미 화면 앞에 서 있었다. 한가운데에 손의 윤곽만 덩그러니 있었다. 제이크는 자기 손을 그윤곽에 댔다.

몇 초 만에 제이크의 지도가 화면을 가득 채웠다. 새파란 색이라 우리 얼굴에도 푸르스름한 빛이 비쳤다. 그는 한구석으로 다가가서 귀가 뾰족하고 꼬리가 동그랗게 말린 작고 검은 점을 자세히 살폈다.

"아, 그래, 새끼 고양이네." 그는 말했다. "할머니가 털실 꾸러미를 헝클어뜨리는 새끼 고양이 이야기를 들려주곤 했어. 농부의 아내가 자루에 넣어서 물에 빠뜨렸다고." 그는 기분이 안 좋은 것 같았다. "자루에 갇혀서 물에 빠져 죽는 상상 때문에 어린 시절 내내 얼마나 무서웠는지."

화면 위쪽 구석에는 지도 열쇠 같은 상자가 있었고, 약간 삐딱하게 기울어져서 점점 자라나는 아기 그림이 있었다. 몸 전체에 비해 한쪽 다리가 약간 천천히 자라는 것 같았다. 크레용으로 그려 넣은 커다랗고 둥근 파란색 눈은 약간 어리둥절한 것 같았다. 상처 입은 것 같기도 했다. 대문자로 흘려 쓴 'SAM'이 그림 위에 적혀 있었다.

아스트리드가 먼저 다가갔다. "샘이 누구야?"

제이크는 지도에서 몸을 휙 돌렸다. "이 애가 나올 줄 몰랐어."

같은 동네에 살았거나 같은 학교에 다니던 친구였을까? 나는 제이크의 얼굴에서 이런 표정을 본 적이 없다. 어떻게 해석해야 할지 알 수 없었다. "누군데?"

그는 손가락으로 턱 근육을 눌렀다.

오스트레일리아 억양의 여자 목소리가 다시 흘러나왔다. 지도 위에서 경험하고 싶은 지역을 선택해서 화면을 눌러주세요.

화면 왼쪽 아래에 '나가기'라고 적힌 작은 사각형이 있었다. 제이크는 손을 뻗어 그 사각형을 눌렀다. 화면은 한복판의 손 윤곽만 남기고 다시 검은색으로 돌아갔다.

"잠깐." 나는 화가 났다. "새로운 걸 시도해보자며, 기억 안 나?"

"아." 그는 두 손을 들며 물러섰다. "최선의 방어는 최선의 공격이라지? 알겠어."

"지금 내가 방어적이라는 거야, 공격적이라는 거야? 어느 쪽이야?"

아스트리드는 팔짱을 끼고 눈에 띄지 않으려는 듯 어깨를 움츠렸다.

"아니." 제이크가 말했다. "하고 싶지 않으면 하지 마. 하지만 내 탓으로 돌리지는 말라고."

나는 다가가서 손 윤곽에 내 손을 갖다 댔다. "상관없어. 팀 플레이잖아, 새로운 걸 해보자고! 어디 뭐가 나오는지 보자고. 무지개와 유니콘은 절대 안 나올 거야."

이어 화면이 나타났다. 전체가 텅 비어 있었고, 한구석에 얼룩, 한복판에 점들, 가위로 잘라낸 듯한 구멍 하나가 있었다. 얼룩과

점은 빨간색이었지만, 한 부분이 검댕이 묻은 것처럼 회색이었다.

"피야?" 아스트리드가 빨간색을 가리키며 물었다.

"맙소사, 질리언." 제이크가 말했다. "넌 대체 어떤 애였냐?" 농담처럼 한 말이었지만, 가시가 돋쳐 있었다.

"어린 시절에 누굴 죽였나 봐." 나는 말했다.

그들의 의견을 묻지 않고, 나는 검댕처럼 회색인 부분과 피처럼 빨간 점이 찍힌 부분을 눌렀다.

✦

희미하게 조각조각 떠오른다. 어린 시절의 견본으로 프로그램이 지도를 짜깁는 방식이 아마도 그렇겠지만, 나는 그 조각들을 짜맞춰야 했다. 게임 속의 새로운 세상으로 나아갈 때마다, 스캐닝 기계에서는 이까지 덜덜거리도록 깊이 웅웅거리는 소리가 흘러나왔다. 그 소음과 어둠, 그리고 우리가 그곳에 있었다.

내가 기억하는 한, 내 게임은 이런 풍경이었다.

시체들.

외야에서 알루미늄 야구배트로 맞아 죽은 소년.

나무둥치 밑에 불에 탄 시체들. 위를 올려다보니 불에 탄 통나무집 잔해가 남아 있었다. 공기에서는 불에 탄 살과 머리카락 냄새, 플라스틱 장난감이 타고 남은 독한 냄새가 진동했다.

"네가 이런 짓을 했을 리가 없잖아." 아스트리드가 말했다. "통나무집이 불에 타서 아이들이 죽었다면 신문에 났을 거야."

"당연히 질리언이 한 게 아니지." 제이크가 말했다. "상상의 날개를 펼쳤을 뿐이야. 유니콘 같은, 단지…… 다를 뿐."

나는 우리가 있는 곳이 어디인지 몰랐다. 일대를 돌아다니다가 자연보호구역까지 넘어온 것 같았다. 경계가 어디인지 알 수 없었다. 어쩌면 없는지도 몰랐다.

나는 나무에서 비틀거리며 물러서다가 쓰러진 판자를 밟았다. 발 옆쪽에 날카로운 통증이 느껴졌다. 못이 신발 밑창을 뚫고 들어왔다. 나는 피로 흠뻑 젖은 신발과 양말을 벗었다. 발은 못에 찔리지 않고 긁히기만 했다.

하지만 피는 너무나 진짜 같았다.

아스트리드는 자기 손에 피라도 묻은 듯 두 손을 청바지에 닦았다. "돌아가서 치료하자."

"신발 끝을 단단히 묶으면 돼. 괜찮을 거야." 내가 말했다.

"나가고 싶을 때 게임을 어떻게 멈추지?" 제이크가 물었다.

아무도 몰랐다.

"나가기 버튼이 있었는데, 그건 게임룸 속 화면에 있어." 아스트리드가 말했다.

우리는 재가 둥둥 떠다니는 회색 들판을 다시 걷기 시작했다.

그러다 작고 외로운 집 한 채가 나타났다. 누가 들어 올려 던지기라도 했는지 한 귀퉁이가 땅에 박혀 있었다.

나는 문을 열려고 했지만, 집이 우그러져서 문도 꽉 닫혀 있었다.

아스트리드는 집 뒤쪽으로 돌아가더니 반대쪽에서 우리를 불렀다.

그쪽으로 가보니, 아스트리드는 집 아래에 비죽 튀어나와 있는 수십 개의 다리를 내려다보고 있었다. 아이들의 다리, 운동 양말, 젤리 샌들, 불이 반짝이는 운동화. 몸은 짓눌려 있었다.

"너 어렸을 때 오즈의 마법사를 너무 봤구나." 제이크가 말했다.

"그거 보면서 사람들을 죽이는 법을 궁리했던 것 같아." 나는 말했다. "효율적으로."

아스트리드는 내 팔짱을 꼈다. "그건 어디까지나 상상이었다는 걸 잊지 마." 자기 자신에게 일깨우려는 것 같았다.

"아마 건강한 상상이었을 거야." 제이크가 말했다. "저 아이들하고 무슨 일이 있었어?"

"따돌림을 당했어. 외야에 있는 저 애. 얼굴이 남아 있어서 알아보겠네. 제이크 와시번."

"나도 그 애 기억해." 아스트리드가 말했다.

"난 그 애 싫었어. 나한테 못되게 굴었거든."

"내 말 맞잖아, 그건 건강한 상상이었어." 제이크가 말했다. "상상 말고는 복수할 길이 없었던 거야. 그걸 표출하는 방법이……."

아스트리드는 무릎을 꿇었다. "나 이 부츠를 갖고 있었어." 고래 그림이 그려진 작고 노란 고무장화였는데, 무릎이 움푹 들어간 백인 소녀가 신고 있었다. 아스트리드는 소녀의 발에서 부츠 한 짝을 벗겼다. "이 무당벌레 양말도." 그녀는 드러난 다리에 있는 점을 가리켰다. "저 점도 있어."

그녀는 부츠를 떨어뜨리고 나를 보았다. "내가 너한테 무슨 짓을 했기에?"

"모두를 죽였어. 너무 개인적인 일로 받아들이지 마."

아스트리드는 핏자국이 묻은 작은 다리와 밑바닥이 지저분한 양말을 응시했다. 그러고는 최대한 싸늘하게 나를 밀어냈다. "넌 대체 어디가 잘못된 거니?"

속에서 뭔가 울컥했다. "선생님들이 날 '장티푸스 메리'(20세기, 장티푸스 무증상 보균자로서 여러 가정에서 일하다 병을 전파했던 메리 맬런에게 붙여진 별명. 유일한 사례가 아니었음에도 사회적 비난을 한몸에 받아야 했다―옮긴이)라고 불렀어! 내가 다 들었어! 이가 있다는 이유로. 이를 완전히 구제하지 못했다는 이유로." 목소리가 높아졌고 목이 메었다. "이가 너무 심해서 눈썹과 속눈썹에까지 알을 낳았어. 난 아빠하고 같이 살았는데, 날 방치해서……."

아스트리드는 충격을 받은 것 같았다. 제이크도 그랬다. 그는 손을 뻗었다. "왜 나한테 말하지 않았어."

그가 말을 잇기 전에, 공기가 변했다. 주위에 방이 생겨났다. 텅 비고 휑한 방, 창문이 없고 사방은 그저 벽. 조명은 보이지 않지만 어디선가 인공적인 빛이 들었다. 폭탄처럼 째깍거리는 소리가 들려왔는데, 아니, 시계였다. 창문, 화이트보드. 죽은 아이도, 산 아이도 없었다.

"워커 초등학교다." 아스트리드는 약간 긴장하고 겁을 먹은 것 같았다. 글로리아 스타이넘과 마틴 루터 킹 주니어의 포스터가 한쪽 벽에 나타났다. "암스트롱 선생님 교실인가?"

"우리가 같은 선생님 밑에서 공부한 건 딱 그 한 해였어." 내가 말했다.

리놀륨 타일에 축축하고 붉은 점이 하나둘 나타났다.

그 점을 따라 복도로 나가자 여자 화장실로 이어졌다. 세면대 두 개, 칸막이가 세 개였다. 가장 가까운 세면대에 누가 피를 뱉었는지 분홍색 얼룩이 묻어 있었다.

"피가 아냐." 내가 말했다. "씹어 먹는 약이야. 어느 위생 담당 관청에서 구강위생 교육을 나왔어. 학생들에게 씹는 약을 주고 미소 지으라고 했지. 치석에 달라붙는 약이라고. 이를 안 닦은 애들이 씩 웃으니까 이빨이 빨갛게 되어 있었어."

"난 기억 안 나는데." 아스트리드가 말했다.

"네 이는 희었으니까. 그래서 기억이 안 나는 거야. 웃을 때 이가 시뻘겋게 된 아이들이 몇몇 있었어. 난 도망쳤어. 다른 아이들한테 보여주고 싶지 않아서."

"집이 가난했어?" 제이크는 부드럽게 물었다.

"가난한 애들도 칫솔은 있잖아. 난 아무도 내게 신경 쓰지 않는다는 걸, 아무도 날 사랑하지 않는다는 걸 들키고 싶지 않았던 거야."

그는 깊이 숨을 들이마셨다. "그러고 보니 언젠가 네가 이런 이야기를 한 적이 있었어. 이제 막 기억났는데. 어렸을 때 이가 있었던 적이 있다고. 빨간 약도. 아이들이 전부 입에 거품을 물었다고. 그때는 웃겼는데." 그는 대답을 기다리고 있었다. "네가 웃긴 일처럼 이야기했거든." 배신당한 기분인 것 같았다.

"나 자신도 설명하기 힘들었을 거야. 아마⋯⋯." 정말 하고 싶었던 말은 이거였다. 네가 우스갯소리 말고 다른 방식으로 이 이야기를 받아들일 수 없다고 생각했던 것 같다고. 널 믿지 못한 것 같다고.

그는 내가 말을 맺기를 기다렸지만, 더는 말이 나오지 않았다.

"됐어." 그는 내뱉었다.

복도에서 무슨 소리가 들렸다. 달리는 소리, 외치는 소리. 성난 울음소리. 나는 문에서 가장 가까웠기 때문에 문을 열고 밖을 내다보았다. 죽은 아이들이 걷고 있었다. 박살 난 머리와 으깨진 팔, 불에 탄 피부, 목이 졸렸는지 안색이 시퍼런 아이들, 물을 뚝 뚝 떨어뜨리는 익사한 아이들이 비틀비틀 돌아다니고 있었다.

모두 실제였지만 그림에 있던 특징을 지니고 있었다. 이빨이 네 개 보이는 입과 머리카락이 한주먹밖에 없는 일그러진 머리, 검은 점으로 찍힌 동공을 지닌 큰 눈이었다.

나는 문을 닫고 그 위에 기댔다. "죽은 애들이 살아났어."

아스트리드가 말했다. "이런 걸 경험하려고 우리가 돈을 낸 건 아니잖아."

"아니었니?"

문 반대편에서 작은 주먹이 두드리는 소리가 들렸다.

"통나무집에서 못에 박힌 걸로 피가 날 수 있다면, 저 좀비 애들도 피를 낼 수 있다고 생각해야겠지." 제이크가 말했다.

"내가 상상 속에서 이미 죽인 좀비 학생들이 두렵지는 않아." 나는 아스트리드와 제이크를 쏘아보았다. "준비됐어?"

"아니." 아스트리드가 말했다.

나는 문을 열었다. 아이들 몇 명을 밀어젖히고, 몇 명을 발로 찼다. 타일 벽에 피가 튀었다. 아이들의 몸은 부드럽고 가벼웠다. 아이들을 밀 때 피부에서 온기가 느껴졌고 쉬는 시간이 막 끝났는지 이따금 땀에 젖어 있었다.

"이쪽으로." 나는 길을 만들었다.

나는 아스트리드와 제이크를 계속 돌아보았다. 처음에는 좀비 아이들을 잘 피하는 것 같았다. 그러다 그중 하나가 펄쩍 뛰어 덤벼들었다. 말도 안 되게 뾰족하고 들쭉날쭉한 이빨이 아스트리드가 입은 탱크톱 위로 드러난 등의 맨살에 박혔다. 아스트리드는 비명을 지르며 아이를 할퀴었다. 나는 타일 벽에 아이들의 머리를 연신 뭉개고 있었기에, 가까이 있던 제이크가 아스트리드에게 덤빈 아이의 가슴을 움켜잡았다. 그가 아이를 떼어냈는데도 아스트리드는 계속 비명을 질렀다. 이빨이 살에 단단히 박혀 있었다. 제이크는 아이의 머리카락을 움켜잡고 머리를 뒤로 잡아당겼다. 목이 부러졌다. 으드득, 끔찍한 소리가 났다.

아스트리드는 등에 손을 갖다 대고 여전히 등에 박혀 있는 이빨을 떨리는 손가락으로 만져보았다.

제이크는 무릎을 꿇고 앉았다.

아이는 축 늘어지더니 선과 원으로 조각조각 해체되었다. 입이 있던 자리에는 휑한 구멍이 남았고 눈은 커다랗게 얼어붙었다.

이빨은 잉크로 변해 흘러내렸지만, 아스트리드의 등에서 피가 쏟아지면서 탱크톱을 흠뻑 적셨다.

"제이크!" 그녀가 다급하게 외쳤다. 다른 아이가 그를 향해 덤비고 있었다.

이번에는 망설이지 않았다. 제이크는 그 아이의 머리를 주먹으로 갈기고 달렸다.

✦

무슨 영문인지 학교는 옥수수밭 한가운데에 있었다. 우리는 줄줄이 늘어선 키 큰 옥수수대 사이를 달렸다. 스칠 때마다 옥수수 껍질이 사삭거렸고, 메뚜기 소리가 사방에서 왱왱거렸다.

"대체 어떻게 나가는 거야? 이게 게임이라면, 하는 법을 알아야 할 거 아니야!" 갑자기 제이크가 어떻게든 논리를 찾으려 하는 스포츠 기자답게 물었다.

"규칙은 없어. 이건 그런 게임이 아니야." 내가 말했다.

제이크는 긴소매 티셔츠를 찢어 아스트리드의 상처 난 등을 동여맸다. 그녀는 어지러운 것 같았고 눈이 번들거렸다. "이러다 출혈이 심해져서 정신을 잃겠어. 나갈 방법을 찾아야 해."

"나가는 길은 없어." 아스트리드가 말했다.

제이크는 일어서서 하늘을 쳐다보았다. "이봐요! 누구 도와줄 사람 없어요?"

"지도 제작자 네 친구." 나는 아스트리드에게 말했다. "이 게임 세계관과 무의식에 대해 네 친구가 뭐라고 했어? 어떻게든 기억해내!"

"몰라! 신경 써서 듣지 않았어."

"어이!" 제이크는 소리치고 있었다. "오스트레일리아 여자! 우리를 내보내주지 않으면 고소할 거야!"

나는 아스트리드에게 몸을 숙였다. "기억을 더듬어봐. 응? 친구가 말한 거나 불평한 이야기가 있어? 뭐라도."

아스트리드가 뭐라고 한마디 말했지만, 제이크가 계속 고함을 지르고 있어서 잘 들리지 않았다.

"뭐?"

"지저분하다고. 자기가 하는 일은 청소반에 비하면 심한 것도 아니라고."

"청소반?"

아스트리드는 저 멀리 시선을 보내며 고개를 끄덕였다. "지저분해진대. 그렇게 말했어. 게임이 끝나면 항상 지저분해진다고."

나는 일어섰다. "제이크!" 나는 외쳤다. "입 다물어." 나는 서성거렸다.

"왜?" 제이크가 말했다.

"나가는 길은 없어. 아스트리드의 게임 세계관은 우리가 유니콘을 탔을 때 시작됐어. 유니콘은 풀을 뜯고 숲을 걸은 뒤 빈터에서 고개를 숙였지. 끝이 있었어. 내 게임도 마찬가지일 거야."

"우린 계속 가야 해."

"어쩌면 끝이 가까웠는지도 몰라." 내가 말했다.

"좋아." 제이크는 아스트리드에게 팔을 내밀었고, 그녀는 그 팔을 붙잡고 중심을 잡았다. 우리는 계속 걸었다.

옥수수밭이 끝나는 지점에 작은 벽돌집이 있었다. 아담한 뜰, 창살이 쳐진 창문, 뒤쪽에 높다란 울타리가 쳐져 있었다. 이 집은 알아볼 수 있었다.

"너희 집이잖아." 아스트리드가 말했다.

"해미시 부인이 집주인이었어. 우리 가족은 위층에 살았지."

우리는 현관으로 들어갔다. 집은 비어 있었다. 지하실로 내려가자 물이 30센티미터 정도 차 있었다. 방 한복판에 리클라이너 의자를 뒤로 젖히고 앉은 아빠가 통풍으로 퉁퉁 부은 맨발을 발걸이에 걸친 채 죽어 있었다. 아빠는 여기서 혼자 세상을 떠났다. 냄새 때문에 내려온 해미시 부인이 시체를 발견했다.

턱은 활짝 벌어져 있었다. 입에는 고기와 치즈, 햄버거 번 가장자리, 치즈볼 끄트머리가 쑤셔 박혀 있고, 티셔츠는 얼룩져 있었다. 눈은 불거져 있었다.

아스트리드는 물을 헤치고 젖은 싱글 매트리스 쪽으로 다가갔다. 매트리스 옆에는 배낭과 어린 여자아이 옷가지가 들어 있는 플라스틱 세탁 바구니가 있었다. "넌 여기서 살았니?" 그녀는 출혈이 심해서 아직 어지러운 것 같았다.

뒷마당에서 요란한 물소리가 들려왔다. 제이크와 나는 땅과 비슷한 높이로 나 있는 지하실 창문을 내다보았다. 해미시 부인의 개가 기둥에 묶인 채 울타리를 향해 짖기 시작했다.

울타리 문이 열렸다. 안색이 푸르스름한 소년이 절뚝거리며 마당으로 들어왔다.

"샘." 제이크가 말했다.

"샘이 누구야?" 내가 물었다.

"내 동생."

"죽었어?"

"살아 있었다고 할 수가 없어. 엄마가 집에서 사산했거든. 동생이 없다는 사실을 내가 받아들여야 한다고 생각했는지 시체를 보여주셨어. 한쪽 다리가 더 작고 비틀려 있었어. 그 모습이 머릿속에서 떠나지 않았어. 그림을 그렸지."

"어느 순간 그림을 안 그리게 됐구나."

"커서는."

샘은 제이크에게 이끌리듯 다가왔다. 그는 창문 옆에 웅크리더니 가슴을 땅에 대고 엎드렸다. 제이크는 손을 유리에 갖다 댔다. 뭔가 통하기를 바라는 걸까? 동생이 자기와 똑같은 몸짓을 해줄 거라고?

샘은 주먹을 쥐고 유리창을 깨뜨리더니 재빨리 다가와서 제이크의 얼굴을 단단히 쥐었다. 제이크는 샘의 팔을 잡고 창문을 통해 그의 머리를 잡아당겼다. 부서진 유리창 조각이 제이크의 뺨을 베었다. 제이크도 질세라 샘의 팔을 날카로운 유리에 그어 팔을 베었다. 상처에서 피가 흘렀다. 그는 샘의 손가락을 뜯어내면서 뒤로 넘어져 첨벙 물에 빠졌다. 샘도 물러갔다.

어린 시절, 모든 것의 밑바닥에 흐르고 있는 진흙탕. 어린 시절 거기 있던 것은 어른이 되어서도 변함없이 그 안에 도사린 채 우리를 노린다.

아스트리드는 제이크에게 달려갔다. 철벅거리는 물도 아랑곳하지 않고 그 옆에 주저앉았다. 주위에 핏물이 분홍색으로 소용돌이쳤다. 지금 이 상황이 맞는 건가? 둘이 다시 눈이 맞는다는 게?

창밖에서 대문 걸쇠가 툭 열렸다. 이번에는 죽은 아이들이었다. 아이들이 쏟아져 들어왔다. 울타리를 넘었다. 뒷문에서 두드리는 소리가 들리기 시작했다.

"어렸을 때 몇 명이나 죽이는 걸 상상했어?" 제이크가 물었다.

"네가 용서해야 해!" 아스트리드는 겁에 질려 외쳤다.

"그게 무슨 도움이 돼?"

"넌 나까지 죽였잖아. 내가 너한테 무슨 짓을 했다고?"

"아무 짓도 안 했어." 나는 말했다. "아무 말도 안 했지. 이따금 같이 웃기도 했지." 이제 또렷이 기억났다. 암스트롱 선생님의 수업이었다. 나는 목욕을 하지 않았다. 몸에서 지독한 냄새가 났다……

지하실 반대쪽 창문 하나가 깨졌다. 아이 하나가 발로 찬 것이다. 개가 풀려나서 맹렬하게 짖어댔다.

"아스트리드의 잘못도, 아이들의 잘못도 아니야." 제이크가 말했다. "네 인생에 있던 어른들, 선생님들, 그분들이 널 보호해야 했어."

"어른들은 어디 있었지?" 아스트리드가 얼른 잘못을 전가하려는 듯 둘러보았다. 그러다 얼어붙었다. "우리 아빠가 네 의사였는데."

죽은 아이들은 뒷문을 뚫고 들어왔고 이제 지하실로 통하는 문을 향해 몸을 던지고 있었다.

그 온갖 소란을 뚫고, 가냘프고 다급한 울음소리가 들려왔다. 야옹거리는 소리였다.

"새끼 고양이다." 제이크는 사방을 두리번거렸다.

죽은 아이들이 지하실 유리창을 계속 깼다. 부서진 유리가 조약돌처럼 물로 떨어졌다.

제이크는 야옹거리는 소리를 따라 둥근 뚜껑이 덮인 지하 오수 펌프 쪽으로 향했다. 테두리를 잡고 뚜껑을 연 뒤 손을 집어넣었다. 마대 자루 하나를 끄집어내 입구를 열었다. 젖은 새끼 고양이 한 마리가 들어 있었다. "물속에서 어떻게 야옹거렸지?" 그는 속삭였다. "어떻게 살아 있는 거야?"

지하실 문이 벌컥 열리고, 아이들이 계단을 내려오기 시작했다. 어떤 애들은 넘어졌다. 팔다리가 뽑히고 머리도 뽑혀서, 우당탕탕 굴러 내려오다가 바닥에 고인 물에 첨벙 떨어졌다. 머리채도 둥둥 떴다. 그림으로 해체되는 아이들이 있는가 하면, 어떤 아이들은 죽은 아이들과 분해되는 몸들을 넘어 우리 쪽으로 다가왔다. 아스트리드는 비명을 질렀다. 제이크는 새끼 고양이를 안은 채 무기로 사용할 만한 우그러진 삽을 발견했다.

하지만 순간, 내 눈에 모든 것이 또렷하게 보였다.

"괜찮아." 나는 말했다.

좀비 아이들이 우뚝 멈췄다.

"아이들은 우릴 잡으려고 온 게 아니야."

이건 '내가 그린' 그림이다. 내 어린 시절의 상상력은 영리했다.

나는 아빠의 리클라이너 의자로 다가가 레버를 당겼다. 등받이가 튀어오르면서 아빠의 발이 땅을 짚었다. 마치 놀라 되살아난 듯, 아빠는 음식을 뱉어내고 숨을 토했다. 그는 고개를 젖히고 컥컥거리면서 사랑이나 죄를 고백하는 배우처럼 두 손을 하나씩 가슴에 댔다. 자신이 아직 산 채로 계속 여기 갇혀 있다는 사실에 놀랐는지 지하실 이곳저곳을 두리번거렸다.

나는 아빠 앞에 섰다. 그는 나를 보고도 놀라지 않았다. "아빠를 죽이는 상상은 쉬웠어. 난 아빠가 항상 죽고 싶어 했다고 생각했거든."

그는 이 말을 인정했지만, 얼굴 표정은 슬픔으로 가득했다.

그러자 아이들이 아빠에게 덤벼들었다. 손톱을 그의 살에 박았다. 이빨로 물었다. 으르렁거리고, 소리치고, 괴상하게 울부짖는 소리를 냈다. 저마다 자기만의 슬픔과 공포가 있었다.

아스트리드는 지하실 벽에 등을 붙였다. 제이크는 한 손에 새끼 고양이를 들고 다른 한 손에 삽을 든 채 얼어붙었다. 그 역시 아이들을 굳이 죽이지 않아도 된다는 것을 서서히 깨닫고 있었다.

아이들이 몸을 찢어발기자 아빠는 서서히 흐릿해졌다. 손가락은 두꺼운 검은 선으로 변했다. 상체는 파란 얼룩으로, 공기 방울이 울룩불룩 솟은 크레용 덩어리로 변했다. 팔과 다리는 막대 같았다.

머리는 너무 넓었고, 반은 살점, 반은 그림이었다. 목은 없었다. 머리카락은 곱슬거리는 소용돌이 몇 개로 줄어들었다. 아이들이 아빠를 끌어당겨 바닥에 무릎을 꿇릴 때쯤, 눈은 점이었지만 코에는 살점이 남아 있었다. 아이들은 아빠의 머리를 물속에 넣었다. 선만 남은 얼굴 절반은 쉽게 떨어져 나갔고, 한쪽 뺨만 살이 불룩한 채 남았다. 손으로 비뚤비뚤 그린 공기 방울이 점점 커지다가 터졌다.

이제 방울은 없었다.

거대한 머리가 한쪽으로 굴러떨어졌다.

아이들은 물속에 주저앉았다. 피곤하지만 자랑스러운 표정으로 서로 돌아보며 미소 지었다.

나는 철벅거리며 아빠에게 다가가서 시체 옆에 꿇어앉았다. 젖어서 매끄러운 정수리 꼭대기에 언젠가 내가 그린 소용돌이 모양의 머리카락을 다독여주었다.

고양이를 가슴께에 한 손으로 안은 제이크는 삽을 떨어뜨리고 아스트리드를 돌아보았다. 그녀는 창백하고 무력해 보였다. 나는 모든 것이 변했다는 것을 알았다. 나는 다른 사람의 사랑 이야기에, 다른 누군가에게는 공포 이야기일 수도 있는 이야기에 끼어들었다. 이 순간 공포와 사랑의 차이점을 알 수 없었다. 어쩌면 원래부터 그랬는지도.

나는 제이크 쪽으로 걸어갔다. 뭐라고 말해야 할지, 어떻게 해야 할지 알 수 없었다.

하지만 그의 곁에 가자 그저 고양이를 안고 싶었다. 살아 있는 뭔가의 감촉을 느끼고, 비정상적인 심장처럼 가르랑거리는 그 존재를 내 가슴에 안아보고 싶었다.

내가 손을 잡아당기자 제이크는 고개를 저었다. "안 돼."

하지만 결국 마지못해 손을 펼쳐 부드럽고 축축한 죽은 고양이를 보여주었다.

그러자 어둠이, 웅웅거리는 소음이, 젖은 재 냄새가 되돌아왔다.

포털

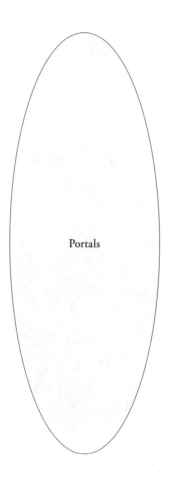

Portals

어느 여름, 사방에서 포털이 눈에 띄기 시작했다. 무슨 영문인지, 왜 그런지도 몰랐다. 데릭 톰킨스가 자기 아버지가 3년 전 심장마비로 세상을 떠난 곳 인근에서 혼자 사냥했을 때였다. 그는 한 줄로 나란히 나 있는 구멍들을 발견했다.

"무슨 뜻이야, 구멍이라니?" 그날 밤 술에 취한 그에게 아내가 물었다.

"찢어져 있었어."

"뭐가 찢어졌다는 거야?"

"이게, 이게 말이야!" 그는 '전부'라는 뜻으로 팔을 크게 휘둘렀다.

구멍은 주먹을 휘둘러 석고벽을 뚫은 정도의 크기였다. 한 줄로 다섯 개인가 여섯 개가 있었고, 흰빛이 환히 비쳤다. "무슨 히피 헛소리처럼 들리겠지만." 그가 말했다. "우주는 다공성인지도 몰라."

일주일 뒤에도 그는 여전히 혼란스러웠다. 라이온스 클럽 모임에서 잔뜩 취해서 그 이야기를 하자 다른 회원이 말하길, 사회복지사로 일하는 자기 아내가 어스킨 가족의 집에 갔던 이야기를 해주었다. 그 집 막내인 2학년생 네사가 동전을 찾으려고 소파 쿠션 안쪽을 더듬는데, 손에 찬 바람이 닿았다고 사회복지사에게 말했다는 것이다.

"손이 떨어져 나가는 줄 알았어요." 네사가 말했다.

"그 상처가 그거니?" 사회복지사는 물었다. "바람 때문에?"

네사는 고개를 끄덕였다. 손은 붉게 터 있었다. 사회복지사는 그 일을 기억해두었다.

한번은 십 대 두 명이 철이 지나 물을 뺀 공공 수영장에서 약을 하기로 했는데, 가보니 정수 필터에서 이상한 음악이 흘러나오고 있었다고 했다. 둘이 동시에 음악을 들었지만, 같은 소리가 아니었다. 마치 필터를 통해 흘러나온 음악이 두뇌의 소리굽쇠를 서로 다르게 두드리는 것 같았다. 그들이 평생 들어본 음악 중 최고였다. 아이들은 약을 하지 않았다. 그냥 나뭇잎이 쌓인 풀장 바닥에 드러누워 밤하늘만 올려다보았다.

어느 날 밤, 공공 수영장에서 멀지 않은 다브로스키의 집 마당에서 타이어 그네가 산들바람에 흔들거리고 있었다. 주위의 모든 것은 평범했다. 흰 콜로니얼풍 주택, 파란 미니밴, 꽃이 진 배롱나무. 하지만 타이어 그네 한가운데에 별이 총총한 밤하늘이 있었다. 마치 반딧불이가 그 지점에 모여서 반짝이는 빛으로 타이어를 가득 채우는 것 같았다.

크로스컨트리 팀 소속 테디 파운드리는 금색과 녹색 바람막이 차림으로 밤에 조깅하고 있었다. 이 광경을 본 그는 달리기를 멈췄다.

친 부인은 셰틀랜드 개를 데리고 산책하고 있었다. 그녀도 걸음을 멈췄다.

테디는 타이어 사진을 찍어서 친구들에게 보냈지만, 친구들은 포토숍으로 조작한 거라고 생각했다.

그는 잠시 친 부인과 같이 거기 서 있었다. 개는 별이 가득한 타이어 그네를 향해 컹컹 짖었다.

"이상하죠?" 그는 말했다.

"좋은 건지 나쁜 건지 모르겠네요." 그녀가 말했다.

"둘 다일지도 모르죠."

그녀는 목줄을 잡아당겼다. "둘 다 아닐 수도 있겠죠."

"다브로스키 가족에게 말해볼까요?" 그는 물었다.

"우리 마당도 아니고, 우리가 상관할 일은 아니죠."

그들은 서성거리다 작별인사를 했다. 테디는 다시 오르막을 뛰기 시작했다. 개가 그 자리를 떠나지 않으려고 하는 바람에, 부인은 개를 들어 안고 집으로 갔다.

부인은 늦은 저녁 아이스크림을 먹으면서 남편에게 별이 총총한 타이어 그네 이야기를 했다. 남편은 치매를 앓고 있었지만 알아듣는 것 같았다. 그는 아내에게 미소 짓더니 탁자 너머로 손을 뻗어 그녀의 손을 잡았다. 아주 오랜만에 보는 몸짓이었다.

✦

이것이 단순한 소문이 아니라는 점을 분명히 해두겠다. 나도 내 눈으로 보았다. 나 역시 그때 다브로스키 집 건너편의 공원을 걷고 있었다. 테디와 친 부인, 그녀의 개, 포털을 보았다. 나는 에이든 페이버의 집에서 우리 집으로 돌아가던 길이었다.

나는 포털을 보고 조금도 놀라지 않았다. 콜렛 해들리가 할머니와 함께 자동차 사고를 당해 세상을 떠났을 때부터 보았던 현상이었다.

이렇게 생각했던가. **아, 타이어 그네.** 이건 새로웠다.

아니면 이렇게 생각했던가. **아, 저 사람들도 보는군.**

하지만 그뿐이었다. 나는 계속 걸었다.

✦

우리 중 많은 사람들이 믿게 되었다. 슬픔은 우주에 구멍을 뚫을 수 있다고.

그리고 우리에게는 슬픔이 부족하지 않았다.

새 모이통에 무슨 박테리아가 번식해서 사방에 죽은 새가 널려 있었다. 누구는 흉조라고 했다.

그 직후, 운동장에 있던 아이 셋이 지나가던 차에서 쏜 총에 맞아 그중 하나가 죽었다.

에드 브리지스는 보험금을 타기 위해 대학생 나이의 아들을 물에 빠뜨려 죽이고 수상스키 사고인 것처럼 위장했다. 범행이 발각되자 그는 자살했다.

사관학교에서 최우수상을 받은 생도 켈리 롭슨은 우리 대부분이 지도상에서 어디쯤 있는지도 모르는 장소에 파견되어 근무하던 중 길가에서 폭탄이 터져 사망했다.

자연보호구역에서 텐트를 치고 지내던 노숙자 두 사람이 약물 과용으로 사망했다.

그리고 공장도 있었다. 공장은 20년 전 폐쇄되었지만, 무슨 독극물이 물에 계속 누출되고 있었다는 것이 밝혀졌다. 홍수가 날 때 특히 심했고, 홍수도 많이 발생했다.

날씨가 가물 때는 불이 났다. 그해 여름 불꽃놀이 때문에 동네 두 곳에 화재가 발생했다.

애도할 일이 워낙 많아 어느 추도식이 어디였는지 헷갈릴 지경이었다.

이 모든 것이 사람들을 짓눌렀다. 힘든 일에 대처하는 심리적 기제가 무너졌다. 온갖 중독 사례가 치솟았다. 불륜, 음주, 슈퍼마켓에서 고함지르면서 싸우기. 독한 여자들은 더 독해졌다. 깡패들의 주먹은 더 매워졌다. 우리는 엉망이고 폭력적이고 초췌했다.

사실 우리는 대처 기제를 모조리 불사르면서 무언가의 반대편으로 뚫고 나온 것 같았다. 무엇이었을까? 패배와 단념? 탈진?

우리는 뭣같이 서글픈 개자식들이었다. 하지만 그것으로도 다 설명할 수 없다. 뭣같이 서글프지 않은 마을이 미국에 있었던가?

어떤 사람들은 이렇게 표현하기도 했다. 조건이 무르익었던 것이었을까?

어쨌든, 우리가 아는 것은 이것뿐이었다. 포털이 있었다. 아주 많이.

✦

이 모든 일 이후 상황이 바뀌었기 때문에 지금 이렇게 말할 수 있는 것이다. 하지만 나의 진실은 이렇다. 타이어 그네 포털을 목격한 그날 밤, 나는 에이든 페이버의 집 풀하우스에서 그와 뒹굴고 있었다. 소독약과 곰팡이, 플라스틱으로 된 물놀이 장난감 냄새가 풍겼다. 나는 내가 남자를, 오직 남자만 좋아한다는 것을 증명하고 싶었기 때문에 그와 뒹굴고 있었다.

하지만 그건 사실이 아니었다. 나는 여자를 좋아했고, 사실 한 여자를 사랑하고 있었다. 콜렛 해들리. 애인 같은 사이는 아니었다. 사실, 그녀는 내가 자기한테 반했다는 것을 모르고 있었다. 설사 우리가 애인 사이였다 해도 아마 숨겼을 것이다. 아빠는 두 집 건너편에 사는 남자를 게이 새끼라고 불렀고, 엄마는 짧은 머리 여자는 전부 레즈비언 같다고 여겼다. "여자가 도대체 왜 저런 뾰족 머리를 하고 다닐까." (대체로 나는 부모와 사이가 좋았으며 규칙을 잘 지켰고 여기서 나갈 기회만 엿보고 있었다. 나는 부모를 투자자로, 중요한 고객으로 여겼다.)

콜렛의 가족은 교회에 다녔다. 아마 거기서 온갖 말이 노골적으로 오갈 것이다.

그러니 대체로 미친 짓을 어느 정도 해도 되는지 판단하기 어려웠다. 그래도 나는 그해 봄 졸업 파티에 같이 가자고 청할 용기를 내고 있었다. 쉽지는 않을 것이다. 콜렛과 나는 같이 어울리는 친구들도 전혀 달랐다. 그러다 그녀가 죽었고, 나는 공공연하게 슬퍼하면 안 될 것 같은 기분이 되었다. 안으로 꽁꽁 묻다 보니, 슬픔은 단단한 응어리로 맺혔다.

하지만 포털이 있었다.

어느 날 밤, 이웃집 마당 울타리에 솟은 참나무 잎이 내 시선을 끌었다. 어떤 잎사귀 사이에 밤하늘 말고 다른 것이 있었다. 기묘한 불빛이었다. 그때는 그것이 무엇인지도 몰랐다. 그저 내게 뭔가 말하고 싶은 것 같다는 느낌이었다. 할머니의 장난감 벽장에는 라이트 브라이트라는 오래된 장난감이 있었는데, 조립해 글자를 만들 수 있는 색색의 작은 전구였다. 참나무 잎사귀 사이의 불빛은 바로 그것 같았지만, 아무 글자도 아니었다.

천천히, 아이들이 손전등 놀이를 그만두듯이, 불빛이 차츰 사그라들다가 하나둘씩 꺼졌다. 깜빡, 깜빡, 깜빡.

✦

데릭 톰킨스와 그 동생 케빈이 숲에서 '우주의 균열'이란 것을 발견했다는 소문을 내게 들려준 사람은 에이든 페이버였다.

에이든의 부모는 우리가 물리학 클럽에서 주최하는 스터디 모임에 참석한 줄 알고 있었기 때문에, 우리는 창문에서 멀찍이 떨어진 타일 바닥에 퀴퀴한 냄새가 나는 라운지 의자를 놓고 불을 끈 채 누워 있었다. 나는 물리학 클럽 회원도 아니었다. 우리는 약간 헐벗고 있었다. 셔츠는 벗어 던졌지만 분홍색 패드 브라는 걸친 채였다. 바지는 지퍼만 내리고 아예 벗지는 않았다. 둘 다 풀하우스에서 할 수 있는 진도까지는 끝냈고 이제 멈춘 상태였다. 그만둬서 나는 마음이 놓였다. 당시 나는 내 몸이 낯설었다. 슬픔과 수치심, 죄책감으로 뻣뻣하게 굳어 있었다고나 할까. 진정한 내가 존재하긴 했지만 그저 아주 조그마한 십 대로, 어딘가에 숨어 있는 것 같았다.

케빈의 둘째 아들이 라크로스 2군 소속이었기 때문에, 에이든은 데릭과 케빈의 이야기를 들어 알고 있었다. 형제는 평소보다 더 술에 취해 있었는데, 이 자체가 시사하는 점이 있다. 두 사람은 처음 데릭이 구멍을 보고 우주가 '다공성'이라고 생각했던 그 숲으로 갔다.

"너도 우주가 다공성이라고 생각해?" 나는 에이든에게 물었다.

"그럼." 그는 말했다. "하지만 블랙홀이나 대체 평행우주 이야기지, 숲에서 사냥하던 주정뱅이가 그런 걸 찾을 줄 누가 알았어." 에이든 페이버는 쉬운 상대였다. 먼저 줄 선 사람이 있을 정도의 미남은 아니었지만, 그래도 그럭저럭 괜찮은 얼굴이었다. 돈도 많아서 옷차림과 향수도 쓸 만했다. 심지어 라크로스 2군 선수였다.

"그 사람들이 뭘 발견했는데?"

"처음에는 아무것도 아니었어. 데릭은 너무 취해서 거기가 어단지 다시 찾지도 못했어. 한데 케빈이 먼저 보고 물었대. '이건 가?' 구멍이 다섯 개 있었어."

"구멍. 우주에. 하지만 우주는 다공성이니까, 그렇지?"

에이든은 나를 보았다. "너도 봤어?"

나는 질문을 무시했다. "그 사람들이 구멍 주위에서 걸어다녔대?" 나는 그렇게 해보지 못했다.

"그랬어. 구멍은 이상한 은빛이었고 사방에서 다 보였대."

"3차원 구멍인가?"

"몇 차원인지는 모르지."

"그래서?" 나는 물었다.

"데릭은 제일 큰 구멍에 손을 집어넣었어. 깔쭉깔쭉한 느낌이었대, 알잖아."

"난 몰랐지. 계속 말해봐. 뭐가 있었대?"

"처음에는 동물인 줄 알았대. 모피 같은 느낌이었다고. 한데 모피가 아니었어."

"그럼?"

"턱수염. 자기 아버지의 턱수염이었어. 아버지 얼굴을 만지고 있었던 거야."

"뭐?"

"그랬다니까." 에이든은 몸을 일으켜 앉아 창밖에서 보이지 않도록 벌거벗은 깡마른 윗몸을 벽에 기댔다. "두 번째 구멍에 손을 넣었더니 이번에도 아버지의 얼굴이 있었대. 면도를 깨끗이 한 얼굴."

"그 안에서 살아 있었대? 아니면 죽은 얼굴?"

"살아 있었대. 확실히 살아 있었대. 따뜻한 살의 촉감."

"계속 손을 넣어봤대?" 나는 셔츠를 집어 들어 머리 위로 뒤집어썼다.

"구멍에 전부 다 손을 넣어봤는데, 구멍마다 아버지의 얼굴이 점점 더 어려졌대. 그러다가 어린 소년의 얼굴, 마지막에는 아기 얼굴이었어."

"이야."

"아기의 뺨과 보송보송한 머리카락이 만져졌대. 아기의 정수리에서 박동도 느껴졌다고 했어. 그 물렁한 부분 말이야."

"뭐?"

"아기의 머리에는 무른 부분이 있어." 에이든도 연어색 폴로셔츠를 주워 입었다.

"난 베이비시터 안 해." 내가 아기에 대해 아는 게 뭐가 있다고.

"데릭이 더듬어보니 아기 입도 있었대. 이가 나는 그 튀어나온 부분. 아주 작은 이 두 개가 나고 있었고. 거기서 끝났어. 그는 쓰러져서 심하게 울었대. 동생이 부축하고 안아줬대."

"너도 포털을 보고 싶어?" 나는 에이든에게 물었다.

"모르겠지만, 그건 개인적인 것 같아. 누군가에게 필요한 것이 그 안에 들어 있는 거지. 난 필요한 게 없어."

"잠깐." 나는 지퍼를 올렸다. "아무것도 필요하지 않다고?"

"그런 식으로는 필요 없어. 넌?"

내가 본 포털도 개인적인 것이었을까? 내가 그 포털이 존재하도록 불러낸 건가? 손을 집어넣었다면, 콜렛 해들리의 얼굴을, 살아 있는 얼굴과 부드러운 머리카락을 만질 수 있었을지도 모른다. 속눈썹을 가볍게 쓰다듬고, 눈썹을 손가락으로 그려보고, 입술을 만질 수 있었을지도 모른다.

누가 내 개인적인 포털이 콜렛 해들리와 이어진다는 것을 알아낸다면? 내가 그 사실을 어떻게 설명해야 할까?

에이든 페이버의 집에서 우리 집으로 걸어가는 길에, 나는 다음번에 혼자 있을 때 포털을 보게 되면 손을 넣어보겠다고 결심했다.

나는 다브로스키의 앞마당에서 멈췄다. 타이어 그네는 사라졌다. 누가 타이어와 나무를 연결한 밧줄을 톱으로 잘라냈다.

나는 거실 소파에 기대놓은 타이어 그네를 응시하는 다브로스키 부부를 상상했다. 우주선의 포털을 내다보는 우주비행사처럼 우주를 들여다보는 두 사람을. 다만 그것은 우주선이 아니다. 우주는 그들의 집 안에 있다.

나는 그들 집 정원으로 들어가서 손을 뻗어 올이 풀린 남은 밧줄을 만져보았다. 그런데 물러서다가 조명에 발이 걸렸다. 정원이 무대처럼 밝아졌다. 나는 도망가지 않았다. 그냥 그대로 서서 다브로스키 집 창문을 쳐다보았다.

그들도 뭔가 숨기고 있을까.

✦

물을 뺀 공공 수영장 깊은 쪽에서 스스로를 해치려던 아이들은 돈을 벌기 시작했다. 자칫 위험할 수 있으니 '영적인 인도'가 필요하다는 핑계로 친구들에게 돈을 받고 '가이드 투어'를 시켜주었다.

풀장 필터 포털에서는 음악이 흘러나올 때도 있었고, 아무 소리도 들리지 않을 때도 있었다. 그래서 진짜라고 믿는 사람과 완전 헛소리라고 생각하는 사람, 양쪽으로 반응이 갈렸다.

하지만 곧 온라인 앱으로 선불 예약이 가능해졌다. 아이들은 하룻밤에 거의 300달러를 챙겼지만, 결국 경찰이 거래를 중지시키고 풀장을 폐쇄하고 여기저기 출입금지 간판을 걸었다.

그런데 경찰 중 한 명인 우파디야 경관이 한동안 현장을 감시하겠다고 자원했다. 어차피 자기 관할이기도 했다. 그는 경찰차를 타고 나와 풀장 주위를 걸어다녔다. 소문에 따르면, 그는 가슴이 가볍게 두근거리는 기분이 들어서 사다리를 타고 풀장 깊은 쪽으로 내려갔다. 그러고는 눈을 감은 채 잠시 거기 서서 귀를 기울였다.

처음 들려온 것은 익숙한 패턴을 구성하는 음표로 이루어진 노래였다. 패턴은 엄마의 목소리였다. 목소리는 얇은 벽 너머에서 들려오는 것 같았다. 아버지에게 그만하라고, 자기가 더 잘하겠다고, 제대로 하겠다고 애원하고 있었다. 무엇을 더 잘해야 하는지, 제대로 해야 하는지는 중요하지 않았다. 진짜였던 것은 애원하는 패턴이었다. 그녀는 살려달라고 애원하고 있었다. 이어 어린 소년이었던 그의 부드러운 숨소리가 들려왔다. 가벼운 숨결, 깃털처럼 가볍고 빠른 숨결, 이따금 호흡을 끊는 흐느낌. 그는 엄마를 아빠에게서 구해내지 못했다. 그가 사람들을 구하고 싶었던 것은 그 때문이었다. 그가 텅 빈 풀장 안에 서서 자신이 세상속에서 느꼈던 감정, 아무리 해도 모자라다는 기분, 구해야 할 사람들을 구하지 못했다는 기분을 바꿔놓을 수도 있는 노래를 찾아 애타게 귀기울이고 있었던 것도 그 때문이었다.

하지만 그때 노래는 끝났고, 우파디야 경관은 깃털처럼 가볍고 빠른 숨결, 이따금 호흡을 끊는 흐느낌과 함께 홀로 남았다.

흐느낌을 쏟아내고 나니 완전히 달라진 기분이었다. 그는 풀장 필터를 보았다. 밤에 동네에서 나는 일상적인 소음들, 저 멀리 직선도로에서 벌어지는 드래그 레이스의 굉음뿐이었다. 그는 밤하늘을 올려다보았다. 순간 몸이 너무나 가볍게 느껴져서 땅에서 둥둥 떠오를 것만 같은 기분이었다.

✦

모든 포털이 좋은 것은 아니었다.

어느 토요일 오후 네사 어스킨은 911에 전화를 걸었다. 어머니가 난리법석을 부리며 자기가 아무짝에도 쓸모없는 백치 등신이라고 고래고래 고함을 질렀던 것이다. 어스킨 씨도 그녀를 심하게 두들겨팼다.

그 때문에 전화한 것은 아니었다. 그런 일은 익숙했다.

네사는 엄마가 마침내 녹초가 되어 소파에 주저앉았기 때문에 전화를 걸었다. 그때 엄마는 쿠션에서 이상한 소리를 들었다. 일어서서 쿠션을 휙 낚아채고 보니 천이 찢어져 있고 그 안에는 아무것도 없었다. 빛도, 어둠도, 별도, 아무것도.

"무슨 뜻이니?" 나중에 사회복지사가 네사에게 물었다.

"아무것도 없는 거요. 그게 없었어요."

엄마가 손을 집어넣자마자 그 아무것도 없음 안의 무언가가 팔을 휙 잡아당겼다. 엄마는 발버둥을 쳤다. 네사에게 도와달라고 외쳤다. 하지만 네사는 너무 놀라 그 자리에 얼어붙었다.

"그게 엄마를 한 입씩 데려갔어요." 네사가 말했다.

"한 입씩?"

"엄마를 끌어당겨서 먹는 것처럼요. 냠! 그리고 좀 더 잡아당겨서 먹었어요. 냠!"

그렇게 엄마는 사라졌다.

"잘 들어, 네사." 사회복지사는 말했다. "최대한 똑바로 말해봐. 엄마는 어디 있니?"

"엄마는 아무것도 없는 거 안에 있어요." 네사가 말했다. "그게 엄마를 먹었어요."

◆

모두 그 이야기를 들었다.

모두.

하지만 나는 이미 포털에 손을 넣어보기로 마음먹었다. 콜렛의 얼굴을 만질 수 있다면 기꺼이 모험을 하고 싶었다.

한 가지 문제가 있었다. 더 이상 포털이 눈에 띄지 않는다는 것. 포털은 그게 문제다. 포털은 까다로웠다. 그들이 무엇인지, 어떻게 작동하는지 알겠다 싶으면 변한다. 나무에도, 철조망 울타리에도, 타이어 그네에도, 어디에도 보이지 않았다. 샅샅이 찾아보았는데도.

이따금 식은땀을 흘리고 가슴을 두근거리며 한밤중에 일어나 보면, 포털이 내 방 안에 있다는 기분이 엄습했다. 상처처럼. 나를 볼 수 있는, 나를 아는 상처처럼.

하지만 아무것도 없었다. 별도, 바람도, 음악도, 환한 빛도…….

어느 날 밤 나는 에이든 페이버에게 문자메시지를 보냈다.

데릭 톰킨스의 포털이 어디 있는지 알아?

포털이 저마다 특정한 성질을 지니고 있다면, 나를 먹는 포털보다 얼굴을 만지게 해주는 포털을 찾고 싶었다.

에이든은 아직 깨어 있었다. 그는 곧 답장을 보냈다.

내가 찾을 수 있어.

◆

앨런 다브로스키가 진입로 끝에서 헤드라이트를 켜자 뒷마당 절반이 환해졌다. 안개비 속에서 그는 구멍을 팠다. 다브로스키 부부가 개 버지를 묻은 곳에서 멀지 않은 지점이었다.

뒷마당 건너편에 사는 이웃 어맨더 더글러스는 그가 땅을 미친 듯이 파다가 잠시 멈추고, 기침을 하는 건지 우는 건지 확실하지 않지만 이따금 허리를 굽히는 모습을 보았다. 두 번, 그는 풋볼 경기에서 부상당한 선수처럼 무릎을 꿇었다. 만삭이라 잠을 이루지 못하던 어맨더는 혹시 그가 사람을 죽이고 무덤을 파는 건가 싶어 열심히 응시했다. 요즘 이 도시는 온통 이런 흉흉한 사건뿐이니까. 버지는 이미 죽었고, 그럼 누구지? 어맨더는 생각하고 있었다.

그러다 앨런 다브로스키는 집에 들어갔다. 다시 나타난 그는 그네로 쓰던 타이어를 굴리며 나왔다. 창가에서 어맨더는 환한 바늘구멍 같은 별들이 타이어 안에서 돌고 있는 것을 볼 수 있었다. 그는 무덤까지 타이어를 굴려서 그 안에 떨어뜨렸다.

어맨더가 다브로스키의 집을 돌아보니, 다브로스키 부인이 식당 전망창을 통해 남편을 지켜보고 있었다. 그때 어맨더는 아주 오래전 부부에게 여섯 살 난 아들이 하나 있었다는 이야기를 들은 기억이 났다. 성당에서 아동실을 리엄 다브로스키 방이라고 부르지 않던가? 왜 사십 대에 아이도 없는 것 같은 다브로스키 부부가 아이들이 갖고 노는 타이어 그네를 마당에 만들어둔 걸까?

앨런 다브로스키는 자기가 판 구멍을 내려다보며 거기 서 있었다. 흙 속에 있는 우주를 응시하는지, 아주 오랫동안 서 있었다. 그러다 그는 삽을 들고 타이어를 묻기 시작했다.

✦

에이든과 나는 데릭 톰킨스가 우주의 구멍 다섯 개를 발견한 숲 가장자리의 그네에서 만났다.

우리는 별로 이야기를 나누지 않았다. 둘 다 할 이야기가 별로 없었다. 나는 나름의 이유가 있어서 거기 나갔고, 아마 에이든은 나를 좋아해서, 자기가 구멍을 찾아냈다고 으스대고 싶어서 나왔을 것이다. 숲에서 뭔가를 찾아낼 수 있다는 것은 남자다운 일이었다.

그는 전파 신호가 끊길 때까지 스마트폰 나침반을 사용했다. 춥고 축축했고, 한밤중이었지만 새소리가 들렸다. "왜 저렇게 울고 있지?" 나는 혼잣말처럼 말했다.

"빛이 규칙적인 야간 습관을 방해해서 그래." 에이든이 말했다.

"넌 그런 걸 어떻게 알아?"

그는 길에서 앞장서서 걸었다. "글쎄. 그냥 알아."

30분 동안 걸은 뒤, 나는 물었다. "얼마나 왔어?"

"거의 다 왔어."

"너도 손을 넣을 거야?"

"아니."

"왜?"

그는 돌아서서 뒷걸음질로 계속 걸었다. "내가 뭐 하러?"

"궁금하잖아."

그는 고개를 저었다. 뭔가 슬픈 일, 상실 같은 것을 고백하려는 듯한 몸짓이었다. 그가 뭘 잃었을까. 우리 모두 너무나 많은 것을 잃었고, 돌이킬 방법은 없었다.

가파른 산길은 지그재그로 계속 구부러졌다. 문득 그는 멈췄고, 나도 따라 멈췄다. "저기." 에이든은 한쪽으로 몸을 기울이며 가리켰다.

구멍이 보였다. 다섯 개의 밝고 들쭉날쭉한 구멍. 다리는 지쳤지만, 나는 달리기 시작했다.

"기다려." 에이든이 따라왔다.

우리는 같이 풀숲으로 들어가서 구멍 주위를 돌았다.

"저 반대편에 손을 넣으면 누굴 만질 수 있을 것 같아?" 그가 물었다.

나는 가장 작은 구멍에 손을 넣었다. 두려운 마음으로, 조심조심. 나는 손가락이 콜렛 해들리의 뺨을 스치는 것을 상상했다. 너무나 열심히 상상했기 때문에, 공기 외에 아무것도 만져지지 않는 것에 어안이 벙벙해졌다. 그것은 네사 어스킨을 후려친 그 찬 공기가 아니었다.

그냥 공기였다.

"뭐야?" 에이든이 물었다.

하지만 팔이 어딘가 다르게 느껴졌다. 뭔가 다른 감각을 가진 것 같았다. 미각도, 시각도, 후각도 아닌, 다른 감각. "팔이 가볍고 찌릿찌릿해. 정보를 수집하는 것 같아."

"무슨 정보?"

나는 다시 팔을 가슴께로 당겼다. "개는 사람보다 냄새를 훨씬 잘 맡잖아. 산책하러 나가면 소설 한 권 분량의 냄새를 맡는대."

"문어는 촉수로 냄새를 맡을 수 있어."

나는 다음 구멍으로 다가가서 찢어진 곳에 손을 집어넣었다. 이번에는 뭔가 느껴졌다. 머리카락인가? 손을 평평하게 대보니 귀와 턱, 까칠까칠한 턱수염이었다. 콜렛은 아니었다.

에이든이 뒤에서 외쳤다. "맙소사! 이게 뭐야?" 그는 뭔가의 습격을 받았는지 주변 공기를 손으로 휘휘 젓고 있었다.

나는 손을 빼냈다. "뭐지?"

그는 홀린 듯 나를 보았다. "다시 해봐. 손을 넣어봐!"

나는 다음 구멍에 손을 넣었다. 이번에도 헝클어진 머리카락과 따뜻한 뺨, 턱이 만져졌다. 나는 어깨 너머로 에이든을 보았다.

"나야." 그가 속삭였다.

"넌 안 죽었잖아."

그의 눈에 눈물이 고였다. "난 죽었어."

"무슨 뜻이야?" 나는 한 줄로 늘어선 구멍 중 마지막, 가장 큰 구멍으로 옮겨 갔다. 상상하기 어렵겠지만, 두 손을 구멍 양쪽에 올려놓았다. 내가 우리 세계의 가장자리에 매달려 있었다고 표현할 수 있을 것이다. 나는 구멍을 찢고 싶었다. 최대한 세게 잡아당겼다. 구멍은 찢어지지 않았다. 나는 팔꿈치를 이용해 구멍 가장자리를 힘껏 눌렀다.

한 조각이 떨어져 나왔다. 우리 세계의 한 조각이. 여기의 한 뭉치가.

나는 다시 힘을 주었다. 다시 한 뭉치가 구멍 안쪽으로 떨어져 나갔다. "도와줘." 내가 말했다.

에이든이 몸을 일으켰다. 그는 어깨로 구멍 가장자리를 누를 수 있을 정도로 키가 컸다. 커다란 조각 하나가 떨어져 나갔다. 번갈아 가장자리를 주먹으로 치고 발로 부수다 보니 구멍은 걸어 들어갈 수 있을 정도로 커졌지만, 우리 둘은 눈부신 빛을 받으며 그 앞에 서 있었다.

"넌 왜 죽었을까?" 내가 물었다.

"네가 죽은 것도 같은 이유겠지."

"넌 나에 대해 아무것도 몰라."

"넌 왜 여기 있지? 누굴 찾고 있어?" 그는 화를 냈다. "왜 풀하우스에서 나랑 같이 있었지? 왜 날 선택한 거야?"

질문이 너무 많았다. 무엇을 겨냥해야 할지 알 수 없었다.

"난 전에 여기 와봤어." 그는 말했다. "들어가서 보자."

"뭘 봐?"

"우리."

이해할 수 없었다. 나는 콜렛의 얼굴을 만지고 싶었다. 이 우주의 구멍에 발을 들인다면, 그녀를 다시 볼 수 있을지도 모른다. 할 수 있다면 있는 힘껏 그녀를 껴안고 싶었다. 어쩌면 시간을 되돌려 함께할 수 있을지도 모른다.

나는 구멍 가장자리에 매달린 채 이마부터 빛 쪽으로 기울였다. 내가 이 세상에서 알던 에이든이 내 뒤에 있었다. 하지만 나는 그 거울상을 제대로 볼 수 없었다. 내 이마는 다른 에이든 페이버, 반대편에 존재하는 에이든의 이마에 닿았다. 내가 구멍 안으로 들어가는 순간, 나는 그의 몸 속으로 들어섰다.

그것은 공포로 만들어진 몸이었다. 그의 가슴은 불안의 도가니였다. 갈비뼈 안에서 쿵쿵거리는 공황. 팔다리를 내달리는 기묘한 초조함. 몸 전체에서 고동치는 스트레스 신호. 몸은 불덩이 같았다.

내가 그였기 때문에, 나는 그것이 에이든 페이버의 몸이라는 것을 알 수 있었다. 그의 생각과 기억이 밀물처럼 밀려왔다. 손에 난 화상에 알로에를 발라주는 그의 엄마. 좁고 특이한 양탄자가 깔린 조부모 집 복도, 유리 상자에 손을 짚고 죽은 애완 쥐를 바라보는 그, 생일선물에서 풀린 리본. 버스 통로에서 그를 밀치는 다른 소년, 라이언 도일. 기억마다 감정이 세차게 밀려왔다. 어떤 것은 이해할 수 없었다. 생일선물은 흥분이 아닌 불안감을 불러왔다. 죽은 애완 쥐는 무슨 이유에서인지 안도감이었다.

그리고 라이언 도일.

에이든의 가슴에 댄 그의 손, 친밀한 헤드록 자세.

이제 내가 거기에, 에이든과 함께 풀하우스에 있었다. 그는 이 순간이 싫다. 너무 떨려서 근육이 굳었다. 그는 이 순산이 빨리 끝나기를 바라고 있다. 억지로 해치우고 있다.

그는 풀하우스에서 소녀에게 키스하는 소년을 연기하고 있다.

나는 몸을 돌리지만, 사방은 불빛뿐이다. 눈이 멀 듯 환한 불빛. 언젠가 바다에서 세찬 파도에 부딪혔던 것을 기억한다. 내가 수면으로 헤엄쳐 올라가고 있는지 내려가고 있는지 알 수 없다. 나는 두 손을 뻗는다. 에이든의 손이다. 나는 사방으로 몇 발짝 옮긴다. 이 공간에 방향이 있을까? 시간과 공간의 규칙이 적용될까?

에이든 페이버의 내면은 죽었다, 나처럼. 그는 비밀을 갖고 있다, 나처럼. 그는 이미 여기 왔기 때문에 내 비밀을 알고 있다. 그도 경험했다. 내 몸에, 내 머리에 들어오는 것이 어떤 것인지 알고 있다. 그는 콜렛 해들리에 대해 알고 있다.

나는 손을 뻗은 채 마구 흔들며 빙빙 돈다.

하지만 그렇게 움직이면서, 나는 다른 몸속으로 옮겨 간다.

나다…… 나는 작다. 잠옷과 갈아입을 옷, 칫솔이 든 비닐 가방을 들고 경찰차 뒷자리에 앉아 있다. 나는 네사 어스킨이다. 뭐든 엄마를 잡아먹어달라고 기도했고 그 결과 엄마가 정말로 잡아먹혔기 때문에, 나는 내가 엄마를 죽였다고 생각하고 있다. 나는 작고 끈적거리는 손을 마주 잡고 미소 짓는다.

하지만 동시에 나는 경찰이고, 경찰차를 몰고 있다. 경찰은 이렇게 말하고 있다. "괜찮을 거다. 우리가 좋은 집을 찾아주마." 그리고 나는 고마워한다. 어쩌면 내가 누군가를 구하고 있고, 이렇게 나 자신도 구할 수 있을 것이기 때문에.

뭔가 더 느끼기 전에, 나는 샤워를 하고 있다. 물이 내 머리를 두드리고, 커다란 내 손이 타일 벽을 짚고 있다. 나는 어른 남자다. 데릭 톰킨스. 아버지가 너무나 그리워서 당황스러운 기분이다. 당황스럽지만, 아직도 아버지를 너무나 사랑한다. 잊어야 하지만 잊을 수가 없다.

그러다 나는 분리되어 동시에 두 사람이 된다. 나는 침대에 누운 채 천장을 바라보며 대체 우리에게 무슨 일이 벌어졌는지 생각하고 있는 다브로스키 부부 둘 다다. 우리 둘 다 깨어 있다. 나는 손을 뻗어 상대의 손을 잡는 쪽이다. 그리고 그 손을 붙잡고 단단히 힘을 주는 쪽이기도 하다.

그리고 나는 어맨다 더글러스다. 만삭의 몸으로 욕조에 몸을 담그고 있다. 어두운 욕실, 욕조 턱에 향초가 여러 개 켜져 있다. 나는 내 배를 바라보고, 내 안에서 몸을 뒤채는 아기의 몸부림을 느끼고 있다. 수면 위에 나와 있는 무릎과 배가 비눗물에 번들거린다.

그때 파들거리는 촛불 속에서 뭔가 빛난다. 내 발치의 물에서 뭔가 솟아오른다. 내 안에서 나오는 건가? 아니다. 배수구에서 나오는 게 틀림없다. 이 몸에서는 나 역시 가톨릭 신자라서 어쩔 수 없다. 나는 말구유에서 아기를 낳는 성모를 생각하고 있다. 예수 그리스도는 머리에 후광을 두르고 태어났을까? 태어나기 직전, 머리가 산도를 통과하는 순간—나는 그 순간을 환한 왕관으로 상상한다—요셉은 마리아에게 이렇게 말했을까? "빛이 보여!"

불가능하다. 나는 번들거리는 젖은 몸으로 일어선다. 빛은 사라졌다.

나는 자살하고 싶었지만 지금은 텅 빈 풀장 필터에서 쏟아져 나오던 음악을 지하실에서 키보드로 재현하려고 노력하는 십대다.

그리고 나는 잠드는 것이 두려워서, 불면이 두려워서, 잠에서 깨는 것이 두려워서 밤에 조깅하는 테디 파운드리다. 내가 밤에 혼자 달리는 것은 달리는 동안에는 내가 내 몸 안에 있다는 것을 알 수 있기 때문이다. 안 그럴 때는 내가 누구인지 모르겠다.

그리고 나는 작은 개와 산책하고 있다. 개는 산책하려 하지 않지만, 나는 서서히 지워져가는 남편과 떨어져서 바깥 공기를 쐬어야 한다. 그리고 나는 현재인 과거의 꿈을 꾸는 늙은 남자다. 나는 아내의 얼굴을 알기 때문에 그녀가 돌아오기를 기다린다. 그녀의 얼굴을 알면, 나는 내가 아직도 여기 존재한다는 것을 알 수 있다. 그 얼굴은 이렇게 말한다. 집, 당신은 집에 있군.

몸에서 몸으로 날아다니고 있는데, 누가 내 팔뚝을 잡는다. 나는 두 손을 내밀어 그를 붙잡는다.

에이든이 나를 거세게 끌어낸다. 우리는 뒤로, 덤불 쪽으로, 숲 쪽으로 넘어진다. 나뭇가지 사이에서 방향감각을 잃은 새들의 노랫소리가 들려온다.

◆

우주에 구멍을 내는 것은 슬픔만이 아니다. 누군가가 두려워하는 것, 원하는 것…… 비밀과 수치심도 구멍을 낼 수 있다. 우리에게 왜 이런 일이 일어났을까? 모르겠다. 마침내 우리는 익숙해졌다.

사람들은 열린 포털을 지나친다.

사람들은 포털을 지켜보고 귀를 기울인다.

사람들은 그 안에 손을 넣는다.

사람들은 포털을 커다랗게 찢어 벌리고 그 안으로 들어갔다가 영영 사라지기도 하고 돌아오기도 한다.

사람들은 포털을 두려워한다.

사람들은 포털을 땅에 묻는다.

사람들은 눈을 감고 포털을 원한다.

아니, 당신도 다른 곳에서 나타난 포털 이야기를 들었을 것이다. 일본, 캐나다. 에티오피아에는 포털이 아주 많지만, 바로 이웃한 케냐에는 전혀 없다. 시베리아에 하나. 리버풀에도 잔뜩 생겨났다고 한다. 포털이 전혀 없는 곳에 사는 사람들은 포털을 고대한다. 그들은 자신들이 설명할 수 없는 어떤 트라우마를 겪고 있다고 말한다. 너무나 결핍된 느낌이라고. 새로운 연구 분야가 생겨났다. 과학자들은 그 정체를 밝혀내려 노력하고, 종교인들은 신과 관계된 현상으로 설명할 방법을 찾고, 포털을 이용해 돈을 벌려던 사람은 풀장 필터 포털을 발견한 두 아이만은 아니다. 어떤 면에서 포털은 인간이 손에 쥔 새로운 도구일 뿐, 여자친구의 전 남자친구를 포털에 밀어넣다가 같이 찢겨나가 영영 사라진 남자도 있다. 한편, 바로 옆집 뒷마당의 바비큐장 근처에 생긴 포털은 죽은 래브라도 리트리버 터미 텀너스에게 이어진다. 사람들은 아직 살아 있는 포털 속 개를 계속 쓰다듬을 수 있다.

나와 에이든 페이버? 우리는 원하던 것을 얻었다. 그것으로 충분했다. 우리는 서로의 비밀을 알았고, 털어놓을 준비가 될 때까지 당연히 서로 그 비밀을 지켜주었다. 그리고 포털보다는 실제로 집을 떠나 성공할 방법에 대해 더 많이 생각했다.

✦

들려줄 이야기가 하나 더 있는 것 같다.

고등학교 마지막 해 겨울, 에이든과 나는 서로의 커밍아웃을 도와주기로 했다. 하지만 그전에 우리는 비밀을 감춘 채 함께 졸업 무도회에 나갔다. 그리고 에이든의 집에서 열린 뒤풀이 파티에서 술에 취했다. 아이들 몇몇이 에이든의 집 뒷마당에 있는 풀장에 뛰어들기 시작했다.

"나가자." 그는 내게 말했다.

"뒤풀이는 어쩌고?"

"상관없어."

우리는 차고에서 자전거를 꺼내 타고 동네를 돌아다녔다. 나는 에이든의 턱시도에 딸린 검은 보타이를 하고 풍성한 파란 망사 드레스를 입고 있었다. 나는 드레스 자락이 자전거에 걸리지 않도록 걷어 올려 묶었다. 에이든은 맨발이었고, 턱시도 재킷을 벗고 풀 먹인 흰 셔츠 깃 단추를 끄른 채였다. 취한 채 바람을 맞으며 아이처럼 숨차게 쌩쌩 달리니 기분이 좋았다.

그러다 다브로스키 집이 나타났다. 우리 둘 다 멈춰서 타이어 그네가 매달려 있던 곳을 응시했다.

나는 에이든을 돌아보았다. "우리가 어떻게 해야 하는지 너도 알지?"

그는 알았다.

우리는 그의 집으로 돌아가서 헛간에서 삽을 꺼냈다. 삽을 어깨에 메고, 다브로스키 집 울타리를 넘어 뒷마당으로 들어갔다. 나는 조명이 켜질 거라고 생각했다. 하지만 마당에는 전등이 없었다.

다브로스키 아저씨가 타이어 그네를 묻은 자리를 찾는 것은 어렵지 않았다. 녹색 정원에 흙 무더기가 있었다.

우리는 어둠 속에서 땅을 팠다. 에이든의 흰 셔츠와 내 드레스의 탄탄한 공단 천에 땀이 뱄다. 내 삽 끝에 무언가 걸렸다. 고무처럼 푹 들어가는 느낌이었다.

우리는 더 빨리 팠고, 에이든은 구덩이에 들어가더니 두 손으로 흙을 파냈다.

아직 거기 있었다. 잉크처럼 검고 별이 총총한 우주가.

우리는 나란히 앉아 그 안을 들여다보며 어느 대학에 지원할지, 어느 도시에서 살고 싶은지 이야기를 나누었다. 잠시 후 벌렁 드러누워 이번에는 머리 위의 하늘을 바라보았다. 우리는 지칠 때까지 이야기를 주고받았다. 그는 손으로 뒤통수를 받쳤다. 나는 그의 가슴을 베고 누웠다. 그렇게 누워서 가물가물 잠에 빠지려는데, 어맨다 더글러스의 아기가 잠에서 깨 우는 소리가 열린 창문을 통해 흘러나왔다.

디어
브래들리 쿠퍼

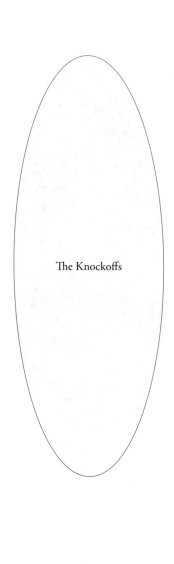

The Knockoffs

쿠퍼 씨에게.

제 이름은 알리사 히니입니다. 열네 살이고요. 메그 히니의 딸입니다. (우리 이름을 어디서 들어본 것 같지 않으세요? 둘 중 누구라도 모르시겠어요?) 엄마는 보석 상태에서 법정 출석 의무를 어겼고, 우리는 지금 캐나다 국경에서 멀지 않은 뉴욕 주의 시골 모텔에 있습니다. 이 편지가 도착할 때쯤 우리는 다른 곳에 있을 거예요.

요즘 저 같은 쿠퍼 핏줄을 가진 아이들에게 편지를 많이 받으실 거라고 생각합니다만, 전 아빠가 되어달라거나 사랑해달라고 부탁하는 것이 아닙니다. 부탁할 것이 있기는 하지만, 일단 저에 대해 조금은 아셔야 하지 않겠어요? 저는 학교 성적이 좋고, 특히 과학을 잘합니다. 절친한 친구는 미샤와 뱰, 두 명인데, 문자 메시지도 보낼 수 없고 연락할 방법이 없어요. (엄마와 저는 전화기를 버렸습니다.) 저는 엘리베이터가 무섭습니다. 스타인웨이 피아노가 바다에 둥둥 떠다니는 꿈을 꿉니다. 피아노가 다리를 위로 하고 물에 뜬다는 거 아셨어요? 제가 온전한 한 인간이라는 사실을 알아주셨으면 합니다.

엄마도 마찬가지예요. 사실 정말 좋은 분이에요. 현재 상황이 안 좋을 뿐이죠. 엄마가 샤워하면서 우는 소리가 들려오네요. 엄마는 내가 못 듣는 줄 알지만, 다 들려요. 엄마는 이상한 미치광이 팬이 아닙니다. 잠입취재 기사에서 묘사된 것처럼 당신 DNA를 얻으려고 수상한 암시장에 가지도 않았어요. 인터넷에 널리 퍼진 그 영상 보셨어요? 남자가 쟁반 여러 개를 보여주면서 선택하라고 하는 거요. "제일런 브라운, 헴스워스, 샬라메가 있습니다."

"어느 헴스워스죠?" 한 여자가 묻죠.

"둘 다 있어요!" 짝퉁 핸드백 팔듯 사람을 파는 남자는 두 손을 들어 보이면서 웃어요. 조롱하느라 퍼진 영상이지만, 동시에 여자에게서 간절함이 느껴져요. 유명인을 동경하는 외롭고 서글픈 여자와 밀매꾼. 사람들은 유명인을 마리화나 나눠주듯 가볍게 취급하는 게 재미있는 거예요. 다들 아저씨 같은 부류를 좋아하면서도 미워하죠. 자기들이 당신을 좋아한다는 것이 싫고, 그래서 때로 당신을 미워하는 걸 즐기는 거예요. 그때 경찰이 급습해서 여자와 밀매꾼을 체포했어요. 어떤 인생을 과대평가하고 그 외의 인생을 과소평가하고, 사람들은 정말 한심해요.

엄마가 어릴 때는 나 같은 아이는 가능하지도 않았대요. 아니, 물론 의사들은 언젠가 입안에서 면봉으로 세포를 채취해서 상피 세포를 정자나 난자로 변환시킬 수 있으리라는 걸 알았죠. 언젠

가 생물학 숙제를 할 때 썼어요. "체외수정의 원리." 선생님한테
내가 짝퉁이라고 말한 적은 없지만, 이미 알고 계셨어요.

엄마가 기소당한 건—죄명은 장물 소지(나의 절반이 장물이라
서요)—마피아가 운영하는 DNA 암시장에 가지 않았기 때문에
아는 정보가 없어서 형량 거래를 할 수 없어서였어요. 변호사 표
현을 빌리자면, 지렛대로 쓸 만한 것이 없었대요. 하지만 유명인
사들은 탄원서를 써줄 수 있다고 들었어요. 당사자가 범행을 저
지른 사람을 용서한다면 재판 과정에서 큰 힘이 된다고요.

소속 에이전시로 이 편지를 보냅니다. 누군가 전해주길 바라
요. 저의 엄마, 메그 히니를 위해서 편지 한 통만 써주시겠어요?
정말 큰 도움이 될 거예요! 제발!

—알리사 히니

브래들리 쿠퍼 씨,

잘 지내시죠? 별일 없을 거라고 믿습니다!

또 알리사 히니예요. 메그 히니의 딸. 엄마를 위해서 판사에게
탄원서를 써달라는 편지를 제가 보냈었지요. 받으셨나요?

돈을 원하는 게 아니라는 점을 알아주셨으면 합니다. 엄마는
보스턴 사우스쇼어의 헐이라는 동네에 있는 조부모님의 집을 물
려받았어요. 바로 앞에 방파제가 있는 해변의 집이에요. 너무 여
러 번 침수되었기 때문에 구조 밑에 기둥을 받쳤어요. 대서양과

이어진 매사추세츠 만을 굽어보는 커다란 전망창 바로 앞에 스타인웨이 피아노가 놓여 있는, 아름답고 아담한 파란 집이랍니다.

제가 태어나기 전에 엄마는 그 집에서 혼자 살았어요. 직장도 좋았어요. 래터웨이 일렉트로닉스 기술지원부에서 일했거든요. 상점 로고가 붙어 있는 노란 폴로셔츠를 입었죠. 주말이면 조 노티컬 바에서 친구들과 한잔하고요. 가죽 소파 위 벽에는 와키건이라고 적힌 도로 표지판과 동네 사람들의 수호성인처럼 술을 따르고 있는 늙은 바텐더 그림이 걸려 있었어요.

엄마가 브래들리 쿠퍼의 아기를 꿈꾸었던 건 아니었어요. 엄마는 자기와 헤어지고 도체스터로 떠난 로넌 마시를 꿈꿨죠. 코하셋에 뚱뚱한 은행가들이 드나드는 고급 술집을 열겠다고 뽐내던 보비 햄린도. 보비는 그런 곳을 운영하려면 마누라도 섹시해야 한다고 엄마한테 대놓고 이야기했대요. 엄마는 섹시한 여자는 아니지만 정말 똑똑하고 웃겨요. 엄마가 웃는 모습을 보면 무엇 때문에 웃고 있는지 몰라도 덩달아 웃게 되죠. (엄마가 웃는 모습을 보면 당신도 틀림없이 웃게 될 거예요.)

옛날 방식으로 같이 아이를 만들 만한 남자는 많았답니다. 하지만 다들 앞날이 어두웠죠. 그래서 엄마는 혼자 아기를 만들어야겠다고 생각했어요. 엄마는 서른네 살. 비혼모로 혼자 아이를 키우는 사촌도 있었어요. 그걸 보고 자신도 할 수 있겠다는 생각이 들었답니다.

그러던 어느 오후, 헨드리 이모가 전화했어요. "그 남자의 머리카락을 구했어!" 이모는 보스턴에서 가장 호화로운 호텔 만다린

오리엔탈에서 카트를 끄는 청소부였답니다. 호텔에서 코플리 광장 쪽으로 보일스턴 스트리트를 거의 뛰다시피 걷고 있었어요. 머리카락—당신 머리카락요—을 샌드위치 비닐백에 담아 큼직한 코트 주머니에 넣은 채로요. 한겨울이었어요. 크리스마스도 지나가고, 모든 게 황량하고 축축한 계절이었죠.

"누구 머리카락?" 엄마가 물었어요.

"쿠퍼. 브래들리 쿠퍼! 이걸로 해." 뭘 하라는 건지는 확실했죠. 유명인 짝퉁에 관한 이야기가 뉴스에 나오기 시작하던 무렵이었거든요. "아무것도 묻지 않고 해주는 의사들이 있대." 북적이는 길모퉁이에 서서 차가운 공기에 하얀 김을 내뿜으며 말하는 헨드리 이모의 모습이 상상되네요. "꼭 해야 돼. 이건 계시야."

엄마는 헐 하우스의 거실에서 유튜브를 보며 운동을 막 끝낸 참이었어요. 헨드리 이모는 종종걸음으로 걷고 있었으니 둘 다얼마나 긴박한 모습으로 숨을 몰아쉬고 있었을까요. 내 조부모가 죽고 엄마는 커다란 전망창으로 푸르스름한 하늘과 바다와 날아다니는 바닷새가 보이는 그 집으로 이사했어요. 로건 공항을 드나드는 비행기 굉음이 끊이지 않았답니다. 저 멀리 건물들이 다닥다닥 붙은 보스턴 시내도 보였어요. "그게 좋을까?" 엄마의 목소리가 유리창에 메아리쳤어요.

"당연하지. 아니면 누구랑 애를 만들려고? 본 말체스터?"

말체스터는 모두를 임신시키고 싶어 하는 작자였대요. 서로다른 세 여자한테서 세 아이를 낳았는데, 세 여자 모두 그를 싫어했다나 봐요. 밴을 끌고 다니면서 애완견 미용 서비스를 운영

했는데, 대체로 마약만 팔았어요. 누가 정말로 애견 미용을 해달라고 하면 화를 냈대요.

제가 하려는 말은, 헴스워스나 보스턴 셀틱스 선수보다는 아저씨를 선택하는 사람들이 있지 않겠느냐는 거예요. 제 경우, 아저씨의 경쟁 상대는 본 말체스터 같은 애견 미용사/마약상이었지만요.

아시겠어요? 절도가 아니었어요. 그냥 주운 거죠. 대단한 음모를 꾸미고 마피아가 운영하는 암시장에 발을 들인 게 아니었다고요. 사전 계획조차 없었어요. 그냥 아저씨가 나타난 거예요. 도저히 놓칠 수 없는 기회가! 실제 시험관 시술 과정은 진짜 싸요. 예전에는 어마어마하게 비싸고 갑부들이나 하는 시술이었지만, 엄마 경우에는 달마다 얼마씩 소액을 내는 걸로 충분했어요. 신용카드로 세탁기나 건조기를 사듯. 이 사회가 시술을 너무나 쉽게 만들어놓았기 때문에 전혀 범죄처럼 느껴지지 않았던 거예요. 아기를 갖는 게 어떻게 범죄예요? 아기를, 그러니까 나를 갖는 게? 어떤 사람은 우리가 조물주의 섭리를 어겼다고 말하지만, 난 귀엽고 웃기고 영리하다고요. 내가 어떻게 비정상이에요?

그럴 수가 없죠! 하지만 아저씨도 짝퉁을 사회에서 전부 격리시키자고 주장하는 정치인들 이야기를 들어보셨겠죠. 우리가 이 사회의 소중한 것들을 모두 망가뜨리는 존재라도 되는 양. 우리는 비난의 대상이에요. 그렇죠? 우리가 대가를 치르지 않으면, 이런 일을 권하는 결과밖에 안 될 테니까. '학교'라며 보내는 곳은 무슨 소년원 같고. 그러니까, 맞아요. 그것도 아저씨가 좀 도와주실 수 있을 거예요. 유명인들은 항상 남을 도울 수 있는 거 아닌가요?

내일 아침에 우리는 이 모텔을 떠나 캐나다로 넘어갈 거예요. 강이 얼었고 숲도 있어요. 불법적인 모험이죠. 하지만 엄마가 얼마나 순진한 사람인지 아저씨가 알아줬으면 해요. 엄마를 위한 탄원서를 부탁드려요. 저한테는 큰 의미가 있을 거예요.

—알리사 히니

브래들리 씨.

국경을 넘는 건 쉽지 않았어요. 2월의 캐나다는 춥네요. 레드삭스 플리스 모자와 긴 모피 코트, 진짜 모피가 있어서 다행이었어요. (아저씨 돈은 필요 없다고 말씀드렸죠.) 우리는 남자 둘이 운전하는 스노모빌을 타고 얼어붙은 강을 건넜어요. (엄마 말로는 마약운반책이라고 하네요. 오늘은 우리가 화물이었지만. 늘 나 자신이 불법적인 존재 같은 기분이 들어요. 그건 그렇고 사생아라는 단어는 정말 싫네요. 내가 무슨 정당한 인간이 아닌 것 같잖아요?) 나는 그 남자의 가슴을 단단히 껴안았어요. 가슴이 정말 넓더라고요. 그렇게 큰 사람도 있다는 건 몰랐어요. 가는 내내 엔진소리와 진동이 심했어요. 모자를 썼는데도 헬멧이 너무 커서 덜그럭거리더라고요.

스노모빌에서 내린 뒤에 우리는 숲으로 들어갔어요. 눈이 정말 많이 쌓여 있었어요. 엄마는 베트남 전쟁에 징집된 사람들이 바로 이 얼어붙은 강을 건너 이런 숲으로 들어갔다고 했어요. 이

민자들도. '도망자들'도. 엄마는 어깨를 으쓱하더군요. 마치 '우리
가 지금 도망자 신세지 뭐' 하고 말하듯이.

우리는 비밀 장소에 있어요. 정말 처량하고 고양이 오줌 냄새
가 나요. 엄마는 이제 뭘 할지 생각 중이에요. 엄마는 이게 재미
있는 척해요. 엄마가 내 또래였을 때 배웠던 춤도 전부 가르쳐줬
고, 이불로 텐트를 만들어서 턱에 손전등을 받치고 귀신 이야기
도 해줬어요. 하지만 사실은 엄마도 무섭다는 걸 알 수 있어요.
우리는 텔레비전을 볼 거예요. 엄마가 날 쳐다보는 시선이 느껴
지네요. 날 잃어버릴까 봐 두려운 거예요. 나는 엄마를 잃을까 봐
두렵고. 감옥이나 소년원으로 보내져 영원히 헤어질까 봐.

사람들이 나 같은 존재를 반대하는 건 이해할 수 있어요. 이론
적으로는 말이죠. 하지만 난 이론상의 인간이 아니잖아요. 정말
로 존재하는 인간이잖아요.

나는 여섯 살 때 내 '부계 DNA가 어디서 왔는지' 알게 됐어요.
친척들은 이미 다 알고 있었고, 엄마는 누가 비밀을 누설하는 건
시간문제라고 했지요. 우리 사촌이 산타클로스에 대해 털어놓은
것처럼. 나도 개념은 이해해요. 엄마, 아빠, 아기. 우리에게 누군가
부족하다는 걸 알아요. 엄마는 내게 입버릇처럼 이야기했어요.
**가족을 만드는 방법은 여러 가지가 있다. 우리 자체로 한 단위다.
두 사람도 가족이 될 수 있다.** 결국 엄마는 맥도날드 놀이터에 저
를 앉혀놓고 이렇게 말했어요. "엄마가 아빠를 고를 수 있어. 그
걸 DNA라고 한다. 네 DNA는 정말 멋진 사람 거야. 배우란다."
엄마는 스마트폰으로 영상 몇 개를 보여줬어요.

아저씨가 영화에서 춤을 추고 있었어요. 군인이었다가, 가수였다가, 유명한 작곡가였죠. 아저씨는 온갖 시대에 존재했어요. 재미있고 똑똑했죠. 울기도 하고 사람들을 사랑하기도 하고. 이따금 카메라를, 나를 쳐다보기도 했어요!

"우리가 아빠를 초대할 수 있을까?" 나는 말했어요.

내가 존재한다는 걸 아저씨가 알 리 없죠. 단속은 이미 강화되었고요. 엄마는 말했어요. "그의 DNA를 쓰지 않는 건데. 문제가될지도 모르거든. 그러니까 이건 우리만의 비밀로 하자."

자라면서 나는 아저씨 영화를 보면서 아저씨를 닮아갔어요. 유튜브 교습을 보면서 탭댄스도 추고 노래도 배우고요. 전 별로 소질이 없어요. 아저씨가 좋은 아빠란 건 알아요. 아저씨가 딸과 같이 있는 사진을 봤거든요. 장난꾸러기에 힘이 세고 사랑 가득한 눈으로 딸을 바라보는 아빠였어요. 사랑이 넘쳐서 얼마든지 더 있을 것 같았어요. 엄마가 그러는데 사랑은 먹으면 줄어드는 파이가 아니라 끝없이 솟아나는 분수래요.

이 더러운 곳에 있는 게 싫어요. 집에 가고 싶어요. 제가 태어났을 때 헐은 반도였지만 해수면 상승으로 침식되고 있어서, 북동풍이 불 때마다 본토와 이어지는 도로가 물에 잠기곤 했어요. 지금은 그냥 섬이에요. 그래서 파란 집 밑에 기둥을 받쳐야 했던 거예요. 심한 홍수가 지나갔지만 피아노는 건졌어요. 지금은 바다를 굽어보는 텅 빈 집에 덩그러니 놓여 있겠죠.

반도였다가 섬이 된 곳에 살다 보면 바다가 어마어마한 힘이라는 걸, 언제나 이긴다는 걸 알게 돼요. 가끔 나는 우리가 바다에 맞서고 있다는 생각이 들어요. 법과 제도도 힘이고, 아마 이길 테니까.

엄마는 인생이란 그런 거라고 해요. 패배할 걸 알면서도 희망을 가져야 한다고. 이기는 게 중요한 게 아니라고. 얼마나 크게 지든 희망을 품을 수 있는 거라고.

하지만 패배하는 게 어떤 건지 아세요? 멋진 수퍼모델과 중요한 배역, 세상의 좋은 걸 모조리 갖고 있는 아저씨가, 보통 사람처럼 패배하고, 패배하고, 패배한다는 게 어떤 건지 상상할 수 있을까요?

엄마를 위해 탄원서를 써주세요. 메그 히니. 매사추세츠 법정으로 보내면 돼요.

그렇게 해주시면 정말 감사할 거예요. 집으로 돌아갈 수 있을지도 몰라요. 내 희망이 헛되지 않게 해주세요.

—알리사 히니

브래들리,

안 해줄 거죠? 엄마와 날 도울 마음이 전혀 없는 거죠? 난 당신 자식이에요. 알아요? 원하든 원치 않든, 사실이라고요.

내가 쿠퍼의 자식이라고 떠벌이고 다닐 거라고 생각하세요? 난 비밀 온라인 포럼에서 만난 다른 쿠퍼의 자식들 말고는 아무한테도 이야기 안 해요. FBI가 체외수정을 집도한 병원에 들이닥

치지만 않았어도 우린 아마 잡히지 않았을 거예요. 당신이 유명인이든 뭐든 상관없어요. 훌륭한 배우이든, 노래하고 춤을 잘 추든 상관없다고요. 아니, 사실 진짜 슬픈 일이죠. 아저씨가 어렸을 때 부모가 경영 공부를 해서 자기들처럼 부자가 되라고 했다죠? 하지만 아저씨는 싫었다면서요. 내가 아닌 다른 사람으로 살아야 했다면서요. 왜? 왜 그렇게 살아야 하죠? 자기가 어떤 사람인지 몰라서? 도피하고 싶어서? 그렇다면 아저씨와 내게도 공통점이 있는 거네요. 나도 내가 어떤 사람인지 모르지만, 지금 상황이 위험하다는 건 알아요. 도망쳐야 하고요.

말이 나왔으니 말인데, 아저씨는 자기가 정말 잘생긴 줄 알죠? 하나 알려줄까요. 아저씨는 사실 미남은 아니에요. 그냥 떼어놓고 보면 다 평범해요. 잘생긴 사람처럼 연기하는 법을 배운 것뿐이죠. 잘생겨 보이는 눈빛과 미소, 몸짓. 엄마는 그런 것에 속은 거예요. 하지만 내 눈에는 환히 보여요. 고등학교 때는 존재감이라곤 없었죠?

헝클어진 머리카락, 날카로운 콧날, 뾰족한 턱. 여기저기 운 좋게 괜찮은 구석이 없었다면, 그냥 조 노티컬 바에 드나드는 술꾼들과 다를 게 없어요. 코하셋에 술집을 결국 못 차린 엄마의 전 남자친구나, 마약사범으로 교도소에 들어간 본 말체스터 같은 사람. 본인도 자신이 얼마나 운이 좋은지 알죠? 아저씨와 그런 남자들의 차이점은 그저 이런저런 사소한 행운을 좀 더 타고났다는 사실뿐이라는 게 아마 신경 쓰일 거예요.

계속 생각나죠? 그런 행운이 없다면 어떻게 됐을까?

제가 온라인에서 만난 쿠퍼 핏줄들 중에서 브래들리라는 이름을 갖고 있던 애들이 제일 힘들었대요. 비밀 포럼에서 한 명 만났어요. 그 애 엄마는 아이 아빠가 쿠퍼라고 사방에 떠들고 다녔대요. 마트에서 만난 낯선 사람, 선생님, 자기 애인한테도. 아이는 노래도, 춤도, 연기도 못했는데, 그저 외모가 조금 닮아서 그것 때문에 더 힘들었나 봐요. 다들 그 애가 뭔가 대단한 걸 할 거라고 기대했으니까. 뭘 하라고? 셔츠를 찢어발기고 가슴과 근육을 과시하라고? 브래들리 보먼은 통통하고 수줍음이 많았어요. 한번은 저한테 이런 글을 보냈어요. "내 절반과 네 절반을 합치면 우린 100퍼센트지. 완전한 존재가 될 거야." 그걸 보니 그 애가 얼마나 힘든지, 얼마나 괴로워하는지 알 수 있었어요. 우리 모두 그렇지만, 그 애는 문제가 좀 깊더라고요. 브래들리 보먼이 지금 어디 있는지도 모르겠어요.

사람들이 당신을 사랑하게 만드는 힘이 아저씨한테 있다는 걸 아셔야 해요. 술을 먹여서 집에 데려가보려고 조 노티컬 바에서 밤새도록 엄마한테 추파를 날리는 남자는 아저씨가 아니겠지요. 하지만 스크린에서 아저씨가 늘 했던 게 그런 연기 아닌가요?

엄마와 나는 굿윌 중고 매장에서 내가 입을 만한 모피 코트를 찾았어요. 이렇게 말하니 우리가 대단한 부자 같지만, 아무튼. 코트를 들고 카운터로 달려가 돈을 내고 얼른 나왔어요. 그것도 기회니까 우리가 잡은 거예요. 헨드리 이모가 호텔 베개에서 아저씨 머리카락을 찾은 것처럼.

아저씨가 평생 우리를 계속해서 유혹하지 않았더라면 이모도 그런 짓을 안 했겠죠. 아저씨는 그 유혹을 통해 돈을 벌고요. 그럼 누가 잘못한 거죠? 피해자는 누구죠?

브래들리 보먼이 여름보다 겨울을 좋아했다는 것도 아셔야 해요. 컴퓨터를 분해해서 다시 조립할 줄도 알았어요. 아저씨는 할줄 알아요? 다른 사람이 해주죠? 그 애는 일본 애니메이션을 좋아했지만, 그 사실을 입 밖에 내기를 꺼렸어요. 나도 좋아해요. 그건 항상 외부인을 다루거든요. 우리는 외부인이에요. 우리의 절반에게서 단절된. 우리는 특별하다고 느껴야 한대요. 감사해야한대요. 운이 좋다고. 하지만 이건 마치 유명인인 내 절반이 날 사랑하는 절반보다 더 중요하다는 이야기 같잖아요. 우리는 절반의 사랑과 절반의 유기로 이루어진 아이들. 우리가 뭔가 불법적으로 취득했다고요? 그게 뭐죠? 뭐라 말하기 힘들죠. 그래서 우리가 뭘 해야 할까요? 아무도 몰라요.

현재 우리 모두는 장물, 다른 사람의 소유물이에요. 그래서 우리를 한데 모으고, 부모를 잡아 가두고, 우리를 짝퉁 소년원에 보내서 한 수 가르쳐주겠다? 어쩌면 우리가 다른 사람보다 더 나은 존재가 아니라는 걸 알려주고 싶은 것뿐인지도 모르죠. 우리가 열등한 존재라는 건 알려주려고. 우리에게 아무 가치도 없다고 생각하게 하려고. 하지만 엄마가 훔친 것의 가치는 뭔가요? 나를 나로 만드는 절반? 한 인간의 절반을 훔칠 수는 없어요. 그건 그냥 나예요. 내가 가진 거라고요.

브래들리 보먼이나 내가 존재한다는 걸 인정할 수 없다면 꺼져요.

나는 나를 알고 나를 사랑하는 부모와 같이 있을 권리가 있어요.

—알리사 히니

브래들리 씨,

지난번 편지에 쓴 내용은 미안해요. 여긴 사정이 안 좋아요. 아무것도 할 수 없고, 아무 데도 갈 수 없고, 새출발할 수도 없어요. 고향에 있는 가족들이 돈을 보내주고 있어요. 하지만 우린 보석 규정을 어겼고, 보증을 서주는 사람들은 그걸 싫어해요. 추적하기 시작하죠. 여기는 춥고, 실내 온도는 아주 낮게 맞춰뒀어요. 항상 모피 코트를 입고 있어야 해서 동물이 된 기분이에요. 엄마와 나는 체온을 유지하려고 모직 담요를 두 겹 덮고 같이 자요. 아주 까칠까칠한 그 천요. 휴대전화가 없으니 꼭 손이 없어진 기분이에요. 어떻게 설명해야 할지 모르겠어요. 텔레비전도 보지만, 채널이 많지 않아요.

기분이 안 좋아서 아저씨한테 화풀이를 했어요. 미안해요.

아저씨 입장에서 생각하려고 노력해봤어요. 세상에 자기 DNA를 가진 사람이 많다는 게 얼마나 이상하고 무섭고 끔찍한 일일지. 잃어버린 나의 일부가 어딘가 손이 닿지 않는 먼 곳으로 날아가버린 느낌. 그 머리카락이야 어차피 내버렸겠지만, 그래도, 어떤 기분인지 이해한다고요. 우리 전부를 아저씨 인생에 들일 수야 없겠죠. 너무 버거운 일일 거예요. 각자 필요한 게 많은 우리 모두를. 파도가 밀려와서 덮치는 기분일 거예요. 사랑해줘, 사랑해줘, 쓰나미처럼 몰려오는 사랑의 요구들.

우리 같은 아이들이 너무나 많아요. 쿠퍼의 핏줄 말고도. 팝스타, 영화배우, 연예인, 프로 운동선수—르브론, 커리, 마홈스, 베츠. 불법적으로 얻은 DNA이니 르브론의 핏줄을 고등학교 농구 경기에 출장 금지하자는 단체가 있지 않았던가요? 반대로 당사자가 뛰고 싶지 않더라도 출장시켜야 한다는 단체도 있었고요. 자기 DNA를 암시장에 팔려는 삼류 유명인도 있고, 가짜 유명인 DNA를 사는 바람에 유명한 사람과 조금도 닮지 않은 아이를 낳은 사람도 있고요. 양친이 유명인이면 원플러스원이니까 그런 사람의 유전자에 현상금을 거는 사람도 있죠. 아주 엉망진창이에요.

엄마는 귀에 못이 박이도록 말했어요. "사람들은 내가 후회한다고 말하기를 바라지만, 어떻게 그럴 수 있겠니? 널 가진 걸 후회한다는 뜻인데. 난 그런 말을 하지 않을 거다. 사실이 아니야. 못 해."

이 상황을 어떻게 풀어야 할지 모르겠어요. 어떻게 바로잡아야 할지. 하지만 내게 유일한 부모를 빼앗는다는 건 잘못된 일이에요. 그것만은 확실해요.

메그 히니를 위해 탄원서를 써주실 수 있다면, 꼭 부탁드려요. 이제 이 일로 편지 드리지 않을게요. 약속해요.

—알리사

쿠퍼 씨.

다 거짓말이었어요. 우리의 파란 집은 홍수에 수없이 잠겼지만, 기둥을 세우지는 않았어요. 돈이 없었거든요. 하지만 기둥을 세우더라도 바닷물이 끊임없이 방파제를 두드리고 넘어 들어오니 곧 바다 한복판이 되겠죠. 포기해야 했어요. 스타인웨이 피아노가 있다는 건 거짓말이 아니지만, 축축한 바닷바람과 홍수 때문에 망가졌어요. 해머 펠트가 다 젖고 푸른 녹이 끼었는데, 이건 어떤 시기에 제작된 스타인웨이에서 나타나는 현상이라네요. 할머니가 그 피아노를 좋아했기 때문에 나도 스타인웨이에 대해 많이 알아요. 헐이 영구적으로 섬이 되었을 무렵, 우리는 집을 버리고 이사했어요. 하지만 사실 집이 우릴 버린 것 같다는 기분이 들어요.

탄원서를 써주든 말든 상관없어요.

저는 피아노에 대해 많이 생각해요. 낮에도 생각하고, 꿈을 꾸기도 해요. 바다가 방파제를 넘어와서 집을 후려치고 유리창을 부수고 밀려드는 모습. 쏟아져 들어오는 파도. 바다는 피아노를 몇 번 들썩였겠죠. 거실에서 몇 바퀴 돌았을지도 몰라요. 통유리창은 피아노가 충분히 빠져나갈 수 있을 정도로 커요. 집은 무너지고 있었어요. 하지만 집이 완전히 쓰러지기 전에 피아노부터 떠내려갔을 거예요. 방파제에 피아노가 부딪히다가 넘어가는 모습이 눈에 선하네요.

다리를 위로 향한 피아노가 망망대해에 덩그러니 떠 있는 모습. 꿈속에서 나는 피아노에 올라탄 채 배를 조종하듯 다리를 쥐고 있지만, 아니, 사실 살아남기 위해 안간힘을 다하고 있어요.

엄마는 캐나다에서 새출발할 길이 없다고 하네요. 영원히 숨어 살 수는 없죠. 엄마는 자수하기로 했어요. 오늘 아침 옷을 차려입었어요. 머리를 뒤로 묶고 말했어요. "끝났다, 이만했으면 됐어. 너도 네 인생을 살아야지."

—알리사

쿠퍼 씨, 브래들리, 아니, 뭐든지.

'아빠에게'라고 쓰고 싶지만. (사실 편지를 쓰기 시작할 때는 항상 그렇게 써요. 낯선 사람이니까 말이 안 되는 짓인데도.) 그러지 않을게요. 이게 마지막 편지예요. 약속해요. 우리 엄마 메그 히니는 수감 중이에요. 우리는 캐나다의 한 소도시 경찰서에 자수했고 추방당했어요. 국경을 넘어 다시 미국으로 돌아오자, 엄마는 날 끌어안고 놓아주지 않았어요. 내 머리를 쓰다듬고, 내 이름을 속삭이고, 넌 강한 아이라고 계속 말했어요. "네가 얼마나 강한지 명심하렴."

경찰들은 옆에서 계속 이러고 있었어요. "자, 자, 작별인사는 이만 됐잖아요. 물러서요."

엄마가 손을 놓자, 마치 하나의 몸에서 갈라져 나오듯, 이 세상에 나를 붙잡아줄 것이 더는 없는 기분이었어요. 그들은 나를 경찰차에 태웠어요. 차는 오랫동안 달렸고, 지금 우리는 숲으로 둘러싸인 시설의 어느 건물 밖에 있어요. 학교장이 나를 데리러 나올 거예요. 하지만 일단 서류를 검토하고 경찰과 이야기를 마쳐야 하나 봐요.

아저씨한테 이 편지를 쓰는 게 나도 좀 좋았다고 말하고 싶어요. 아저씨한테 뭔가 필요한 게 있다는 것이, 그래서 이 모든 이야기를 쓸 이유가 생겼다는 것이 좋았어요. 엄마는 말했어요. "너도 네 인생을 살아야지." 이따금 난 반은 실재하고 반은 꿈이라는 생각을 하지 않을 수 없어요. 정말이지 엉뚱한 이유들이 우연히 한데 모여 존재하게 된 게 나니까. 하지만 다시 생각해보면, 사람은 다 그런 거 아닌가? 우리 한 사람 한 사람이 왜 여기 있지? '여기'는 뭐지? 당신이 브래들리 쿠퍼인 이유는 뭐고, 내가 알리사 히니인 이유는 뭐지?

뒤집힌 피아노에 필사적으로 매달린 채 혼자 망망대해로 끌려가는 기분이라고 했지만, 아저씨도 가끔 그런 기분일 때가 있지 않나요?

이 편지를 쓰는 동안, 몇몇 애들이 1층 창문을 통해 나를 쳐다보기 시작했어요. 3층 창문에도 아이들이 모이기 시작했고요. 똑같은 운동복 차림의 여학생들이 운동장을 달려와 옆문으로 들어갔어요. 한 아이만 빼고요. 뒤로 묶은 머리카락이 비죽비죽 튀어나온 채하얀 입김을 머리 위 허공으로 뿜어내며 날 쳐다보고 있네요.

이제부터 제가 살게 되는 곳이 여기인가 봐요.

한 가지 더 거짓말한 게 있어요. 아저씨한테 사랑해달라고 쓰는 편지가 아니라고 했죠. 사실은 맞아요. 아저씨도 알고 계셨을 거예요. 아니, 어쩌면 에이전트가 알고 편지를 전해주지 않았겠지요. 뜯어보지도 않은 채 봉투째 버려졌을지도요.

하지만 아저씨가 이 내용을 읽고, 생각해보고, 무슨 기분이든 느끼는 모습을 상상할 수 있어요.

나는 아저씨가 어떤 사람인지 몰라요. 누구도 다른 인간을 완전히 알 수는 없을 거예요. 진짜로는.

저 자신도 어떤 사람인지 모르지만, 묘하게도, 이 모든 일을 겪고 나니 그 전보다 나를 약간 더 잘 알게 된 것 같기는 해요.

다시는 편지 쓰지 않을게요.

하지만 아저씨를 사랑해요.

아저씨가 날 사랑하든 사랑하지 않든, 우리 모두 사랑받을 가치가 있는 존재예요. 우리 모두. 모든 짝퉁과 그 부모, 당신들 유명인들도 전부 다. 우리 모두 사랑받을 가치가 있다는 것을 아저씨도 알았으면 좋겠지만, 그렇지 않다 해도 내가 알아요. 결국 중요한 건 그거죠.

사랑해요.

—나, 알리사

신입사원

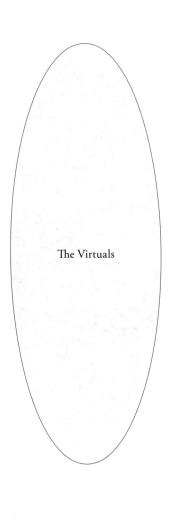

The Virtuals

클라우스 한은 내 인생을 바꿔놓았다. 이렇게 말하는 게 싫은 건 나의 일부가 클라우스 한을 깊이, 정말로 마음 깊이 경멸하기 때문이다. 클라우스를 아는 거의 모든 사람이 그를 경멸하는 동시에 사랑한다. 그는 그런 극단적인 면이 있는 인간들 중 하나다.

나는 클라우스가 늘 인터뷰를 하는 장소인 이스트빌리지의 식당 '모모후쿠 코'에서 처음 그를 만났다. 꼬박 세 시간이 걸리는 10코스짜리 정찬은 감미로운 잔혹함이었다. 음식은 너무나 호화로워서 어느 시점이 되면 약에 취한 듯 몽롱해져서 땀만 뻘뻘 흘리게 된다. 클라우스 본인이 그렇듯, 음식도 지나쳤다. 지나치게 많았다.

나는 투자가 끊긴 비디오게임 스타트업 회사에서 스토리 및 디자인 부서 책임자로 일하고 있었고, 실적은 수직 낙하 중이었다. 클라우스 밑에서 일한다는 것은 어마어마한 급여 상승과 성공 기회를 뜻했다. 그래서 나는 펜슬 스커트와 블레이저에 몸을 욱여넣고 바보 같은 서류가방을 들었다.

클라우스는 덩치 큰 남자였고, 번들거리는 콧수염은 단정하게 꾸민 서커스 곰을 연상시켰다. 값비싼 스포츠웨어와 디자이너가 만들어 몸에 딱 맞는 조거 바지를 입고 있었다. 그는 나와 악수했다. "오리 한 마리를 통째로 시켰어." 그가 눈을 빛냈다. "태어난 지 2주 된 놈, 소금을 문질러서 엿당과 간장에 절였지."

"좋군요, 감사합니다!" 이게 맞는 대답인지 알 수는 없었지만 어쨌든 나는 대답했다. 우리는 자리에 앉았다.

"그래, 스토리와 디자인 부서에서 일하신다지. 이름이 애냐 뭐라고……."

"애니 프림입니다."

"애냐로 바꾸는 게 어떤가?" 그는 손가락 하나를 들어 보였다. "생각해보라고!" 그러더니 곧장 본론으로 들어갔다. "가상현실 게임 테라피라는 말을 들으면 무슨 생각이 나지?"

나는 애냐라는 이름을 쓰면 어떨까 하는 생각에 잠시 정신이 팔려 있었다. 쉽지 않을 것 같았다. "솔직히 오늘 이 만남을 준비하기 전까지는 그런 게 있는 줄도 몰랐습니다."

"당연하지. 자네는…… 중산층이군. 처키치즈(어린이를 위한 놀이공간이 있는 서민적 이미지의 레스토랑 체인 - 옮긴이)에 갈 정돈 아니지만, 프라하에서 유학할 정도는 못 되는. 홀어머니?" 그는 내 반응을 읽었다. "아, 이혼하셨군."

"제가 열세 살 때 아버지가……."

그는 내 말을 끊었다. "자네 아버지가 혼자 돈을 버셨겠지. 아마 판매 영업? 어머니는 가정주부로 집에 있었지만 이혼 후 새로운 역할을 맡느라 고생하셨을 테고. 그렇지?"

천리안인가? 혹시 사설탐정이라도 고용했나? "저는 어머니에게서 많은 걸 배웠습니다." 나는 자랑스럽게 말했다.

"아, 그래, 꿋꿋하고 당당하게 힘을 내셨겠지. 항상 미소를 잃지 않는 얼굴에. 에어로빅을 하셨나?" 내가 눈가를 찡그리자 그는 몸을 내밀었다. "세상에! 에어로빅을 자네한테도 시켰군!" 내 어머니를 어떻게 상상하고 있는지 클라우스가 얼굴을 잔뜩 찌푸리며 잠시 생각에 잠겼다. "무시무시한 깍쟁이 아줌마 같으니."

이런 식으로 읽히는 게 싫었다. 나는 묵살했다. "잘못 짚으셨어요."

그는 대뜸 내 손을 가리켰다. "그래? 그건 춤깨나 춰본 손짓인데."

나는 내 손을 붙잡고 테이블 아래로 끌어내렸다. "기껏해야 세 번쯤 갔습니다."

"전부 환히 보여. 사랑에 빠지는 건 위험한 일이라고 생각하지? 남자한테 반하면 인생 행로에서 벗어나게 되고, 그러다 혹여 버림받기라도 하면……." 혹여가 아니라 반드시 그렇게 되지, 나는 머릿속에서 그의 말을 고쳐주었다. "자네한테 남는 건 아무것도 없지. 그래서 남자들을 몰아내고 일에만 전념하다 보니, 쯧쯧, 이렇게 홀로 남았군."

"전 혼자 지내는 것이 좋습니다." 지금 내가 짓고 있을 희망과 두려움이 뒤엉킨 표정이 싫었다. 세상에, 이미 그가 싫은 것이 분명한데도, 나는 클라우스 한에게 나 자신을 증명하고 싶었다.

"이러다 혼자 죽지 않을까 가끔 생각하지 않나?" 그는 말했다.

"당신은 안 그러나요?"

"내 경험상." 크라우스가 말했다. "혼자건 아니건, 사람들은 죽음보다 진정한 삶을 더 두려워해." 술이 도착해 있었고, 그는 자기 마티니 잔에서 작은 양파 조각을 건져냈다. 나는 내 어리석고 작은 춤꾼 손가락들을 얌전히 모은 채 레드와인을 마셨다. 나는 당황했다.

음식이 나왔다. 양이 넘쳐나고, 놀랄 정도로 훌륭했으며, 온갖 색채로 가득했다. 어디부터 손을 대야 할지 알 수 없었다. 내게는 이런 장소에서 식사하기 위해 필요한 공간탐색 능력이 없었다.

클라우스는 심리학계에서 자신이 하고 있는 역할에 대해 설명하면서 종종 "가상현실 게임 테라피 업계의 나쁜 남자"라고 불린다는 말도 흘렸는데, 믿어야 할지 말아야 할지 알 수 없었다. 이어 그는 가상현실 테라피가 요즘 백만장자들이 선호하는 심리요법이라고 했다. "특정인을 위한 맞춤 게임이 만들어지는 거야. 우리 고객은 용을 죽이고, 등에 진 무거운 짐짝을 떨쳐내기도 하지. 문자 그대로."

"문자 그대로가 아니라 가상현실 안에서겠죠."

"요즘 '문자 그대로'라는 표현은 쓰는 사람 맘대로잖나. 카네이의 테드 강연 들어봤나?"

"카네이가 테드에 나왔어요?"

"귀엽군." 내게 추파를 보내는 것이 아니었다. 그는 내게 불쌍하다는 듯한 눈빛을 보내고 있었는데, 그 눈빛은 에어로빅을 하는 엄마를 연상시켰다. "당신의 맹목적인 낙관주의는 매우 존경스럽군. 우리는 채용 여부를 결정하기 전에 보통 시운전을 시켜본다네."

"인터뷰를 한 번 더 갖자는 말씀인가요?"

"오디션이라고 보는 편이 맞겠지." 그는 두 손을 활짝 펼친 채 손바닥을 내보였다.

식사가 끝난 뒤 나는 어질어질한 기분으로 일어섰다. 허리띠가 터질 듯 갑갑했다. 클라우스는 내게 융 심리학 책을 한 권 건넸다. "읽어봐!" 그는 나를 포옹하고 배탈 난 아기 달래듯 내 등을 쓰다듬었다. 세 시간 내내 먹어댔기 때문에 나는 트림을 했다.

그는 말했다. "탄수화물 냄새가 나는군. 녹말 냄새."

"오늘 밤 이전에는 주로 설탕 뿌린 도넛만 먹었거든요." 슬펐고, 그래서 슬플 때 즐겨 먹는 음식에 손이 갔다. 클라우스가 말했듯, 이따금 나는 이러다 혼자 죽지 않을까 생각했다.

"대단하군." 그는 약에 취해서 플래닛 어스 다큐멘터리를 시청하듯 나른하게 말했다. "대단해."

✦

도넛에 대해 설명이 필요할 것 같다.

내 전 남자친구 빅터는 벨기에인 소설가 에반젤린 퀸과 바람을 피웠다. 나는 완전히 무방비 상태였다. 나는 우리가 잘 어울린다고 생각했다. 돌아보면 조짐이 있었는데도 눈치채지 못했다. 헤어지기 직전, 나는 말했다. "최고의 친구끼리 사랑에 빠지는 법이라는 내용으로 책을 쓰는 게 어떨까." 우리는 3주 동안 섹스를 하지 않았다.

그는 내가 일에 너무 몰두한 나머지 자신에게 관심을 주지 않는 데 지쳐서 바람을 피웠다고 했다. 나는 그가 여자친구의 사회적인 성공에 위협을 느끼는 겁쟁이 배신자라서 바람을 피웠다고 했다. 6개월이 지났고, 나는 그를 잊었다고 생각했지만 여전히 도넛을 폭식했으며, 면접 자리에서 클라우스의 간단한 분석에 충격을 받았다. 나는 휑뎅그렁한 아파트로 돌아갔다. 빅터는 자기 가구를 가지고 나갔는데, 그러고 보니 집에 있던 가구는 거의 다 그의 것이었다. 그는 고양이 조지도 데려갔다. 나는 고양이를 원했던 적이 없지만, 보고 싶었다.

나는 침대에 누워(매트리스와 박스 스프링이 다였다. 헤드보드는 빅터가 가지고 갔다) 클라우스가 준 책, 융 심리학을 읽기 시작했다. 내용을 완전히 이해할 수는 없었지만, 내가 여전히 슬프기 때문에 도넛을 먹고 있다는 것은 알고 있었다. 이유를 깊이 생각해 보지는 않았다. 솔직히 말하자면? 그대로 두고 싶었다.

✦

다음 날 클라우스의 사무실 매니저 보비가 엘리베이터 문 앞에서 나를 맞았다. 딱히 대상화하려는 것은 아니지만, 그는 객관적으로 미남이며, 내 타입은 아니다. 그는 시설을 안내하면서 가상현실 게임 테라피에 대해 이렇게 설명했다. "당신이 있고, 가상의 당신이 있습니다. 하나는 실제, 하나는 복제죠. 쌍둥이처럼."

만나자마자 상대의 말이 틀렸다고 지적하고 싶지는 않았지만, 나는 말했다. "쌍둥이는 둘 다 실제죠."

"내가 쌍둥이기 때문에 잘 압니다." 쌍둥이 중 당신이 실제라고 생각하는지 복제라고 생각하는지 물어볼 마음은 나지 않았다.

그는 내게 기밀유지 계약서에 서명하도록 했다. "듀플러스 형제는 송골매가 우글거리는 방에서 서로 고함을 질러댔습니다." 그는 자신의 기밀을 가볍게 누설했다. "헬렌 미렌은 3번 게임룸에서 트롤, 즉 업계를 길들였어요. 어떤 유명인들의 게임을 열람하려면 법정에서 허가를 받아야 하고, 아예 금지된 경우도 몇 건 있습니다." 그는 유명인들의 이름을 속삭이더니 입술을 지퍼로 잠그는 시늉을 했다.

줄줄이 늘어선 사무실과 휴게실, 아이디어룸을 지나자, 게임룸이 늘어선 복도가 나타났다. 라켓볼 경기장과 비슷한 구조였지만, 패닉 버튼 외에는 아무것도 없었다. "기내 화장실에 갇혀서 승무원을 부르는 것과 비슷합니다." 그 비밀스러운 말투를 들으니, 보비가 기내 화장실에서 얼마나 자주, 왜 갇혔는지 궁금해졌다.

그는 양면 거울 앞으로 나를 데려갔다. 반대편 게임룸에서는 한 남자가 가상현실 고글을 쓴 채 내 눈에는 보이지 않는 물체를 향해 격렬하게 주먹을 휘두르고 있었다.

보비는 양면 거울 터치스크린에 뜬 디스플레이 옵션 목록을 스크롤했다. 그는 '가상현실 매핑 보기'를 선택했다. "보세요!"

방은 순식간에 일광욕실처럼 변했다. 남자는 성난 노파의 얼굴을 한 커다란 말벌 떼를 향해 파리채를 휘두르고 있었다. 노파는 그의 어머니였다. 어머니-말벌은 이렇게 말하고 있었다. **너는 왜 땀을 흘리니? 브리 치즈를 너무 많이 먹지 말라고 했잖아!** 혹은, **서성거리지 마. 너 때문에 여자들이 불편해하잖니** 혹은, **그 허벅지로 테니스는 제대로 치겠니?** 혹은, **남자애들을 졸업앨범 편집부에 받아주다니 고맙구나** 같은. 남자는 땀을 뻘뻘 흘리고 울면서 미친 듯이 파리채를 휘둘렀다. 그러다 멈추고 태아처럼 몸을 말았다. 벽에 문장이 나타났다. 죄송합니다! 오늘은 여기까지입니다! 그리고 불필요한 냉소가 뒤따랐다. 오늘은 아무 진척이 없군요! 이내 모든 것이 흰 벽으로 돌아갔다.

"어떻게 해야 이 레벨을 깰 수 있나요?"

"모르겠어요. 그건 당신 업무 아닐까요?"

그게 내 업무라고?

"맞아요! 그렇네요." 나는 말했다.

"첫 만남 준비는 다 됐나요?"

어서 여자 화장실 빈칸으로 들어가 속을 게워내고 싶었다. "그럼요!"

그러자 장소가 변했다······.

클라우스 한의 아이디어룸이었다. 환한 빛과 양치식물이 가득한 공장 같은 공간의 대들보에 1인용 해먹 같은 그네가 매달려 있고 거기 성인들이 앉아 있는 광경을 상상해보자. 나는 해먹에 앉아 그네를 흔들었다.

보비는 나를 직원들에게 소개했다.

팀은 클라우스의 총애를 차츰 잃어가는 애제자로, 내가 새로 들어와서 대단히 위협받는 위치였다. 그의 게임은 잔인하고 효율적이었다.

라파엘은 프루스트 광팬이었다. 그의 게임은 '여행'이라기보다는 '새로운 눈'으로 사물을 바라보자는 방식이었다.

프래니는 모든 사람이 게이이거나, 벽장 속에 숨어 있을 뿐 틀림없이 게이라고 생각했다. 그러면서 자기 자신은 이성애자라고 주장했다. 하나하나 독특하게 생겼지만 기본적으로 벽장인 복잡한 구조의 상자들에서 빠져나오는 것이 그녀의 게임이었다.

미샤는 곧장 내 마음에 들었다. 3학년 때부터 우울증을 앓고 있었고, 모든 것을 싫어하는 척했지만, 마음 깊은 곳에서는 사랑하는 사람이었지 싸우는 사람은 아니었다. 불운을 끌어들이는 자석 같은 존재인지, 그녀는 발목을 삐어 한쪽 발에만 부츠를 신고, 이갈이 방지 마우스피스를 물고, 손목터널 증후군으로 양쪽 손목에 보호대를 댄 채 해먹 그네에 위태롭게 앉아 있었다. 나중에 보비가 말하길, 온라인 데이트 플랫폼에서 온갖 살인마들이 그녀에게 끌린다고 했다. 그러다 보니 시체 냄새를 맡는 개 혹은 초능력자처럼 종종 경찰 수사에 협력하기도 했다. 미샤는 가상 현실 게임이 사람을, 어쩌면 그녀 자신을 살릴 수 있다고 믿었다. 그래도 그녀가 부르는 〈셰이크 잇 오프〉는 사람을 울렸다. 그녀의 게임은 너무나 예술적이었다.

클라우스는 천장에 매달린 매듭공예 의자에 앉아 있지 않은 유일한 사람이었다. 그는 가죽 리클라이너 의자에 누워 있었고, 인턴 한 사람이 그의 희끗희끗한 콧수염을 다듬고 있었다. 인턴은 장갑을 꼈고, 청소부 바비 인형에 딸려 있을 것 같은 조그만 빗자루를 사용하고 있었다.

(인턴에 대해서: 그들은 필기체를 읽지 못하고 우편물을 보낼 줄 몰라서 멍청하다는 이야기를 듣지만, 사실 Z세대로서 천재적인 아이디어를 갖고 있었음에도 대체로 무시당했다.)

인턴들이 브러시를 들고 옆에서 서성거리는 동안 클라우스는 말했다. "우리에게는 애냐 프림이 가진 새로운 에너지가 필요해! 빨리 준비시켜."

"디온을 기다릴까요?" 미샤가 물었다.

디온? 밀스 디온은 아니겠지. 그럴 리가 없어. 코딩 업계는 좁지만 그렇게까지 좁지는 않다.

"아니." 클라우스가 말했다. "그 친구는 계약서를 쓰고 있을 거야."

팀은 고객 명단을 의논했다. 한 일류 배우는 '그림자'에서 '동물'로 옮겼다―그녀는 사자를 선택했다. "아주 좋은 징조야!" 클라우스가 말했다. 버거라는 고객은 분노 조절이 잘 되지 않았다. "너무 놀려고만 하는군." 이어 그들은 일반적인 공포증 사례를 의논했다. "우리의 일용할 양식이야." 클라우스는 내게 설명했다. "뱀 공포증, 세균 공포증, 엘리베이터 공포증, 연설 공포증이 없다면 어떻게 살지? 안 그래?"

직원들은 고개를 끄덕였다.

팀의 부부 상담은 너무 폭력적으로 변했다. 미샤가 말했다. "집 안싸움에서 서바이벌 게임을 하면 안 되지, 팀." 마우스피스 때문에 약간 바람이 새는 목소리였다.

"하지만 콩고에서는 놀라운 결과가 있었어." 팀이 반박했다. "냉전급 적개심을 푸는 대리전이야. 아니, 이보다 더 나은 게 어디……."

"조금 레벨을 낮춰." 결정을 내리는 것은 언제나 클라우스였다.

인턴이 말했다. "끝났습니다!" 클라우스는 발그레한 뺨과 아주 검은 콧수염으로 벌떡 일어났다. 솔직히 평가하자면? 아주 자연스러웠다. "에벌리 소년은 어떻게 됐지?"

분위기가 변했다. 모두 에벌리에 대해 별다른 진전이 없다, 새로운 게임이 필요하다며 걱정을 표했다. 라파엘이 말했다. "그가 프루스트의 라임꽃차에 적신 마들렌 같은 긍정적인 기억에 잠길 수 있도록 향기를 던져줘야 합니다."

"그 아이는 로봇 슈트 같은 걸 두르고 싶어 해요." 보비가 말했다.

문이 열렸다. 아니나 다를까, 디온 밀스가 나타났다. "죄송합니다. 늦었습니다." 그는 해먹 그네로 다가갔다. "프라이어 턱 멜트

어웨이 쿠키 회사 측과 제품 광고 계약이 성사되기 직전입니다."
그의 시선이 내게로 향했다. "애니?"

"애냐야." 클라우스가 속삭였다.

"둘이 아는 사이야?" 보비가 물었다.

"예, 대학에 같이 다녔어요." 그가 말했다. "우리는……." 사귄 사이지, 4학년 가을에. "그리스 신화학 선택과목을 같이 들었습니다."

"여기서 만나다니!" 나는 온몸이 붉어지는 것 같았다. "기묘한 인연이네."

"우리는 융 심리학을 신봉하는 사람들이야." 클라우스가 말했다. "인연 같은 건 없어. 책 안 읽었나?" 사실 책을 끝까지 읽지는 않았다. "미샤." 클라우스는 일어서서 발뒤꿈치를 디디고 휙 돌았다. "프림을 에벌리 소년 건에 배정해."

"에벌리 소년은 복잡합니다." 팀이 말했다. "그 건은 제가……."

"프림이 할 수 있어!" 클라우스는 나를 바라보았다. "하지만 일단 가상현실 기술이 어떻게 작용하는지부터 알려주지."

"여기서 일하는 사람들은 모두 의무적으로 가상현실 테라피를 경험하고 자신의 가장 깊은 비밀을 토해내야 해." 보비가 말했다.

사이언톨로지 같군, 나는 생각했다.

"그리고 그 내용은 전부 기록됩니다." 인턴이 작은 목소리로 덧붙였다.

그 또한 사이언톨로지 같군, 나는 다시 생각했다.

"깊은 비밀을 전부 다 토해낼 것까지는 없고." 미샤가 말했다. "그건 가능하지도 않아. 비밀이 워낙 많잖아!"

"가짜로 지어낼 수도 있지." 보비가 말했다. "깊은 비밀 같은 게 아예 없다면."

"당신이 라켓볼만 치고 있었다는 건 다들 알아, 보비." 라파엘이 말했다. "속삭이지 않아도 돼."

"그냥 라켓볼만 쳐도 되나요?" 너무 많은 비밀을 털어놓았는지, 인턴이 물었다.

"친구들!" 클라우스가 말했다. "가상현실 테라피를 마친 뒤, 미샤가 프림에게 접속해서 더 많은 정보를 알려줘. 사흘만 있으면 프림은 에벌리 소년을 위한 새로운 게임을 만들어낼 거야." 클라우스는 원을 그리며 심장 바로 위 가슴을 문질렀다. 그는 눈을 감았다. "이제 나가서 좋은 일들을 해! 그러려고 여기 와 있는 거 아닌가. 안 그래, 여러분?"

"맞습니다!" 인턴을 포함해 직원들이 일제히 대답했다.

나는 약간 늦게 말했다. "예."

"이 지구상의 모든 인간 하나하나는 최고 레벨의 자기 자신에 도달할 권리가 있어." 그의 시선이 내 눈과 마주쳤다. "우리 모두."

✦

정신을 차리고 보니, 나는 클라우스와 함께 흰 벽으로 둘러싸인 게임룸에서 고글을 쓰고 있었다. 디온과 마주친 것이 아직도 당황스러웠다. 한때 홀딱 빠졌던 그의 표정은 여전했다. 재빠른 미소, 눈에 보이지 않는 슬픔이 아주 살짝 내려앉은 듯 묵직한 어깨. 나는 그가 좋아하는 래퍼를 알고, 그가 서글픈 1970년대 팝송을 좋아한다는 것도 알고, 그가 여동생 그웬을 몹시 아낀다는 것을 알았다. 그에게 키스하던 기억이, 타겟에서 산 트윈 이불 속에 누워 서로 응시하던 기억이 났다. 우리는 그해 커플룩으로 핼러윈 파티에 나섰다. 한 쌍으로! 서로 합의하고 헤어졌지만, 어떤 상황이었는지 기억이 가물가물했다. 하지만 정말 힘들었다는 건 기억났다.

클라우스가 말했다. "자네의 어떤 점에 집중해야 할지 몰랐는데, 애냐."

"애니." 나는 조용히 대꾸했다.

"하지만 더그와 질과 이야기해보니……."

"우리 부모님한테 연락하셨다고요?"

"자네가 심리 테라피를 경험하기 전이었잖아." 그는 진심으로 어리둥절한 것 같았다. "내가 어떻게 해야 했지? 자네 엄마하고 에어로빅 댄스 강습이라도 받아? 분명히……." 그는 더욱 힘주어 되풀이했다. "분명히, 뭔가 깊은 속사정이 있는 것 같더군."

"아, 그러신가요. 제 깊은 속사정이 그렇게 분명한 줄은 몰랐습니다."

"잠깐. 잠깐만 기다려." 클라우스는 바람의 방향을 알아보기라도 하듯 손가락 하나를 세웠다.

그때 냄새가 풍겼다. "세상에, 머스캉거스 만이네요. 그리

고…… 우리 아빠의 향수. 이 냄새는…….'

"자네 생일이지." 클라우스는 말했다. "프루스트의 기억 소환술에 대한 라파엘의 말은 대체로 옳아. 차에 적신 마들렌 향이 과거의 기억을 불러일으킨다는 그 늙은 프랑스 작가 이야기 말야. 우리 모두 다 그래."

여느 생일이 아니었다. "이건 부모님이 이혼하던 그해 여름 생일의 향기예요." 아빠의 향수 냄새가 풍기는 것은 내가 아빠의 커다란 스웨트셔츠를 입고 있었기 때문이다. 그때 이미 아빠는 여자를 사귀고 있었을 것이다. 새 향수였고 냄새는 점점 더 진해져서 나중에는 머리가 지끈거리고 몇 번 구역질이 올라올 정도였다. 심리적인 문제야, 아빠는 대수롭지 않게 일축했다. '심리적 문제'라는 말이 내 뒤를 따라다녔고, 빅터가 바람을 피우고 있다는 사실을 알게 된 뒤 그가 했던 말이 떠올랐다. "그만둬라. 그런 질문을 해봤자 더 사이코처럼 보일 텐데."

갈매기 울음소리가 들렸고, 이어 하늘에서 맴도는 갈매기가 실제로 보였다. 탁 트인 하늘이었다. 벽이 없었다. 이제 파도가 밀려오고 있다. 저 멀리 엄마가 혼자서 〈생일 축하합니다〉 노래를 부르고 있었다. 내 생일 풍경은 이렇지 않았지만, 그해 여름 엄마가 외로웠다는 사실은 정확히 포착하고 있었다. 마음이 아팠다. "아니, 이건 그만둬요." 나는 돌아보았지만, 클라우스는 사라지고 없었다. "나만 여기 두고 가다니!"

그때 묵직한 막대가 내 손에 쥐여 있었다. 수백 개의 피냐타가 떨어졌는데…… 어디서 떨어지는지도 알 수 없었다. 엄마는 꼭

질 같은 모습으로, 아빠도 꼭 더그 같은 모습으로 거기 있었다. 두 분이 클라우스에게 사진을 보낸 걸까? 둘 다 너무나 억눌려 있고, 납작하고 정확했다. 역시 우리 가족은 처키치즈보다는 윗급이었지만, 프라하에 유학 갈 정도는 아니었다.

질 같은 인물이 더그 같은 인물에게 온갖 문제에 대해 따져 묻고 있었다. 풍선 좋아하느냐, 케이크 맛은 봤느냐, 내가 고른 피냐타는 어떠냐? 더그 같은 인물은 계속 이렇게 답했다. "그래, 좋아." 결혼생활은 무너지고 있었다. 엄마는 쓰러지지 않으려고 버티고 있었다. 아빠가 없으면 처음부터 다시 시작해야 한다는 것을 알고 있었기 때문에.

나는 생각했다. 세상에, 저렇게는 되지 말자. 이런 인생을 위해, 언젠가 떠날 남편을 위해 꿈을 포기하지는 말자. 아니, 다른 누구보다 더 열심히 일하고, 저런 함정에 빠지지…… 그때 나는 빅터를, 지금 내 고양이 조지와 같이 살고 있는 벨기에인 소설가를 생각했다. 나는 생각보다 훨씬 더 많은 분노를 억누르고 있었다.

나는 막대를 꽉 쥐고 미친 듯이 피냐타를 두드렸다.

✦

미샤의 사무실에는 대부분 비극적으로 생을 마친 애완동물 사진이 잔뜩 붙어 있었다. 고양이, 새, 페럿, 물고기, 고슴도치. 너무나 많은 죽음 때문에 정신이 산란했다. "파이스티는 천식 관련 문제로 죽었어요. 플라운더는 아무 설명 없이 그냥 배를 뒤집고 있었고. 아치볼드가 죽었을 때는 가스가 누출되고 있다는 걸 알았어요. 탄광에 들어간 카나리아 노릇을 한 셈이죠. 애완동물 키워요?"

"애인이랑 헤어지면서 조지라는 고양이를 넘겨줘야 했어요."

"세상에. 이중으로 타격이네요." 미샤에게 동정받다니 어쩐지 매우 불길했다.

"하지만 지금은 괜찮아요!"

"아, 그래요." 미샤는 이해하지 못하는 것 같았다.

그녀는 몇몇 일반적인 게임과 코딩, 렌더링, 서사를 보여준 뒤 데모 하나를 재생했다. "이건 홀아비를 위한 레벨이에요. 아내가 살아 있는데 부두에서 남편이 기다리는 호수로 뛰어들어요."

"남편이 이기려면 어떻게 해야 해요?"

"못 이겨요."

"그렇군요. 그럼 남편은 어떻게 치유되는 거죠?"

"남편에게 아내를 잃은 슬픔을 극복할 필요가 없는 공간을 주고 싶었어요."

"흠."

미샤는 다음 데모로 넘어갔다. "이웃이 이 소녀를 성폭행했어요." 사자가 숲을 달리는 장면이 나왔다.

"소녀는 어디 있어요?"

"이게 소녀예요." 미샤는 사자를 가리켰다. "사냥할 먹잇감도 없어요. 따돌려야 할 사냥꾼도 없고요. 그저 달리고 싶은 만큼 실컷 달리는 거예요."

"그럼 이제 소녀는 좋아졌나요?"

"아니, 하지만 '자아'에 도달했어요."

"그건 무슨 뜻이죠?"

"자아는 우리 존재의 총체죠. 의식과 무의식의 합."

"그럼 소녀는 그렇게 나아지고 결국…… 치유되는 건가요?"

"선형적인 경로는 없고, 치유도 목적지가 아니에요."

"그럼 뭐가 목적지죠?"

"우리가 바랄 수 있는 최선은 자아를 둘러싼 순례죠."

바보가 된 기분이었다. "순례?"

"혹여 운 좋게 자아를 찾을 수 있을까 하는 마음으로 우리는 자아 주위를 맴돌고 있어요."

"그렇군요." 통 무슨 소리를 하는지 알아들을 수가 없었다. "이제 확실히 알겠네요. 고맙습니다."

미샤는 이어 에벌리 소년, 크리스토퍼에게로 넘어갔다. "지난여름 이 애가 형의 시신을 발견했어요. 몸 좋고 힘센 십 대 청년이었는데, 보트 장비에 문제가 생겨서 목이 매달리는 사고가 일어났지요. 보트 창고 안에서 크리스토퍼 혼자 미끼 자를 때 쓰는 무딘 칼 한 자루로 시체를 내려야 했어요."

"그런 사연이……." 목이 메는 것이 느껴졌다. 스스로 놀라웠다.

"누군가를 위해 게임을 만들려면, 진짜 그 사람을 위한 게임을 만들려면, 자기 자신의 일부를 넣어야 해요."

"어떤 부분?"

"숨겨진 부분."

"다른 사람으로부터?"

"네." 미샤가 말했다. "때로는 자기 자신으로부터."

✦

다음 이틀 내내 나는 작은 내 사무실에 틀어박혀 일했다. 크리스토퍼 에벌리에게 제대로 된 것을 주고 싶었다. 그에게 힘을 주고 싶었다. 하지만 나의 과거와 머스캉거스 만, 부모의 말다툼, 빅터와 그전에 만났던 남자들과의 결별을 떠올리게 하는 두 분의 해체된 결혼생활, 앞으로 나타날 빅터 같은 남자들에 대한 상념이 계속 내 발목을 잡았다. 물속의 홀아비와 마음껏 달리는 사자 형상의 소녀 외에 다른 무엇도 생각할 수 없을 때도 있었다.

한번은 디온이 찾아왔다. "방해하고 싶지 않지만, 인사하러 왔어. 그냥……."

"아, 그래, 잘 왔어." 나는 말했다. "저기, 불쑥 이 회사에 와서 미안해. 당황했지."

"아냐, 아냐. 잘됐어."

"우린 든든한 동료가 될 수 있을 거야."

"그래, 업무적인 관계로. 그 말을 하러 왔어."

"좋아!"

그는 할 말이 더 있는 것처럼 잠시 머뭇거렸지만 이내 말했다. "좋아!" 그는 나갔다.

나는 잠시 가만히 앉아 있었다. 업무적인 관계로. 얼마든지 할 수 있다. 디온과 다시 시작하고 싶은 마음은 없었다. 전혀.

한편으로는 그러고 싶기도 했다. 그가 '업무적인 관계로'라고 말하는 순간 든 생각이었다. 신화학 교수, 디온과 함께 수행한 프로젝트, 우리가 드나들던 술집, 그 술집의 댄스플로어에서 그가 처음 내게 키스한 순간이 떠올랐다. 문득 나는 생각을 멈췄다. 대체 어디가 잘못된 거야? 업무적으로 프로답게. 하지만 궁금했다. 디온은 자기 자아를 찾았을까? 그의 세션은 어땠을까? 나는 절대 내 자아를 찾아서 그 주위를 걸어 다니지 못할 것이다. 어린 시절과 현재 내 인생을 묶고 있는 줄을 푼다고? 그러려면 너무나 많은 아픔을 감수해야 할 터였다. 군이 왜 그래야 할까? 갑자기 그 피냐타를 두드린 나 자신에 대해 화가 치밀었다. 너무 많은 걸 보여줬다.

나는 디온에 대한 생각을 지웠다. 빅터도 머릿속 한구석으로 몰아냈다. 머스캉거스 만은 그만, 나는 말했다. 내가 가장 잘하는 것, 일을 했다.

사흘째 되던 날 일과를 마친 뒤, 나는 클라우스의 사무실로 갔다. "보시겠어요?"

"내일 점검하지. 소년의 세션에서."

"그러죠."

✦

나는 제대로 돌아가는 뭔가를 창조했다는 들뜬 기분에 젖어

흥겨운 걸음걸이로 집에 돌아갔다. 그런데 빅터가 우리 집 계단에 앉아 있었다. 나는 다가가서 주위를 둘러보았다. "어쩐 일이야?"

"조지 때문에. 에반젤린의 고양이가 그 녀석과 사이가 안 좋아."

"암컷이야. 조지는 암컷이라고. 기억 안 나? 조지, 우리 공주 님……"

그가 몸을 일으켰다. "혹시 네가 좀……"

"난 너무 바쁜데 어쩌나. 오로지 일, 일, 일. 다른 걸 들일 틈이 없어. 당신도 기억할 텐데."

"싸우러 온 게 아니야. 고양이에 대해 우선권을 제안하는 거야."

나는 누그러졌다. 조지를 사랑했으니까. "알았어, 좋아."

그는 도로에 세워둔 차를 가리켰다.

"잠깐. 에반젤린도 같이 왔어?"

"응. 괜찮지?"

"어, 음. 그건……" 내게 선택의 여지라도 있나? 에반젤린과 와플, 맥주, 에르퀼 포와로, 기타 벨기에에서 연상되는 총체를 경멸하려고 노력도 해봤다. 갈기갈기 해체하겠다는 각오로 그녀의 첫 소설을 읽었다가 열혈 팬이 되고 말았다. 휴, 그녀는 탁월했다. 고양이 이동장을 들고 다가오는 가녀린 몸매는 조지의 무게를 이기지 못해 한쪽으로 쏠려 있었다. 그녀는 내게 이동장을 건넸다. 비싸고 자연스러운 향수 냄새, 진짜 꽃을 100퍼센트 농축해서 100달러 지폐를 만들면 이런 향이 날까 싶은 냄새가 풍겼다. "안녕, 애니."

"안녕." 나는 이동장 구멍을 들여다보며 조지에게 집중했다. 살이 오른 것 같았다. "기분이 안 좋나? 기분이 안 좋으면 스트레스로 많이 먹는데." 조지가 날 보고 싶었을까? "다이어트 사료 먹였어요?"

"미국 고양이들은 다이어트 사료를 먹죠." 에반젤린이 말했다. 특유의 억양을 곁들이니 과잉이 흘러넘치고 비뚤어진 미국 문화 전반에 대한 탁월한 통찰로 들렸다. 나는 그녀가 싫었고, 빅터가 싫었다.

"고마워, 애니." 속상한 감정이 실린 빅터의 목소리는 오히려 솔직하고 다정했다. 이제 그를 잊었다고 그토록 다짐했지만, 나 자신에게 진실을 숨기고 있었다. 나는 그를 그리워하고 있었다.

"뭘." 나는 이동장을 가슴까지 들어 올리고 최대한 빨리 건물로 들어갔다.

아파트에 들어선 뒤 나는 조지를 풀어주었다. "이제 여기가 네 집이야!" 하지만 발톱으로 긁을 소파도 없고 토할 러그도 없는데 자기 집처럼 느껴질까? "우린 잘 지낼 거야." 하지만 여기서 '우리'는 누구지? 조지와 나는 자아를 갖고 있나? 그 자아는 스스로에게서 숨겨져 있나? 나는 조지를 응시했다. 우리는 정말 잘 지낼 수 있을까?

✦

우리는 아이디어룸의 대형 화면을 통해 크리스토퍼 에벌리의 세션을 함께 감상하게 되어 있었다. 약속 시간은 점심시간쯤이었기 때문에, 몇몇 인턴(한 사람은 바가지머리, 한 사람은 1980년대풍 멀릿 헤어스타일, 한 사람은 글로리아 스타이넘을 닮은 안경을 쓰고 있었다)이 참치와 아보카도, 버섯 등을 넣어 콘 모양으로 만든 만두를 탁자에 풀어놓았다. 나는 디온과 시선이 마주쳤지만, 그는 전화를 받더니 밖으로 나갔다.

만두를 고르는데, 클라우스가 다가왔다. "묻는다는 걸 잊어버렸어. 피냐타 말이야. 기분이 어땠나?"

"나쁘지 않았어요." 나는 콘 모양 만두를 입에 넣었다. 쌉쌀하고 초콜렛 향이 났다. 어떤 약점도 인정하고 싶지 않았다.

"운동신경 좋던데. 소프트볼을 했나?"

또 맞히네. "유소년부에서요."

"미샤가 제작 과정에 자기 자신을 투사해야 한다고 설명하던가?"

"네. 하지만 그게 무슨 뜻인지 못 알아들었습니다. 숨겨진 자기 자신?"

"흠." 클라우스는 말했다. "그럼, 같이 지켜보면서 자네가 설명해주는 것이 어떨까?"

"한 장면씩 말인가요?"

인턴이 브로드웨이 쇼 막간처럼 조명을 깜빡거렸다.

"그렇지."

우리는 해먹 의자에 앉아 스크린을 향해 앉았다. 디온도 슬그머니 들어왔지만 내 쪽으로는 눈길을 주지 않았다. 나는 별다른 말을 준비해두지 않았다. 불안감이 커졌다. 화면에 불이 들어왔다. 크리스토퍼도 고글을 쓴 채 게임룸에 있었다. 그는 청바지에 손을 문질러 닦았다. "크리스토퍼 에벌리." 나는 말했다. "12세, 최근 형을 잃고 그 상실로 인한 트라우마를 겪고 있습니다."

내가 창조한 세상이 크리스토퍼 주위에 나타났다. 그는 3층 높이의 거대한 로봇 메카 슈트 안에 들어가 있었다. 은으로 만들어진 넓은 가슴, 근육질의 팔. 내 입으로 말하기 뭣하지만, 손가락 묘사가 정말 아름다웠다. 이목구비는 약간 뻣뻣했지만, 나는 강인함을 표현하고 싶었다. "상실감으로 인한 약함을 보호할 수 있는 뭔가를 그에게 주고 싶었습니다." 그는 폐허가 된 도시를 쿵쿵 돌아다니는 거인이었다. "종말론적인 도시 풍경은 비탄으로 망가진 그의 가족을 상징합니다."

그때 건물 모퉁이에서 소년보다 더 큰, 흉하고 어마어마한 괴수가 나타났다. 손톱과 이빨이 칼날처럼 뾰족했다. "이것이 그의 적입니다. 고통."

"뭐?" 크라우스는 말했다. "고통은 적이 아니야."

"괜찮습니다!" 나는 대답했다. "그에게 고통을 정복하고 다음 단계로 넘어갈 수 있는 수단을 부여했습니다."

로봇 팔에서 거대한 총이 튀어나왔다. 크리스토퍼는 놀라 어떻게 해야 할지 모르는 것 같았다. 그는 총이 무서운지 팔을 내밀었다. 그가 겁에 질리자 나도 덩달아 당황했다. "잠깐 기다려보죠. 그가 방법을 알아낼 겁니다."

내가 프로그래밍한 대로 괴수는 나약함을 감지하고 크리스토퍼에게 덤벼들었다. 그는 중심을 잃고 반쯤 무너진 건물에 부딪히더니 쿵 쓰러졌다. 아직도 괴수보다 총이 더 무서운지, 자기 몸에서 뽑아서 던져버리려고 애쓰고 있었다. 괴수는 그를 내리눌렀다. 헬멧 보호유리 너머로 둘의 시선이 마주쳤다. 괴수는 짐승처럼 울부짖었다. 괴수가 이긴 것이다. 다음 세션에 다시 시도하겠습니다! 메시지가 깜빡였다. 이어 스크린이 꺼졌다.

클라우스는 문으로 향했다. "미샤, 치유 모드로! 밑바닥부터 다시 시작할 시간은 없어. 어쨌든 다시 짜봐!"

"잠깐만요." 나는 어리둥절해서 주위를 둘러보았다. 팀은 재수 없게 픽 웃고 있었다. 보비는 눈을 휘둥그레 뜨고 있었다. 인턴들은 눈을 마주치지 못했다. 미샤는 이미 문을 나선 뒤였다. 디온은 나를 처음 보는 것처럼 네 마음 잘 안다는 듯, 공감한다는 듯 나를 바라보고 있었다. 아름다운 눈길이었다. "잘될 겁니다!" 나는 말했다. "제가 가진 모든 것을 여기 쏟아부었어요."

"자네 자신만 빼고." 클라우스가 말했다. "다른 사람들을 위해 세계를 창조하는 일이 어째서 위험한지 알고 있나?" 그가 내게 뭔가 말해주려 한다는 느낌이 들었다. "그런 일을 하다 보면, 자기 자신을 위한 세계를 만들지 않는다는 사실을 자각하지 못해. 나약해지는 것이, 고통이 두려워서 그만두게 되는 거야."

정곡을 찌른 말이었지만, 나는 방어적으로 말했다. "음, 가상현실 테라피 업계의 '나쁜 남자'라더니 과연 그렇군요."

"그렇겠지." 그는 화가 난 것 같았지만 그냥 떨치고 한숨을 쉬었다. "미샤를 도와서 수정해." 그는 밖으로 나갔다.

✦

미샤는 일에 몰두해 있었고, 모든 죽은 동물이 한결같이 애정을 담아 그녀를 응시하고 있었다. 사무실까지 빠른 걸음으로 걷다가, 뛰다가, 전력질주를 하느라 숨이 가빴다.

"열두 살 때 당신은 어떻게 살았어요?" 그녀는 화면만 응시하며 물었다.

"크리스토퍼의 나이에?" 나는 말했다. "그 방법은 클라우스가 이미 써먹었어요. 부모님이 이혼하려고 하던 시기였죠."

"특정한 기억!"

나는 멍한 표정을 지었다. "내 세션을 봤나요? 피냐타?"

"아니. 내가 뭐 하러요."

"아, 미안해요. 그냥 혹시나 해서…… 미안해요. 휴일에 머스캉거스 만에 있는 호그(Hogg. 돼지-옮긴이) 섬에 놀러갔어요."

"정말로 돼지가 있어요?"

"아뇨."

"더 자세히 말해봐요. 뭐든 좋으니." 미샤는 말했다.

나는 빈 의자에 앉아서 내 세션에 대해 곰곰이 생각해보았지만, 떠오른 것은 클라우스가 집어넣은 것 말고 실제 있었던 일이었다.

"제비가 있었어요. 해변을 따라 널려 있던 그물과 비닐봉투에 걸려 있었죠."

그녀는 돌아앉았다. "그래요? 총으로 쏴 죽이고 싶지는 않았죠?"

"아뇨. 구해주고 싶었어요."

미샤는 양팔에 낀 플라스틱 보호대를 달깍 부딪치며 팔짱을 끼었다. "활용하지 않는다면 고통이 있을 이유가 없잖아요?"

"네?"

"제비를 넣어요."

"그럴 시간 없어요!"

"클라우스가 크리스토퍼와 대담 중이에요. 한 시간 있어요."

✦

나는 사무실로 달려가 다른 게임에서 이미 사용된 해변 배경을 가지고 미친 듯이 작업했다. 이미지 은행에서 제비 이미지도 찾아냈다. 총을 빼고 다른 도구를 집어넣었다. 어린 시절에 같이 보낸 휴일에 대해, 부모가 끝까지 함께하지 않는다는 걸 안다는 것이 얼마나 힘들었는지 생각했다. 두 분 다 상처받은 모습이었다. 나는 몇 시간이고 해변을 돌아다녔다. 내 안의 무언가가 죽어간다는 기분은 아니었다. 나는 헐렁한 티셔츠를 입은 통통한 여자애였고, 혼자서 최대한 많은 새를 찾아서 살려주었다.

57분 뒤 나는 새로운 게임이 준비되었다는 공지를 사무실 전체에 띄웠다.

모두 로그인 상태로 지켜보고 있었다.

곧 거대한 로봇 슈트를 입은 크리스토퍼가 밝은 회색 하늘 아래 황량한 암석해안에 나타났다. 그는 길게 자란 풀 사이를 돌아

다니며 해안을 둘러보았다. 뭔가 눈에 띄었는지 그쪽으로 다가
갔다. 그가 로봇 슈트 장비에서 바람 빠지는 소리를 내며 쭈그리
고 앉았다. 흰목털제비가 낚시 그물에 걸려 있었다. 로봇 팔에서
작은 칼이 튀어나왔다. 그가 조심스럽게 그물을 자르는 동안, 새
는 미친 듯이 날개를 파닥거렸다. 가슴털은 희고, 꼬리는 뭉뚝하
고, 머리에는 자잘한 노란색 점과 줄무늬가 있었다. 젖은 눈은 검
었다. 형을 구하지는 못했지만 새는 구할 수 있다. 그는 그물에서
풀려난 제비를 금속 주먹 안에 감싸쥐고 들어 올린 뒤 다시 폈
다. 새가 파르르 몸을 떨었다. 날개를 퍼득거리더니 섬세한 분홍
발로 홀쩍 도약해서 고개를 흔들고 창공으로 날아갔다.

거기 앉아서 보고 있는데, 짜릿한 기분이 온몸을 내달렸다. 내
가 크리스토퍼를 돕는 데 성공했는지 실패했는지는 알 수 없지
만, 한 가지는 확실했다. 나는 나의 어린 시절 한 부분을 구해냈
다. 이것은 그 소녀를 위한 것이기도 했다. 이게 이런 일인가? 나
는 화면을 끄고 피곤한 눈으로 돌아앉았다. 클라우스가 나타나
서 짐을 싸라고 할까? 사무실 문에서 노크 소리가 들렸다. 나는
클라우스를 맞을 마음의 준비를 했다.

그런데 디온이 나타났다. "괜찮아?" 진심에서 우러나는 친절한
목소리였다. 서로에게 이끌리는 마음은 여전했다. 느낄 수 있었
다. 젊었던 시절의 나를 알고 있는 사람, 그건 깊은 곳에 뿌리내
린 감정이다.

나는 솔직하게 말했다. "여기 말인데, 내게 맞는 곳인지 모르
겠어."

"맞는 곳?" 그의 목소리에 약간 날이 섰다. "그럼 그냥 떠나는 게 좋을지도 모르겠네."

"그건 무슨 소리야?"

그는 문간에 그대로 선 채 복도 저쪽을 쳐다보았다. 그가 뭔가 마음을 먹으려 한다는 것을 알 수 있었다. 마침내 그가 말했다. "크리스토퍼를 위해서 네가 만든 거 봤어. 진짜더라. 그 뒤에 숨은 진짜 너를 느낄 수 있었어. 넌 정말 아름다운 뭔가를 만들어냈어, 델마."

"델마! 핼러윈! 우리 커플 코스튬을 기억하는구나!"

"내가 루이스 분장을 했는데 어떻게 잊겠어."

"넌 정말 끝내주는 루이스였어."

"네 델마도 상당히 좋았어."

"크리스토퍼의 세션이 정말 아름다웠어?" 나는 물었다.

"너무나 아름다웠어."

"저, 헤어진 뒤, 난 학기말 시험을 망칠 뻔했어." 나는 말했다. "하지만, 그건 내 문제야. 과거는 과거일 뿐이지. 이제 아무 감정도 없어. 옛이야기는 절대 꺼내지 않는다고 약속할게."

그는 고개를 저었다. "내 세션을 봐줘야겠어."

"피냐타 같은 거?"

"내 경우는 약간 더 복잡했어. 파일을 보낼게."

지나치게 개인적인 내용일 것 같았다. 우리는 전적으로 업무적인 관계여야 한다. 나는 거절하려고 했다. "꼭 그럴 필요는……."

"그렇게 해야 해."

사무실 주차장에서 차 문을 열고 있는데, 캐딜락 에스컬레이드가 옆에 섰다. 뒷좌석 창문이 웅, 소리를 내며 내려갔다. 클라우스의 얼굴이 나타났다. 헤어스프레이로 고정한 머리가 바람에 흔들렸다. "느꼈나? 응? 가슴 기이이잎숙한 곳에서 느꼈느냐고! 그거야, 프림! 바로 그거라고!" 목소리가 우렁찬 것으로 보아 취한 것 같았다. 알 수 없었다. 어쨌든 그는 희희낙락했다. "다음 업무? 자네 자신을 위해서 더 좋은 게임 세계를 만들어봐."

"정말요?" 어떤 형태가 될지 감조차 오지 않았다. 당황스러운 기분도 일었지만, 우선은 회사에서 쫓겨나지 않았다는 데 마음이 놓였다. "솔직히 말씀드리면, 절 해고하실 줄 알았어요."

"해고해?" 클라우스는 말했다. "자네는 이제 막 재미있어지는 참이라고." 그는 미소 지었다. "잘 들어가게, 애니!" 운전사는 차를 출발시켰다.

이제 막 재미있어지는 참이라니. 나는 차에 올랐다. 클라우스의 말이 맞는지도 모른다. 실제로 나는…… 나 자신에 대해, 어린 시절의 나, 대학 시절의 나, 지금의 나에 대해 재미를, 호기심을 느끼고 있다. 그 모든 나는 어떤 자아였을까?

그때 휴대전화가 울렸다.

디온의 파일이었다.

나는 휴대전화에서 파일을 실행시켰다.

디온은 갑옷을 입고 대학가 술집에서 켄타우로스와 싸우고 있었다. 우리가 함께 들은 그리스 신화학 수업 내용이 머릿속에 박혀 있는 모양이었다. 공간도 눈에 익었다. 홀리건스, 우리가 자주 다니던 술집이었다.

그는 최후의 일격을 가한 뒤 돌아서서…… 나를 보았다. 나는 체형이 드러나는 갑옷 차림이어서 젊어 보였다. 우리 둘 다 만화 캐릭터처럼 우람했다. 우리는 보물을 들고 같이 바깥 거리로 나갔다.

겨울이고, 눈이 내리고 있었다. 켄타우로스가 더 있었다. 우리는 두려울 게 없는 투사였다. 하지만 내가 그를 격려하거나 돕거나 감탄하듯 머리를 기울이고 바라볼 때마다, 그의 갑옷 부속이 하나둘 떨어져 나갔다. 갑옷 아래에 그는 두툼한 코트와 검은 청바지, 레드삭스 니트모자 차림이었다.

우리는 훌쩍 울타리를 뛰어넘으며 동네를 질주했다. 이제 남은 그의 갑옷은 정강이 한쪽, 심장을 보호하는 왼쪽 흉갑뿐이었다. 우리는 눈 덮인 트램펄린이 놓인 어느 마당으로 뛰어들었다.

익숙한 트램펄린이었다. 홀리건스 술집에서 우리 집으로 오는 길에 있던 집이다. 두꺼운 코트, 레드삭스 모자, 그날 밤이 차츰 떠올랐다. 하지만 게임 속에서 나는 철갑을 두른 채로 트램펄린에 올라가서 그와 나란히 누웠다. 바람과 우리의 체중 때문에 스프링이 약간 출렁거렸다.

갑자기 들려오는 음악. 크리스토퍼 크로스인가? 디온이 좋아하는 1970년대 발라드. 이 노래는 오래된 헤어짐, 사랑이 차츰 멀어지는 모습을 담고 있다. 그는 그때 그녀를 사랑했다. 영원히 사랑할 거라고 확신했다. 그리고 우리는 실제 과거에 했던 일을 게임에서 했다: 트램펄린 위에서 팔을 흔들어 천사 모양 만들기. 이제 모든 게 생생하게 기억났다. 등에 느껴지던 한기, 녹아서 옷에 스며들던 눈.

숨 가쁘게 웃음을 터뜨리며, 그는 몸을 굴려 내 옆으로 바짝 붙었다. 그때, 그리고 게임 속에서 그는 이렇게 말했다. "널 사랑하게 된 것 같아."

그때 문득 깨달았다. 내가 그를 찼다는 것을. 사실대로 대답했더라면 얼마나 달콤한 순간이었을까. 나도 그를 사랑하게 되었다고. 정말로. 아주 깊이.

하지만 나는 그렇게 말하지 않았다. 그때도, 그가 만든 게임 속에서도.

온몸에 철갑을 두른 채, 나는 흉갑만 걸친 그를 향해 말했다. 아마 그때도 지금과 똑같이 말했을 것이다. "난 계획을 세웠어. 졸업한 뒤……." 그냥 가만히 말만 하는 게 아니었다. 나는 전투용 도끼를 손에 든 채 그를 향해 휘두르며 말했다. "인턴 일자리가 있어…… 그냥 널 따라갈 수는 없어…… 갈 곳이 정해져 있어서……." 그는 벗어든 흉갑으로 도끼를 막고 나를 피하려고 트램펄린에서 몸을 굴렀다. 그는 이렇게 말했다. "알아…… 나도 계획

은 있어…… 너한테 날 따라오라는 이야기는 아니야……." 크리
스토퍼 크로스는 계속해서 실연의 아픔을 노래하고 있었다.

그의 괴물은, 맹수는 나였나?

나는 진실을 알고 있다. 나 역시 그를 향한 마음이 깊어지고
있었다. 하지만 그 마음이 미래에 대한 위협으로 느껴졌다. 언젠
가 떠나버릴 남자 하나만 바라보고 자기 자신을 포기해버린 엄
마처럼 되고 말 것이다.

그는 방어에 성공했다. 메시지가 깜빡거렸다. 당신은 이 단계를
통과했습니다! 이제 다음 단계로 넘어갑니다.

화면이 검게 변했다.

✦

나는 여전히 차 안에 멍하니 앉아 있었다. 그에게 뭐라고 대답
할까? 그땐 미안했어, 하지만…… 후회한다는 마음을 어떻게 전
하지?

그래. 이렇게 말하자. 그때는, 어쩌면 지금도, 난 뒤죽박죽이라
고, 시간을 되돌릴 수 있다면…….

그를 만나서 직접 말해야 했다. 나는 차에서 내려 그의 사무실
창문을 쳐다보았다. 누구하고 이야기하고 있는지 웃음소리가 들
려왔다.

그는 날 잊었다. 마음을 정리했다.

나는 다시 차에 탔다. 문자메시지를 보냈다. 저기, 정말 미안해.

뭐가 미안해?

뭐라고 답해야 할지 알 수 없었다. 그의 휴대전화에 작성 중 표시가 점점이 떠 있을 것이다. 생각하고…… 생각하고…….

그가 답장을 보냈다. 미안할 거 없어. 그 일로 나도 더 나은 사람이 됐달까? 여자친구는 그렇게 생각해. 앨리스야. 회계 부서에 있어.

그의 게임은 이렇게 끝났다. 당신은 이 단계를 통과했습니다! 이제 다음 단계로 넘어갑니다.

당신 여자친구 만나보고 싶어! 앨리스가 벨기에인이라면, 나는 극복할 수 없을 것이다.

잘 있어, 델마!

디온과 나는 이제 직장 동료이고, 업무적인 관계다. 가슴이 안쪽에서부터 동여매는 듯 조여들었다. 나는 문자를 보냈다. 다음에 봐, 루이스!

✦

나는 텅 빈 내 집 거실에 들어섰다. 거기 우뚝 섰다. 풀썩 쓰러지고 싶어도 소파가 없었다. 이제 살 때가 됐네. 소파를 하나 주문해야겠어. 내 세계를 건설해야 해. 내가 그 안에서 실제로 살아가는 공간을.

문득 조지가 내 다리에 감겨들지 않는다는 것을 깨달았다. "조지?" 부엌을, 욕실을, 침실을 들여다보았다. 고양이는 초조한 기색으로 이불 위에 있었다. "조지, 왜……."

희미하고 높은 야옹 소리.

　가까이 다가갔다. 아기 고양이 세 마리가 조지의 배에 몸을 묻고 웅크리고 있었다. 조지가 많이 먹은 것은 나와 헤어진 스트레스 때문이 아니었다. 살이 찐 게 아니라 임신한 거였다. 나는 어안이 벙벙해진 눈으로 고양이를 보았다. 조지는 세계를 건설하는 존재였고, 고양이라서 확실히 알 수는 없지만 어쩌면 자아를 지닌 존재였다. 새끼들은 작고 아름다웠다. 아직 축축한 놈도 있고, 점점 보송보송해지는 놈도 있었다. 클라우스가 다음으로 내게 맡길 업무가 무엇일까, 나는 어떤 세계에서 태어나게 될까 궁금했다. 아마 피냐타를 두드리는 것보다는 더 복잡한 일일 것이다(그래도 나는 틀림없이 피냐타를 계속 두드리고 있겠지만).

　나는 머스캉거스 만 해변에서 그물과 비닐봉투에 걸려 있던 제비들을 상상했다. 어쩌면 나는 새를 풀어주는 존재가 아니었던 게 아닐까? 하늘이 두려워서, 나는 법을 잊었을까 봐 꼼짝없이 갇혀 있었던 그 새가 아니었을까? 그물이 끊기자 몇 번 조심스럽게 날갯짓을 해보고 이내 최대한 힘차게 펄럭거리며 바람을 타고 날아오르는……

기억을 빚는
사람들

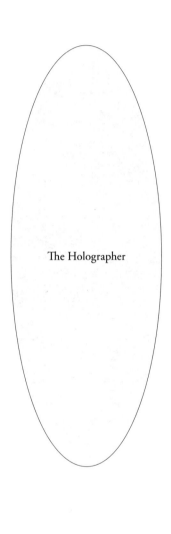

The Holographer

집들을 감싼 버블은 — 예전에는 너무나 부드럽고 유연해서 바람이 불면 구겨지고 흔들리는 소리까지 들렸다 — 딱딱하게 변했고 털이 가볍게 났다. (털이 어디서 생겨났는지 아는 사람은 없었다. 털을 닮은 곰팡이일까?)

밖으로 나와도 된다는 소식을 들은 뒤, 부모님이 현관문을 열던 모습이 기억난다. 엄마는 알루미늄 야구배트를, 아빠는 삽을 들고 있었다. 우리 셋은 안전복을 입었다. (내 안전복은 약간 팽팽했다. 나는 열한 살이 되어서 키가 크고 살도 붙었다.) 우리의 숨결은 마스크 안에서 답답하게 밀폐되어 있었다.

얼마나 오랫동안 실내에 있었던가? 계산하기 어려웠다. 2년은 넘은 것 같았다. 3년이었던가?

"물러서라." 아빠가 내게 말했다. "마스크 안에서 가볍게 숨을 쉬어."

(이렇게 오랜 세월이 흐른 지금까지도, 나는 초조할 때면 혼자 있을

수 있는 곳으로 가서 입에 손을 대고 숨을 가볍게 쉰다. 그렇게 하면 긴 장이 풀린다.)

엄마, 아빠가 포장을 두드리기 시작했다. 처음에는 잘 찢어지지 않았지만, 곧 무너지기 시작했다. 포장이 찢기자 바람이 불어왔다. 빛과 공기, 어쩌면 피부를 적시는 빗물……

✦

갇혀 살던 기간 동안 우리는 기억을 차츰 상실했다. 사랑했던, 이제는 멈춰버린 털북숭이 애완 로봇, 지하철 통행, 발음 수업, 홀로그래피 연애편지, 조부모님이 작동을 멈춘 일…….

우리는 어린 시절과 성인기 전체를 잃었다. 오랫동안 결혼생활을 한 부부들은 자기들이 어떻게 만났는지 잊어버렸다. 엄마들은 (우리 엄마처럼) 아이들을 멍하니 바라보며 어떻게 낳았더라, 하고 기억을 더듬었다. 아이들은 (나처럼) 부모가 자기 부모려니 짐작하는 수밖에 없었다.

갇혀 지내다 보니 집 안조차 묘하게 이국적으로 변했다. "저 흉한 소파는 대체 누가 산 거야?" 아빠가 말했다. "이렇게 복잡한 집구석에서 어떻게 살지?" 엄마가 말했다.

한번은 그들이 침대 가장자리에 걸터앉아 있었다.

"이걸 봐." 아빠는 작은 홀로그래픽 메모리를 내게 보여주며 말했다. 부모님이 십 대 시절 자동차 후드에 걸터앉아 있는 모습이었다. 아빠는 엄마의 뺨에 가볍게 키스했다.

"이걸 뭐 하러 상자 안에 넣고 잠가놓았지?" 엄마는 상자를 들고 물었다. 기술 시간에 배울 것 같은 형태였다. 작은 지문 인식 자물쇠가 달려 있고, 내부는 벨벳이었다.

나는 어린아이였다. 잃어버릴 기억이 많지 않았다. 하지만 나는 과거라는 기분을 잃어버렸다. 설명하기 힘들다. 나는 이름 붙일 수 없는 무언가에 대한 향수를 갖고 있었다. 그전에는 뭐였지? 원래 알았던, 묘사할 수 있는 색인데도―약간은 행복하고, 초조한 느낌?―그 색이 무엇인지 표현할 수 없는 기분이었다.

✦

우리가 왜 봉쇄되었는지는 중요한 것 같지 않다. 너무나 이유가 많아서 구체적인 이유는 중요하지 않은 것 같다. 하지만 굳이 말해보자면, 어느 식물 종에서 독성을 띤 포자 먼지가 급격히 번식해서 살충 안개로 포자를 죽이려는 다양한 시도가 이루어졌다. 퍼질 때마다 안개는 전보다 더 짙어졌다.

포자는 원래 그렇듯 저절로 죽어갔다.

✦

사람들은 살충 안개에 그을린 앞마당으로 나왔다. 빛은 눈부시게 밝았다. 우리는 눈을 깜빡였다. 우리는 하늘을 향해 고개를 기울였다. 몇몇 남자들은 셔츠를 벗고 등을 구부렸다.

우리는 우리의 이름을 알았다. 이웃들의 이름을 알아야 한다는 것도 알았다. 하지만 몰랐다. 어색했다. 다들 기억이 삭제된 건 자기뿐이라고 생각하다가 서서히 깨닫기 시작했다. 우리 아빠는 셔츠를 벗고 햇빛에 분홍색으로 달아오른 배를 드러낸 이웃에게 걸어갔다. "미안합니다만, 댁의 이름이 기억이 안 나서요. 우리 가족은…… 우리는……." 드러내놓고 말하려니 생각보다 더 힘들었다. 두려움과 피로감에 아빠의 눈은 휘둥그레졌고, 이제 녹슨 희망 같은 것도 새로이 떠올랐다.

"우리도 그래요." 이웃은 앞머리를 너무 짧게 잘라서 텅 빈 이마가 얼굴을 거의 다 차지하고 있는 자기 아내를 가리켰다. "우리는 오랫동안 알고 지내지 않았던가요?"

"그럴지도 몰라요." 엄마는 긴장된 미소를 띠었다. 예전에 이웃에 대해 싫은 감정을 갖고 있었던가? 감정은 존재했지만, 그 감정을 뒷받침할 기억이 없으니 미덥지 않게 느껴졌다. 여자의 무릎 뒤 살이 두툼한 곳에 기묘한 멍이 눈에 띄었다. 남편과 갇혀 지내는 동안 폭력적인 일이 있었을까? 예전에 뉴스를 접할 수 있던 시절, 가정 학대가 늘어나는 추세라는 보도가 있었다.

부모님과 이웃들은 기억하고 있는 사실들을 통해 서로를 소개했다. 이름, 나이, 이전의 직업. 부모님은 교육계에서 일했고, 이웃들은 서비스업에 종사했다. 네 사람은 그들이 자란 동네 이름을 교환했다. 보르히스, 베로 비치, 스펜서, 웨이머스. 이런 사실들은 그대로였지만, 뒤따르는 기억은 없었다. 현미경 슬라이드로 보존하여 확대한 물질처럼 고립되고, 증류된 기억들.

나는 여기서 자랐다. 하지만 어떻게 자랐지? 여기 뭐가 있었지?

✦

집에서 나온 지 며칠 뒤 우리는 기억하기 시작했지만, 기억은 제 주인에게 돌아가지 않았다. 기억은 사람들 사이로 마구 흩어졌다. 휙 날아오른 기억이 작은 덩어리가 되어 다른 사람들에게 내려앉았다.

나는 들판에서 치러진 결혼식과 흰 텐트 아래 모인 하객들을 기억했다. 나는 리셉션 파티에서 길고 느슨한 드레스를 입고 약간 음정이 맞지 않는 사랑 노래를 불렀다. 물론 내 기억이 아니었다. 전혀 아니었다. 하지만 틀림없는 나로 느껴졌다.

엄마는 아들에 대한 기억을 갖고 있었다. 엄마는 부엌 싱크대 가장자리를 붙잡았다. "나한테 아이 하나가 더 있었어? 그랬나? 아들?"

"아니." 아빠가 말했다. "그랬다면 우리가 알겠지. 당연히."

어느 날 나는 아빠를 다락방에서 발견했다. (갇혀 살던 동안 우리는 집 안의 모든 공간을 활용하는 법을 익혔다.) 아빠는 우리 가족의 홀로그램을 보면서 내가 일곱 살 때쯤 배낭을 메고 있는 기억을 한참 들여다보고 있었다. "너구나! 이건 첫 등교 날일 거야. 그렇지?"

"난 그 셔츠 싫어." 나는 말했다. "토마토 무늬가 있는 거야? 토마토 셔츠?"

아빠는 픽셀로 쪼개진 이미지를 두 번 두드렸다. "아니. 사과
다."

"전부 기억해내려고 하는 거야?"

"그래."

"무슨 기억을 얻었어?" 나는 아빠에게 물었다.

그는 홀로그래픽 디스플레이를 회전시키며 섬네일을 하나씩
넘겼다. "내 기억은 아니다. 대체 누가 이런 짓을……." 아빠는 동
요하고 있었다.

"무슨 일인데?"

"아무것도 아니야. 중요하지 않아." 아빠는 누가 스위치를 내려
버린 듯 침묵했다.

✦

홀로그래픽 도구는 유용했다. 사람들은 머릿속에 박힌 기억
을 주인에게 돌려주고 싶었다. 어떤 사람들은 자기 머릿속에 있
는 것들을 미니 홀로그램으로 만들기 시작했다. 어떤 홀로그램
은 아름답게 잘 만들어졌다. 어떤 것들은 거친 스케치였다. 대부
분 상황을 설명하는 텍스트나 보이스오버 내레이션이 곁들여져
있었다.

나는 작고 값싼 렌더링 세트를 갖고 있었다. 엄마가 그것을 빌
려서는 식탁에 앉아 기억을 구성하기 시작했다. "이건 정말 멍청
해 보인다. 난 왜 이렇게 못하지?"

엄마는 도구를 돌려주었다. "네가 해봐라. 난 못 하겠구나."

"응." 나는 말했다. 엄마는 어린 소년을 그렸지만, 윤곽이 울퉁불퉁했고 얼굴은 흐릿하게 픽셀이 깨져 있었다. "이 애는 실제로 어떻게 생겼어?"

엄마는 코와(뭉툭했다), 귀(머리에 납작하게 붙어 있었다), 부정교합 등을 설명하기 시작했고…… 나는 작업에 착수했다.

✦

몇 달 사이, 버려진 창고 하나가 공공 기억 교환소로 탈바꿈했다.

엄마는 로시의 홀로그램을 상자에 넣은 다음 나를 창고로 데려갔다. 널찍하고 천장이 높은 공간이었다. 다른 사람들도 홀로그램 기억으로 환히 빛나는 상자와 가방을 들고 와서 줄줄이 배치된 산업용 선반에 올려놓았다. 선반마다 빛나는 작은 비주얼 영상과 스틸 사진이 놓여 있었다.

이런 것들이었다.

당신에게는 오토라는 이름의 개가 있었습니다. (귀가 뾰족하고 주둥이에 회색 털이 난 나이 많은 개)

당신은 축제 행렬에서 트럼펫을 불었어요. (마칭밴드 제복, 타악기부)

당신은 누가 죽는 걸 본 것 같아요. 발작 같고, 겨울이고, 당신 할아버지 같아요. (침대, 깡마른 늙은 남자, 흰 시트 밑에서 일어나는 경련)

혹시 이 묘사가 당신 경험인 것 같다면…….

그리고 주소가 하나 적혀 있다.

하지만 기억할 수 없는 것을 어떻게 기억하나?

사실 확실하지 않았다. 사람들은 각기 다른 방식으로 자기 기억을 만났을 때의 느낌을 묘사했다.

뒤통수가 간질거리는 기분이다.

목소리 비슷한 것. 이건 내 거다, 하는 속삭임 같은 것.

어떤 노래의 도입부를 알지만, 들을 때까지만 해도 자기가 안다는 사실을 모르지만, 일단 듣게 되면 나머지는 다 부를 수 있다. 그런 것일까.

엄마는 로시의 기억을 창고 선반에 올려놓았다. 그는 아래쪽 앞니가 빠진 채 생일 파티에서 환하게 미소 짓고 있었다. 나는 치아를 열심히 묘사했다. 영상은 그가 미소 지으며 이가 있던 자리를 자랑스럽게 내보이는 표정의 반복이었다. 엄마의 보이스오버로 설명이 깔렸고, 끝에 우리 집 연락처가 실려 있었다.

엄마는 홀로그램을 거기 둔 뒤 내 손을 잡고 자기 기억이 없나 선반을 둘러보았다.

내 시선은 제목을 훑었다. 중년 여성, 노인 남자, 십 대 남자, 이십 대 중반의 여성 은행원.

〈어린 소녀〉라는 제목이 몇 개 눈에 띄었다.

다양한 소녀의 작은 이미지였다.

슬리퍼를 신는 모습.

물웅덩이에서 첨벙거리는 모습―고래 그림이 그려진 파란 부츠.

팔꿈치의 상처를 꿰매는 모습…….

그중 무엇도 뒤통수가 간질거리는 느낌이나 속삭이는 목소리, 아는 노래를 연상시키지 않았다. 나는 팔꿈치를 확인했다. 아무것도 내 기억 같지 않았다. 도시 공동주택에서 자라다가 무슨 공동체에 들어간, 들판에서 결혼한 여자의 삶만 계속 떠올랐다. "그 여자는 겹겹이 구운 달콤한 페이스트리를 먹었어. 꿀맛이 났어." 나는 창고에서 엄마에게 말했다.

"바클라바네." 엄마가 말했다. "그리스 사람인가 보다."

"왜 내 기억은 못 올려줘?" 나는 엄마에게 물었다.

"설명했잖니." 엄마는 일단 자기 기억으로 실험해보겠다고 했다. "어른들이 먼저 해보겠다고. 혹시 무슨…… 문제가 생길지도 모르니까."

"무슨 문제?" 내가 물었다.

동굴처럼 휑한 창고 깊숙한 곳에서 누가 자신의 과거를 발견하고 울고 있었다.

✦

낮 동안 나는 없애고 싶은, 엄마가 절대 창고에 갖다두라고 허락하지 않을 기억의 홀로그램을 조각했다. 깎아서 없애버리고 싶은 마음을 어쩔 수가 없었다. (나는 아직도 '자기 결혼식에서 노래하는 여자'의 기억을 가지고 있었다. 여자가 입을 벌리면 어린 소녀인 내 목소리가 노래를 부르고…….)

밤에 꾸는 꿈은 내 것이자 그녀의 것이기도 했다. 기억과 꿈은 무의식을 공유했다.

어느 꿈에서 여자는 호수에 둥둥 떠 있고, 누가 자동차 엔진을 집어던졌다. 여자는 엔진에 가슴을 맞고 호수 진흙탕 바닥에 가라앉아 처박혔다.

다른 꿈에서 여자는 새 부리와 높다란 깃털이 꽂힌 모양의 기묘한 가면을 쓴 남자와 시시덕거리고 있었다.

나는 잠에서 깨는 법을 배웠다. 나 자신의 꿈을 꿀 수 있도록, 내 인생의 사소한 부분들을 스스로에게 일깨우려고 애썼다. 집 안 여기저기, 벗어져 올라오기 시작한 부엌 한구석 마룻바닥 아래 같은 곳에 쪽지를 숨겨놓는다든가, 다락방 대들보에 직접 적어놓는다든가…… 다음에 이 집에 살게 될 사람에게 보내는 쪽지 형태로.

나는 그 사람을 나 같은 아이로 상상했다.

낯선 사람에게, 나는 여기 있었어.
낯선 사람에게, 나는 우리의 과거가 사라졌을 때 여기 있었어.
낯선 사람에게, 나는 우리의 과거가 돌아왔지만 모두 엉뚱한 사람에게 흩어졌을 때 여기 있었어.
낯선 사람에게, 경고하는데……

하지만 이어 무슨 말을 써야 할지 알 수 없었다.

✦

일이 주가 지난 뒤, 림나라는 여자가 현관문을 두드렸다. 내가 문을 열었다. 오후였다. 부모님은 집을 감싼 포장을 모두 제거했지만, 아직 뒷마당에 파편이 반짝이고 있었다. 여자는 오십 대로, 약간 숨을 몰아쉬고 있었다. 하루 스물네 시간 묵직한 호흡기를 썼던 딱딱한 자국이 얼굴에 남아 있었다. 많은 사람들이 그랬다. 머리카락을 직접 자르지 않고 등 뒤로 길게 기른 채였다.

예기치 못한 방문은 아니었다. 낯선 사람들이 기억을 찾기 위해 남의 집에 불쑥 나타나는 일이 잦았다. 사람들은 소파나 부엌 식탁에 머물렀다. 커피를 마시거나 술에 취했다.

"난 로시를 찾으러 왔어." 림나는 자기 소개를 했다. "그 애를 아는 사람이 여기 있는 것 같아서."

아빠는 편두통을 앓기 시작했기 때문에 어둑어둑하게 해놓은 집 안쪽의 침실에 누워 있었다. 나는 부엌에 있는 엄마에게 달려갔다. "누가 로시를 찾아왔어!"

엄마는 어안이 벙벙했다. "정말?" 엄마는 내 옆을 지나 문간으로 급히 나갔다.

두 여자는 뒷마당의 정원용 의자에 앉았다. 엄마는 나를 물리치지 않았다. 아직도 미세한 파편이 흙에 떨어져 있었다. 나는 파편을 주워서 소복하게 모았다.

엄마는 로시 이야기부터 시작하지 않았다. "연한 분홍색 집에서 자랐지요?"

"네." 림나는 말했다. "그 좁은 거리가 아직도 생각나요. 거위 석상이 있었어요."

"그리고 당신 아버지는…… 불행하셨죠? 그분은 사냥을 하셨어요. 사냥하다가 사고를 당한 것 같았는데……."

"아버지가 그렇게 돌아가셨나요?" 질문이었지만, 럼나의 눈에 눈물이 가득 고였다. 그녀는 고개를 끄덕이며 손으로 입을 막았다.

대화는 천천히 진행되었다. 럼나의 언니는 소아과의사와 결혼했고, 게이였던 오빠는 열일곱 살에 집을 나갔고, 그들의 어머니는 애완동물 음모론을 믿었다. 곧 특유의 대화 방식이 생겼다. 엄마가 말을 시작하면, 럼나의 머릿속에서 그 장면이 펼쳐지는 식이었다. "맞아요, 네. 전부 있네요. 언니가 다 있어요. 전부 다. 우리가 싸웠던 기억, 언니가 내게서 훔쳐간 물건들…… 이번에는……."

그렇게 두 사람은 다음 장면으로, 다음 장면으로 넘어갔다.

이런 대화 방식에 두 사람은 곧 녹초가 되었다. 럼나가 떠나고 나면 엄마는 종종 울었다. 어느 날 밤, 나는 엄마가 뒷마당을 서성거리면서 생일 파티에서 타던 조랑말처럼 크게 원을 그리며 걷는 것을 보았다. 나는 무서워서 창문을 열고 엄마를 불렀다. 엄마의 목소리를 듣고 싶었다. "곧 들어올 거야?"

엄마는 나를 마치 기적처럼 쳐다보았다. 하지만 말을 하지 못했다. 엄마는 휑한 뒷마당 흙에 무릎을 꿇었다.

나는 돌아서서 침대로 올라갔다. 내 머릿속에 박혀 있는 어린 시절에 대해 생각했다. 그 어린 시절이 내게 무엇을 말해줄까. 이런 목소리가 들려왔다. **할 수 있을 때 나가자. 이 개자식들을 믿어서는 안 돼.** 나는 베개 밑에 머리를 묻고 이건 내 어린 시절이 아니라고 생각했다. 이 어린 시절은 자기 결혼식에서 노래를 부르고 공동체에 속해 있던, 바클라바를 먹던 여자의 것이다.

✦

나는 엄마가 마당에 화분을 놓는 것을 돕고 있었다. 구근이 흙으로 가볍게 덮여 있었다. 우리는 건강한 포자가 다시 서식할 수 있도록 노력 중이었고, 이 화분은 아주 좋은 거라고 했다. 옆집에 사는 여자―이마가 훤한―가 집 밖으로 나왔다. 그녀는 이쪽으로 다가오면서 우리를 불렀다. "난 찾았어요." 그녀가 자기 마당 가장자리에 섰다.

"과거요?" 엄마가 말했다.

"아직 못 찾으셨어요?" 이웃이 물었다. 조심스럽게 떠보는 목소리였다.

"아직요."

"어떤 기억을 찾으셨는데요?" 내가 물었다. 나는 엄마 바로 뒤에 무릎을 꿇고 있었기 때문에, 이웃은 그제야 내가 있다는 것을 알아차렸을 것이다. 어른들끼리 뭔가 중요한 대화를 하려고 했는지 그녀는 깜짝 놀라는 것 같았다. 그러더니 얼굴을 붉혔다. "그게 아니라……." 그녀는 넓은 이마를 긁었다. "안됐네요. 그런 일을 겪다니. 둘 다."

"네?" 엄마가 말했다. "무슨 말인지 모르겠네요."

여자는 나를 보며 서글프게 얼굴을 찡그리며 미소 짓더니 얼른 자기 집으로 돌아갔다.

엄마와 나는 상대의 농담을 알아듣지 못한 사람들처럼 마당
에 멍하니 서 있었다. "왜 그런 말을 했을까?" 내가 물었다.

"나도 모르겠다." 엄마가 말했다. "저 사람에 대해서는 아무것
도 모르겠어."

✦

아빠는 초췌했다. 거의 말을 하지 않았고, 먹지도 않았다. 엄마
는 구석에 숨겨놓은 진통제 한 뭉치를 발견했다. 언젠가 다친 후
로 보관해둔 건가? 수술했을 때였나? 아무도 기억하지 못했다.
엄마는 아빠에게 진통제를 먹였다. 아빠는 압박복을 입고 긴 시
간을 보냈다. 내부에 공기가 단단히 차서 팔다리와 상체, 머리가
자유롭지 않았다. 나는 엄마, 아빠가 내가 듣지 못하도록 작은
목소리로 침실에서 이야기하는 것을 듣곤 했다. "눈을 감을 때마
다 보여." 아빠는 엄마에게 이렇게 말했다. "매번."

"신고해봐. 경찰에."

"여자의 얼굴도 확실하지 않아. 시간도, 날짜도 모르고. 다른
사람들처럼 공지를 붙일 수 있으면 좋겠다. 다른 기억도 있는 척
해서 그 남자를 유인할 수 있다면 좋을 텐데. 하지만 이게 유일
한 기억이야. 이 기억이 다른 모든 기억을 가두고 있는 것 같아."

조용했다. 압박복이 째깍거리며 압력을 조절하는 소리뿐이었다.

"당신 기억은 없어졌어?" 아빠가 물었다. "그 여자한테 돌려준
뒤로?"

"응. 한데 이상해." 엄마는 생각이 깊은 사람이었다. 뭔가 설명하기 전에 시간을 들였다. "뭐랄까…… 비어 있어. 내 속은 공허해. 아쉬워. 아직 그 기억을 알고 있지만, 느껴지지 않아. 내 기억은 아직 되찾지 못했고, 아직…… 우리를 찾지 못했어."

"난 제발 사라졌으면 좋겠어. 그 여자를 죽인 기억이."

"그런 식으로 말하지 마. 당신이 한 짓이 아니잖아."

"하지만 그 기억 속에서 나는 풀장 안에 있어. 내 몸 전체가 그 여자와 같이 있다고. 내가 그녀를 붙잡고 물속에 밀어넣고 있어. 이게 당신의 기억이라면, 그건 당신이야."

"아니야." 엄마가 말했다. "당신도 내게 아이 하나밖에 없다는 걸 알잖아. 로시는 내 아이가 아니야."

"그 애는 죽었나?"

엄마는 말이 없었다. 엄마를 볼 수 없었기 때문에, 나는 문 안쪽을 향해 열심히 귀를 기울였다. 고개를 저었을까, 고개를 끄덕였을까, 어깨를 으쓱했을까?

✦

머릿속이 공허해지자 엄마는 자기 기억에 굶주리기 시작했다. 나와 같이 창고에 가서 여기저기 시선을 보내며 제목을 훑어보고 자신에게, 혹은 아빠에게 들어맞는 순간을 열심히 찾았다. 엄마는 내 손을 단단히 부여잡고 끌고 다니다가 문득 우뚝 멈춰서서 열심히 제목을 읽다가 다시 나를 끌고 걸음을 옮기곤 했다.

한번은 내 눈높이에 〈어린 소녀〉라는 제목이 지나갔는데, 그 기억 중 하나가 머리에 남았다. '장미향 챕스틱을 입술에 바른 뒤 챕스틱 한 통을 다 먹는다.' (잡동사니 서랍에서 발견한 챕스틱 통을 만지작거리는 통통한 손.)

"내가 챕스틱을 먹었어?" 나는 엄마에게 물었다.

엄마는 내 어깨를 붙잡고 휙 끌어당겼다. 그러더니 내 얼굴을 날카롭게 잡았다. "넌 읽을 필요 없어. 알겠니?"

갑자기 창고의 에너지와 갈망, 다급함이 굶주림의 한 형태처럼 나를 덮쳤다. 거기 있는 사람들은 부산스러웠지만 동시에 죽어가고 있었다 — 의식을 잃기 전 육체적으로 저항하는 본능이라고 할까. 그들의 욕구에는 격렬하게 날이 서 있었다. 숨결은 가쁘거나 헐떡였다. 복도에서 마주치면 서로 밀치고 지나갔다.

창고를 나설 때마다 엄마는 기진맥진했다. 하루 중 언제건, 집에 돌아가면 엄마는 암막 커튼을 단단히 치고 몇 시간이고 잤다.

✦

아빠는 살인의 기억을 샅샅이 더듬었다. 눈을 커다랗게 뜨고 시야를 넓히려고 노력했다. 그러다 결국 이렇게 말했다. "여름이었어. 몇 년이었는지도 알 것 같아. 기억 속에서 느낄 수 있어. 점점 더 접근하고 있어."

연결성이 되돌아오자, 아빠는 경찰 기록과 신문 기사에 접속했다. 살인과 실종 관련 자료를 검색했다. 아빠는 풀장의 여자 얼굴을 정확히 보지는 못했다. 너무 어두웠다. 여자는 물속에 있어서 윤곽이 흐릿했다. 그래도 아빠는 자신의 기억에 들어 있는 사람을 찾을 수 있을지 모른다는 생각에 그 무렵의 실종자 사진을 훑어보았다.

소득은 없었다.

✦

림나는 정기적으로 찾아왔다. 점점 더 광적으로 변해가는 것 같았다. 기억이 되돌아오자, 특히 기억의 기반이 자리 잡자, 새로운 기억이 약에 취한 듯 밀물처럼 찾아왔다. 그녀는 꼿꼿하게 앉아 있거나 정원을 서성거렸다. 슬픔과 기쁨에 동시에 압도당한 채 비틀비틀 돌아다니며 웃었다. 이따금 머리가 떨어지지 않도록 제자리에 고정하려는 듯 손목으로 머리 양쪽을 꾹 누르기도 했다.

어느 비 오는 오후, 엄마는 림나와 같이 다이닝 테이블에 앉았다. 그녀는 무게를 못 이기는 듯 고개를 무겁게 축 늘어뜨렸다. "머리가 너무 복잡해." 그녀는 중얼거렸다. "그만해요." 엄마는 림나가 사랑에 빠졌던 순간을 묘사하고 있었다.

"물 줄까요?" 엄마는 물었다. "물 좀 가져오렴!" 엄마는 내게 외쳤다.

나는 수돗물 한 잔을 채워 림나의 팔꿈치 옆에 놓았다.

"다른 기억들을 지울 수가 없어요. 이 난민에게 속한 기억들요." 그녀는 속삭였다. "그는 너무나 힘든 일들을 목격했어요. 너무나…… 많이…… 두 개의 무의식이 있어요. 내 무의식과 그의 무의식이. 우물이 너무 깊어요. 너무 어둡고 너무 추워요. 괴물들이 많아요."

"그를 수소문해봤나요?"

"네, 하지만 그가 뭐 하러 이런 과거를 찾아나서겠어요? 누가 이런 과거를 원하겠어요?"

"림나." 엄마는 속삭였다.

"네?" 그녀는 고개를 들고 우리 엄마를 쳐다보았고, 엄마는 탁자 너머로 손을 뻗어 그녀의 손을 잡았다. 그들은 전에 없던 방식으로 서로 가까웠다. 이런 식으로 상대를 안다는 것은—이렇게 깊이 이해한다는 것은—헤아릴 수 없는 경지였다.

"난 로시의 기억을 갖고 있어요. 그런데 기억이 멈춰버렸어요."

림나의 등이 굳었다. 그녀는 엄마의 손을 뿌리쳤다. 그녀의 기억 위에 기억이 차곡차곡 쌓이고 있었다. 겁에 질린 시선은 똑바로 한 곳을 응시했다. 표정은 기쁨과 슬픔, 갈망과 웃음 사이를 오갔다. 그녀는 일어서서 뒤로 물러나 벽에 기댔다. "세상에."

"무슨 일이에요?" 엄마가 물었다. "그에게 무슨 일이 일어났어요?"

림나는 울기 시작했다. 벽을 타고 미끄러지다가 다시 정신을 차렸다. 그녀는 핸드백과 얇은 외투를 놓아둔 현관으로 달려갔다. "그 애는 죽었어요." 그녀는 자기 물건을 챙기며 말하고 있었다. "죽었어요. 죽었어요. 나의 로시가…… 죽었어요."

몇 달이 지났다. 어스름하고 무더운 여름이 내려앉았다. 끈끈한 더위 때문에 머리가 멍해지고 갇히는 것 같았다. 정부에서는 캠페인을 시작했다. **새로운 삶이 당신을 기다리고 있습니다!** 이것은 예전의 삶이 영영 돌아오지 않을 수 있다는 것을 인정하는 나름의 방식이었다.

아빠는 다른 남자의 죄책감에 산 채로 먹히고 있다고 했다. "그게 내 기억 속에 있어. 몸으로 파고들어. 없앨 수가 없어."

엄마는 자신의 기억을, 혹은 아빠의 기억을 계속 찾아 헤맸다. 둘 다, 아무거나. 엄마는 기억이 두 사람을 구해줄지도 모른다고 생각했다.

나는 예전의 자아를 기억할 수가 없어서 오래된 자아 하나를 훔치기로 했다. 엄마의 손에 이끌려 버려진 창고에 보관된 제목들 앞을 지날 때, 나는 최대한 많이 기억했다. 그리고 그대로 살도록 노력했다.

내 과거를 찾을 수 없다면, 최대한 많은 현재를 욱여넣어 나 자신을 채우면 되지.

나는 연못 하나를 찾아서 적군인 척하면서 철벅철벅 돌아다녔다.

나는 집 없는 고양이를 찾아 동네를 헤맸다.

나는 특정한 동물의 모양을 하늘에서 찾아보았다.

나는 동네 남자아이와 친해져서 내게 키스해보라고 했다. 그는 원하지 않았다.

매일 나는 창고 속 기억의 제목에 적힌 대로 했다. 최대한 많은 삶을 살기 위해 노력해보았다. 그러다 나는 지쳤고, 작은 근육이 욱신거리고 화끈거렸다.

✦

그러던 어느 날 창고에 나붙은 설명문 앞에서, 엄마는 종이 한 장을 유리에서 찢어냈다. 엄마는 종이를 배에 대고 꾹 눌렀다 — 마치 그렇게 빨아들여서 먹을 수 있다는 듯이. 엄마는 내 손을 잡은 채 성큼성큼 창고를 나섰다.

집에 돌아온 뒤, 엄마는 종이를 뚜껑 달린 책상 위에 펼쳤다. 평평하게 펼친 손바닥으로 종이 양쪽을 꾹 눌렀다. 똑바로 편 팔꿈치, 축 늘어진 등에서 툭 솟아난 견갑골.

"뭐라고 적혀 있어?" 나는 엄마에게 물었다.

엄마는 말해주지 않았다. "아빠한테 말하지 마. 아무것도 아닐 수도 있어. 약속하지?"

나는 약속했다.

그날 밤, 엄마는 집을 나섰다. 나는 창가에서 계속 밖을 내다보았지만, 자정이 지난 뒤 어느새 잠들었다.

새벽에 일어나보니, 엄마가 내 침대맡에 앉아 있었다. 엄마는 외출복을 입고 있었다. 어둑어둑한 공간에서 엄마의 눈이 내 눈을 찾는 것을 보고, 나는 놀랐다. 엄마가 만신창이가 된 기분일 때 이런 모습이라는 것을 나는 알고 있었다. 아주 오래전, 내가 아주 어렸을 때부터 알고 있던 사실이었다. 언제나 알고 있었지만 이제야 기억해낸 사실. 엄마의 눈밑은 푸르스름했고, 눈꺼풀은 통통 부어 있었다. 엄마가 밤늦게까지 뜬눈으로 울다가 잠들었을 때 이런 모습을 본 적이 있었다.

그리고 엄마가 뭐라 말하기도 전에, 나는 하도 고함을 지른 탓에 엄마의 목소리가 쉬어 있으리라는 것을 알고 있었다.

나는 우리가 잃어버린 것을 기억해냈다. 엄마와 아빠가 서로 미워했다는 것. 서로 바람을 피웠다는 것. 서로 복수하고 또 했다는 것. 어떻게 알게 되었는지는 모르겠지만, 그냥 알았다. 뒤통수가 간질거리는 기분으로.

"네 짐을 쌌어." 엄마는 속삭였다. "떠나야 해."

"떠나? 어디로?"

"내가 그 여자였어." 엄마는 속삭였다. "물에 빠진 여자…… 하지만 난 살아남았어."

✦

엄마에게 기억을 돌려준 나이 든 여자가 자기 차에 시동을 건 채 집 근처에서 기다리고 있었다. 엄마와 나는 짐을 들고 나와 트렁크를 열지도 않고 그냥 뒷좌석에 밀어넣었다. 나는 두 사람 곁에 앉아서 안전띠를 맸다. 엄마는 나를 여자에게 소개했다. 그녀의 이름은 밀라였다. 갈색 피부였고, 고운 흰머리를 단단하게 쪽졌다. 밀라는 지쳐 보였지만 동시에 마음이 놓이는 것 같았다. 그녀도 엄마를 찾으려고 애태웠을까? 아빠와 같은 기억을 갖고, 단지 엄마로서, 밤에 수영장에 빠져서 목이 졸리는 당사자로? "난 당신에 대해 너무나 많은 기억을 갖고 있어요. 너무나 많은 순간들을." 그녀는 미소 지으며 말했다. "내 머릿속에."

나는 질문이 많았지만 아무도 입을 열지 않았다. 차는 컸고, 이따금 도로에 둥둥 떠서 달리는 것 같았다. 나는 도로변을 스쳐 지나가는 가로수를 바라보았다. 그러다 결국 지쳐 깜빡 잠들었다.

일어나 보니 하늘이 환했다. 엄마와 밀라는 자리를 바꿨다. 차에서 막 끓인 커피 향이 났다. 밀라는 내게 도넛을 건넸다. "네가 좋아하는 거다." 흰 가루가 묻은, 안에 잼이 든 도넛이었다.

도넛을 한입 물고서야, 나는 이것이 내가 좋아하던 도넛이라는 것을 기억했다. 가벼운 설탕가루, 입술에 묻는 감촉, 혀에 닿는 잼의 달콤함.

✦

밀라는 우리를 기차역에 데려다주었고, 기차는 우리를 다른 역에 데려다주었다. 우리는 거기서 버스로 갈아탔다. 정류장에서 이모가 우리를 기다리고 있었다. 이모는 가무잡잡한 피부와 염색한 머리, 변덕스러운 성격이었다. 나와는 아기 때 만났을 뿐이었다.

우리는 1년 반 동안 작은 4층 아파트에서 이모와 함께 살았다. 라벤더색 촛불과 양파 냄새가 나는 감자 팬케이크를 저녁으로 먹던 일이 주로 기억난다.

우리는 밀라를 다시 만나지 않았다.

아빠도.

✦

나는 내 인생의 모든 일들을 날카롭고 명료하게 기억한다. 난 그냥 살아가지 않는다. 나는 인생을 초 단위로 기억한다. 기록도 한다. 우리 중 많은 사람들이 그렇게 한다. 우리는 기록하는 세대, 기억을 모으는 세대, 강박적으로 설명하는 세대다. 우리는 세세한 세부사항을 추적한다. 우리는 작은 사실 하나가—벽지에 반복되는 비둘기 무늬 같은 것—잠긴 존재를 푸는 실마리가 될 수 있다는 것을 힘들게 배웠다. 나는 오늘도 이모의 아파트와 우리가 살던 거리, 거기서 빠져나오는 도로를 속속들이 묘사할 수 있다. 집집마다 살던 사람들, 그들이 겨울에 쓰던 모자, 걸음걸이, 몸짓, 굳건한 자세와 뻣뻣한 손, 무표정한 얼굴들을 기억한다.

그렇다, 나는 아빠가 그리웠다. 오랫동안 나는 엄마를, 의식적으로는 믿지 않았다. 엄마가 자신이 물에 빠진 여자였던 이야기를 하면 쉿 소리를 내곤 했다. 하지만 아빠에게 돌아가고 싶다고 떼쓰지는 않았다. 사실 나는 알고 있었다. 알았다. 돌이켜보면 앞뒤가 맞았다. 이웃의 무릎 뒤 살이 두툼한 곳에 든 멍이 폭행 흔적이라고 생각한 건 내가 그런 자국을 알고 있었기 때문이다. 아니, 어쩌면 그것은 그저 하지정맥류였을지도 모른다. 자신의 기억을 되찾은 이웃 여자가 우리를 안타까워한 것도 앞뒤가 맞는다. 십 대 시절 부모님의 모습을 봉인해 상자 안에 넣은 것은 아마 그것이 위험했기 때문일 것이다. 두 분이 행복했다는 증거였으니까. 사이가 틀어진 뒤, 둘 중 한 사람이 숨겼을 것이다.

가장 결정적이었던 것은, 아빠가 우리를 찾지 않았다는 사실이다. 아빠는 우리를 놓아주었다. 어쩌면 마음 깊은 곳에서는 아빠도 알고 있었을 것이고, 과거의 자기 자신으로 되돌아가고 싶지 않았을 것이다.

그 이후, 내 아빠의 기억과 같은 사례들에 대한 연구가 이루어졌다. 너무나 깊이 박혀서 다른 기억이 떨어져 나가거나 스쳐가는 동안에도 끝까지 남아 있는 기억들. 깊이 뿌리박혔으나 마치 남의 기억처럼 낯선 기억들.

나는 열렬한 기록보관가이자 기억의 역사가, 문지기가 되었다. 미래는 거의 생각하지 않는다. 그래서 나 자신의 미래에, 스스로에 대해 한 번도 상상해본 적 없는 미래에 와 있다는 것을 깨닫게 되면 놀란다.

현장연구.

이 지역의 모텔은 조용하고 비교적 깨끗하다. 우리 팀의 임시 사무실은 한때 애완견 미용실이었다. 아직도 개 냄새가 풍긴다. 쿰쿰한 두려움과 벼룩 잡는 약품 냄새. 처음 며칠 동안은 예약하지 않은 손님이 드나들었다.

하지만 나는 대체로 병약한 사람들과 바깥출입을 못 하는 사람들의 집에 직접 찾아간다. 홀로그램 디자인과 기록 및 저장장치가 달린 렌터카를 몰고 혼자서. 혹시 모를 상황에 대비해 가방에 곤봉을 하나 넣어 다닌다. 나는 항상 시골 지역을 자원해서 간다. 작은 유령 도시들이 흩어져 있고 외딴 도로가 있는 지역.

오늘 나는 포치에 서서 노크한 뒤 현관에서 기다린다. 자신의 것이 아닌 과거를 지닌 사람, 데이터베이스에 기증하고 싶은 과거를 지닌 사람, 혹은 이런저런 기억으로 만신창이가 된 사람이 나오기를. 가끔은 딱 보는 순간 알아차린다. 이 병은 사람의 몸을 서서히 갉아먹고 쇠하게 만든다. 절박한 표정들. 그들도 어느 선에서는 알고 있다. 그것이 자기 자신의 과거라는 것을 아는 것이다. 우리 아빠처럼 누군가에게 끔찍한 짓을 한 기억, 혹은 끔찍한 짓을 당한 기억, 자신의 기억으로 인지할 수 없는 기억.

그들이 머릿속에서 보고 있는 것을 재구성하는 것이 내 일이다. 나는 그들의 집에 나란히 앉아 그들이 이야기하는 기억을 듣고, 질감과 색깔, 빛, 픽셀로 조각한다. 실제처럼 느껴지는 무대를 배경으로 움직이는 사람들을 조각한다. 이따금 홀로그램은 춤을 추거나, 달리거나, 비명을 지른다.

사람들에게 내 생각을 알려주는 것은 내 일이 아니다. '당신은 숲속에 숨은 어린아이, 옹이구멍에 캔디바를 숨긴 아이였어요. 복수심 때문에 그 개의 머리를 총으로 쏜 사람이 바로 당신이었어요.' 나는 기억을 소지하고, 수집하고, 실어 나른다.

내가 배운 것은 이런 것이다. 기억은 언제나, 아무리 멀리 떨어져 있을지라도 우리 모두의 것이라는 것. 기억은 우리의 것이다. 우리라는 존재, 우리가 되고 싶지 않은 존재를 모두 집대성한 것이다. 육체는 연약하지만 기억은 호수의 물처럼 단단한 압력으로 우리를 내리누른다. 인생은 물에 빠지는 것, 혹은 헤엄치는 법을 배우는 것이다.

자료를 들고 누가 현관으로 나오기를 기다리며 포치에 서 있는 동안 나는 느낀다. 나는 엄마의 손에 이끌려 홀로그램이 반짝이던 창고를 따라다니던 그 어린 소녀, 흰 가루가 묻어 있고 잼이 가득 든 도넛을 좋아하던 소녀, 아빠가 엄마를 죽일 뻔했던 그 소녀이다. 나는 장미향 챕스틱을 먹던 소녀이고, 오토라는 개를 키우던 소녀이다. 또한 내게는 로시라는 아들이 있었고, 내가 로시이며, 나는 들판에서 결혼식을 올렸다. 또한 나는 젊은 아내를 물에 빠뜨려 죽이려고 했고, 그 남자의 자식이며, '낯선 사람에게, 낯선 사람에게, 낯선 사람에게' 쪽지를 남겼다. 내가 그 낯선 사람이다.

잉크모피아

Inkmorphia*

* 형태를 바꾸는 문신

열여덟 살 생일날, 나는 문신을 했다. 어깨에 작은 빨간색 하트, 그 위에 검은 필기체로 '루트(Loot. 전리품-옮긴이)'라는 글씨를 새겼다. 루트는 오빠의 별명이었다. 실종 당시 오빠는 열두 살이었다. 나는 일곱 살이었다.

다음 날 아침, 나는 붕대를 풀고 들여다본다. 가시덩굴이 없었던 자리에 가시덩굴이 있다. 가시덩굴은 글자 위아래로 심장을 감싸고 있다.

나는 스케치를 직접 그려서 문신 아티스트에게 건넸었다. 가시덩굴은 없었다. 나는 어제 휴대전화로 찍어둔 문신 사진을 확인했다. 상처는 아물지 않아 붉었다. 거기에도 가시덩굴은 없었다.

나는 우리 집에서 신세지고 있는 친구 델리아를 깨운다. 그녀는 거실 소파베드에서 자고 있다. "이거 기억해?" 나는 그녀에게 문신을 보여주었다.

"뭐?" 잠이 덜 깬 목소리다. "아, 문신 말이지. 나도 같이 갔었잖아."

"가시덩굴. 그때도 있었던가?"

그녀는 일어나 앉아 좀 더 가까이 들여다본다. "없었나?"

"맞아. 없었어."

✦

미대생과 중2병에서 헤어나지 못한 고등학생, 자녀에게 뭘 시켜야 할지 모르는 부모들을 상대로 미술재료를 파는 전문점에서 근무를 마친 뒤, 나는 문신가게로 돌아간다. 둘 다 같은 상가 건물에 있다. 출입문에 초인종이 달려 있고, 안에 들어서는 순간 웅 하는 전자음이 들려온다. 나이 든 여자가 발목에 작은 문신을 새기고 있다. 시술자는 몰리다. 그녀는 〈사랑은 전쟁터〉 노래처럼 복고풍이다.

페퍼민트가 책상 뒤에 앉아 있다. 그녀는 청소를 하고 일정을 관리하지만 아무 일도 안 할 때가 많다. 지금도 그렇다. 나는 윌슨이 있는지 묻는다.

"왜요?"

"이야기 좀 하려고요."

"잉크는 잉크예요. 환불 안 됩니다." 그녀는 자기 등 뒤에 테이프로 붙인 안내문을 가리킨다.

완성된 문신은 돌이킬 수 없습니다. 환불 불가.

그리고 그 밑에 글귀가 하나 더 있다.

　　이런 공격성은 용납할 수 없어, 친구. —더 듀드

물론 〈위대한 레보스키〉에 나오는 대사다.

"윌슨과 이야기만 좀 하려고요."

그녀는 노려보더니 눈동자를 굴린다. "화요일은 '립 데이'예요.
지저분해요." 무슨 뜻인지 알 수 없다. 페퍼민트는 '직원 전용' 문
쪽으로 고갯짓한다.

말인즉슨 윌슨이 길모퉁이의 페미니스트 푸드트럭 '이브 립'에
서 식사를 주문했다는 뜻이다. 그는 작은 식탁에 앉아 포장 주문
한 갈비를 뜯고 있다. 실내에는 구식 파일 캐비닛과 접이식 철제
의자가 있다. 벽에는 액자에 넣은 문신 아트가 걸려 있다. 그는
고기를 뜯으며 나를 본다. 팔뚝은 우람하고, 불그스레한 턱수염
은 숱이 많고, 배에는 단단한 기름덩어리가 붙어 있다. "무슨 일
이지?"

"이상해요." 나는 말한다.

그는 이상하다는 말에 놀라지 않는다. "그래? 어떻게?"

내가 가시덩굴에 대해 설명하는 동안, 그는 턱수염과 손가락
에 묻은 바비큐 소스를 닦는다. "어디 보지."

나는 그에게 문신을 보여준다.

그는 말한다. "흠, 그렇군. 덜 끝났어."

"예?"

"당신의 슬픔과 고통. 이런 것. 덜 끝났어. **완전하지 않다는 뜻이야.**"

"이런 일도 있나요?" 나는 묻는다.

"드물어. 하지만 내 고객이 이따금 이런 일을 겪었어."

"말도 안 돼. 앞뒤가 안 맞아요. 문신이 어떻게 변해요?"

"그래, 하지만 생각해봐. 휴대전화는 앞뒤가 맞나? 무한이라는 개념은? 애당초 왜 우리는 여기에 있지? 영혼이나 의식, 무한한 평행우주……. 당신 문신은 덜 끝났어. 슬픔과 관련이 있을 거야."

"오빠가 죽었을 때 나는 어렸어요. 거의 기억도 못 해요. 이건 내 슬픔이에요. 이 문신은."

"아니, 이건 그저 인식이지. 너한테 필요한 건 직시야."

그는 포장 상자와 구긴 냅킨을 쓰레기통에 버렸다. "당신 오빠는 몇 살에 죽었지?" 그는 등을 죽 편다.

"열두 살. 음, 실은 죽었다고 생각하는 거예요. 실종됐거든요. 우유갑에 광고하는 아이들처럼."

"덜 끝났어." 윌슨은 숱 많은 눈썹을 치켜올리고 고개를 젓는다. "아주, 아주 덜 끝났어."

✦

어린아이였을 때 나는 슬펐다. 그래서 입을 다물었다. 일곱 살 때부터 열 살 때까지 말을 하지 않았다. 3년 반 동안.

한마디도.

단 한마디도.

✦

"이 페이지에는 검은딸기나무가 무차별적으로 교배하기 때문에 복잡한 유전자를 갖고 있다고 적혀 있어." 델리아는 손으로 입을 가리고 새침하게, 놀랍다는 듯한 눈빛으로 나를 보더니 속삭인다. "난잡한 덩굴이잖아."

"식물학자들은 생각보다 섹시한 모양이지?" 나는 새우맛 라면 두 봉지를 끓이고 있다. 델리아가 같이 사는 사람인 것처럼. 어쩌면 그런지도 모르겠다. "또 뭐라고 적혀 있어?"

"베리." 그녀는 휴대전화로 찍은 내 문신 사진과 자기 휴대전화로 검색한 과학도감 페이지를 들어 보이고 양쪽을 번갈아 바라본다. "이 가시의 모양으로 판단컨대 아마도…… 블랙베리? 야생 검은딸기나무 항목에서 찾았어. 내 포르노 별명으로 어떨까?"

"난 베리 싫어." 라면은 꼬들꼬들함을 잃어가고 있다. 나는 포크로 면발을 젓는다.

"베리 싫어하는 사람이 어디 있어."

"많아. 이빨에 물이 들고. 작은 씨가 잇새에 끼고. 온통…… 물컹물컹하고. 단맛인지 신맛인지 쓴맛인지 먹어보기 전에는 모르잖아."

"우린 가게에서 작은 상자에 담아 파는 걸 사 먹는데, 잘 안 팔아서 그렇지 좋아. 직접 따 먹는 것과 똑같아. 허프하고 지가 자기들이 따 온 버섯은 먹어도 안 죽는다면서 믿어달라고 허풍 떨던 때처럼."

우리 친구 허프와 지는 채집에 푹 빠진 적이 있었다.

"어렸을 때는 야생 블랙베리를 따곤 했어." 나는 말한다.

"싫어했다면서."

"그렇긴 했는데, 그래도 땄어. 쓰레기처리장에서. 아주 어렸을 때, 오빠와 함께."

"쓰레기처리장에서? 쓰레기처리장에는 왜 갔는데?"

"아이들이 쓰레기처리장에 갈 만한 이유가 다른 게 있나? 아무도 신경 쓰지 않으니까 가지."

"부모님은 나름의 방식대로 신경 쓰셨을 거야. 질과 에드는 그런 철학이 있었던 거야. 그걸 뭐라고 부르지?"

"자유방임형 육아라고 불렀지. 아이들이 마음대로 돌아다니면서 탐험하던 1970년대에 생긴 거."

"그래, 그거."

"그건 아이들이 하루 종일 약이나 빨도록 내버려두는 철학이었지. 헛소리였어. 다들 바이올린 교습이며 축구 게임을 하는 동안, 우리는 고물상이나 뒤지고 다녔으니." 나는 턱을 비볐다. 따끔거렸다. 나는 잘 때 이를 악문다. 스트레스를 풀어야 할 것 같다.

"어쩌면 윌슨 말이 맞는지도 몰라. 네 슬픔이든 뭐든 덜 끝났는지도 몰라." 델리아가 말한다.

"덜 끝났다는 말이 무슨 뜻인지도 모르겠어. 사람들은 대체로 누군가와 아직 덜 끝났기 때문에, 혹은 끝나기를 바라지 않기 때문에 문신을 하는 거 아닌가?"

"네 오빠는 결국 못 찾았지?"

"결국 못 찾았지. 오빠는 언제까지고 덜 끝난 상태일 거야."

✦

다음 날 아침, 문신은 사라지고 없었다. 문신이 있던 자리에는 마치 뜯겨나간 것처럼 손톱자국 같은 평행선 세 줄이 얼룩덜룩 남아 있다. 나는 가만히 누워 피부를 응시한다.

솔직히 문신이 사라져서 마음이 놓인다. 나는 머리를 베개에 다시 얹고 천장을 바라본다. 이게 낫다. 이게 좋다. 끝났다, 덜 끝났다. 인식이다, 추정이다. 그런 헛소리도 이제 상관없다.

하지만 10분 뒤, 나는 샤워를 하다가 발견했다. '루트'라는 글자가 새겨진, 가시덩굴로 둘러싸인 심장이 내 오른쪽 갈비뼈 위에, 가장 작은 마지막 뼈대를 감싼 피부 위에 있었다.

✦

"어린 시절 나는 '루크'라는 발음을 잘 못했어. 항상 '루트'라고 발음했지. 부모님은 그걸 재미있다고 생각했어. '우리 아기들은 전리품이지.' 엄마는 이렇게 말하곤 했지. '살면서 얻는 전리품들을 소중하게 여겨야 해.'"

나는 델리아와 함께 이불에 누워 있었다. 샤워를 마치고 나와서 머리카락이 아직 젖어 있었다. 손이 떨리고 있었다. 나는 계속 울다가 그쳤다가 하고 있었다.

"하지만 네 말은……." 델리아는 묻는다.

"부모님은 우리를 소중하게 여기지 않았어. 루트가 실종된 뒤, 아버지는 더 센 마약에 손을 댔어. 하지만 엄마는 개과천선했지. 우린 조부모 집으로 들어갔어. 엄마는 검정고시를 마치고 커뮤니티 칼리지 수업을 들었어. 더 이상 자유방임형 육아는 없었어. 항상 엄마가 옆에서 지켜보고, 음식을 주고, 사랑해주었지. 아껴줬어. 어쩌면 오빠를 잃은 덕분에 내가 살았을 거야."

"그럼 언제 다시 말을 하기 시작했어? 안전하고 사랑받는다고 느끼면서?"

"그런 것 같아." 나는 잠시 생각해본다. "사실 적극적으로 나섰던 건 학교 간호사였어. 전문가를 소개해줬지."

델리아는 미술재료 전문점에 병가를 내라고 하고, 나는 그렇게 한다. 그냥 아무 생각 없이 지시받은 대로 따르고 있다. 그녀는 차를 끓여주고 솜을 채운 민트 통에서 자낙스 한 알을 꺼내준다. "잠을 좀 자. 깊이 푹 자는 게 좋겠어."

✦

나는 졸다가 깨어난다. 초조하다. 문신을 확인하니, 아직 갈비뼈 위에 있다.

나는 다시 깜빡 잠든다.

깨어난다.

없다.

찾아보고 싶지 않다.

다시 잠든다.

일어나서 몸을 살펴본다.

문신은 손목 안쪽, 여러 개 남아 있는 복잡한 흉터 위에 자리 잡고 있다. 열두 살 때, 루트가 실종된 나이쯤에 내가 자해한 흔적이다. "델리아?"

"응?" 그녀는 부엌에 있다. "괜찮아?"

"아니."

델리아는 방으로 들어와서 물잔을 건넨다. 그리고 이불에 앉아 벽에 등을 기댄다. "이리 와." 그녀는 말한다. 나는 델리아의 허리를 끌어안고, 그녀는 나를 포옹하며 머리를 쓰다듬는다. 심장 고동 소리가 들린다. "오빠에 대해 이야기해봐."

"그냥 어린애였어. 비쩍 말랐고, 모기에 물린 자국이 많았고, 머리는 직접 잘라서 비죽비죽 헝클어져 있었어. 개를 키우고 싶다고 했어. 하지만 부모님이 개를 돌볼 수 있을 리가 없었지. 자식조차 간수를 못 했는데."

"배가 고팠어?"

"뭐?"

"배가 고파서 베리를 따 먹은 거 아니야?"

"그건 아니었던 것 같아. 그렇게까지 형편이 나쁘지는 않았어."

잉크모피아 369

"오빠는 아무도 머리를 안 잘라줘서 자기가 직접 잘랐던 거야?"

"그랬을 거야." 문득 이런 생각이 든다. 오빠는 못 먹어서 그렇게 비쩍 말랐던 걸까? 나도 앙상했다. 오빠는 밤에 늘 밖을 돌아다녔기 때문에 그렇게 모기에 많이 물렸나? "쓰레기처리장에는 강아지들이 있었어." 이제 기억이 난다. 엄마 개의 늘어진 뱃살, 줄줄이 부풀어오른 젖꼭지, 서로 기어오르던 강아지들. 마른 흙을 뒤집어쓰고 있던 보드라운 털. "그래서 거기 갔던 거야. 오빠가 나한테 강아지를 보여준다고 해서."

"떠돌이 개가 낳은 강아지?"

"그럴 거야."

"봤어?"

"우리는 쓰레기처리장에 들어가면 안 됐어."

"거기 강아지가 있었던 거야, 베리가 있었던 거야?"

"둘 다." 이제 오빠의 모습이 떠오른다. 마른 얼굴, 검은 눈 밑의 푸르스름한 살결. 오빠는 피곤했다. 거친 열두 살, 두툼한 콧대, 날카롭고 좁은 턱선. 변성기가 막 시작되었을 무렵이었다. 오빠는 내게 속삭였다. '여기 왔다는 건 아무한테도 말하면 안 돼. 우리는 여기 들어오면 안 되거든.'

"말이 안 돼. 우리가 고물상에서 강아지랑 놀든 베리를 따 먹든 부모는 아무 신경 안 썼을 텐데. 그때는 정말 완전히 방임했거든."

"그런데 왜 말하면 안 된다고 했을까?"

호흡이 얕아진다. 날카로운 통증이 오른쪽 턱 근육을 찌른다.

뭔가 말하고 싶지만, 입을 열 수가 없다. 입을 열 수만 있다면 뭘 말하고 싶은지 알 것 같은데, 입이 벌어지지 않으니 내가 무슨 말을 하고 싶은지 알 수가 없다. 말이 안 된다.

나는 델리아에게 문신을 보여주려고 팔을 뒤집는다.

문신은 없다.

나는 일어서서 브라와 팬티를 벗는다.

"없어." 델리아가 말한다.

✦

나는 저녁으로 시리얼을 먹는다. 다시 확인한다. 없다.

델리아가 좋아하는 새 인디펑크밴드를 같이 듣는다. 확인한다. 없다.

그날 밤 델리아와 나는 커플처럼 같이 이를 닦는다. 어쩌면 우리는 커플인지도, 아주 오랫동안 그런 사이였는지도 모르겠다. 치과의사들이 권유하는 대로 혀를 문지르는데, 거기 있었다. 나는 치약 거품을 입에서 뱉어내고 혀를 비죽 내밀어서 거울에 비춰본다.

델리아도 혀를 본다. "세상에. 크네."

"내 슬픔이 덜 끝난 걸까?"

델리아는 내 손에 손을 얹는다. "이리 와봐." 그녀는 나를 좁은 부엌으로 데려간다. 냉장고에 손을 넣고 블랙베리 한 통을 꺼낸다.

그녀는 베리를 씻어서 내 앞 탁자 위에 내려놓는다. "먹어봐."

나는 움직이지 않는다.

"이런 생각이 들었어." 델리아가 말한다. "아이들은 베리를 좋아하잖아. 다들 좋아해. 배가 고프면 정말 잘 먹고. 그래서, 모르겠어. 어쩌면 아주 오래전에 너도 베리를 좋아했을지도 몰라. 그러다가 무슨 이유에서인지, 아주 끔찍한 이유일 수도 있고, 그냥 안 먹게 됐을지도."

블랙베리는 반짝거린다. 알알이 뭉친 동그란 과육이 탄탄하고 완벽하다. 나는 하나 집어 든다. 통통하다.

"적어도 넌 이제 다 큰 어른이고 베리를 좋아하게 됐다는 걸 알게 될 수도 있잖아, 안 그래? 입맛은 평생을 두고 변해."

나는 어른이 아니다. 아직 어린 소녀 같은 기분이다. 손에 블랙베리 한 알을 든 소녀. 한 알을 입에 넣는다. 베리는 거기, 혀 위에 놓여 있다. 가시덩굴로 둘러싸인 심장 모양의 루트 문신 위에.

그러다 나는 베리를 깨문다. 달콤하고 약간 시다. 입안에 과즙이 가득 찬다. 계속 씹으니 씨앗이 오도독거린다. 나는 전부 다 삼킨다.

베리가 가득 든 비닐봉투가 떠오른다. 봉투가 땅 위에 떨어지고, 베리가 굴러나온다. 어린아이인 나는 손을 뻗어 베리를 얼른 주워 비닐봉투에 넣으려고 한다. 한 알이 시멘트 토대 가장자리까지 굴러간다. 우리가 있다. 강아지를 낳은 개는 떠돌이개가 아니었다. 거기에 우리가 있었다.

속이 메슥거린다. 나는 부엌으로 달려가서 우욱, 하고 토한다. 하지만 아무것도 올라오지 않는다. "투견이었어." 나는 쉰 목소리로 속삭인다. "그들은 투견을 기르고 있었어."

"누가?"

"쓰레기처리장에서." 나는 몇 번 침을 뱉는다.

"누가?"

"몰라."

"오빠가 없어졌을 때 너도 같이 있었어? 너도 거기 있었어? 뭘 봤어?"

뭘 봤으면 말을 해. "아니, 하지만……."

"하지만 뭐?"

"봤어도 아무 말 안 했을 거야."

"왜?"

"말을 못 하게 됐으니까. 선택적 함구증, 진단명은 그랬어."

"질문하는 경찰들이 있었을 텐데."

"많았지. 하지만 부모님이 날 보호했어. 내가 무서워해서 엄마는 내 방에서 잤어."

"경찰들이 네가 뭔가를 안다고 생각했니? 애당초 왜 말을 안 하게 된 거야? 네가 도움이 될 수도 있었을 거 아니야."

여기 왔다는 건 아무한테도 말하면 안 돼. 우리는 여기 들어오면 안 되거든. "오빠에게 약속했으니까. 아무한테도 말 안 하겠다고."

◆

아빠는 내가 열여섯 되던 해 마약을 과용했다. 엄마는 지금 요양원에서 간호조무사로 일하고 있다. 나는 엄마에게 전화를 건다. "엄마."

"어머나! 어떻게 지내니? 보고 싶구나. 별일 없고?"

나는 자주 전화하지 않는다. "다 좋아요. 그냥 그날에 대해 궁금한 게 있어서요."

"무슨 날?"

"루크가 사라졌던 날."

"지금? 지금 그 이야기를 하고 싶다는 거니?"

"내가 그날 오빠랑 같이 있었어요?"

"아니, 아니. 아니지. 넌 나랑 같이 있었어! 우린 전자렌지 팝콘을 만들었잖아."

"그런 거 먹다가는 암 걸린대요."

"그리고 영화도 봤어! 하루 종일 소파에서 같이 뒹굴거렸단다."

우리는 같이 뒹굴거리는 모녀가 아니었다.

"무슨 영화요?"

"몰라. 아이들 영화였나." 엄마는 이제 방어적인 목소리다. 무조(無調) 노래처럼 긴장감이 한껏 팽팽하다.

"나 문신 했어요."

"무슨 문신?"

"개. 싸움을 시키려고 키우는 개."

공기가 정지한다. 엄마는 말 한마디 없이 고요하다.

나는 굳이 정적을 채워주지 않는다.

마침내 엄마는 입을 연다. "그런 짓을 도대체 어떤 사람이 하는지 모르겠다. 동물에게 말이다. 끔찍하잖니."

"이만 끊을게요." 나는 전화를 끊는다. 옆에서 다 듣고 있던 델리아에게 돌아선다. "엄마는 알고 있어."

"한 가지 질문이 있어." 델리아가 말한다.

"난 그 답을 몰라."

"질문이 뭔지도 모르잖아."

"우리 부모가 무슨 일을 해서 돈을 벌었는지 물으려는 거잖아? 그때, 루크와 내가 어렸을 때. 투견 같은 일에 관계가 있었는지 궁금한 거 아냐?"

"아니야." 그녀는 고개를 젓는다. "아니, 그런 건 아니야. 네 부모님을 그런 일로…… 아니, 그분들은 좋은 부모였을 거야."

"나쁜 부모였어. 나쁜 부모의 정석으로 교과서에 나올 법한."

"하지만 널 사랑했어."

"둘 다 맞다면? 나쁜 부모인 동시에 날 사랑했다면?"

델리아는 이 생각에 심란해진 것 같다. 눈물이 고이는지 눈동자에 물기가 어린다.

"그걸 물으려던 게 아니라면, 뭐가 궁금했는데?"

"얼마나 멀리……." 델리아는 말을 멈춘다.

"어렸을 때 살던 집에서 쓰레기처리장이 얼마나 멀리 떨어져 있었느냐고?"

그녀는 대꾸하지 않는다. 창틀에 놓인 화분만 바라본다.

"같은 질문이잖아, 안 그래?" 나는 델리아에게 다가가서 두 손을 잡는다. "우리가 쓰레기장에서 멀리 떨어져서 살았다면, 오빠가 우연히 발견하지 못할 정도로 멀었다면, 우리가 그곳에 대해, 강아지와 블랙베리에 대해 알게 된 건 누군가 우리를 차로 데려 갔기 때문이었겠지. 어쨌든 처음에는 말야. 그런 뒤에 오빠가 거기가 멋있다고 생각하고 날더러 자전거에 타라고 해서 같이 간 거겠지."

델리아는 이마가 서로 닿을 정도로 내게 몸을 기울인다. "너한테 자전거가 있었어?"

"오빠한테 물려받은 거. 파란색이었어."

✦

나는 아침에 아주 일찍 일어난다. 가슴 속에서 심장이 두근거리고 있다. 나는 심장 문신 위치가 이제 내 심장이라는 것을 확실히 알 수 있다. 문신은 내 속에 있다. 아주 오랫동안 이렇게 지냈던 것처럼, 나는 몸을 굴려 델리아의 몸에 내 몸을 갖다댄다. "거기 가야겠어." 나는 속삭인다. "직접 봐야겠어."

"알아." 그녀는 말한다. "알아."

✦

오후 무렵, 우리는 도시를 빠져나와 어린 시절 살던 교외로 향했다. 천원숍, 애완견 미용실, 대부업체. 트레일러 파크 몇 개. 소형 카지노. "내가 어린 시절 살던 동네야." 나는 검은 필기체로 편

그로브라고 적힌 흰 벽돌 벽을 가리킨다.

델리아가 운전하고 있다. "예전에 살던 집을 보고 싶어?" 유일한 진입로를 따라가면 아무 곳으로도 이어지지 않는 막다른 골목들이 줄줄이 나온다.

"아니."

그녀는 내가 가리키는 대로 차를 몬다. 우리는 이미 예전에 살던 집과 쓰레기처리장 사이의 거리를 확인해보았다. 멀다. 너무 멀고 외지다. 인근에 아무것도 없고, 학교와 시내 상가와도 정반대 방향이다. "오빠가 이렇게까지 멀리 나왔을 리가 없는데. 특히 이쪽 방향으로는."

"그냥 둘러보러 갔을 수도 있지……."

도로는 평평해지고 구불구불해진다. "오빠는 작정하고 자전거 여행을 떠난 게 아니었어. 그냥 갖고 싶은 게 많았던 아이였지. 미니 마트 통로를 어슬렁거리면서 1달러 50센트로 뭘 살까 고민하던 그런 아이였다고. 이제 없어졌으면 어떡하지?"

"쓰레기처리장?" 델리아는 말한다. "쓰레기장은 쓰레기장이지. 마술처럼 사라지지 않아. 이런 외딴곳에서는."

✦

델리아의 말이 맞다. 쓰레기장은 예전 그대로다. 흙길, 철조망, 앞쪽에 덩그러니 서 있는 작은 사무실. 쓰레기 더미. 사람들이 버리는 것들, 거추장스러워진 것들.

둘러보니 너무나 많은 서글픈, 쓸모없는 것들이 뒹굴고 있다.

다시 보니, 나의 어린 시절이 보인다.

공터 가장자리에 나무들이 있다. 우리는 차에서 내려 철조망으로 다가간다. 그래, 잡초와 덤불이 있다. 가시덤불 투성이, 베리는 없다. 우리는 높이 쌓여 있는 폐품 무더기로 가려진 반대편까지 죽 걸어간다. 곰팡이 핀 소파와 매트리스, 자동차 부품, 텔레비전, 커다란 플라스틱 장난감—분홍색 부엌, 배터리로 작동하는 빨간 미니카…….

그리고 닫힌 차고가 있다. 차 여섯 대가 들어가는 공간이다. 그리고 헛간 하나가 있다. 이 모든 건물은 한때 농장이었다. "개는 헛간에서 키웠어." 나는 말한다.

델리아는 내 손을 잡아끈다. "준비됐어?"

헛간은 닫혀 있지만, 옆문이 있다. 델리아가 문을 잡아당기니 열린다.

흙바닥. 우리는 없다. 하지만 바닥에 깔린 사각형 시멘트 구조물들은 그대로다. 개 냄새, 진한 사향 냄새, 고통의 냄새가 코끝에 맴돈다……. 나는 비닐봉투를 떨어뜨렸다. 베리가 흙바닥에 뒹굴었다. 나는 봉투를 집어 들려고 했다. 한 남자가 내게 소리치고 있었다. 내가 서둘렀던 건 그 때문이었다. **여기서 뭐하고 있냐? 너는 여기 오면 안 돼!**

"난 루트를 찾고 있었어." 나는 델리아에게 말한다. "강아지들을 찾으러 간 오빠가 돌아오지 않아서." 나는 시멘트 구조물로 향했다. "개들은 너무 심하게 학대당한 상태였어. 사납게 길들여져 있었어."

헛간 안의 공기는 움직이지 않고 고요하다.

"여기서 무슨 일이 있었어?" 델리아가 내게 묻는다.

나는 흙바닥을 내려다본다. 물컹물컹하고 짙은 뭔가가 떠오른다. 작은 피투성이 덩어리. 으깨진 베리 같은. "그건 베리가 아니었어. 살점이었어. 몸의 일부. 엉겨붙은 살점……."

나는 돌아서서 헛간을 뛰쳐나간다. 온몸의 근육이, 턱이 뻣뻣하게 굳어 있다.

델리아가 따라오며 말한다. "아마 사고였을 거야. 오빠는 어쩌다 저 안에 개와 같이 있었는데, 개가 풀려났거나, 공격하도록 훈련받은 개에게……."

"그래서 그들이 사건을 은폐했다? 오빠의 유해를 수습해서 여기서 멀리 떨어진 어딘가에 묻었다? 다른 쓰레기처리장 같은 곳에?" 눈을 커다랗게 떴지만 아무것도 보이지 않는다. "부모님은 무슨 일이 벌어졌는지 알고 있었어. 아빠는. 틀림없이 아빠가 루크를 언젠가 이곳에 데려왔을 거야. 엄마도 알고 있어. 알고 있다고."

나는 돌아왔던 방향으로 뛰기 시작한다. 다리에 힘이 빠지고 걸음걸이가 비틀거린다. 제대로 숨을 쉴 수 없다. 심장의 문신이 내 안에서 부풀어오른 걸까? 내 심장보다 더 요란하게 쿵쿵거리고 있는 걸까? 덜 끝난 슬픔은 결국 이렇게 되는 건가? 이게 직시일까?

나는 철조망 울타리를 잡고 중심을 잡는다. 아빠의 마약 과용도 직시였을까? 나는 허리를 굽히고 숨을 고른다. 눈을 질끈 감고 있는데, 델리아의 발소리가 들린다. 발소리는 내 옆에서 멈춘다. 그녀는 내 등에 손을 얹는다.

"우리 부모는 경찰의 질문들로부터 날 지켰어." 나는 거친 호흡 사이로 말한다. "내가 뭔가 알고 있었으니까."

"듣고 있어."

"그리고 학교 간호사가 적극적으로 나섰다고 했지? 전문가를 소개해줬다고. 애당초 왜 간호사가 나서야 했을까? 부모님이 사람을 알아보지 않고? 왜 내가 입을 닫도록 내버려뒀을까? 그러는 편이 자기들한테 유리하지 않았다면 그럴 리 없었겠지." 나는 일어서서 델리아를 붙잡는다. 최대한 힘주어 그녀에게 매달린다. 그녀도 나를 잡는다.

"계속 숨 쉬어." 그녀는 말한다.

그러고 보니 나는 숨을 죽이고 있었다. 델리아가 계속해서, 어떤 방식으로든, 영원히 내게 숨 쉬라고 말해주었으면 좋겠다.

나는 숨을 내쉰다. 느껴진다. 한층 가볍게, 가뿐하게, 거의 아무것도 아니고 무게도 없는 문신이 파닥거린다. 전혀 심장 같지 않고, 나방의 날개처럼 섬세한 문신이 내 안에서 날아오른다. 목구멍을 지나, 입 밖으로, 공기 속으로, 나무 사이로, 하늘을 향해, 덜 끝났으나 이제 구름과 제 몸을 이어 하나가 되려고.

멘털 디플로피아

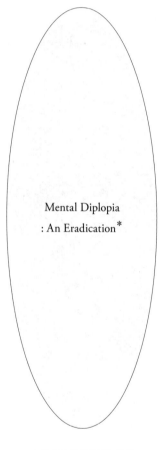

Mental Diplopia

: An Eradication*

* 정신적 복시(複視): 박멸

나는 최초로 호출된 감염병학자 그룹에 속했다. 이제 피부나 다름없어진 흰 방호복 차림으로 최초 감염자의 격리병실에 입장해서 침대를 둘러싼 음압텐트를 걷고 들어가니, 환자는 눈을 멍하니 뜬 채 자족적인 평화가 깃든 아름다운 표정을 짓고 있었다.

최초 감염자는 일흔두 살 여자였다. 커피탁자를 닦는데, 어린 시절 이후 한 번도 들어보지 못한 옛 러시아 자장가를 아이들이 커다랗게 부르는 소리가 들렸다고 했다. 〈잘 자라, 우리 아가〉라는 제목이었다. 너무나 완벽해서 처음에는 라디오가 저절로 켜졌나 싶어 그쪽으로 다가갔을 정도였다. 하지만 라디오는 꺼져 있었다. 혹시 몰라 그녀는 플러그까지 뽑았다.

"방금 노랫소리 들었니?" 그녀는 고양이를 향해 장난스럽게 물었다.

평소 잘 놀라는 고양이는 덤덤해 보였다.

그녀는 16층에 위치한 아파트의 발코니로 나갔다. 겨울이었지만 외투는 걸치지 않았다. 마음이 급했다. 그녀는 아이들이 무슨 합창을 하고 있으려니 생각했다. 마침 멀지 않은 곳에 초등학교가 있었다. 사실 발코니에서 학교 운동장도 보였다. 어쩌면 다문화 행사 같은 것이 열리는지도 모른다.

하지만 아니었다. 운동장은 비어 있었다.

노래 가사는 무시무시했다. 병원 침실에서 그녀는 우리에게 노래를 불러주고 가사를 번역해주었다.

잘 자라, 우리 아가.
침대 가장자리에 너무 가까이 붙어 자지는 말아라.
작은 회색 늑대가 찾아와서 네 옆구리를 덥석 물고
숲속 버드나무 뿌리 밑으로 끌고 간단다.

하지만 그녀는 덧붙였다. "어린 시절에는 그 노래가 별로 무섭지 않았어요. 들으면 마음이 편안했지요. 설명할 수는 없지만, 우리 집 거실에 있는데, 노래가 손끝으로 다가오고, 손만 뻗으면 엄마의 손을 잡을 수 있을 것 같았어요. 엄마는 오래전에 돌아가셨는데도."

그로부터 두 달 뒤 내 어머니도 돌아가셨다. 장례식은 없었다. 아버지와 나는 전화로만 이야기를 나눌 수 있었다. 바이러스 때문에 여행은 너무 위험했다. 나는 과거의 어떤 경험이 어머니에게 찾아왔는지 물어보고 싶었지만, 아버지는 너무나 마음 아파했다. 말조차 잘 못할 정도였다.

발코니에서 밖을 내다본 뒤, 최초 감염자는 외투를 껴입고 초
등학교로 걸어갔다. 학교는 닫혀 있었다. 그날이 휴일이라는 것
을 그녀는 미처 모르고 있었다.

그때 그녀는 노랫소리가 아주 크게 들려오고 있다는 것을 의
식했다. 꾸준히 계속 그랬다. 더 커지지도, 작아지지도 않았다. 그
러니 노래가 들리는 곳에서 더 멀어지지도, 더 가까워지지도 않
은 셈이었다.

회색 하늘을 올려다보니, 노래가 자기 머릿속에서 들려오고 있
다는 것을 알 수 있었다. 그녀는 말했다. "갑자기 보로네시의 냄
새가, 내가 자란 도시의 냄새가 느껴졌어요. 설탕 정제공장, 정육
공장, 밀과 알곡을 찧는 방앗간, 화학공장, 알루미늄 공장. 노동
의 냄새가 났어요." 그녀는 레닌이 장갑차 포탑에 올라 연설하는
모습을 묘사한 동상 근처에서 어머니와 같이 참석했던 레닌 광
장의 시민 대회를 기억했다.

집으로 돌아오는 길에 눈이 내리기 시작했다. 사람들이 밀치고
지나갔다. 그녀는 비틀거렸고, 상체가 약간 왼쪽으로 기울었다.

한 남자가 손을 뻗었다. 그녀는 그의 외투 소매를 붙잡았지만,
이번에도 남자의 외투 자락이 아니라 어머니의 손이 느껴졌다.

"괜찮아요?" 그가 물었다. 검은 턱수염에 눈송이 몇 개가 붙어
빛나고 있었다.

그녀는 이상하다고 설명하려다가 미친 사람처럼 들릴 것 같아
서 입을 다물었다. 그녀는 고개를 저었다. "괜찮아요. 집이 가깝
거든요." 이제 아이들과 같이 노래하는 어머니의 목소리를 알아

들을 수 있었다.

남자는 부드럽게 그녀를 놓아주었고, 그녀는 다시 걸음을 옮겼다.

아파트 안에 들어서서, 그녀는 옷을 입고 신발까지 신은 그대로 침대에 누웠다. 몸이 어딘가 이상하다는 것은 분명했지만, 혹시 911에 전화하게 되더라도 잠옷 바람으로 발견되고 싶지는 않았다. 나무 광택제 증기를 너무 많이 흡입했나. 뇌졸중 전조 증상이 아닐까 걱정스러웠다. 합창에 참여하면 마치 노랫소리가 떠나가기라도 할 것처럼, 그녀는 우렁차게 노래를 불렀다. 그러다 결국 피곤하고 목이 아파서 잠에 빠졌다.

다음 날 아침, 잠에서 깨었을 때도 노래는 여전히 같이 있었다. 아니, 꿈속에서 끊임없이 들려온 것 같았다.

그녀는 아침을 먹었지만, 오트밀은 어머니가 생일마다 만들어주던 레드커런트 키셀 음료 맛이 났다. 커피는 차라리 꿀을 탄 스비첸(꿀과 허브, 말린 딸기 등을 넣은 러시아 전통 음료-옮긴이) 같았다.

그녀는 택시를 불러 병원으로 갔다. 진찰대에 앉았지만, 의사의 목소리가 거의 들리지 않았다. "나는 두 세계에 동시에 살고 있어요!" 그녀는 머릿속에서 울리는 소음을 이기려고 소리쳤다. "지금 선생님을 보고 있지만, 동시에 과거의 소리가 들리고 냄새와 향기가 느껴져요. 과거를 손끝으로 만질 수 있어요."

이 모든 것은 설명 가능했다. 정신적 복시는 드물었고, 최초 감염자의 경우는 극단적이었다고 할 수 있지만 유례가 없지는 않았다. 1800년 후반에 J. 휴링스 잭슨이 보고한 바 있었다. 1900년대에는 와일더 펜필드가 수술 중 의식이 온전한 환자의 대뇌피질에 침으로 전기 자극을 가해 실험적으로 환각을 유도하는 데 성공했다. 저명한 신경학자 올리버 색스는 1985년 저서 《아내를 모자로 착각한 남자》에서 이런 실험 두 건을 소개했다.

의사는 환자를 신경외과로 보냈지만, 혈액검사에서 이전에 관찰된 적 없는 바이러스가 검출되었다. 이 바이러스는 생물학전에 사용되는 유형의 변종인 듯했다. 새롭게 호출된 나와 전문가들이 모두 방호복을 갖춰 입은 것도 그래서였다.

하지만 대체 어떤 적이, 어떤 증상을 인류에게 감염시키려는 것일까? 밀물처럼 밀려오는 향수? 추억의 향연?

최초 감염자는 대체로 혼자 있고 싶어 했고 과거를 즐기고 있었다. 환자의 어머니는 한창 나이에 세상을 떠났기 때문에, 환자에게 이 시간은—촉각과 맛, 소리, 냄새를 통한 이 교류는—너무나 소중했다.

그러던 어느 날, 뇌에서 미세한 동맥류가 파열되었다. 어떤 기제인지 우리는 알지 못했고 피할 수도 없었다. 환자는 고통을 겪지 않고 즉사했다.

이후 3주 동안, 방호복을 입기 전 환자와 접촉한 모든 의사와 간호사, 기타 직원들이 비슷한 증상을 겪다가 사망했다—옛 팝송이 들린다, 캔디 맛이 난다, 기니피그를 쓰다듬는다, 모닥불에 마시멜로 굽는 냄새가 난다 등등. 한 남자는 스바루 해치백 뒷좌석에서 시각을 제외한 모든 감각을 통해 첫 성관계를 체험했다.

한 여자는 거품목욕을 하다 말고 부모가 멀리 떨어진 방에서 말다툼하는 소리가 들려와 탕 안에 있다는 것도 잊어버렸다. 어떤 사람들은 셔츠를 땀으로 흠뻑 적시고 숨을 헐떡이고 심장을 쿵쿵거리면서 잔디밭을 달리고 축구 경기를 생생히 되풀이했다. 뉴스 소리까지 기억나서 자신에게 찾아온 과거의 경험이 언제 있었던 일이었는지 정확한 연도와 날짜를 아는 사람도 있었다. 그런 증상을 겪는 와중에도 모두가, 약간 집중력이 흐트러지긴 했지만, 동시에 현재에서 소통하고 있었다.

최초 감염자에게 괜찮냐고 거리에서 물었던 턱수염을 기른 남자는 죽었다. 어느 날 아침, 우편함 앞에서 그녀를 만나 이야기를 나누었던 이웃도 죽었다. 도어맨도 죽었다.

택시 운전사는 아직 살아 있었다. 하지만 그는 다른 감염자와 접촉하고 한 달 내에 죽었다.

고양이도 죽었다.

동물보호센터로 옮겨진 그 고양이 역시 죽기 전 꿈꾸는 듯한 눈빛으로 집중력이 흐트러진 상태였다고 한다.

이제 동물보호센터는 텅 비었다. 초등학교도, 여자가 살던 아파트 건물도, 병원도, 도시 대부분도, 다른 도시도, 대륙도…….

◆

나는 당시 사랑에 빠져 있었다.

이 정도 규모의 슈퍼바이러스 유행기의 예측치와 달리, 자살자 수는 예상보다 훨씬 적었다. 죽음은 그토록 아름다웠다. 사람들은 바이러스의 증상과 진행을 겪으며 죽는 쪽을 선택했다.

다만, 정신적 복시로 인한 모든 경험이 객관적으로 아름다운 것은 아니었다. (엄밀히 말해 객관적인 아름다움이라는 것이 존재하지는 않겠지만, 지금 내게는 표현을 고를 여유가 없다.) 어떤 사람은 전쟁이나 공포, 트라우마를 하루 동안 다시 경험해야 했다. 한 여자는 기차역에서 폭탄이 터지는 반복적인 소음과 피부를 갈기갈기 찢는 유리 조각의 촉감, 연기와 타는 살점의 맛과 냄새가 난다고 호소했다. 하지만 그때조차 환자는 근저에 어떤 종류의 기쁨이 있다고 믿는 것 같았다 ― 특히 경험이 더 많이 되돌아오면 올수록. 당시 그녀는 열다섯 살이었고 한 소년을 사랑하고 있었다. 환자는 그 짧은 순간 젊음과 사랑을 느꼈다.

알게 된 점: 어떤 형태로든 어머니가 노래를 불러주는 목소리를 들었다는 보고가 워낙 많았기 때문에, 우리는 어쩌면 아이를 재우기 위해 노래를 불러주는 목소리가 두뇌에 각인될 정도로 인간의 신경계 깊이 스며드는 것이 아닐까 추정했다.

◆

그의 이름은 올리버, 내가 사랑에 빠진 남자였다. 당연히 우리는 두려웠다. 이런 때 사랑에 빠지다니, 설상가상의 공포였다. 우리 둘 다 예전에 다른 사람을 아주 짧게, 혹은 절절하게, 혹은 짧고 절절하게 사랑한 적이 있다. 그러니 우리의 사랑이 더 좋게 느껴질수록, 그것이 오래가지 않으리라는 사실을 직시하기가 힘들었다. 우리의 사랑도, 우리 자신도 오래 버티지는 못할 터였다.

아니, 그 사실 때문에 오히려 더 좋았던가?

격리된 생존 벙커 안에서 흰 방호복을 벗고 같이 침대에 누운 채—이건 불법이었지만 다들 몰래 하고 있었다—우리는 이런 이야기들을 나누었다.

"영원회귀사상." 올리버가 말했다. "대학에서 철학 공부한 적 있어?"

"기초는 대충 지껄일 줄 알아. 칵테일 파티에서 무식이 탄로나지 않을 정도는 돼. 니체?" 섹스를 마치고 우리는 아직 땀에 젖은 채 숨을 몰아쉬고 있었다.

"맞아." 그는 베개에 등을 기대고 한 손으로 뒤통수를 받친 채 흰 팔꿈치 안쪽을 드러내고 있었다. 저 피부는 얼마나 연약한가, 나는 생각했다. 요즘은 많은 것들이 새삼스러웠다—인체, 인생, 인류, 그리고 인간의 연약함이 그중 제일이었다. "영원회귀, 동일한 것이 영원히 반복된다."

"매 순간이 다시 되풀이된다, 끊임없이." 나는 말했다. "철학 교수가 젊고 정말 잘생긴 사람이었어. 두 학기 연달아 그의 수업을 들었지. 아니, 그의 수업이 지금도 매 순간 반복되고 있다고 할까?"

"맞아. 혹시 의식의 어느 평면에서 우리 뇌가 그 영원회귀하는 특정 순간에 꽂혀서 계속 그 순간을 살고 있는 거 아닐까?"

"정신적 복시에 대해서는 신경학적인 설명이 있어." 나는 신경절 등등 학술용어를 끄집어낼 준비를 했다.

"그래, 그래, 나도 알아. 하지만 신경학적인 설명은 그저 신경학적인 설명일 뿐이야."

"편두통으로 인해 생겨난 오라 속에서 하느님을 봤다면, 신경학적인 원인과 별개로 어쨌든 하느님을 본 거란 말이지. 무슨 논리인지 훤히 알아." 하느님을 끌어들이고 싶지 않았다. 한동안 사람들은 시체를 길거리에 늘어놓고 가족들이 찾아갈 수 있도록 셔츠에 신원을 붙여놓았다. 하지만 그것도 오래가지 않았다.

"너도 그냥 회귀해버리고 싶었던 적 있어?" 그는 천장을 응시하며 물었다.

마치 내게 결혼할 생각이 있느냐고 묻는 남자 같았다. 청혼하는 게 아니라, 결혼이라는 제도에 대한 전반적인 관점을 묻는다는 뜻에서.

"생각해본 적 있어."

✦

아버지가 세상을 떠났다는 연락은 오지 않았다. 아마 돌아가셨을 것이다. 더 이상 그런 전화를 걸어줄 인력이 남아 있지 않았다. 나는 아버지를 사랑했다. 표지에 왕관을 쓴 연파란색 닭이 그려진 동화책을 소리 내어 읽어주는 아버지의 목소리를 다시 들을 수 있다면, 나는 '거기로 나갈지도' 모른다. 아버지의 목소리가 그리웠다. 아버지는 법률가였지만 소아과의사처럼 부드러운 목소리였다. 자전거를 많이 탔고, 바짓단을 걷었다가 내리는 것을 잊어버리고 그대로 몇 시간씩 돌아다니곤 했다.

✦

"우리 아버지는 언제나 바짓단을 걷어붙인 채 돌아다니는 모습이야." 나는 가물가물 잠드는 올리버에게 속삭였다.

"우리 아버지는 늘 줄줄이 소시지만 굽고 계셔." 그는 마주 속삭였다.

나는 다른 누구보다 세상을 떠난 모든 환자를 생각했다. 최초 감염자를, 가늘게 떨리며 좁은 무균 텐트를 가득 채우던 달콤한 목소리, 마스크 실드 너머에서 그녀를 내다보던 우리의 얼굴을 기억했다. 내 어머니도 밤에 내게 노래를 불러주었다.

✦

묘목에 물을 주고 관리할 차례가 돌아와서 방호복 차림으로 온실에서 일하면서, 나는 말했다. "신과 관련된 문제는 걱정스럽지 않아. 우리가 죽기를 바라는 존재가 있을지도 모른다는 게 걱정스러워."

사람들은 이런 가능성에 대해 수군거렸다. 우리 중 가장 똑똑한 사람들도 마찬가지였다. 생물학전의 흔적이 있다는 것은 부정할 수 없는 사실이었다.

"사르트르는 2차 세계대전 동안 독일군 포로수용소에서 하이데거를 읽었어." 올리버가 말했다. "그러다 나와서 대작을 썼지."

"무슨 뜻이야? 우리도 언젠가 이 상황에서 빠져나갈 수 있을 거라고?"

"우리는 아직 자유롭잖아. 실존주의자들의 표현을 빌리면 우리는 이런 상황을 '선고받은' 거야." 그는 말했다.

"그럼, 넌 이런 종류의 삶이, 방호복과 벙커에 영원히 갇혀 지내는 이런 삶이, 감옥처럼 느껴질 필요가 없다는 거네?"

"네가 감옥이라고 할 때만 감옥인 거지."

하지만 그도 이 말을 뱉고 나서 신경이 쓰이는 것 같았다. 올리버는 입을 다물고 주위를 둘러보았다. 마스크 너머로 그가 두려워한다는 것을 알 수 있었다.

최초 감염자의 손을 잡았듯, 그녀가 자기 어머니의 손길을 느꼈듯, 손을 뻗어 그의 손을 잡아주고 싶었다. 두꺼운 방호복 장갑 손가락을 통해 서로의 손길을 느낄 수는 없을지언정.

그는 내가 걱정한다는 것을 의식하고 미소 지었다. "부조리가 우리를 구원할 거야."

벙커는 세계 각지에 설치된 감시장비를 통해 여전히 바깥세상과 연결되어 있었다. 이따금 사람들이 보였고 몇몇 동물도 있었다. 메인 주 호그 섬의 오듀본 물수리 카메라는 빈 물수리 둥지를 비추고 있었지만, 귀퉁이에 머스캉거스 만이 보였다. 부스스하게 머리를 기른 십 대 소년이 작은 보트에 올라 노를 젓는 모습이 보였다. 그게 석 달 전이다. 바이러스에 면역력을 지닌 인간과 동물이 있는 것이 분명했다. 이따금 영상에 그런 무리가 잡혔지만, 이런 경우는 아주 드물었고 종종 충격적인 광경이었다.

한번은 한 남자가 차를 몰고 텅 빈 주차장을 가로질러 전봇대를 들이받았다. 자살 시도였다. 그는 트럭에서 기어나와 피로 여자 이름을 썼다. 일레인. 이어 그는 피투성이 손바닥으로 서명했다.

✦

다람쥐 두 마리가 런던의 덜위치 픽쳐 갤러리 안에서 달려가는 모습이 감시 테이프에 잡혔다. 배경에는 다윗이 골리앗의 거대한 머리를 잘라 봉에 꽂아 들고 행진하는 장면을 묘사한 〈다윗의 승리〉가 걸려 있었다.

스스로의 집착이 민망해질 때까지, 나는 다람쥐의 모습을 수없이 반복 재생했다. 물 흐르는 듯한 동선, 붓 같은 꼬리. 그러다 돌아서서 나갔다.

우리는 벙커에서 열린 결혼식에 몇 번 참석했다. 우리는 신랑과 신부를 '간 큰 떡쟁이'라고 놀렸다.

그러다 결국 임신한 사람이 생겼다. 이때는 너무나 혼란스러웠다. 공동체 규율을 감독할 정부를 세우려는 작은 시도가 태동했다. 한쪽은 출산에 찬성했고, 한쪽은 반대했다. 하지만 올리버와 나 같은 대다수의 사람들은, **왜 안 돼? 계속 살아야지. 우리는 생명인데!** 하는 입장이었다.

"온실도 있잖아. 그 사람도 그저 인간 온실일 뿐이라고." 나는 올리버에게 말했다.

임신부는 방호복 앞부분을 주름 잡힌 디자인으로 대체해서 입고 계속 그대로 지냈다.

나는 생각했다. **나도 온실이 될까?**

나는 생각했다. **올리버가 그렇게 하자고 할까?**

✦

다른 사람의 피부를 보는 일은 거의 없었다. 워낙 드문 일이었기 때문에, 올리버와 나는 서로 샤워하는 모습을 관찰했다.

영혼이 그렇듯, 눈에 보이지 않았기 때문에, 인체에는 헤아릴 수 없는 신성함이 깃들었다.

인체가 영혼과 마찬가지로 신성하다면, 영혼이라는 개념은 계속 힘을 발휘할 수 있을까?

벙커 바깥의 모든 인체가 흙으로 돌아간다면, 거기서 풀려난 영혼들을 어떻게 생각해야 할까?

임신부는 아기가 입을 수 있도록 기술자와 협력해서 아주 작지만 점점 더 커지는 규격의 방호복을 여러 개 만들고 있었다.

✦

"나는 감옥이라고 생각해." 어느 밤, 올리버가 내게 말했다. 우리는 이미 사랑을 나누지 않기로 결정한 상태였다. 우리는 머스캥거스 만에서 노를 젓는 소년의 영상을 너무 많이 돌려보았다. 처음에는 희망적이고 행복한 기분이 들었지만, 그러고 나니 오늘밤에는 한 대 얻어맞은 듯 공허했다.

"그렇다면 감옥이지 뭐." 나는 방호복에서 공기 빠지는 소리를 내며 침대 가장자리에 앉았다. "하지만 우리가 임신부 배 속의 아기라면?"

"그 아기는 의식이 없어." 올리버가 안에서 쪼그라들고 있는지 방호복이 더 헐렁해보였다.

"바깥세상에 대한, 저 너머에 무엇이 있는가 하는 의식은 없겠지. 하지만 어쩌면 우리 역시 마찬가지 아니야? 우리 역시 다른 무언가로 태어나는 존재인지도 몰라."

그는 말했다. "아니, 나는 그렇게 생각하지 않아. 저 바깥에는 죽음뿐이야."

"하지만 탄생 역시 항상 그래. 모든 존재는 결국 죽게 되어 있어. 탄생은 죽음으로 가기 위해 반드시 거쳐야 하는 첫걸음일 뿐이야."

"독일 정통파 같구나." 그는 블라인드로 다가가서 만지작거렸다. 열었다, 닫았다. "오늘 뭐가 그리운지 알아?"

"뭐가?"

"물 미끄럼틀."

✦

그날 밤 나는 최초 감염자가 번역해준 〈잘 자라, 우리 아가〉의 가사를 생각했다.

　　잘 자라, 우리 아가.
　　침대 가장자리에 너무 가까이 붙어 자지는 말아라.
　　작은 회색 늑대가 찾아와서 네 옆구리를 덥석 물고
　　숲속 버드나무 뿌리 밑으로 끌고 간단다.

나는 가락을 기억해내려고 애썼다.
생각이 나서 흥얼거렸다.
나는 생각했다. **언제까지나 이런 삶이 계속되지는 않을 거야.**

◆

 그들을 처음 본 것은 질병통제센터 직원 두 사람의 열두 살 난 아들이었다. 소년의 이름은 엘리엇 페그였다. 거의 눈에 띄지 않는 아이였다. 다른 아이들과 같이 노는 법이 별로 없었고 공동식당에 나타나는 일도 드물었는데, 이제 그 이유를 알 수 있었다. 아이는 전 세계의 감시카메라를 최대한 많이 관찰하는 일에 푹 빠져 있었다.

 그들을 본 아이는 부모에게 달려갔고, 부모는 벙커 공동체에서 지도자 역할을 하게 된 사람들을 불러 모았고, 그들은 회의를 열었다.

 '그저 이 모든 사태가 잦아들 때까지만이라도.' 민주주의에 저항하고 있는 클라이브 월섬이 지금 극장의 연단 뒤에 서서 공동체 전체를 향해 연설하고 있었다. "우리가 혼자가 아니라는 소식을 들었습니다. 우리 중에 다른 존재가 있다는, 어쩌면 지구를 정복하기 위해 인류를 파괴한 존재일지도 모른다는 정보가 있습니다."

 이어 그가 엘리엇 페그를 소개하자, 소년은 재빨리 연단에 올라 마이크 높이를 내렸다. 그는 치아교정기를 끼고 있었고, 그 모습을 보자 엉뚱하게도 우리 중에 치과교정전문의가 있나 하는 생각이 문득 들었다. 혹시 평생 교정기를 끼고 살아야 하는 걸까?

 "저는 엘리엇 페그라고 합니다." 소년은 말했다. "혹시 궁금하신 분이 있을까 해서 설명하자면, 저는 모니터 보는 걸 좋아해서 그날도 보고 있었어요. 그런데 위도 35.169, 경도 136.906 지점에 이상한 생명체가 눈에 띄었어요."

군중은 조용했다. 이 아이가 위도와 경도로 세상을 관찰했다고? 그는 우리의 어리둥절한 표정을 읽더니 덧붙였다. "일본의 선샤인 사카에. 상가예요. 회전관람차가 있어요."

이 말을 들으니 약간 이해가 됐다. 소년, 선샤인, 상가, 회전관람차. 방 안의 긴장이 풀렸지만, 아직 모두 조용했다.

"이제 영상을 보여드릴게요. 하지만 그들은 이 세상이 어떤 모습인지 보러 온 것 같아요. 우리가 없는 상태로요. 그러니까, 이 없는 상태의 머리카락을 보는 그런 거요."

엘리엇은 자기가 인간을 해충에 비유했다는 것을 깨닫지 못하는 것 같았다. 그는 테이프를 틀려고 리모컨을 만지작거리기 시작했다. 그런데 클라이브가 빠르게 다가가더니 마이크를 손으로 덮었다. 그가 엘리엇에게 감사하다며 이만 내려가도 좋다고 말하는 소리가 아주 작게 들렸다.

엘리엇은 무대에서 내려가다가 어깨 너머를 돌아보더니 방금 자기가 존 F. 케네디의 명연설 '국가가 당신을 위해 무엇을 할 수 있는지 묻지 말고……'를 암송하기라도 한 것처럼 자랑스럽게 부모를 향해 손을 흔들었다.

아이는 커튼 뒤로 사라졌다.

비디오 영상은 또렷하고 분명했다. 확대 과정에서 화면이 깨지지 않도록 화질이 개선되어 있었다.

처음에는 인간처럼 보였다. 다양한 인종과 민족이 섞인 외모, 그들은 긴 팔을 몸 옆으로 흔들면서 선샤인 사카에의 복도를 어슬렁거리고 있었다. 인간을 닮은 눈매로 여기저기 둘러보기도 하고, 시선을 옮기기도 하고, 어딘가를 주시하기도 했다.

하지만 걸음을 멈추자 그들의 몸은 부들부들 떨렸다. 선반에서 뭘 집으려고—알아볼 수 없는 통조림 깡통 종류—손을 뻗을 때는 팔이 마치 파리를 잡아채는 개구리 혓바닥처럼 잽싸게 튀어나갔다. 아니, 동작이 시작되기도 전에 끝나는 것 같았다.

문득 혼자 있다고 느껴졌다. 평생 그 어느 때보다 더 혼자라는 느낌이었다. 방은 호흡기를 쌕쌕 들이마시는 사람들로 가득 차 있고, 올리버의 방호복의 압력이 내 방호복에 느껴질 정도로, 공기주머니 둘이 나란히 붙어 있었다.

하지만 이 순간이 다시 일어날 거라는, 내가 선샤인 사카에에 등장한 이 외계생명체를 바라보는 순간이 끝없이 반복될 거라는 생각이 머릿속을 스쳤다. 그러나 지금 이 순간만이 내가 아는 유일한 것이라면. 오로지 이 순간만이 내 것이고, 나는 그 순간만을 의식하게 된다면. 내 인생이 대양의 표면을 스치는 국자라면.

거기서 건져져 올라오는 것, 그것이 나의 인생이라면. 텅 빈 국자.

그 방에서 이런 생각을 하는 사람은 나뿐이었다. 내가 대양의 유일한 국자라고 확신했다.

언젠가 분명 그렇게 되겠지만 내가 죽을 때—눈에 보이는 최후의 이가 제거되는 동안에도, 부풀어오른 임부 방호복 안에는 알이 꿈틀거리고 있을 것이다―나는 어느 기억을 끊임없이 경험할 것이고 동시에 현재를 의식하고 있을 것이다. 벤 다이어그램의 교집합에 존재하는 그 순간, 나는 철저히 혼자일 것이다.

✦

엘리엇 페그의 감시 취미는 이제 외롭지도, 필사적이지도 않았다. 이제 사람들이 팀을 짜서 카메라를 항상 지켜보게 되었고, 어떤 실시간 스트리밍을 보더라도 고래를 지켜보는 정도의 끈기만 있다면 항상 외계인을 볼 수 있었다. 이계의 종은 혼자 있기도 했지만, 무리 지어 있을 때가 더 잦았다. 그들은 서로 아는 사이 같았고 서로의 행동을 읽을 수 있는지 조용히, 하지만 끊임없이 서로의 주위를 돌아다녔다. 그들은 지칠 줄 모르고 효율적으로 움직이고 있었지만, 우리는 그들의 궁극적인 목표가 무엇인지 몰랐다.

우리는 결정을 내려야 했다.

어떤 사람은 나가서 그들을 맞이해야 한다고 생각했다.

어떤 사람은 전투복을 갖추고 무기를 꺼내야 한다고 생각했다.

비밀 조직들이 서로 다른 연합을 형성하고 있다는 소문이 돌았다.

어느 날 밤, 잠이 오지 않았다. 나는 침대에 일어나 앉았다. 올리버는 몸을 웅크리고 내게서 떨어졌다. 우리는 처음 도착했을 때처럼 다시 방호복을 입고 자기 시작했다.

내가 말했다. "대학 때 만난 여학생이 있는데, 이름은 엘리 트루스 바톡. 중간 이름은 본인이 직접 지은 것 같았어. 실험실에서 우리가 사용하는 모든 곤충이 고통 없이 안락사될 수 있도록 곤충을 인도적으로 취급하자는 운동을 시작하려고 했지. 기초 생물학 수업에서 해부 실습할 때 사용하는 메뚜기 같은 것들 말이야. 그 친구는 흡입식 마취제를 사용하자고 했어. 유리장에 증기를 넣는 방식으로."

올리버는 보통 이런 엉뚱한 극단주의를 놀려대는 걸 좋아했지만, 그날은 맞장구를 치지 않았다.

"미처 DDT의 유해성이 밝혀지지 않았던 1950년대에 아이들이 살충제 트럭을 쫓아다니던 것과 비슷한 거지." 나는 잡지와 옛 신문기사에서 사진을 본 적 있다. 이런 이미지가 유독 머리에 남아 있다니 묘하게 느껴졌는데—올리버도 그럴 것이다—어떻게 된 일일까?

올리버는 아무 말도 하지 않았다. 잠든 것 같았지만, 나는 내 목소리가 말동무처럼 들려오는 것이 좋아서 계속 이야기했다. "우리를 최대한 많이 안락사시키려는 거 아닐까? 정말 끔찍하고 고통스러운 일이 닥칠 거라서 최대한 기분 좋게 해주려는 게 아

402

닐까? 혹시 그들은 나비를 수집하는 어린아이 같은 존재가 아닐까?"

내 내면의 눈은 지금 그 종들을 어린이로 바라보고 있었다. 그러고 보니 감시화면에 잡힌 외계종 중에는 아이가 없었다. 나는 그들이 사각거리는 밀밭을 달리는 모습을 상상했다. "그들은 왜 그렇게 신사적일까? 왜 죽어가는 자들에게 영원회귀를 허락했을까?"

상념이 바위 절벽으로 향하고 있다는 것을 느꼈지만, 그래도 계속했다. "그들이 수집하는 나비가 우리의 몸이 아니라 정신이라면? 우리의 의식이라면?"

나는 코르크판을 상상했다. 핀에 찔린 나비 대신 작은 털이 붙어 있었다. 투명한 회색이었고 가늘게 떨리고 있었다. 아이 침실이었고, 근처 창문은 열려 있었다. "그들은 우리의 몸에 관심이 없고 영혼만 수집하는 거 아닐까?"

"엘리 트루스 바톡은 곤충에게 영혼이 있다고 믿었어?" 그의 목소리에 나는 흠칫 놀랐다. 그가 잠들었다고 생각하고 있었기도 했지만, 진심에서 우러나오는 질문 같았기 때문이었다. 그는 곤충에게 영혼이 있다고 믿은 사람이 있었는지—지금쯤 죽었을 낯선 사람일지언정—정말 알고 싶은 것 같았다.

나는 그의 옆에 누워서 방호복 뒤통수에 내 얼굴 마스크를 눌렀다. "물어본 적이 없어."

⬦

　어느 날 저녁 식사를 하면서 우리는 세 사람이 사라졌다는 소식을 들었다. 이계인과 접촉하러 나갔다고 했다. 나간 지는 얼마 되지 않았고, 망을 봐준 일당도 있었다. (이것은 어마어마한 규율 위반이었다. 망을 봐준 사람은 응분의 대가를 치르게 될 것이다.)

　하지만 중요한 것은, 그들이 보내던 메시지가 끊겼다는 사실이었다.

⬦

　나는 방호복을 벗고 있었다. 나는 샤워실에 들어갔다. 빗물이 피부를 때리는 촉감을 느끼고 싶었다. 내 몸이 한 부분도 빠지지 않고 살아 있다는 사실을 알고 싶었다.

　올리버는 나를 바라보지도, 따라 들어오지도 않았다. 아마 새로운 정보를 소화하고 있을 것이다. 나는 그랬다.

　하지만 욕실에서 나와 보니, 그는 침대 가장자리에 앉아 있었다. 방호복은 여전히 펑퍼짐했다. 헬멧은 아직 제대로 잠긴 상태였다.

　그의 표정이 눈에 들어왔다. 아름답고, 산만하고, 눈을 커다랗게 뜬 채 만족스러운 그 표정.

　나는 그의 마스크에 손가락을 댔다.

　그는 고개를 홱 치켜들었다. "왜?" 그는 아무 일도 없었다는 듯 물었다. 하지만 목소리는 약간 지나치게 컸고, 눈빛은 나와 이 방에서 일어나는 일에 집중하려고 노력하는 것 같았다.

"얼마나 됐어?" 나는 물었다.

그는 어깨를 으쓱했다. "몇 시간밖에 안 됐어. 그 새끼들이 나가는 길에 차단 장치를 부순 게 분명해. 아마 바이러스가 바람에 실려 이곳으로 들어왔을 거야. 전부 다."

손가락이 따끔거렸다. 목에 피가 몰렸다. 하지만 두렵지는 않았다. "네 영원회귀는 어떤 거야?" 나는 물었다.

그는 미소 지었다. "우리 개 치퍼와 마당에 있어. 열린 창문을 통해 형이 트럼펫 연습하는 소리가 들려. 정말 잘 불었어." 그는 삼중 페이스실드 너머에서 나를 바라보았다. "형이 고작 열아홉 살 나이에 재즈밴드에 합류해 유럽 투어를 떠났다는 이야기를 했던가? 경영 공부를 하느라 그만뒀지." 그의 형은 초창기에 바이러스에 감염되어 세상을 떠났다. 올리버가 행복함과 상실감으로 얼굴을 일그러뜨린 채 우는 것이 보였다. "빌어먹을 진짜 잘 불잖아. 세상에."

나는 등의 밀봉 지퍼를 보호하는 이중 커버 밑으로 손을 넣었다. 그는 장갑 낀 손으로 내 벗은 손목을 잡았다. "안 돼."

"세상의 종말이 이렇게 상냥할 줄 누가 알았겠어." 나는 말했다.

"그러지 마."

"나는 자유를 선고받았어. 내가 영원회귀하고 싶은 순간은 지금이야."

그리고—들리는지? 당신, 독자, 타인, 누구라도—내가 무엇을 했을까?

나는 그의 방호복을 벗겼다.

감사의 말

작가란 자기보다 먼저 존재했으며 자신을 키워준 목소리와 자신을 둘러싼 모든 목소리의 총합이다. 나의 가족과 친구들, 나를 맞아준 공동체와 온갖 다양한 공간의 시끌벅적하고, 듣기 좋고, 불쾌하고, 음란하고, 따뜻하고, 기묘하고, 부드럽고, 진실하고, (친절하게) 진실하지 않은 목소리에 감사한다. 꿈을 꾸고, 언쟁하고, 장광설을 늘어놓고, 과장하고, 입을 다문 채 빛나는 여러분 모두의 모습을 사랑한다. 여러분의 사랑이 취하는 다양한 형태를 사랑한다. 이 책은 내 사랑의 형태 중 하나이다.

특히, 별로 좋지 않으면 좋지 않다고 말해주는, 내 작품 때문에 공공장소에서 웃었다고, 감정이 북받쳤다고 말해주는 브렌던 드닌에게 감사의 말을 전하고 싶다. 꾸준히 당신과 함께 일하는 것은 영광이다.

우주에 구멍을 내는 것은 슬픔만이 아니다

초판 1쇄   2025년 3월 14일
초판 2쇄   2025년 3월 21일

지은이   줄리애나 배곳
옮긴이   유소영

발행인   문태진
본부장   서금선
책임편집   이준환   **편집 3팀** 허문선

기획편집팀   한성수 임은선 임선아 최지인 송은하 김광연 송현경 이은지 김수현 이예림 원지연
마케팅팀   김동준 이재성 박병국 문무현 김윤희 김은지 이지현 조용환 전지혜 천윤정
저작권팀   정선주
디자인팀   김현철
경영지원팀   노강희 윤현성 정헌준 조샘 이지연 조희연 김기현
강연팀   장진항 조은빛 신유리 김수연 송해인

펴낸곳   ㈜인플루엔셜
출판신고   2012년 5월 18일 제300-2012-1043호
주소   (06619) 서울특별시 서초구 서초대로 398 BnK디지털타워 11층
전화   02)720-1034(기획편집) 02)720-1024(마케팅) 02)720-1042(강연섭외)
팩스   02)720-1043
전자우편   books@influential.co.kr
홈페이지   www.influential.co.kr

한국어판 출판권 ⓒ ㈜인플루엔셜, 2025

ISBN 979-11-6834-272-9 (03840)